古典文獻研究輯刊

三 編

曾 永 義 主編

第 25 冊

《全明散曲》中的南曲體製研究（上）

林 照 蘭 著

國家圖書館出版品預行編目資料

《全明散曲》中的南曲體製研究（上）／林照蘭 著─初版─
新北市：花木蘭文化出版社，2011〔民 100〕
目 2+306 面：19×26 公分
（古典文學研究輯刊 三編：第 25 冊）
ISBN：978-986-254-572-0（精裝）
1. 戲曲史 2. 明代戲曲 3. 戲曲評論
820.8   100015122

古典文學研究輯刊
三 編 第二五冊   ISBN：978-986-254-572-0

《全明散曲》中的南曲體製研究（上）

作　　者　林照蘭
主　　編　曾永義
總 編 輯　杜潔祥
出　　版　花木蘭文化出版社
發 行 所　花木蘭文化出版社
發 行 人　高小娟
聯絡地址　新北市永和區中正路五九五號七樓
　　　　　電話：02-2923-1455／傳真：02-2923-1452
網　　址　http://www.huamulan.tw 信箱 sut81518@ms59.hinet.net
印　　刷　普羅文化出版廣告事業
初　　版　2011 年 9 月
定　　價　三編 30 冊（精裝）新台幣 48,000 元　　　　版權所有‧請勿翻印

《全明散曲》中的南曲體製研究（上）

林照蘭　著

作者簡介

林照蘭，生於屏東東港，高雄師範大學國文研究所博士班畢業。曾任國小、國中、高中職教師，持續指導學生演說與作文，曾獲教育部文藝創作獎及師鐸獎等。二○○七年高雄女中退休後，即在中山大學等校兼任。近年加入福智文教基金會，致力於研討、編寫生命教育教材及教案，並融入教學中，其樂也無窮。

提　　要

　　曲為元代文學之璧，明代承波增華，並以南曲「發元人未放之花」。劇曲方面除揉和南北之長，發展出獨特的風貌外，散曲亦有長足進步。目前，明代散曲以謝伯陽所編《全明散曲》最為完備，約有曲家四百零六家，所留曲集一百餘種，所錄南北散曲，計小令 10606 首，套數 2064 篇，成果相當可觀。本文即以《全明散曲》中的南曲為研究範疇，透過曲牌歸納及聯套分析，探討小令、帶過曲、集曲與散套四種不同形式在明代的流行實況，概分八章論述：

　　第一章　緒論：說明研究動機與目的、研究架構與方法，並簡介《全明散曲》編輯體例及明代常見散曲集概況。

　　第二章　南北曲的淵源與形成：尋繹南北曲共同淵源，以貫串曲體文學的歷史文化傳承意義。繼而分析南北曲體製的形成與分野，釐清交流與分渠的生發時程與風格異趣。

　　第三章　南曲散曲概況：就相關曲譜歸納明代南曲所用曲牌，以見新生曲牌遞嬗之跡。並列表歸納明代曾作南曲散曲作家作品實況，做為後面章節論述依據。

　　第四章　小令與帶過曲研究：提供創作人數與宮調、曲牌使用數據，並就音樂角度與體製角度二項，分析小令實況。帶過曲則依南曲帶過曲、南北兼帶之不同調式作分析。

　　第五章　集曲研究：從作家與作品、宮調與曲牌論述集曲盛行之因。

　　第六章　南曲散套聯套研究：將作品區分為一般聯套、重頭聯套、循環聯套、含子母調聯套、南北合套、含帶過曲聯套六式，依有尾聲、無尾聲分析各式特色。

　　第七章　南曲散套套式述例：羅列作家作品，歸納不同聯套之各式聯套法則，並分析與傳奇聯套同異處，以見劇曲與散曲彼此影響之深。

　　第八章　結論

　　以上都為二十八萬三千九百八十五字，完成本文。

目

次

第一章　緒　論

第一節　研究動機與目的

一、研究動機

　　曲爲元代文學之璧，明代承波增華，及中葉後，並以南曲「發元人未放之花」，〔註1〕成爲明代韻文文學表率。

　　而曲爲歌唱文學，世或薄以小道至壯夫不爲。故元、明作者輩出，史家亦少敘論。直至明代李贄高舉「童心說」，繼起的公安派倡導「獨抒性靈，不拘格套」後，才打破這個觀念，重新重視小說、戲曲的文學價值。如張琦《衡曲麈譚》就從「情感」的角度肯定曲文學的價值：「人第知傳奇中有嘻笑怒罵，而不知傳奇中亦有離合悲歡，古傷逝惜別之詞，一披詠之，愀然欲淚者，其情眞也。」〔註2〕若以此「情眞」爲觸媒，以詞采俊拔的「自然口語」表露人情物態，自是凌濛初所謂的「古質自然、行家本色」的「天籟」。〔註3〕是以王國維稱許「元曲爲中國最自然之文學」，〔註4〕吳梅更讚嘆：「天下之文字，

〔註1〕　見王易《詞曲史・入病》第八（臺北：廣文書局，民國 60 年 7 月，3 版），頁 423。

〔註2〕　見《中國古典戲曲論著集成》四（北京：中國戲劇出版社，1982 年 11 月，1 版 4 刷），頁 268。

〔註3〕　見王秋桂主編善本戲曲叢刊第四集《南音三籟・凡例》（臺北：學生書局，民國 76 年 11 月，影印初版），頁 13。

〔註4〕　見舊籍新刊合訂本《宋元戲曲史・中國戲曲概論・顧曲麈談》之王國維著《宋元戲曲史・元劇之文章》（湖南：岳麓書社，1998 年 8 月，1 版 1 刷），頁 84。

唯曲最眞，以無利祿見存於胸臆也。」〔註5〕曲文學是非分明、愛憎強烈的美學特徵，更能傳達廣泛的社會生活內涵，深刻反映時代精神。此種對現實世界觀照的普遍性愈強，表現在藝術上的民族個性愈益鮮明。「世有不可解之詩，而不可令有不可解之曲」，〔註6〕曲易讀易解，讀曲愈多，愈能從中提煉對生活的熱情和關注，此爲撰寫本文的初發動機。

　　曲學範圍至廣，自時代言，則貫串元、明、清三代；自音樂分，則有北曲、南曲之別；自體製論，則有劇曲、散曲之異。論劇曲，昔人喜論「關、馬、鄭、白」，〔註7〕或云「玉茗堂四夢」及《長生殿》、《桃花扇》等名劇。若研究散曲，率以元人北曲爲主，論及南曲者少。唯自「中國散曲研究會」於1990年成立後，散曲研究成果益見豐碩。題材或爲散曲史的概述，或爲曲譜、格律的編整，皆有可觀。隨著《全元散曲》的問世，〔註8〕謝伯陽《全明散曲》、《全清散曲》的繼起，〔註9〕使得散曲研究觸角向下推至明、清。然全面對明代散曲做專著探究，仍極爲零星。〔註10〕而明代實是散曲長足發展的時代，約有曲家四百零六家，所留曲集一百餘種，所存南北散曲，計小令10606首，套數2064篇，〔註11〕成果相當可觀。目前可見綜論明代散曲曲況的碩博士論文，僅民國85年東吳大學中國文學系謝俐瑩《明初南北曲流行概況及其變革之探討》碩士論文一篇，該文寫作範圍設定於明代成化年（包含）以前明初時期，探討關於南曲與北曲在創作使用上的消長情況與流行的階層、地

　　以下論及此三書，直標單冊書名，不再贅述三書名。

〔註5〕見吳梅《中國戲曲概論・金元總論》（湖南：岳麓書社，1998年8月，1版1刷），頁123。

〔註6〕見王驥德《曲律・雜論》。（收錄於《中國古典戲曲論著集成》四，頁154。）

〔註7〕元代曲家，自明以來，稱關、馬、鄭、白。然王國維以爲「以其年代及造詣論之，寧稱關、白、馬、鄭爲妥也。」見王國維《宋元戲曲史・元劇之文學》，頁89。

〔註8〕見隋樹森著《全元散曲》（臺灣：中華書局，民國60年4月，台2版）。

〔註9〕《全明散曲》爲謝伯陽編（山東：齊魯書社，1994年3月，1版1刷）。《全清散曲》爲謝伯陽與凌景埏合編（山東：齊魯書社，1985年9月，1版1刷）。

〔註10〕若就單一曲家或個別主題研究，尚有：《施紹莘及其散曲研究》（李雲霞著，台灣師範大學碩士論文，民國91年）、《明代祝壽曲詞之研究》（王曼怡著，成功大學碩士論文，民國97年）、《淮惟敏散曲的傳承與新變》（何慧怡著，高雄師範大學碩士論文，民國97年）。

〔註11〕見謝伯陽著《全明散曲・自序》（山東：齊魯書社，1994年3月，1版1刷），頁11。

區及其在此時期的演變過程。屬於明中、晚期散曲曲況，及南曲專論，仍待開發。故本文以明代散曲中的南曲爲研究對象。

　　王國維曾云：「元代南北二戲，佳處略同，北劇悲壯沉雄，南戲輕柔曲折，此外殆無區別。此由地方之風氣及曲之體製使然。」〔註12〕故體製研究又爲分辨南北曲的基礎工夫。王氏所論，雖爲戲曲之異，而散曲南北之別，亦有悲壯本色與輕柔典麗之不同。是以在汪志勇師提攜鼓勵下，作拋磚引玉先峰，以《全明散曲》爲本，擇其南曲部份做體製研究。有關散曲體製稱名，各家不一，任中敏《散曲叢刊》將散曲「由短至長，形式性情」的不同，稱爲「體段」，而有「體段篇」，又大別爲「小令」與「散套」二大類；〔註13〕汪經昌《曲學例釋》謂：「今日曲之體製，計分爲小令、散套、雜劇及傳奇三部。」〔註14〕則小令、散套二部屬散曲體。羅錦堂《中國散曲史·散曲概論》則稱「形製」，類別爲「散曲中，無論南曲或北曲，在它本身的結構上可分爲兩種不同的形式，即『小令』與『套數』。」〔註15〕羊春秋《散曲通論》有「體製論」，稱「散曲，是曲的一種體製」〔註16〕，而「散曲的一般形式，主要有小令、帶過曲、集曲和散套」〔註17〕，將小令再析出帶過曲與集曲二式。綜合諸說，大別多稱「體製」，小類則稱「形式」。本文以明代散曲中的南曲爲範疇，既概述曲體淵源，複兼論小令、帶過曲、集曲和散套，乃取汪經昌與羊春秋之說，以「體製」稱名。惟論體製，概括內涵甚多，致遠恐泥，本文僅透過曲牌及聯套分析，探究《全明散曲》中的南曲的小令、帶過曲、集曲與散套四種不同形式的流行實況，並期繼此奠基工作完成後，方便更多同好再造新機，爲明代南曲再締新猷。

二、研究目的

　　南曲起源甚早，濫觴於民間，由戲曲逐漸影響散曲。究其音樂，古曲或

〔註12〕見王國維著《宋元戲曲考·元南戲之文章》，頁102。
〔註13〕見任中敏輯《散曲叢刊·散曲概論·體段》，頁16。
〔註14〕見汪經昌著《曲學例釋》卷一（臺灣：中華書局，民國62年10月，5版），頁16。
〔註15〕見羅錦堂著《中國散曲史·散曲概論》（臺北：中國文化大學出版部，民國72年8月，新1版），頁23。
〔註16〕見羊春秋著《散曲通論》（湖南：岳麓書社，1992年12月，1版1刷），頁33。
〔註17〕見羊春秋著《散曲通論·體製論》，頁34。

由唐宋讀音而來，一變而為四大聲腔，再變為崑腔，古樂之跡難究，曲律之學亦為專門。因此，本文僅從作品提供的曲牌、套式入手，進行歸納、分析，希冀揭示南曲散曲在明代的發展實況，做為更深入研究的現實依據，即為本研究最大目的：

（一）依曲牌流衍，探索南曲淵源：歸納現存南戲曲牌資料，透由曲牌增衍消長實況，探索淵源，為南曲的定位賦與更有力的証據。

（二）依不同體製，整合南曲散曲作品全貌：以反映南曲在明代開展的風貌，務期達到真實性與完整性，表現整個時代的真面目，使繼起的研究得以更詳實精確。故本文不論及曲學理論或作品鑑賞，重在求實，將南曲體製的流衍現象數據化，以確立其歷史座標意義。

（三）依規律呈現，解讀南曲散曲流行風貌：由數據呈現之規律現象，提供熟套套式，可供後繼同道藉以評比時代風格，貫串理論體系。

第二節　研究架構與方法

一、研究架構

有關散曲史著作，通常以時間為經、當代作家為緯交織的脈絡論述。若選錄作品，則以基本牌調為主，確認格律，闡發意趣。而曲分南北，必有其相融與背離因素，為能總體呈現明代散曲中南曲現象，本研究將分三個層面論述，期能發揮立體整合功效，透視南曲在散曲長河中的標示意義。

為揭示與本命題的相關聯繫，首述南北曲的共同淵源，參考諸家論述，尋繹其最近的起始點，及散曲對韻文文體承繼的銜接面，以貫串曲體文學的歷史文化傳承意義。這是就「史」的源流作縱切面的論述。繼而分析南北曲體製的形成與分野，釐清交流與分渠的生發時程與風格異趣。再專論南曲，進入本題中心意旨。這是就「史」的斷代作橫切面的論述，凸顯南曲之異於北曲處。

第三章就相關曲譜歸納明代南曲所用曲牌，以見新生曲牌遞嬗之跡，詳實揭示其變與不變的真實現象，做為後面章節論述的比較依據，亦為耗時最多，修定最為頻繁之篇章。

第四章起，分析明代南曲在不同體製下所呈現的結果，是本文發揮最力處。茲依小令、帶過曲、集曲、散套之不同體製，分章論述，勾勒南曲發展脈絡，

呈現南曲別開生面的一章。但涉及音樂與演藝專業，則不在討論之列。

二、研究方法

對全明散曲研究之缺乏，資料零散不全是主因。謝伯陽《全明散曲》之問世，實爲研究者開啓一大方便法門。《全明散曲》五大冊，是目前就明代散曲之搜集，最爲周全者，且各曲均已標明南、北曲。本文擇其標明南曲部份研究，研究方法爲：

（一）文獻資料的搜集、整理與比對。

（二）以統計分析法，列表說明曲牌消長實況。

（三）《全明散曲》南曲曲牌歸納分類。

（四）以歸納法，列表比對前、後期曲牌之異同。

（五）以歸納法，羅列散套聯套法則。

步驟依序爲：

（一）統計表列所有小令之作家、作品總數、使用宮調名及不同曲牌之用曲數。

（二）統計所有帶過曲之作家、作品總數、使用宮調名及不同曲牌之用曲數。

（三）統計表列相關曲譜使用宮調、曲牌實況。

（四）統計表列所有集曲之作家、作品總數、使用宮調名及不同曲牌之用曲數。

（五）統計表列所有散套之作家、作品總數、使用宮調名及不同套數之用曲數。

最後，由統計數據找尋相關之變與不變，剖析說明南曲演變之跡，完成本文。其中不乏曲調未明者，不知該作何歸屬者，加註說明，期待高明。卷帙浩繁，疏陋難免，思及能爲文化遺產再現光芒盡一份心力，則勉己爲之。

第三節　明代常見散曲集簡介

曲分戲曲與散曲。元代，古文、詩詞俱見衰落，而曲蔚爲一代代表文學。元人北曲雖以戲曲爲宗，散曲受其影響而超越詩詞，明代亦然，詩詞亦不如曲。北曲至明代漸衰，南曲鼎盛。故以曲論，北曲盛於元而衰於明，南曲興

於宋、元而盛於明,尤以散曲爲最。至清,古文、駢文、詩詞俱見復興,唯曲衰於清。此一事實,從任中敏《散曲概論‧書錄》第二載:元人散曲選集十六種、別集十九種;明代散曲選集三十五種,別集一百零三種;清代僅有別集五種,〔註18〕可見一斑。歷來曲集卷帙浩繁,散佚亦多,本節僅就民國以來所刻之常見曲集做一簡介。

民國以來,致力於散曲材料的搜集、整理、編校以及翻印等工作者,除任中敏的《散曲叢刊》外,尚有盧前的《飲虹簃所刻曲》。羅錦堂力稱盧氏搜集材料較任氏廣闊,可謂「曲苑功臣」,並在〈論飲虹簃所刻曲〉一文中,爲《飲虹簃所刻曲》中的各種專集一一論述,言簡意賅,有助導讀。〔註19〕吳梅《中國戲曲概論‧明人散曲》亦收錄別集三十種、總集二十二種(含臧晉叔《元曲選百種》、毛晉《六十種曲》二種雜劇傳奇),並指出「其間享盛名、傳麗製者,當以康海、王九思、陳鐸、馮惟敏、梁辰魚、施紹莘爲最著」。〔註20〕此外,上海古籍出版社於1989年出版數種曲集點校本,當屬最新作,有《陳鐸樂府》、《蕭爽齋樂府》、《洴東樂府》、《楊升庵夫婦散曲》、《碧山樂府》、《誠齋樂府》、《鞠通樂府》、《鶴月瑤笙》、《秋水庵花影集》、《海浮山堂詞稿》、《江東白苧》、《王西樓樂府》十二種。

上述《散曲叢刊》、《飲虹簃所刻曲》、《中國戲曲概論》三書,唯《中國戲曲概論》僅著錄書名。爲簡明起見,茲先列表統整三書著錄異同,書名、編者、卷(冊)數悉以《散曲叢刊》爲依據,並擇共同選錄之明代散曲集(含戲曲及兼元、明兩代散曲者不論),以羅錦堂〈讀曲紀要〉及〈論飲虹簃所刻曲〉二文論述爲主,作摘要說明。有關作品數,羅氏未詳處,或羅氏文未述及之曲集,則參閱《中國曲學大辭典》補述。若已佚曲集,僅存目備察。

一、選 集

由於《飲虹簃所刻曲》未列選集,故僅以《散曲叢刊》、《中國戲曲概論》二書並列異同。

〔註18〕見任中敏輯《散曲叢刊‧散曲概論》卷一(臺北:中華書局,民國53年4月,臺1版),頁6～12。

〔註19〕詳見羅錦堂著《錦堂論曲》(臺北:聯經出版事業公司,民國66年3月,初版),頁594～663。

〔註20〕詳見吳梅著《中國戲曲概論》,頁166～168。

編號	書　名	編　者	卷（冊）數	散曲叢刊	中國戲曲概論	備　註
1	盛世新聲	無名氏	10 卷	✓	✓	收錄元、明兩代散曲和戲曲曲文
2	萬花集	無名氏	1 卷	✓〔註21〕	✕	
3	詞林摘艷	張祿	10 卷	✓	✓	散曲、戲曲選輯
4	雍熙樂府	郭勛	20 卷	✓	✓	散曲、戲曲選輯
5	南詞韻選	沈璟	19 卷	✓	✓	
6	北宮詞記	陳所聞	6 卷	✓	✓	元、明散曲選集
7	南宮詞記	陳所聞	6 卷	✓	✓	
8	詞林逸響	許宇	4 卷	✓	✓	散曲、戲曲選集
9	太霞新奏	顧曲散人	14 卷	✓	✓	
10	青樓韻語廣集	方悟	8 卷	✓	✓	即《彩筆情辭》〔註22〕
11	吳騷合編	張旭初	4 卷	✓	✓	
12	北雅	朱權	3 卷	✓	✓	未被發現〔註23〕
13	彩筆情詞	張栩〔註24〕		✓	✓	元、明散曲集
14	諸家宴燕詞	無名氏	30 冊	✓	✕	
15	風月錦囊	無名氏	1 冊	✓	✕	
16	選唱賺詞	無名氏	1 冊	✓	✕	
17	十英曲會	無名氏	2 冊	✓	✕	
18	名賢珠玉集	無名氏	1 冊	✓	✕	
19	南北詞廣韻選	徐復祚〔註25〕	19 卷	✓	✓	散曲、戲曲選集

〔註21〕任註：附《盛世新聲》後。
〔註22〕據《中國曲學大辭典》載：書名全稱《石鏡山房匯彩筆情辭》，署題「明虎林叔周甫張栩選次，明虎林觀化子張玄參閱」。後被書賈改名爲《青樓韻語廣集》，題「西湖澹然子方悟輯証，西湖靜應子張几摹像」。有關此書命名由來，扉頁天籟齋主人識語云：「是集皆兩朝文人之作，故云彩筆；又皆爲青樓諸姬之曲也，故云情辭。」（浙江：教育出版社，1997 年 12 月，1 版 1 刷），頁 657。
〔註23〕本表所列未被發現曲目，皆據羅錦堂〈論飲虹簃所刻曲〉一文所述。詳見《錦堂論曲》，頁 661。
〔註24〕《散曲概論》題爲「張栩序」。
〔註25〕《散曲叢刊》未明作者，據《中國曲學大辭典》，題爲徐復作選，頁 644。

20	南北宮詞紀年	無名氏	1卷	✓〔註26〕	✗	
21	套數選詞	無名氏	1本	✓	✗	
22	精選樂府	無名氏		✓〔註27〕	✗	
23	九宮詞	無氏名	1本	✓	✗	
24	歇指調古今詞	李開先	1卷	✓	✗	
25	金元詞餘	無名氏	10卷	✓	✗	
26	清遠齋樂府	無名氏	10卷	✓	✗	
27	雅音彙編	無名氏	12卷	✓	✗	
28	詞林選勝	無名氏	3本	✓	✗	
29	三徑詞選	無名氏		✓	✗	
30	詞腴	無名氏		✓	✗	
31	吳歈萃雅	無名氏		✓	✓	散曲、戲曲選集
32	遴奇振雅	無名氏		✓〔註28〕	✓	未被發現
33	停雲館袖珍樂府	無名氏		✓〔註29〕	✗	
34	中和樂章	無名氏		✓〔註30〕	✓	未被發現
35	明朝樂章	無名氏		✓〔註31〕	✓	未被發現
36	四詞宗合刻	汪廷訥		✗	✓	
37	歌林拾翠	無名氏		✗	✓	
38	酹江集	孟稱舜		✗	✓	
39	情籟	無名氏		✗	✓	

　　《散曲叢刊》選錄三十五本，《中國戲曲概論》選錄二十一本（去臧晉叔《元曲選百種》及毛晉《六十種曲》），去其重，共三十九本選集（《中國戲曲概論》名為「總集」），二書共同選錄者有十七本。另《散曲叢刊》獨選十七本，《中國戲曲概論》獨選四本。二書共同選錄之十七本中，兼收元代作品或戲曲者不計，

〔註26〕任中敏疑此書「即南宮詞紀北宮詞紀各六卷。年一兩字乃十二兩字之訛。因南北詞中，無紀年體裁之可用也。」見《散曲叢刊‧散曲概論‧書錄》，頁5。
〔註27〕任註：與下文別集《月香詞》合訂一本。
〔註28〕任註：見《吳騷合編》。
〔註29〕任註：見《太霞新奏》。
〔註30〕任註：見《太和正音譜》。
〔註31〕任註：見《南詞定律》。

再扣除未被發現之曲集，專收明代散曲者，爲數四本，簡介如下：

（一）《南詞韻選》

明・萬曆間吳江沈氏（璟）刻。吳梅跋影印本《吳騷合編》云：

> 余謂散曲總集莫富於雍熙（樂府），而莫精於《南詞韻選》。他如《南北宮詞紀》、《太霞新奏》、《詞林逸響》諸書，不過承流接式而已。
> 〔註 32〕

本書敘文中云：「曰南詞，以辨北也；曰韻選，以不韻不選也。」凡例中亦云：「雖有佳詞，弗韻弗選也。」說明沈璟對聲律的講究。選曲次序，按周德清《中原音韻》排列，自「東鍾」至「廉纖」共十九韻，以每韻爲一卷，共分十九卷。今所見爲殘本，只存十七卷，十八、十九兩卷有目無詞。每卷中，大多是小令與套數雜出；亦有純小令而無套數者，如第三卷的支思韻、第八卷的寒山韻及第十八卷的鹽咸韻等。第九卷的桓歡韻，全卷中則只有一闋小令。

全書共收小令三百一十五首，套數七十四套。其中作家，多標字號而不名。卷首詞人姓字表中，知名者計有：誠齋（周憲王）、陳秋碧（鐸）、王渼陂（九思）、康對山（海）、楊升菴（愼）、常樓居（倫）、唐六如（寅）、金白嶼（鑾）、沈青門（仕）、馮海浮（惟敏）、梁少白（辰魚）、張靈虛（鳳翼）等二十四人。其它無名氏作品，幾乎佔全書二分之一。據鄭騫跋《南詞韻選》云，無足本流傳，兩殘本一爲吳梅舊殘、一爲國立中央圖書館藏（據清晝堂所藏傳鈔晒藍本排印），經鄭騫校點整理而爲精校本。〔註 33〕

（二）《南宮詞記》

全名《新鐫古今大雅南宮詞記》，署「秣陵陳所聞藎卿粹選，陳邦泰大來輯次」，是《北宮詞紀》姊妹篇。除收元人二家（一令一套外），餘收明代南曲作者七十四家，保存了前人所未收錄的南京人或流寓南京的明代散曲家作品，如陳鐸、徐霖、邢一鳳、高志學、武陵仙史、皮元素、徐惺予、孫幼如、秦時雍、周秋汀、虞竹西、顧雍里等。本書凡例中云：「凡曲忌陳腐，尤忌深晦；忌率易，尤忌率澀。下里之歌，殊不馴雅，文士爭奇炫博，益非當行。

〔註 32〕　見王雲五主編四部叢刊三編集部三八《吳騷合編》（臺灣：商務印書館），頁19863。

〔註 33〕　見鄭騫《紅渠記傳奇・南詞韻選・附吳江沈璟年譜》（臺北：北海出版公司，民國 60 年 3 月，初版）。

大都詞欲藻，意欲纖，用事欲典，豐腴綿密，流麗清圓；令歌者不嘶干喉，聽者大快于耳，斯爲上乘。」搜錄題材廣泛，分類編排。第一、四卷爲「美麗」、「閨怨」；第二卷爲「宴賞」、「祝賀」、「游覽」、「詠物」、「題贈」、「寄慰」；第三卷爲「送別」、「寫懷」、「傷逝」、「隱逸」；第五卷與第二卷同，唯「寄慰」改爲「寄答」；第六卷爲「送別」、「旅懷」、「隱逸」、「嘲笑」，搜羅豐富，選擇精當。因此，雖錄有元人作品，特列入簡介。

此書有明·萬曆三十三年（1605）俞彥序刻本。1959 年中華書局將此書和《北宮詞紀》合併排列出版，前二本是《南宮詞紀》，後兩本爲《北宮詞紀》，合稱《南北宮詞紀》。台北學海出版社亦有影印本。

（三）《太霞新奏》

明·香月居顧曲散人（馮夢龍）選編。因鑒於往時所傳散曲諸套數，習聞易厭，故所選皆爲當代名家新製，名爲「新奏」。選錄標準除要「名家新製」外，亦要「調協韻嚴」，卷首有「太霞新奏發凡十三則」，講述格律、用韻要則。並借用沈璟〔二郎神〕論曲韻律套數爲代序，如〔囀林鶯〕論字之平仄、〔啄木鸝〕論韻等，藉以糾正當時一般作家塡詞疏漏偏倚之弊，如作曲指南。插圖八幀，是取書中作家詞句，揣意繪成精細的圖畫，計有詠柳、閨情、別友、私期、贈妓、秋闈、別妓、憶別等。眉批夾注讀音、用韻，篇後附有評語，多談論作曲方法和曲壇掌故，對研究散曲者，助益頗大。

本書依宮調爲序編排，《錦堂論曲》以爲前十二卷爲套數，計一百六十五套；卷十三有雜犯曲十四首；卷十四有小令一百三十五首。〔註 34〕目錄不論小令、套數，皆先標明，再輯同調作品，各取其作品中的第一句爲題，如卷一〔仙呂〕曲中，〔八聲甘州〕是調名，此套前幾句爲：「因緣簿冷，歎鴛鴦被捲，枉怨銀箏」，目錄便以「因緣簿冷」爲題。所收明代曲家有沈伯龍、袁凫公、沈伯明、劉龍田、陳大聲（鐸）、沈子勺（瓚）、沈則平、沈君善、沈君庸（自徵）、沈青門（仕）、馮千秋（延年）、陳海樵（鶴）、卜大荒（世臣）、秦復菴（時雍）、王伯良（驥德）、史叔考（槃）、陸包山（治）、陳蓋卿（所

〔註 34〕見羅錦堂著《錦堂論曲·讀曲紀要》，頁 567。然《中國曲學大辭典》載爲：「前十二卷爲套數，計一百六十五套，後二卷爲小令，共一百五十四首。」，頁 658。據個人實際點算，羅文是依目錄下註文載錄，《中國曲學大辭典》則以內文實際作品數計數，確爲卷十三有雜犯曲十四首，卷十四有小令一百四十首，二卷總計爲一百五十四首。

聞）、梁少白（辰魚）、龍子猶、凌初成（濛初）、高深甫（濂）、祝希哲、唐伯虎（寅）、俞君宣、馮海浮（惟敏）等四十三位。

此書有明・天啓七年（1627）刻本，民國 20 年（1931）北京富普書社影印本，以及 1986 年海峽文藝出版社影印本，1987 年台灣學生書局《善本戲曲》叢刊影印本。

（四）《吳騷合編》

書名全稱《白雪齋選訂樂府吳騷合編》，卷內題作「虎林騷隱居士選輯，半嶙道人刪訂」。主要從《吳騷集》、《吳騷二集》、《吳騷三集》等書選集而成。凡例云：「往時選刻《吳騷》，苦無善本，所行者惟《南詞韻選》及《遴奇振雅》諸俗刻，所載清曲，大略雷同。《韻選》一書，又爲金湯韻學而設，僅惟小令散見，而套數則落落晨星。余特收諸殘簡蠹餘，零星舊本，及各家文集中，積漸羅致，雖已刻者有三集，而所見之詞，不啻廣矣。」吳梅跋中推許爲「分析正贈，辨訂牌調；正板式之鑫譌，考集曲之字句，尤較許宇（《詞林逸響》）、陳所聞（《南北宮詞紀》）等爲詳，是爲散曲中盡善之作，《南詞韻選》而外，首屈一指矣。」以其較爲晚出，崑曲興起後大家，如梁辰魚、沈璟、龍子猶、王驥德等人作品，亦采錄甚多。

本書以宮調爲序編排，分作四卷，計有小令四十六首，套數二百一十二套。內容則「惟幽期歡會，惜別傷離之詞，得以與選，其它雜詠佳篇，俱俟續刻，概不溷收」。〔註35〕羅錦堂以爲「明代南曲之佳構，幾乎盡萃於此」。〔註36〕集中除序跋外，卷首刻有張琦的《衡曲麈談》和魏良輔《曲律》，並附載填詞訓、作家偶評、《曲譜辯》、《情癡癲語》等，皆爲研究散曲的重要材料。每套散曲後，散見嶺樵道人、騷隱居士兩家評語，皆係依詞隱新譜（即沈自晉《南九宮新譜》）、墨憨齋（即馮子猶《南詞譜》）、三籟（即凌濛初之《南音三籟》）而立論。

此書有明・崇禎十年（1637）張師齡刻本，爲名刻家武林項南洲和古歙汪成甫、洪國良所刻，並附其圖像，皆取詞中佳句繪成，著筆工巧。散曲選集之有圖像，即自此書始。另有吳郡綠蔭堂翻刻本、大來堂刊本，及 1934 年上海涵芬樓借固安劉伯峰所藏原本影印，收入《續四部叢刊》。

〔註35〕見《中國曲學大辭典》「吳騷合編」條，頁 657。
〔註36〕見羅錦堂著《錦堂論曲・讀曲紀要》，頁 562。

二、別　集

編號	書　名	編　者	卷（冊）數	散曲叢刊	飲虹簃所刻曲	中國戲曲概論
1	誠齋樂府	朱有燉	2卷	✓	✓	✓
2	寫情集	常倫	2卷	✓	✓	✗
3	沜東樂府	康海	2卷	✓	✓	✓
4	碧山樂府	王九思	1卷	✓	✓〔註37〕	✓
5	王西樓先生樂府	王磐	1卷	✓	✗	✓〔註38〕
6	陶情樂府	楊愼	4卷	✓	✓	✓
7	樂府餘音	楊愼	1本	✓	✓〔註39〕	✗
8	楊升菴夫人詞曲	黃峨	5卷	✓	✓〔註40〕	✗
9	柏齋何先生樂府	何瑭	1卷	✓	✓	✗
10	南曲次韻	李開先 王九思	1卷	✓	✓	✓
11	江東白苧	梁辰魚	4卷	✓	✗	✓
12	海浮山堂詞稿	馮惟敏	4卷	✓	✗	✓
13	詞臠	劉效祖	1卷	✓	✓	✓
14	蕭爽齋樂府	金鑾	1卷	✓	✓〔註41〕	✓
15	鞠通樂府	沈自晉	3卷	✓	✓〔註42〕	✗
16	花影集	施紹莘	5卷	✓	✗	✓
17	步雪初聲	張瘦郎	1卷	✓	✓	✗
18	淮海新聲〔註43〕	朱應辰	1卷	✓	✗	✓
19	秋碧軒詞稿〔註44〕	陳鐸		✓	✓	✓
20	梨雲寄傲	陳鐸	1卷	✓	✓〔註45〕	✗
21	唾窗絨	沈仕		✓	✗	✓

〔註37〕《飲虹簃所刻曲》註爲兩卷。
〔註38〕《中國戲曲概論》題爲《西樓樂府》。
〔註39〕《飲虹簃所刻曲》題爲一卷，楊廷和撰。
〔註40〕《飲虹簃所刻曲》題爲《楊夫人樂府》三卷。
〔註41〕《飲虹簃所刻曲》題爲三卷附錄一卷。
〔註42〕《飲虹簃所刻曲》題爲補遺一卷。
〔註43〕《散曲概論・書錄》於書名及作者名後，皆加一「等」字，頁7。
〔註44〕《飲虹簃所刻曲》題爲《秋碧樂府》一卷；《中國戲曲概論》題爲《秋碧軒稿》。
〔註45〕《飲虹簃所刻曲》題爲一卷又附錄一卷。

22	方諸館樂府	王驥德		✓	×	✓
23	齒雪餘香	史槃		✓	×	✓
24	宛轉歌	馮夢龍		✓	×	✓
25	詞隱新詞	沈璟	1卷	✓	×	✓
26	曲海青冰	沈璟	2卷	✓	×	✓
27	息柯餘韻	陳鶴		✓	×	✓
28	欸乃篇	王澹翁		✓	×	✓
29	南峰樂府	楊循吉	1卷	✓	×	✓
30	鷗園新曲	夏言		✓	✓〔註46〕	×
31	林石逸興	薛論道	10卷	✓	✓〔註47〕	×
32	苑洛餘音	韓邦奇	1本	✓	✓〔註48〕	×
33	清江漁譜	無名氏	1冊	✓	×	✓
34	義山樂府	無名氏	1卷	✓	×	✓
35	清溪樂府	無名氏	1卷	✓	×	✓

　　《散曲叢刊》刊有一百零二種，《飲虹簃所刻曲》刊有四十五種，〔註49〕
《中國戲曲概論》刊有三十三種，而三書互有交集者計三十五本，三書共同
選錄者八本。除此八本，《飲虹簃所刻曲》與《中國戲曲概論》所錄，僅王九
思《碧山續稿》（《中國戲曲概論》題為《續樂府》）一書為共同選錄外，餘不
重出，二書正可互補。以下就共同選錄之曲集，作一簡介。

（一）三書共同選錄者：

1、周憲王《誠齋樂府》二卷

　　明‧宣德九年刊，不分卷數，分散曲、套數兩類。《飲虹簃所刻曲》本，
分為兩卷，卷一有小令二百七十九首，〔註50〕卷二有套數三十五套。除了慶
壽、賀筵、勸飲樂賓的應景之作外，以賞花和題情為數最多，反映貴族生活

〔註46〕　《飲虹簃所刻曲》題為一卷。
〔註47〕　《飲虹簃所刻曲》題為二卷。
〔註48〕　《飲虹簃所刻曲》題為《苑洛集》一卷。
〔註49〕　《散曲叢刊》列《鞠通樂府》五卷，《飲虹簃所刻曲》分別為《黍離新奏》一
　　　　　卷、《越溪新詠》一卷、《不殊室近草》一卷、《補遺》二卷。
〔註50〕　《中國曲學大辭典》載：卷一散曲二百七十四首，頁659。據筆者實際點算《飲
　　　　　虹簃所刻曲》，此數目當為正確。翁敏華《誠齋樂府》點校本亦明載此數目，
　　　　　見《誠齋樂府》（上海：古籍出版社），頁6。

的閑適之作。王世貞《曲藻》評其：「散曲百餘，雖才情未至，而音調頗諧，至今弦索多用之。」〔註51〕散曲之作，有生香真色之作，亦有情詞艷曲。〈白鶴子詠秋景〉五首序中，暢論南北曲流別，為詞隱、鞠通輩所未悉；又有〈南北楚江情五更怨〉，屬小曲之流。〈論飲虹簃所刻曲〉又云：原本每曲後各附北詞金字經一文，惜選本多把它刪去，由此便可見明季選曲之陋劣，而名重一時之「二更露正涼」一曲，為袁籜庵「西樓朝來翠袖涼」所本，可見《誠齋樂府》影響之深。〔註52〕上海古籍出版社有翁敏華點校本。

2、康海《沜東樂府》二卷

明·嘉靖二年刊。民國以來，共有兩種刻本，一為任中敏《散曲叢刊》本，一為盧前《飲虹簃所刻曲》本。共分二卷，卷一為小令，卷二為套數，合計約有二百幾十首（實為小令二百四十八首，套數二十四套），〔註53〕作品為免官歸里後所著的閑適、憤世之作。語言俚俗，風格豪爽明快，對改變明初曲壇纖弱風氣頗有影響，任中敏〈沜東樂府提要〉評其作品為：

> 康氏曲多用本色，為元人之豪放，擺脫明初闌茸之習，有功於明代
> 散曲作風不少。惟有時意氣褊急，篇幅繁冗，去元人之真樸渾厚，
> 尚有一間耳。〔註54〕

現今上海古籍出版社有周永瑞點校本。

3、王九思《碧山樂府》二卷

明·嘉靖十二年刊。《飲虹簃所刻曲》本，卷一有小令一百六十七首，卷二有套數九套。曲作內容多抒發個人失意之情懷。四庫全書總目評曰：

> 是編所選，大半依弦索越調而代犯之，合拍頗善。又明小令，多以
> 艷麗擅長，九思獨敘事抒情，婉轉妥協，不失元人遺意。其於填曲
> 之四聲，雜以帶字，不失尺寸，可謂聲音文字，兼擅其勝。〔註55〕

〔註51〕見任中敏編《新曲苑》一（臺灣：中華書局，民國59年8月，臺1版），頁89。

〔註52〕見羅錦堂著《錦堂論曲》，頁618。

〔註53〕《飲虹簃所刻曲》作品數的計數，目次所登錄與實際作品數，有些微誤差。如《沜東樂府》卷一〔落梅風〕，目次未標總首數，總計實數為二十一首。然於正文處，於〔落梅風〕下標二十四首，較目次多三首之故，乃因其中〈四時行樂詞〉實有四首，於目次下卻未標明故。

〔註54〕見任中敏輯《散曲叢刊·散曲概論·沜東樂府》，頁1。

〔註55〕見《四庫全書總目》第六冊（臺北：藝文印書館，民國68年12月，5版），頁4205。

王世貞《曲藻》推崇爲「秀麗雄爽」，〔註56〕然任中敏《曲諧》云：

> 弇州謂敬夫秀麗雄爽，一時評者，以爲不在關馬之下，王伯良以爲
> 乃過情之論，信矣。……蓋敬夫之秀麗，乃有句而無章。敬夫之雄
> 爽，又每呈中乾外強景況。碧山新續稿，雖遞出甚多，若精整機趣
> 之篇，則寥寥無幾耳。〔註57〕

現今上海古籍出版社有沈廣仁點校本。

4、楊慎《陶情樂府》四卷

明·嘉靖三十年刊。《飲虹簃所刻曲》本，卷一有套數四套，卷二、三有重頭一百一十六首，卷四有小令二十六首。另附簡紹芳、張愈光、王宗正、石岡沐等和作小令共五首，及唐山范甫寄升庵〔南呂·一枝花〕一套。《中國曲學大辭典》云：

> 楊愼飽經憂患，感憤尤多，抒懷諸題，淒清惆悵；寫情之作，刻畫
> 細緻。風格蕭爽與清麗皆有。〔註58〕

作品評價甚高，張愈光在序中云：「昔人云東坡詞爲曲詩，稼軒詞名曲論；若博南之詞，本山川、詠風物、託閨房、喻巖廓、謂之曲史可也。」尙有《續陶情樂府》，亦膾炙人口。王驥德《曲律》譽其「俊而葩」，「風流旖旎，即實甫能加之哉！」〔註59〕然王世貞《曲藻》卻評其：

> 陶情樂府、續陶情樂府，流膾人口，而頗不爲當家所許，蓋楊本蜀
> 人，顧多川調，不甚諧南北本腔也……。第他曲多剽元人樂府……
> 蓋楊多鈔錄祕本，不知已流傳人間矣。〔註60〕

對此微詞，後人王季烈《孤本盛明雜劇提要》認爲：

> 特其於曲，不屑尋宮數調，信筆揮灑，故拗折天下人嗓子，殆比臨
> 川尤爲甚。〔註61〕

特意讚揚爲獨立不拘精神的顯現。金毅於點校之《楊升庵夫婦散曲·前言》中亦持肯定態度：

〔註56〕見任中敏編《新曲苑》一，頁89。
〔註57〕見任中敏輯《散曲叢刊·散曲概論·曲諧》，頁50～51。
〔註58〕見《中國曲學大辭典》「陶情樂府」條，頁660。
〔註59〕見《中國古典戲曲論著集成》四，頁163。
〔註60〕見任中敏編《新曲苑》一，頁90～91。
〔註61〕見王季烈撰《孤本盛明雜劇提要》（臺灣：商務印書館，民國60年11月，臺1版），頁23。

楊慎散曲「傳詠滿滇雲」，要伸中原的本腔在邊陲得到認可和流行，本非易事。楊慎「多用川調，不甚諧南北本腔」，未始不是因地制宜的革新。〔註62〕

作品有時與夫人黃峨相淆，是以上海古籍出版社合楊慎，黃峨二人散曲，由金毅點校《楊升庵夫婦散曲》行世。〔註63〕盧冀野〈論曲絕句〉美稱「夫婦並工文章，如西方之白朗寧」。〔註64〕

5、李開先撰、王九思次韻《南曲次韻》一卷

明·嘉靖三十年刊，前有嘉靖乙巳（1545）碧山七十八翁自序，另有崇禎間《重刻渼陂王太史先生全集》本。〔註65〕是李開先、王九思二人唱和曲集，為李開先所作南曲〔傍妝臺〕小令一百首，王九思讀後次韻和作一百首，二人才氣相當，難分軒輊。

6、劉效祖《詞臠》一卷

有清·康熙刊本、《飲虹簃所刻曲》本。任中敏《曲諧》云：

> 詞臠一書，有明末刊及康熙庚戌甲戌兩刊。……所著原有短柱效顰、蓮步新聲、都邑繁華、閑中一笑、混俗陶情、裁冰翦雪、良辰樂事、空中語等集，雖經鏤板，旋復散佚，後人搜集其僅存者，故題曰詞臠。所作雖不盡中繩墨，而亢爽之氣，盎然滿紙。〔註66〕

《中國曲學大辭典》云：

> 效祖工散曲，金埴生《栗香室隨筆》以為可與板橋道情並稱，是富貴場中一股清涼散，「可入元人室」。所作多散佚，其從孫輯成《詞臠》一書。〔註67〕

《錦堂論曲》謂康熙九年刊，「有套數若干」，〔註68〕小令一十二首，其中以小曲尤為當行，不論寫景描情都能入微。語言平易，善用俗曲俚調歌詠，風格樸直。盧冀野〈論曲絕句〉稱其「以曲寫實」，故多親身閱歷之言，「述鄉

〔註62〕見金毅點校《楊升庵夫婦散曲》（上海：古籍出版社），頁5。
〔註63〕「庵」、「菴」二字，各書書寫紛雜，本論文從《散曲叢刊》以「菴」行文。
〔註64〕羅錦堂著《南曲小令譜·附錄》（香港：河洛出版社，民國53年，初版），頁65。
〔註65〕見《中國曲學大辭典》「南曲次韻」條，頁655。
〔註66〕見任中敏輯《散曲叢刊·散曲概論·曲諧》，頁59～60。
〔註67〕見《中國曲學大辭典》「詞臠」條，頁661。
〔註68〕見羅錦堂著《錦堂論曲》，頁640。《飲虹簃所刻曲》實僅一套。

情俗例，讀之頗堪發噱，然於世態人情，又覺其深切而有味」，「皆涉世至深，察理至透語」。〔註69〕

7、金鑾《蕭爽齋樂府》一卷

明・萬曆年間刊，是環翠堂四詞宗合刻（馮海粟、王西樓、金白嶼、梁伯龍）之一。《飲虹簃所刻曲》本，上卷有套數二十四套，下卷有小令一百三十首。南北俱工，尤長套數。音律精工，馮惟敏《海浮山堂詞稿・酬金白嶼・么篇》稱揚：

> 數算了金陵詞派，傲梨園蕭爽齋。清歌麗曲寫胸懷，識譜明腔識體裁，換羽移宮諳韻格。〔註70〕

何良俊《曲論》云：

> 南都自徐髯仙後，惟金在衡（鑾）最爲知音，善塡詞。其嘲調小曲極妙，每誦一篇，令人絕倒。〔註71〕

任中敏《曲諧》亦云：

> 凡讀蕭爽齋樂府者，必不能遺白嶼之河西六娘子閨情也，其首曲……風物人情，四件寫得無一不美，無一不眞。而文字於嫵媚中猶令人覺朗暢，合之涵虛評林，則吳西逸之空谷流泉，張雲莊之臨風玉樹，彷彿似之。有不僅楊西菴之芳妍花柳，呂止菴之結綺晴霞矣。故蕭爽齋樂府即可以蕭爽二字爲評也。〔註72〕

作品多爲諷時疾世，應酬贈答，男女風情，詠物抒懷之作，善於鎔鑄口語與麗詞，作風清麗兼有詼諧之趣。現今上海古籍出版社有駱玉明點校本。

8、陳鐸《秋碧軒詞稿》

陳鐸的散曲集有《秋碧樂府》等七、八種，萬曆時曾被合輯爲《陳大聲樂府全集》，惜已散佚。今尚流行的尚有《秋碧樂府》、《梨雲寄傲》、《滑稽餘韻》三種。〔註73〕

《秋碧軒詞稿》有明鈔本。《飲虹簃所刻曲》題名爲《秋碧樂府》一卷。《錦堂論曲》以爲共收散曲二十六套，〔註74〕《中國戲曲概論》題爲《秋碧

〔註69〕見羅錦堂著《南曲小令譜・附錄》，見67～68。
〔註70〕見汪閬度點校《海浮山堂詞稿》（上海：古籍出版社），頁37。
〔註71〕見《中國古典戲曲論著集成》四，頁10。
〔註72〕見任中敏輯《散曲叢刊・散曲概論・曲諧》，頁22。
〔註73〕見楊權長點校《陳鐸散曲・前言》（上海：古籍出版社），頁1。
〔註74〕見羅錦堂著《錦堂論曲》，頁619。《中國曲學大辭典》載爲：「令套雜列，計收

軒稿》。《秋碧軒詞稿》是陳鐸前期的作品。內容多為寫景、題情、節令之作，風格清麗明快。《列朝詩集》稱云：

> 所為散套，穩協流麗，被之絲竹，審宮節羽，不差毫末。〔註75〕

王世貞《曲藻》卻以為：

> 所為散套，既多蹈襲，亦淺才情。〔註76〕

然盧冀野〈論曲絕句〉舉其〔落梅風‧詠風情〕、〔小梁州‧詠閨情〕為例，說明「讀之頗覺清新，非盡為蹈襲之語」。〔註77〕至於寫作技巧特色，王驥德《曲律》評曰：

> 頗著才情，然多俗意陳語。〔註78〕

楊權長則在《陳鐸散曲‧前言》中引用明湯有光《精訂陳大聲樂府全集序》云：

> 大聲之韻發而意新，聲婉而辭豔，其體貼人情、描寫物態，有發前
> 人有未發者。何元郎取其穩協，王元美服其當行，真知言哉！〔註79〕

現今上海古籍出版社合《秋碧樂府》、《梨雲寄傲》及《滑稽餘韻》三編由楊權長點校為《陳鐸散曲》行世。

（二）《散曲叢刊》、《飲虹簃所刻曲》二書共同選錄者

1、常倫《寫情集》二卷

明‧正德年間刊，上卷有套數九套，下卷有小令一百六十九首。《中國曲學大辭典》謂之：

> 內容多為憤世不平和參破功名、塵世之作，風格主疏放豪辣，也有
> 屬清麗一路的。寫風情的作品雖占比例不大，但頗多雋什佳句，看
> 似平平落筆，卻情韻無窮，頗耐尋味。常倫自謂：「好治百家言，尤
> 邃黃老。」故其散曲亦有神仙家語和虛無頹廢之作。〔註80〕

小令六十二首，套數十一套。無序跋，此實為《陳大聲樂府全集》中散曲的選本。」，頁660。然個人就《飲虹簃所刻曲》實際點算，為小令六十六首，套數十一套。

〔註75〕見楊家駱主編中國學術名著第二種，錢謙益撰《列朝詩集小傳》丙集（臺北：世界書局，民國54年4月，再版），頁351。
〔註76〕見任中敏輯《新曲苑》一，頁10。
〔註77〕見羅錦堂著《南曲小令譜‧附錄》，見63～64。
〔註78〕見《中國古典戲曲論著集成》四，頁162。
〔註79〕見楊權長點校《陳鐸散曲》（上海：古籍出版社），頁4。
〔註80〕見《中國曲學大辭典》「寫情集」條，頁112。

王世貞《曲藻》謂：「雖詞氣豪逸，亦未當家。」〔註81〕曲集收錄於《四庫全書存目叢書》，臺灣靜宜大學圖書館有館藏。

2、何瑭《柏齋樂府》一卷

明‧嘉靖三十年刊。《飲虹簃所刻曲》本，全是套數，皆爲與康海、王九思唱和之作。是集原附在《碧山樂府》卷本，盧前特地別出爲一卷。內容有自述、祝壽詞、春興、歸興等。何瑭爲人風骨傲寄，曲作亦充分表露高尚情操與狷介風度。

3、沈自晉《鞠通樂府》三卷

有明刊本。共三種，一爲《黍離新奏》，多爲憑弔明亡及避亂思歸之作；二爲《越溪新詠》，多爲隱居吳山寫懷寄友之作；三爲《不殊堂近草》，多爲晚年詠物懷舊之作。共有小令七十九首，套數十七套。〔註82〕羅錦堂以爲沈自晉散曲的作風「大致可分二類，一爲秀麗，是寫作在明代，音韻和諧自然的情詞艷曲；一爲悲壯，是寫作在清初，滿懷身世之悲與故國之思。格律謹嚴，文字清麗通俗，亦爲吳江派中的翹楚」。〔註83〕除《飲虹簃所刻曲》外，上海古籍出版社有李宗爲點校本。

4、張瘦郎《步雪初聲》一卷

有明‧崇禎間刻本及《飲虹簃所刻曲》本。《中國曲學大辭典》載：

> 原題「古石張瘦郎野青氏著，古吳袁令昭慢亭歌者校」，前有龍子猶序，序云：「野青氏年少負雋才，所步《花間集》韻，既已奪宋人之席，復染指南北調，感嘆成帙。浪仙子從而和之，斯道其不孤矣。夫楚人素不辨冰青，得此開山，尤爲可幸。《白雪》故郢調，今其再振於黃乎？因名之曰《步雪初聲》。〔註84〕

此書按宮調排列收套數二十一套。內容多爲春閨、題情、詠物、相思等。臺灣故宮博物院圖書館藏有明末刊本《步雪初聲》一卷。

5、夏言《鷗園新曲》

〔註81〕見任中敏輯《新曲苑》一，頁 10。

〔註82〕《中國曲學大辭典》載爲：收小令七十首，套數十八套，見頁 663。《飲虹簃所刻曲》實刻小令八十四首（加補遺三首），套數十九套。李宗爲點校本，增加補遺曲作，共收二十八套。

〔註83〕見羅錦堂著《錦堂論曲》，頁 646～647。

〔註84〕見《中國曲學大辭典》「步雪初聲」條，頁 663。

有明・嘉靖刊本、萬曆間與《桂洲先生詞》九卷合刊本及《飲虹簃所刻曲》本。〔註85〕共收散曲十三套，多爲游賞、泛舟、對雪等閑適之作。《中國曲學大辭典》云：

> 其曲中頗多「人間萬事眞飄瓦，風破萬海無涯」的感嘆和對山水林泉的思慕，筆調典麗流暢，雋永可誦。〔註86〕

6、薛論道《林石逸興》十卷

有明・萬曆刻本、影印本，及《飲虹簃所刻曲》本。十卷卷名依序爲〔古山坡羊〕、〔朝天子〕、〔水仙子〕、〔黃鶯兒〕、〔沉醉東風〕、〔桂枝香〕、〔朝元歌〕、〔傍粧臺〕、〔步步嬌〕、〔玉抱肚〕，每卷有小令一百首，總計有一千首之多，惜大半散佚。現今《飲虹簃所刻曲》僅刊首卷全部及第三卷二十九首，共一百二十九首。自序云：「或忠於君，或孝於親，或憂勤於禮法之中，或放浪於形骸之外，皆可以發林壑游覽之情。」《中國曲學大辭典》云：

> 內容廣泛，最具特色的是他描寫邊塞風光及軍隊生活的作品，或抒發邊關將士豪情，或描繪塞外戰場景象，風格悲壯雄放。〔註87〕

7、韓邦奇《苑洛餘音》一本

有明・嘉靖間刊《苑洛集》附刻本。《飲虹簃所刻曲》題名爲《苑洛集》一卷。散曲三十首，作品多爲贈人、春思、秋思、思懷、懷古等感懷之作，風格疏朗，以豪放見長。臺灣故宮博物院圖書館有明嘉靖三十一年刊本《苑洛集》二十二卷。

8、楊慎《樂府餘音》一本

有明嘉靖曾璵序刻本、《飲虹簃所刻曲》本。《飲虹簃所刻曲》作者題爲楊廷和（楊慎之父），存小令一百一十二首，〔註88〕套數五套。《樂府餘音》原多混雜於升菴十五種內，故論者每誤爲升庵詞，近人盧前才把它獨刻入《飲虹簃叢書》中。《中國曲學大辭典》云：

> 共收小令一百七十首，多爲作者罷官歸里後所寫，內容皆「課耕農，勸讀誦，說孝友，沐浴膏澤，離離喈喈，卷阿之餘音也。」表現了

〔註85〕見《中國曲學大辭典》「鷗園新曲」條，頁660。
〔註86〕見《中國曲學大辭典》「夏言」條，頁110。
〔註87〕見《中國曲學大辭典》「薛論道」條，頁120。
〔註88〕《飲虹簃所刻曲》實刊一百零二首。

豁達自適的思想，風格爽朗清逸。〔註89〕

臺灣故宮博物院圖書館有明嘉靖間刊本《樂府餘音》一卷。

9、陳鐸《梨雲寄傲》一卷

有明抄本、《飲虹簃所刻曲》本。《飲虹簃所刻曲》多附錄一卷。皆為小令，計有一百零八首，多是刻畫閨情、游賞、投贈之作。此實為《陳大聲樂府全集》中散曲選本，有別於全集中二卷本的《梨雲寄傲》。上海古籍出版社已將陳鐸作品統編為《陳鐸散曲》。

（三）《散曲叢刊》、《中國戲曲概論》二書共同選錄者

1、王磐《王西樓樂府》一卷

今世所傳《西樓樂府》有二，一為高郵王磐（字鴻漸），一為濟南王田（字舜耕），二人俱號西樓。王驥德《曲律》以為「舜耕之辭較鴻漸頗富，然大不如鴻漸精鍊。……鴻漸樂府，曾見太學所存書籍亦列其目，為時所重可知矣。」〔註90〕

有嘉靖三十年張守中校訂重刻本、《散曲叢刊》本。收小令六十五首，套數九套。作品內容廣泛，含節慶、賞花、詠物、記遊等。王世貞《曲藻》評：

> 詞頗警健，工題贈，善調謔，而淺於風人之致。〔註91〕

任中敏《王西樓樂府·提要》云：

> 王氏之作，以精麗勝，頗能融元人喬、張二家之長。……明人譽之者眾，其書留入太學所存書目。〔註92〕

王磐所長在北曲，《王西樓樂府》無一南曲。故王驥德《曲律·論詠物》稱云：

> 小令北調，王西樓最佳。〔註93〕

今上海古籍出版社有李慶點校本《王西樓樂府》。

2、梁辰魚《江東白苧》四卷

明·嘉靖年間刊、暖紅室刊本、武進董氏刊本、《曲苑》影石印巾箱本。內容多寫艷情，亦有感懷、送別、離愁以及擬作代作之類。由於講究凝鍊整

〔註89〕見《中國曲學大辭典》「樂府餘音」條，頁659。
〔註90〕見《中國古典戲曲論著集成》四，頁177。
〔註91〕見任中敏輯《新曲苑》一，頁91。
〔註92〕見任中敏輯《散曲叢刊·王西樓樂府·提要》，頁1。
〔註93〕見《中國古典戲曲論著集成》四，頁134。

飭，「以詞爲曲，一方面也就造成了散曲的文人化和案頭化，使之逐漸成爲封建士大夫的賞玩物。」〔註94〕任中敏《曲諧》以爲：

> 南曲散詞中，一種甜俗紅腐之習，闒茸委靡之風，雖不必即由江東白苧一集創，而集中如九疑山，巫山十二峰等集曲，體段極長，不套不令，聲律成崑腔之始。雖有相當之可貴，而文字則一味鋪陳，滿紙娘行多嬌，讀之令人昏昏欲睡，迥非王、沈、金、馮、比者，實使之然也。〔註95〕

盧冀野〈論曲絕句〉則以爲「甜俗紅腐之習，闒茸委靡之風」不能「獨責梁氏」，「小山，夢符小令，即喜參用詞法」，「觀其〔懶畫眉〕情詞，如『小名兒牽掛在心頭，總欲丟時怎便丟？渾如吞卻線和鉤，不疼不癢常迤逗。只落得一縷相思萬縷愁。』其婉妙又何讓元賢邪？無怪靈墟（張鳳翼）謂擲地可作金聲，而（張）旭初又推爲曲中之聖也。」〔註96〕現今北京中國出版社有《江東白苧》，上海古籍出版社分別有吳書蔭、彭飛點校本。

3、馮惟敏《海浮山堂詞稿》四卷

有明·隆慶、萬曆間刻本、汪氏環翠堂刻《坐隱先生選本》、任中敏《散曲叢刊》本。〔註97〕卷一爲大令（套數），卷二上爲歸田小令，卷二下爲小令，卷三爲擊節餘音（套數），卷四爲附錄（套數）。收小令五百零八首，套數五十套。題材廣泛，語言俚俗本色，任中敏《散曲叢刊·概況》云：

> 馮氏散曲猶詞中之有辛棄疾與陳維崧，極豪放之能事。爲明曲中極有生氣之作，後無來者。〔註98〕

盧冀野〈論曲絕句〉亦稱「皆出之以灑脫自然，非故作豪放者可比。」〔註99〕現今上海古籍出版社有汪賢度點校本。

4、施紹莘《花影集》五卷

明·崇禎年間刊。《全明散曲》輯錄其小令七十二首，套數八十六套，爲明人專集中套數最多者，不以宮調爲比，略以文字時代爲序，曲前多有序，曲後多有評跋，且間附詩文。內容以寫山水花木、風流韻事爲主，具有清新

〔註94〕見彭飛點校《江東白苧·前言》（上海：古籍出版社），頁4。
〔註95〕見任中敏輯《散曲叢刊·散曲概論·曲諧》卷一，頁24～25。
〔註96〕見羅錦堂著《南曲小令譜·附錄》，頁62。
〔註97〕見《中國曲學大辭典》「海浮山堂詞稿」條，頁661。
〔註98〕見任中敏輯《散曲叢刊·概況》，頁4。
〔註99〕見羅錦堂著《南曲小令譜·附錄》，頁62。

的田園情趣，風格淳樸自然。惜在當代並未受到應有的重視，《太霞新奏》、《南詞新譜》都未選錄他的作品，在他身後才獲得高度的評價。任中敏《花影集・提要》評：

> 施氏散曲，乃崑腔後一大家，明人散曲中之大成者，其病惟在韻雜，以是明代諸選竟不登一字。詞雖不盡通雅，而生動勁激，雖爲崑腔南曲，而獨不爲習氣所囿，且猶擅北曲，時得元人蒼莽之致，殊難能也。〔註100〕

現今臺灣國家圖書館有鈔本《花影集》五卷，上海古籍出版社有來雲點校《秋水庵花影集》刊行。

5、朱應辰《淮海新聲》等一卷

有明・嘉靖二十一年詹應甲校刻本。〔註101〕「內容多寫隱居逸興和豔思麗情，兼或有懷才不遇的嘆世之作。風格以清麗秀逸見長，小令尤洒落有致」。〔註102〕

6、沈仕《唾窗絨》一卷

全書已佚，《散曲叢刊》本輯得小令七十四首，套數十二套，並附有諸家曲藻，及錄餘瑣志。內容多男女風月嘲弄之作，但描摹情態，時有巧思，人稱「青門體」，是曲中「香奩」派之宗師。任中敏云：

> 香奩體至曲，乃大爲解放，故其勢甚張，沈氏專以此體鳴於世，雖較之元人局面爲狹，而輕脫流利，後所不及，亦屬於清麗一派也。〔註103〕

盧冀野〈論曲絕句〉以爲「其詞多輕脫流利，遍傳人口，然皆屬子虛烏有，猶和成績之江城子；未必實有其事，後人憑空結構，類本乎此」，而其〔黃鶯兒・美人荐枕〕一曲，尤爲豔冶多愁，「此後疑雲疑雨之集，播布曲苑，亦使青門受謗無窮」。〔註104〕

7、王驥德《方諸館樂府》二卷

近人盧前輯得小令五十二首，套數三十套，編入《散曲集叢》。陳多、葉

〔註100〕　　見任中敏輯《散曲叢刊・花影集》，頁1。
〔註101〕　見《中國曲學大辭典》「淮海新聲」條，頁660。
〔註102〕　見《中國曲學大辭典》「朱應辰」條，頁110。
〔註103〕　見任中敏輯《散曲叢刊・概況》，頁4。
〔註104〕　見羅錦堂著《南曲小令譜・附錄》，頁66。

長海注釋《王驥德曲律》後附《方諸館樂府輯佚》，比盧前所輯又增小令九首，套數一套，1983 年由湖南人民出版社出版。「內容多爲與歌女名妓的贈答，大多感情眞切，形象鮮明，風格秀麗豔冶；而且安腔協拍，音律和美」。〔註105〕盧冀野〈論曲絕句〉舉其〔玉抱肚・蕭蕭郎馬〕、〔一江風・月華明〕二例，美其「如此等佳品，又非『秀麗』二字所能概括。」〔註106〕北京人民音樂出版社傅惜華編《古典戲曲聲樂論著叢編》收有《方諸館曲律》。

8、史槃《齒雪餘香》

已佚。《全明散曲》輯錄沈氏作品有小令十七首，套數四十三套，另複出套數二套。

9、馮夢龍《宛轉歌》

收小令六首，套數十八套。「內容多寫男女之情，感情眞摯，風格樸直平易」。〔註107〕任訥、盧前輯入《散曲集叢》。

10、沈璟《詞隱新詞》一卷，未發現。〔註108〕

11、沈璟《曲海青冰》二卷，未發現。

12、陳鶴《息柯餘韻》，未發現。

13、王澹翁《欸乃篇》，未發現。

14、楊循吉《南峰樂府》一卷，有文祿堂影印明刊本。

15、無名氏《清江漁譜》一冊，未發現。

16、無名氏《義山樂府》一卷，未發現。

17、無名氏《清溪樂府》一卷，未發現。

（四）《散曲叢刊》獨錄

歸莊《萬古愁》，趙氏又滿樓新刊本；張鳳翼《敲月軒詞稿》；祝允明《新機錦》，任中敏列爲「待考」；沈璟《情癡寱語》一卷；無名氏《藍關道曲》一本；楊愼《博南新聲》；陳繼儒《清明曲》一卷；無名氏《缶歌》一卷；無名氏《閒情雜擬》一卷；宣宗《御製樂府》一卷；遼簡王植《蓮詞》二卷；

〔註105〕見《中國曲學大辭典》「王驥德」條，頁129。
〔註106〕見羅錦堂著《南曲小令譜・附錄》，頁63。
〔註107〕見《中國曲學大辭典》「宛轉歌」條，頁663。
〔註108〕羅錦堂列爲「尚未被人發現者」（以下皆同）。見《錦堂論曲》，頁662。

徽莊王見沛《和樂餘音》十卷；唐恭王彌鈺《秋江詞》；承休王彌鋠《樂府》；
樊山王載玱《三逕詞》一卷；《夢玩仙閣》一卷，任中敏列爲「待考」；《神覽
滄溟》一卷，任中敏列爲「待考」；遼王恩鑨《唾窗絨》；無名氏《崇雅堂樂
府》一卷；盛鸞《貽拙堂樂府》二卷；劉效祖《空中語》一卷；劉效祖《短
柱效顰》一卷、《閑中一笑》一卷、《裁冰翦雪》一卷、《都邑繁華》一卷、《蓮
步新聲》一卷、《良辰樂事》、《混俗陶情》一卷；屠本畯《笑詞》一卷；王衡
《歸田詞》一卷；俞彥《近體樂府》一卷；黃方蔭《陌花軒小詞》一卷；張
四維《溪上閑情》一卷；陶輔《蜳竅清娛》一卷、《閭譽□笑》一卷；陳鐸《滑
稽餘音》二卷；王雪齋《王雪齋稿》；無名氏《月香亭稿》一卷；郭豸《松林
暢懷詞》二卷；司馬泰《龍廣山人小令》；謝九睿《東村樂府》二卷；袁崇晃
《西野老人樂府》；李開先《李中麓樂府》□卷、《中麓小令》；王田《王舜耕
詞》二卷；南溪散人《小隱樂農集》；喬龍溪《喬龍溪詞》；高筆峰《醉鄉小
稿》；蘇雪蓑《煙霞小稿》；陳元朋《梧院塡詞》一卷；無名氏《濠上齋樂府》
一卷；無名氏《蘿月齋樂府》一卷；李先芳《泰然亭樂府》；無名氏《三餘樂
事》二本；無名氏《三餘樂事摘錦》一本，任中敏列爲「待考」；無名氏《海
底眼》一本；無名氏《審齋樂府》一本；無名氏《歸田南北小令》一本；無
名氏《吟囊覽》一本；無名氏《金縷集》等一本；無名氏《可雪遺稿》一本；
無名氏《聽雨齋小詞》一本；無名氏《塡詞》一本；無名氏《月香小詞》，與
《精選樂府》選集合訂一本；皇甫百泉《擬樂府》二本；無名氏《詅痴符》
一本；沈自晉《賭墅餘音》。

（五）《飲虹簃所刻曲》獨錄

　　李禎《僑庵樂府》一卷；夏暘《葵軒詞餘》一卷；唐寅《伯虎雜曲》二
卷，附錄一卷；趙南星《芳茹園樂府》一卷；毛瑩《晚宜樓雜曲》一卷；夏
完淳《獄中草》一卷；佚名《天樂正音譜》一卷；王玉映輯《名媛詩緯雅集》
二卷；楊愼等撰《玲瓏唱和》一卷；朱讓栩《長春競辰樂府》一卷；夏文範
《蓮湖樂府》一卷；周履靖《鶴月瑤笙》四卷；陳與郊《隅園集》一卷；顧
仲芳《筆花樓新聲》一卷；吳承恩《射陽先生曲存》一卷；葉華《大平清調
迦陵音》一卷；葉奕繩《瀹函樂府》一卷；馮班《鈍吟樂府》一卷；王九思
《樂府拾遺》一卷、《碧山續稿》一卷、《碧山新稿》一卷；張鍊《雙溪樂府》
二卷；《山居詠》一卷，卷首一卷王徵撰，箋証一卷方豪撰；張炳濬《山居詠
和》一卷。

（六）《中國戲曲概論》獨錄

李禎《僑庵小令》；王九思《續樂府》；李開先《一笑散》；常倫《樓居樂府》；俞琬綸《自娛集》；汪廷訥《環翠堂樂府》；張伯起《敲月軒詞稿》。

（七）以下就《中國曲學大辭典》所載而上二表未錄之臺灣現存明代南曲散曲集目錄，附錄於下，以備參考。已佚而為他書所引者不錄：

1、三徑草堂編《新編南九宮詞》九卷

有明·萬曆間刻本，民國 19 年長沙鄭氏影印本。原書不著編纂者姓名，亦不標卷數，僅依宮調排列。當有九卷，卷二及卷六下并刻「三徑草堂編」五字。所收全係嘉靖、隆慶以前作品，為現存南曲選本之最古者，計有小令五十六首，套數六十七套，多數為其它曲集所不載。即使其它曲集選收，也往往互有異同，足資校勘之用。獨收宋元舊戲《玩江樓》遺曲〈花底黃鸝〉一套，尤為珍寶。臺灣國家圖書館有明嘉靖末年昆陵蔣氏三徑草堂刊本。

2、杜子華輯《新刻三徑閑題》二卷

大多數是詠物怡情，消閒適志之作。計小令一百三十一首，套數七套。後有「附刻名家（張伯子、梁少白）新詞」小令四首，套數九套。附刻前人（唐六如、祝枝山、王尚書、陳翰林等）新詞」小令十六首，套數八套。故宮博物院有明萬曆六年刻本。

3、王穉登輯《吳騷集》四卷

有明·萬曆間張琦校刻本、明末刻本、民國 25 年貝葉書房《中國文學珍本叢書》排印本。所選作品以典雅為主，故未收重本色的沈璟作品。國家圖書館善本書目著錄有明末刊本。

4、張琦、王輝輯《吳騷二集》

有明·萬曆間長洲周氏刊本、抄本。收有三十三位曲家作品，例與初集略同。書前有明·萬曆花裀上人許當世序云：「吳騷，廣楚騷者也。……夫兩集皆曲也，曷為而騷之？曰體異而情同也。情曷為而同？其摛情不必盡怨矣。它弗具論，間且歡曰縑怨而歡，歡復致怨者，人間世聚散之常也。總之，怨其情種也。」故內容多以閨情、閨思、詠艷、寄情、懷妓、詠妓、歡會、惜別、傷逝等為題。國家圖書館有明末刊本。

5、瞿佑《樂府遺音》一卷

有八千卷樓傳抄明天順七年刊本。內容有祝壽、題圖、妓館、離情、會歡等，其中多為諸生習唱佛曲度腔按譜而作。見存於四庫全書存目叢書集部四二二詞曲類。

　　6、陳所聞《濠上齋樂府》一卷

　　全書已佚，任訥、盧前輯入《散曲集叢》。約存小令一百六十多首，套數五十六套。內容有述懷、閨思、寫景、酬和、贈答等。鋪述流暢，風格清麗。

　　7、陳繼儒《清明曲》一卷

　　有明‧萬曆間刊《晚香堂小品》本，收套數二套。藝文出版社《寶顏堂秘笈》存有影印本。

　　8、徐瑗《絡緯吟》一卷

　　有明‧萬曆四十一年刻本。收小令二十六首，套數二套，頗多清雋篇什，書前有明‧萬曆癸丑范允臨序。國家圖書館有明萬曆范氏刊本。

第四節　《全明散曲》簡介

　　民國以後才蓬勃發展的曲學園地，王國維《宋元戲曲考》、吳梅《中國戲曲概論》、《顧曲麈談》是曲家必引書目。後繼諸論，多據以做縱的研究，縱論曲史源流演化，如：盧元駿《曲學》；陳萬鼐《元明清劇曲史》；梁乙真《元明散曲小史》；羅錦堂《中國散曲史》；李昌集《中國古代曲學史》、《中國古代散曲史》；羊春秋《散曲通論》；黃仕忠《中國戲曲史研究》；陳多《劇史新說》；曾永義《戲曲源流新論》；日人青木正兒《中國近世戲曲史》等。有的著作做橫的加廣，則劇曲之作比散曲之作多，闡析元代作品比明代作品多，單述一家比總述一時代多，深究單題比總括全時代風貌多，如：任二北、青木正兒、唐圭璋《元曲研究》；陳萬鼐《中國古劇樂曲之研究》；王忠林、應裕康《元曲六大家》；王忠林《元代散曲論叢》；汪志勇《元人散曲新探》、《明傳奇聯套研究》等。在單篇論文上，則多從文學角度切入，就作品之題材、意識形態、情節結構做剖析；或就個人別集或曲論探究。

　　對全明散曲的搜集鉅著，非《全明散曲》莫屬。若再進一步搜尋明代散曲中的南曲研究資料，就屈指可數了。

　　謝伯陽先生於一九八八年完成《全明散曲》的纂輯工作，並交由山東齊魯書社出版發行。本文所用版本是齊魯書社於一九九四年三月一版一刷版。

本書共收作者四百零六家（無名氏不計其內），共輯得小令一萬零六百零六首，套數兩千零六十四篇（複出小令、套數除外）有關編纂過程詳見《國文天地》六卷二期（民國79年7月）刊載〈搶救全明散曲——談《全明散曲的編纂》〉一文。作者亦摘要刊於《全明散曲》自序與凡例中。茲擇其要點，簡介於下：

一、作者簡介

謝伯陽（1931～），福建省福州市人。1957年畢業於南京大學中文系，師從陳中凡、胡小石、唐圭璋先生。歷任南京大學、揚州大學教授，研究生導師，任中敏博士點指導小組組長；並受聘爲韓國國立全南大學校客座教授。現任中國散曲研究會理事長，中國韻文學會常務理事，江蘇戲曲學會編撰委員會委員，中國作家協會會員。長期從事中國古代文學教學與研究。編著有：《全明散曲》、《全清散曲》、《元明清散曲選》、《諸宮調兩種校注》、《海浮山堂詞稿》、《散曲研究與教學》、《清曲三百首選注》以及〈全元散曲爭議〉，〈關於清代散曲中的若干問題〉等論文多篇，並參考編寫《中國大百科全書・中國文學卷》、《中國歷代愛情系列辭典》、《中國曲學大辭典・明代部分》等。其中《全清散曲》獲「首屆全國古籍整理優秀圖書一等獎」《全明散曲》獲「第九屆中國圖書獎」，「山東省優秀圖書一等獎」；《元明清散曲選》獲「中國古代散曲研究優秀論著獎」。其爲人生性耿直，幾十年孜孜於學問，甘於淡泊寧靜的生活。〔註109〕

二、編纂凡例

（一）編輯體例

本書編輯體例，多仿《全元散曲》。編輯順序，依次爲自序、凡例、書目舉要、目錄、內文、附錄與補遺。書目舉要所列書目，皆注明所用版本年代及刻本、刊本、鈔本之別，計二百一十七本。有關曲論之總集、別集列於前，作者傳記相關書目引於後。附錄收有「作家姓名字號籍貫索引」、「曲牌及使用此曲牌之作品首句索引」、「明人散曲有關作品作者異名表」，方便讀者搜索。惜第五

〔註109〕摘自趙義山著《20世紀元散曲研究綜論》，本文爲謝伯陽自傳。（上海：古籍出版社，2002年7月，1版1刷），頁282。

冊之「曲牌及使用此曲牌之作品首句索引」檢索表所標頁數，與實際頁數不符，差了二頁。補遺部分列有八家作品，秦時雍作品有重出。此二處，是未校出之小疵。另有宮調未明，或前後矛盾處，於文中另加註說明。

內文部份，以作者爲經，時代爲緯。作家並依生年先後順序排列。作品順序，先小令後散套，並於目錄作者名字下載明作品總數。每家散曲，均綴作者小傳，間錄序跋及曲評。無名氏曲作排列，先別集而後雜錄散見之曲，先南曲後北曲，先小令後套數。宮調次第，南曲依沈自晉《南詞新譜》，北曲據李玉之《北詞廣正譜》排列。對於每家之曲，曲牌相同者，僅於第一首小令前標出宮調牌名，不再重複。套數亦同，於第一支曲牌上注明宮調。南北合套，皆於題目或曲文前標出宮調，各曲牌下再書明南、北，首調亦然。

（二）編纂動機

曲由小道末技而躍升到在中國文學史上佔有一席之地，是近六七十年間的事。民國以後，經吳梅、任中敏、盧前、趙景深、鄭振鐸、陸侃如、馮沅君等諸先生的倡導和努力，在大學講堂上不僅獲得高度評價，有關曲集也陸續出版。繼隋樹森編輯《全元散曲》後，謝伯陽亦完成《全清散曲》。三年後，《全明散曲》亦問世。據《全明散曲‧自序》陳述，其編纂動機可歸納爲三：

1、搜集整合資料

就散曲而言，明代作家和作品的數量都遠超過元代。然有關明人曲選總集，今日比較容易見到的只有：一九一九年上海印書館印於《四部叢刊》續編集部中的《雍熙樂府》（景印明嘉靖刊本）；五十年代中期，文學古籍刊行社影印的《盛世新聲》、《詞林摘豔》；六十年代初中華書局排印的《南北宮詞記》。至於散曲別集總共才五十種，分別是：

（1）任中敏《散曲叢刊》十五種，一九三一年由中華書局刊行。

（2）任中敏、盧前合輯《散曲集叢》七種，由商務印書館刊行。

（3）盧冀野自費雕版刊行《飲虹簃所刻曲》，收元人曲集一十五種；明人曲集三十七種；清人曲集七種。

謝伯陽有感於明代散曲資料的分散和不足，乃思著手編纂一部詳備的明代散曲全集。

2、補訂亡佚作家作品

《盛世新聲》是明代刊印的第一本散曲總集，刊印於明武宗正德十二年

（一五一七），距今已四百多年。而雕印於宣宗宣德（一四二五到一四三五）年間的散曲別集《誠齋樂府》，距今則超過五百年。其間歷經天災人禍、蠹魚蛀蟲的耗劫，恐怕有相當一部份是目存書亡。比較羅錦堂於一九六六年出版的《中國戲曲總目彙編》複印所收明人散曲家總數，少於任中敏在《散曲概論・作家》統計的三百三十人數。可見必然還有一些已有專集的作家，尚有遺落作品未收錄；並有一部份曲家別集已亡佚了曲作。謝伯陽為方便研究曲學同好看到明人散曲全貌，乃思補訂亡佚作品，完成明人散曲搜集整理課程，以填補《全元散曲》（隋樹森著）、《全清散曲》（謝伯陽、凌景埏合編）間散曲史上近三百年的空白。

3、釐訂作品歸屬

明人所編曲集，僅有少數作品注了作者或劇目名稱，一般都不注作者。或僅留題目，或只書官職不寫名號，更甚者隨意署題作者姓氏，曲文作者的異名問題極為嚴重。即令輯曲豐富的《盛世新聲》、《重刊增益詞林摘豔》、徽藩本《詞林摘豔》、《雍熙樂府》、《昔昔鹽》、《盛世詞林》、《樂府爭奇》，基本上根本不注作家姓氏。對研究者而言，甚為不便。謝伯陽乃利用明人詩、文、詞集、小說、戲曲、筆記、曲譜、曲話一類的書，進行整理校勘，釐訂作品歸屬，方便曲學研究者。也更正隋樹森《全元散曲》十八條錯誤，載於〈《全明散曲》爭議〉一文中。〔註110〕

（三）輯校原則

1、關於作者斷限

有關作者斷限問題，作者頗費一番工夫。作者曾於〈《全元散曲》爭議〉一文，指出隋樹森編輯《全元散曲》作者斷限問題的小瑕疵，故於編纂《全明散曲》時，對跨朝代的「遺民」作家歸屬，做了更審慎的分別。既能顧及有文必錄，達到求全責備要求，復能堅守同尺度原則，決定取捨。

謝伯陽處理跨時代作家，首重該作家對新舊王朝政治上的向背態度而決定取捨。如被收錄入《全元散曲》的湯式、楊訥、賈仲明三人，謝伯陽揆之明賈仲明增補的《錄鬼簿》後面所附《錄鬼簿續編》中的作者小傳，認為三人「在朱元璋、朱棣父子當政時都是撰寫樂府（散曲）的老作手……在明朝

〔註110〕謝伯陽著〈《全元散曲》爭議〉刊於《國文天地》6 卷 2 期，民國 79 年 7 月，頁 46～50。

都生活了三四十年，他們的曲作反映了明初昇平景像和士人要『出山』的快
樂情緒」，實屬「道地明人」，將他們的作品收入《全元散曲》，是有違史實的。

現存的明人曲集，嚴重存在著曲文作者主名分歧的問題，更有甚者，把
劇曲當作元人散曲，故徵引文獻的可信度相對重要。謝伯陽亦在〈《全元散曲》
爭議〉一文中，因此對隋樹森提出糾正。隋樹森依《北詞廣正譜》徵引之曲
「凡不注明人者皆為元人作」之取捨標準，將劉伯亨斷為元人。謝伯陽經過
比較，發現「《北詞廣正譜》作者李玄玉對於所引曲詞的主名和出處是屢有誤
注的」，乃徵引「可信度較高」的原刊本《詞林摘豔》所注，並參酌一九八二
年吳曉鈴〈《金瓶梅》作者新考——試解四百年來的一個謎〉及李開先《閑居
集》詩文加以比對，斷定〔西雙合歌調・柳底風微〕散套作者劉伯亨，是李
中麓《閑居集》中的劉九，是明世宗嘉靖時人，非元朝百姓。

是以《全明散曲》作者斷限以歿於明代的作者為主（自洪武元年至崇禎
十七年）。對於生於元代而卒於明太祖洪武元年以後的人，部份生卒年代不詳
者，依據朱權《太和正音譜》中所列「國朝一十六人」的次序編排。至於生
逢元末明初或明末清初鼎革之際的歷史人物，難以朝代興亡為斷，則視其生
存時間和畢生言行，酌量取捨，予以收錄。

2、關於作品編排

有生卒年代可考者，按時代先後順序排列。若生平無法考知的作者則依
作品序跋、科名錄、筆記、曲話、曲目、詩詞總集等相關史料推斷。至於生
平不詳的作者，就從交友情況或曲文據以輯佚之書籍刊刻年代量為敘次。

3、關於作品出處

凡從兩種以上書籍中搜集來的曲文，以及無名氏的作品，一一在作品文
句下面注明各自的出處書名。若作者本有曲別集傳世，但在別集以外的書籍
中、曲選裡又可以輯出若干首（篇）佚曲，則重新將作品予以編排，再分別
注明各曲不同的來源。有些別集原依作品的特定內容或寫作年代，分列標題
名稱，則取消各集界限，重新排列，於各曲末尾再加注標題名。來源單一，
僅見作者曲別集的，就不另注書名。若一曲見諸各書而彼此主名互異者，凡
皆出自別集，則雙收之；凡分見於別集、總集，則以別集為主，另立「複出」
條目。若同見於曲選總集，採兩處互見，或置於一人名下而在另一人處標「複
出」。

4、關於作品校勘

採詳校與略校兩種方式：以別集異本，或別集與總集對校爲主，明人刊刻或後人排印之曲選總集，僅間引比較，不詳互校。古今字、異體字、正俗字不校；通假字、通俗語辭一仍其舊。明顯錯字，逕自改正。會引起異議之諧音字，改後加注。字跡漫漶，依他本補正者，注明出處；脫字衍文，據譜書推斷者加注。凡有助於對作者、曲文、版本的考訂，悉加按語。

小　結

明代實爲散曲發展的時代，南曲尤盛於明。明代散曲選集、別集皆超越前後二代，然據羅錦堂統計：自元迄清，有關散曲的專集或選集，總數約有二百二十四種，至今所可見者，僅有一○八種，散佚者竟有一百一十六種之多（含三十一種選集，八十五種專集）。〔註111〕而明代作家和作品的數目，都遠超過元、清二代，亡逸者必也居多，這實是一件憾事。無怪乎吳梅亦感慨道：

> 唐人歌詩之法廢，而後有南北曲；今南北曲又垂廢矣，執途人而語，雖瘏口焦脣，吾知其無益也。不如與子（指盧冀野）拍板高呼，尋味於酸鹹之外，而自得於曉風殘月之間；譽之勿喜，嗤之亦勿怒，吾固無望於今世之賞音也。〔註112〕

《盛世新聲》、《誠齋樂府》分別爲明代刊行的第一本散曲總集、別集，距今皆已超過四、五百年，有相當一部份已目存書亡。明人所編曲集，曲文作者的異名問題又極爲嚴重，曲集的搜羅與還原，實爲刻不容緩之急。今日比較容易見到的明代曲選總集有《雍熙樂府》、《盛世新聲》、《詞林摘豔》、《南北宮詞記》四種。別集有《散曲叢刊》、《散曲集叢》、《飲虹簃所刻曲》所刻總計五十種，資料明顯分散和不足。幸有《全明散曲》的編纂，明代散曲才有更精確與完備的材料可應用。《全明散曲》的問世，正銜接了《全元散曲》、《全清散曲》之間的空白，明代散曲作品的搜羅已漸趨完備。

〔註111〕詳見羅錦堂著《錦堂論曲‧論飲虹簃所刻曲》，頁 661～663。
〔註112〕見吳梅著《吳梅戲曲論文集》（臺北：文化藝術出版社，民國70年，初版），頁 488～489。

第二章　南北曲的淵源與形成

　　中國幅員廣大，藝術作品風格諸如繪畫、書法、音樂、建築等，自古以來便有南、北派之分，各呈「麗天之象」與「理地之形」。〔註1〕文學分南北，肇自《詩經》稱之為第一部「北方詩歌總集」，繼以《楚騷》喚為「南音」，已見南北民歌聲情迥異。故王驥德在《曲律》中，將南北曲之分野，直溯至「詩三百」時期。曲分南北，僅是此種淵源久長的文化現象中的一個小小側面，亦是民族藝術作品面臨文化慣性不可抗拒的宿命，更是不同民族展現不同文化的根由。本文不從整個民族的文化源頭著筆，僅從近因落筆，尋找南北曲共同的淵源。

第一節　南北曲淵源及與唐宋詞樂的關係

　　曲以體製分，有散曲、劇曲之別。不論散曲、劇曲，皆有南北之分。而一種體製的形成，必有一個漸進的歷程，終以最適合當時條件的方式成立。南北曲是曲體文學之分流，同具曲體文學質性並各具獨特屬性，故王驥德《曲律》卷一〈總論南北曲〉第二即云：

　　　　吳郡王元美謂：南北二曲，譬之同一師承，而頓、漸分教；俱為國
　　　　臣，而文武異科。〔註2〕

本節即就散曲部份，探索「頓、漸分教」歷程前的「同一師承」，有關劇曲部份，則不在本文範疇內。然在論証過程中，有時受限於資料的缺乏，仍不免

〔註1〕見范文瀾註《文心雕龍・原道第一》（北京：人民文學出版社，1998年2月，
　　　　1版1刷），頁1。
〔註2〕見《中國古典戲曲論著集成》四，頁57。

散曲、劇曲互爲辯証。

有關我國樂曲演進的歷程，王世貞《曲藻》云：

> 三百篇亡而後有騷、賦，騷、賦難入樂而後有古樂府，古樂府不入
> 俗而以唐絕句爲樂府，絕句少宛轉而後有詞，詞不快北耳而後有北
> 曲，北曲不諧南耳而後有南曲。〔註3〕

既爲曲的起源做一簡單說明，復指出「難入樂」、「不入俗」、「少宛轉」、「不
快耳」等不合時代條件處，乃有體製之新生。有關南北曲的淵源，曾永義《戲
曲源流新論》一書，〔註4〕論述極爲詳備，足資參考。下文僅依時代與曲牌二
項，做簡要敘述。

一、時代淵源

（一）南　曲

南曲一名，始見於元・鍾嗣成（約在 1279～1360）〔註5〕《錄鬼簿》卷
下「方今才人相知者，紀其姓名行實并所編」蕭德祥條下：「凡古文俱檃括爲
南曲，街市盛行。又有南曲戲文等。」〔註6〕而南宋末・周密（1232～1298）
〔註7〕《癸辛雜識別集・祖傑》卷上已提及「戲文」，〔註8〕將祖傑、楊髠之黨
構計巧奪財色之事，撰爲戲文以廣其事。

今考証南曲現存文獻，元代尚有：

1、周德清（泰定至元統間尚在世）〔註9〕《中原音韻》（此書後序作於

〔註3〕　見《中國古典戲曲論著集成》四，頁 27。本叢書所收《錄鬼簿》，是採用 1706
年曹寅輯刻《棟亭藏書十二種》裡的刊本爲重印底本，並以明萬曆間無名氏
輯《說集》、崇禎孟稱舜編印《古今名劇合選酹江集》附刻本、1909 劉世珩校
輯《暖紅室彙刻傳奇》附刻本、近人《王忠愨公遺書》内的王國維校注本、
天一閣賈仲明訂補的明藍格鈔本，勘校以成。頁 141。

〔註4〕　見曾永義著《戲曲源流新論》（臺北：立緒文化事業有限公司，民國 89 年 4
月，初版 1 刷）。

〔註5〕　見《中國古典戲曲論著集成（二）・錄鬼簿提要》，頁 88。

〔註6〕　又註云：「凡古文俱檃括爲南曲」句，天一閣本作「凡古人俱檃括有南曲」。「又
有南曲戲文等」句，天一閣本作「又有南戲文」。見《中國古典戲曲論著集成》
二，頁 134。

〔註7〕　見《中國文學大辭典》第五本（臺北：百川書局），頁 3339。

〔註8〕　見《景印文淵閣四庫全書》子部三四六　小說家類（臺灣：商務印書館），頁
104～135。

〔註9〕　見《中國文學大辭典》第五本，頁 3351。

1324 年，即元・泰定甲子年）：

> 南宋都杭，吳興與切鄰，故其戲文如《樂昌分鏡》等類，唱念呼吸，
> 皆如約韻。〔註10〕

2、劉一清《錢塘遺事》：

> 賈似道少時，佻撻尤甚。自入相後，猶微服閒行，或飲於妓家。至
> 戊辰己巳間，王煥戲文盛行於都下，始自太學，有黃可道者為之。
>
> 〔註11〕

以上元人諸籍，但言南宋已有戲文，不著其為何時。《錢塘遺事》明載戲文於
度宗咸淳四五（1268～1269）年間，即已盛行，尚未言其始於何時。

明代曲家，對戲文的發生年代，才有較確切的說法：

1、葉子奇《草木子》卷四下（作於 1378 年，即洪武十一年）〈雜俎篇〉：

> 俳優戲文始於王魁，永嘉人作之。識者曰，若見永嘉人作相。宋當
> 亡。及宋將亡，乃永嘉陳宜中作相，其後元朝南戲尚盛行。及當亂，
> 此院本特盛，南戲遂絕。〔註12〕

2、祝允明（1460～1526）〔註13〕《猥談》：

> 南戲出於宣和之後，南渡之際（1119～1126），謂之溫州雜劇。余見
> 舊牒，其時有趙閎夫榜禁，頗述名目，如《趙貞女蔡二郎》等，亦
> 不甚多。〔註14〕

3、徐渭（1521～1593）〔註15〕《南詞敘錄・提要》：

> 南戲始於宋光宗（1190～1194）朝，永嘉人所作《趙貞女》、《王魁》
> 二種實首之。故劉后村有「死後是非誰管得，滿村聽唱蔡中郎」之
> 句。或云：「宣和間已濫觴，其盛行則自南渡，號曰『永嘉雜劇』，
> 又曰『鶻伶聲嗽』。」〔註16〕

〔註10〕見《中國古典戲曲論著集成》一，頁 219。
〔註11〕見《景印文淵閣四庫全書》史部一六六　雜史類（台灣：商務印書館），頁 408
　　　～1000。
〔註12〕見《歷代史料筆記叢刊・草木子》（北京：中華書局，1997 年 11 月，1 版 3
　　　刷），頁 83。
〔註13〕見《中國文學大辭典》第六本，頁 4043。
〔註14〕見《續說郛》卷四十六。收錄於《續修四庫全書》子部一一九二　雜家類（上
　　　海：古籍出版社），頁 365。
〔註15〕見《中國古典戲曲論著集成》三，頁 235。
〔註16〕見《中國古典戲曲論著集成》三，頁 239。

以上諸說，南戲出於北宋末年之戲文，昭昭已明。然對不同種名，諸家各有說辭。劉念茲〈南戲四考〉就統言：不管稱南戲為雜劇、戲文、南戲文或是南曲戲文，「都是在各個時代、各個地點，人們一時一地的記載不同而已」。〔註17〕不過，做為一個特定的歷史概念，只有先統一界定內涵，才能聚焦做進一步的研究。錢南揚《戲文概論·引論》第一有云：

> 南戲文、南曲戲文、南戲，這三個名稱，雖繁簡不同，而涵義是一樣的，都是為了要別於北曲雜劇而言，所以在上面加了個「南」字，……北曲雜劇起於金朝，時代比戲文稍遲；而它的流傳到南方，當更在其後。所以這類名稱的產生，至早蓋在南宋中葉，比單稱戲文，時代要來得遲。〔註18〕

因此，錢南揚把「戲文」認定為一種「劇種名」。至於「溫州雜劇」、「永嘉雜劇」（永嘉即今溫州）之稱，錢南揚也認為涵義相同，且是宋南渡之際，戲文傳入宋雜劇流行地──杭州，為別於宋雜劇，才冠上地名以示區別。一來是標誌某地劇種，復可証明已流行外埠，此類稱名必更為晚出。錢南揚又考証「劇本出自溫州人手者又獨多。則戲文發生地點，當在溫州，毫無疑問」。〔註19〕

周貽白、俞為民二人卻以為「溫州雜劇」、「永嘉雜劇」是沿襲民間對雜劇（宋金時代泛指一切歌舞戲、滑稽戲）的稱謂，可見南戲是在宋代民間雜劇的基礎上發展而成。〔註20〕就劇種的形成發展而言，此說是合理的。

各家各有不同的外延解釋範疇，孫崇濤乃呼籲「今天學術界研究南戲，首先應有個統一、規範的稱呼才好」，於〈中國南戲研究之檢討中〉建議效法

〔註17〕收錄於《南戲論集》（北京：中國戲劇出版社，1983年12月，1版），頁35。
〔註18〕見錢南揚著《戲文概論》（臺北：里仁書局，民國89年1月，初版），頁4。
〔註19〕見錢南揚著《戲文概論·源委第二》，頁26。劉念慈〈南戲四考〉則以為「稱溫州雜劇，只能說是指在溫州地區流行的一種南戲，而不能說溫州雜劇等於南戲」。（見《南戲論集》，頁35。）
〔註20〕周貽白《中國戲劇史》（中華書局1954年版）、俞為民《南戲起源考辨》（見《宋元南戲考略》臺灣商務印書館1994年版）同認為宋雜劇是南戲的前身。張庚等主編之《中國戲曲通史》（中國戲劇出版社1980年版）則認為南戲出於南方民間歌舞小戲，並在此基礎上吸收其它民間伎藝的成份，才逐漸走向成熟的。黃仕忠《中國戲曲史研究》（廣州中山大學出版社1997年版，頁23）則強調從倚重於說唱的敘述性表演形式和游離於劇情的插科打諢，逐步向以第一人稱形式塑造人物為中心發展。諸家皆共同說明了新興戲曲必綜合吸收民間眾藝的歷程。

《南詞敘錄》所稱，即「稱劇種爲南戲，稱作品爲戲文」，〔註21〕而其範疇爲「北宋末葉至明嘉靖末期約 400 年間由最初『溫州雜劇』流布南方各地而繁衍的性質相類的民間戲曲藝術的總稱」。〔註22〕

以其所用音樂曲調主要是南曲，李昌集進一步推斷元人有「南曲」、「南戲」之稱名，正反映了「元人對（南、北二地）兩種聲腔系統的『曲』和兩類戲曲表演形式的確認」。〔註23〕

至於發生時間，胡忌、季國平二人發現的新例証爲：

> 南宋人劉塤（1240～1319）《水雲村稿》中《詞人吳用章傳》一文，
>
> 有云：「至咸淳（1265～1274），永嘉戲曲出。」〔註24〕

此項記載若屬實，則可呼應《錢塘遺事》之說，補元人諸籍載戲文生發時期籠統之失，並發明祝允明《猥談》中所云：「南戲出於宣和之後，南渡之際。」不謬。王國維更以曲名分析爲証，說明：

> 其淵源所自，或反古於元雜劇。今試就其曲名分析之，則其出於古曲者，更較元北曲爲多。〔註25〕

當今學界亦公認此說。王國維《宋元戲曲史・元雜劇之淵源》就元劇三百三十五章所用曲，分析其來源有：出於大曲者十一；出於唐宋詞者七十有四；出於諸宮調中各曲者二十有九；雖不見於古詞曲，而可確知其非創造者十。總計確出於古曲者一百有十，當全數之三分之一。餘兩百一十餘章，出於宋金舊曲當復不鮮，惜無由証明而已。〔註26〕又《宋元戲曲史・南戲之淵源及時代》就南戲五百四十三章用曲，分析其來源爲：出於大曲者二十五；出於唐宋詞者一百九十；出於金諸宮調者十三；出於南宋唱賺者十；出於元雜劇曲名者十有五；古詞曲所未見，可知其出於古者十八章。總計南曲五百四十

〔註21〕孫崇濤據《南詞敘錄》載：「南戲始於宋光宗朝」、「宋詞遂絕，而南戲亦衰」，稱「南戲」爲「劇種名」；據「《趙貞女蔡二郎》……實爲戲文之首」稱作品爲「戲文」。本段所引皆見孫崇濤著《南戲論叢・中國南戲研究之檢討》（北京：中華書局，2001 年 6 月，1 版 1 刷），頁 39。

〔註22〕見孫崇濤著《南戲論叢・南戲》，頁 71。

〔註23〕見李昌集著《中國古代曲學史》（上海：華東師範大學出版社，1997 年 12 月，1 版），頁 64。

〔註24〕見洛地《「戲曲」、「永嘉戲曲」首見處》（浙江：藝術研究所編輯《藝術研究》，1989 年第 11 輯）。

〔註25〕見王國維著《宋元戲曲史・南戲之淵源之時代》，頁 93～97。

〔註26〕見王國維著《宋元戲曲史》，頁 55～59。

三章中，出於古曲者凡二百六十章，幾當全數之半；而北曲之出於古曲者，不過能舉其三分之一，可知南曲淵源之古也。〔註27〕

　　將此說與祝允明之說相互參証，可推出南戲早於元雜劇，而南戲又出於宣和之後的結論。劉念茲以為宋光宗朝前後都有禁戲活動，說明南戲已經盛行，則南戲的形成當在宋徽宗（1101～1125）到南宋光宗（1190～1194）年間。〔註28〕錢南揚推論「南戲出於宣和之後，南渡之際」蓋指戲文已傳至杭州而言，則戲文的發生，應遠在宣和之前。〔註29〕雖有不同，以時間論亦數十年不到，故衝突性不大。

　　曾永義於《戲曲源流新論》中，就「南戲」淵源、形成、流播的歷史總結為：

　　　　宋宣和間濫觴（1119～1125），號稱「鶻伶聲嗽」；南渡之際（1127）
　　　　吸收流布而來的「官本雜攄」，形成「永嘉雜劇」或「溫州雜劇」並
　　　　向外流布，其間相距不過數年，皆為「小戲」時代。至光宗朝（紹
　　　　熙，1190～1194），已從說唱文學諸如話本和諸宮調中汲取充足之養
　　　　料，發展成為「大戲」，稱作「戲文」或「戲曲」；其間約六十餘年。
　　　　在永嘉發展形成的「戲文」或「戲曲」，於宋度宗咸淳間（1265～
　　　　1274），已經明顯的流布到杭州和江西南豐一帶，被稱作「永嘉戲
　　　　曲」，應當也可以稱作「永嘉戲文」。其間又約七十年。以常理推之，
　　　　「永嘉戲曲」流布在外，有可能早於咸淳以前。〔註30〕

至若「南曲戲文」、「南戲文」、「南戲」，曾永義認為「只是元、明兩代的人為了用以和『北曲雜劇』、『北雜劇』、『北劇』相對待的稱呼……都是『體製劇種』」，若流播各地，或「結合當地方言和民歌，但基本上尚保存溫州腔韻味（亦有可能被當地土腔曲代），是為腔調劇種或聲腔劇種」。〔註31〕此說兼容並蓄，最為完備。

〔註27〕見王國維著《宋元戲曲史》，頁93～97。
〔註28〕參閱《南戲論集》（北京：中國戲劇出版社，1988年12月，1版1刷），頁39～49。
〔註29〕見錢南揚著《戲文概論》，頁29。
〔註30〕見曾永義著《戲曲源流新論・也談「南戲」的名稱、淵源、形成和流播》，頁151。
〔註31〕本段皆引自曾永義著《戲曲源流新論・也談「南戲」的名稱、淵源、形成和流播》，頁170。

（二）北　曲

有關北曲淵源，見之元人典籍者，有以下諸說：

1、鍾嗣成《錄鬼簿》卷上「前輩已死名公，有樂府行於世者」「董解元」條下謂：

> 金章宗（1190～1208）時人，以其創始，故列諸首。〔註32〕

2、陶宗儀（1316～？）〔註33〕《輟耕錄》卷二十五「院本名目」條下載：

> 唐有傳奇。宋有戲曲、唱諢、詞說。金有院本、雜劇、諸宮調。院本、雜劇，其實一也。國朝院本、雜劇，始釐而二之。

又於卷二十七「雜劇曲名」條下列：

> 金季國初，樂府猶宋詞之流，傳奇猶宋戲曲之變，世傳謂之雜劇。
>
> 金章宗時，董解元所編西廂記，世代爲遠，尚罕有人能解之者，況今雜劇中曲調之冗乎？〔註34〕

明中葉後，曲家始從音樂文學角度探究南北曲起源，曲籍文獻有：

1、王世貞（1526～1590）〔註35〕《曲藻・序》：

> 曲者詞之變，自金元入主中國，所用胡樂，嘈雜淒緊，緩急之間，詞不能按，乃更爲新聲以媚之。……但大江以北，漸染胡語，時時採入，而沈約四聲遂闕其一。東南之士未盡顧曲之周郎，逢掖之間，又稀辨摭之王應。稍稍復變新體，號爲「南曲」。〔註36〕

2、徐渭（1521～1593）〔註37〕《南詞敘錄》：

> 今之北曲，蓋遼、金北鄙殺伐之音，壯偉狠戾，武夫馬上之歌，流入中原，遂爲民間日用。宋詞既不可披弦管，南人亦遂尚此，上下風靡，淺俗可嗤。然其間九宮二十一調，猶唐宋之遺也，特其止於三聲，而四聲亡滅耳。至南曲，又出北曲下一等，彼以宮調限之，吾不知其何取也。〔註38〕

〔註32〕見《中國古典戲曲論著集成》二，頁103。
〔註33〕見《中國文學大辭典》第二本，頁489。
〔註34〕見元明史料筆記叢刊《南村輟耕錄》（北京：中華書局，1997年11月，1版3刷），頁306、頁332。
〔註35〕見《中國文學大辭典》第二本，頁608。
〔註36〕見《中國古典戲曲論著集成》四，頁25。
〔註37〕見《中國文學大辭典》第六本，頁4424。
〔註38〕見《中國古典戲曲論著集成》三，頁240～241。

3、王驥德（？～1623）〔註39〕《曲律·曲源第一》：

> 曲，樂之友也。……而金章宗時，漸更爲北詞，如世所傳董解元《西廂記》者，其聲猶未純也。入元而益漫衍其制，櫛調比聲，北曲遂擅盛一代；顧未免滯於弦索，且多染胡語，其聲近嚼以殺，南人不習也。迨季世入我明，又變而爲南曲，婉麗嫵媚，一唱三嘆，於是美善兼至，極聲調之致。〔註40〕

就音樂角度言，詞在宋後期「不可被管弦」後，「曲承詞變」，更爲新聲。北曲發生初期是在遼金之時，而其定型化、規範化是在金元時期。

曾永義《戲曲源流新論》則從「北劇」的名稱、淵源、形成和流播總結爲：

> 北曲雜劇淵源於金院本，而金院本又與宋雜劇不殊。因宋雜劇流入民間，其演員不再是宮廷優人、改由民間的「行院人家」，故易名爲「院本」。院本快速注入民間鮮活生命力，發展出以市井口語爲名稱的新劇種，有「院么」與「么末」兩種（「院么」或「么麼院本」見其進入大戲之過渡；「么末」見其完成爲大戲的俗稱；「雜劇」見其完成爲大戲並取宋金雜劇之地位而代之的專稱；「北劇」則見其與「南戲」對立之情況）。〔註41〕

至於「院么」，是「改副淨主演之滑稽詼諧爲末色主唱之北曲套數」，「將宋金雜劇院本名目各自獨立的四個段落，結爲起承轉合故事情節連貫一體的新體製」。「么末」成立的年代「應當在宋寧宗嘉定九年、金宣宗貞祐二年（1214）金遷都於南京（汴京），宋金『雜劇』改稱爲『院本』，又進而有『院么』之後」。而「由市井口語之『么末』轉而取『雜劇』而代之，則應當在元世祖至元八年（1271）改國號爲『元』之後，十五年（1278）滅宋之前」。其成立之地「當是當今之開封、洛陽、鄭州一帶，也因此北曲雜劇便以《中原音韻》爲正聲」。〔註42〕

按：

〔註39〕見《中國文學大辭典》第二本，頁770。
〔註40〕見《中國古典戲曲論著集成》四，頁55。
〔註41〕見曾永義著《戲曲源流新論·也談「北劇」的名稱、淵源、形成和流播》，頁187。
〔註42〕本段所引皆見曾永義著《戲曲源流新論·也談「北劇」的名稱、淵源、形成和流播》，頁187。

　　綜合以上諸家之說，南戲的發生早於元雜劇，非為北曲式微而後方有南曲之說。而徐渭《南詞敘錄》所引宋元舊篇曲目，皆屬南曲；貫酸齋〈西湖遊賞〉散套、沈和甫〈瀟湘八景〉，已用南北合套。進一步証知南曲流行，當在元之中葉，亦非在北曲衰亡之後。北曲不諧於南後，南曲繼北曲流行於明。北曲是以遼金時北方流行的音樂為基礎，伴奏用弦索。南曲又變北曲為婉麗，伴奏多樣，然所用宮調皆唐宋之遺。至清以前，論南北曲淵源，曲家論述皆不出此範圍，今人論文體淵源，亦多採「曲承詞變」之說：

　　1、任中敏在其所著《散曲概論・序說第一》開宗明義指出：

　　　　曲始自元季，而源於宋詞。〔註43〕

　　2、盧冀野《詞曲研究・從詞到曲底轉變》以為曲的「宮調牌名」與「體裁」多根據詞而來，更直接了當說：

　　　　講到「散曲」，乾脆說就是從「詞」變出來的。〔註44〕

　　3、吳梅《中國戲曲概論》亦云：

　　　　樂府亡而詞興，詞亡而曲作，大率假仙佛里巷任俠及男女之詞，以
　　　　舒其磊落不平之氣。〔註45〕

　　4、汪志勇師《詞曲概論》以為：

　　　　南北曲的分野為汴京的陷落，北方的金元，除了原有的詞樂之外，
　　　　混合了外來的音樂，即是北曲；而南曲則為宋人詞而益以民間歌謠
　　　　而形成的。〔註46〕

此說言簡意賅，曲雖分南北，而其源皆為宋詞，其理甚明。羅錦堂先生在《中國散曲史》中，論散曲的起源，詳說為五要項──詞的衰落、詞調的轉變、詞句的語體化、諸宮調的興起、外來音樂的影響，仍不離「曲承詞變」說。

二、曲牌淵源

　　自王國維《宋元戲曲考》開啟以曲名為証之例，証成曲的來源不只一端，提出南北曲與唐曲子辭、唐宋大曲、宋詞、唐宋民間曲藝的淵源關係後，繼

〔註43〕見任中敏輯《散曲叢刊（四）・散曲概論》，頁1。
〔註44〕詳見盧冀野著《詞曲研究》（臺灣：中華書局，民國59年4月，臺2版），頁
　　　　86～88。
〔註45〕見吳梅著《中國戲曲概論》，頁123。
〔註46〕見汪志勇著《詞曲概論》（臺北：華正書局，民國78年9月，初版），頁56。

之者眾。如王易《詞曲史》一一將詞、曲調名作比較分析，任中敏《教坊記箋訂》列出唐代教坊曲之「曲名流變表」，爲王國維之說提供更週全的印証數據。李昌集《中國古代散曲史》亦由曲名流變探討南北曲淵源，著力頗深。以下即引李昌集歸納今存南曲最早作品《張協狀元》用曲實例，〔註47〕透由曲牌分析，論其淵源。〔註48〕

（一）南　曲

1、僅與唐曲相同、相關者

（1）五更轉

〔五更轉〕爲唐時北方民歌，敦煌曲子辭中存有歌辭多例，爲定格聯章體，由五首組成，無單片獨用現象。南曲之〔五更轉〕已成獨立曲牌，然未見文人採用。《張協狀元》中所用之〔五更轉〕，顯然爲民間曲子辭一脈的演化。

（2）獅子序

唐教坊曲中有〔西河獅子〕，據其名，其本源亦是河西（黃河以西地區）民間曲調。唐時，此曲爲舞曲，與大曲相類。南曲名「序」，當是取其「序」段音樂成歌。則本曲是爲民間曲子流入上層社會，再返歸民間之例。

上述二曲，均爲唐代北方民歌，流經時間長河，卻在南地札根，成爲後世「南曲」之濫觴。這種「南北同唱同曲牌」的現象，說明了曲牌可突破地域限制而廣爲流傳，不可單純的以曲牌發生地域界定南北曲義涵，須溯自源生地域乃可做定論，同時也反証了南北曲發生之初，本是在民間自發生成。

2、與唐曲子辭、北宋詞牌相同相關者

1.七娘子	2.卜算子	3.三臺令	4.千秋歲	5.大聖樂
6.女冠子▲	7.天下樂▲	8.水調歌頭	9.生查子	10.行香子▲

〔註47〕《張協狀元》，先經錢南揚定爲南戲早期作品，見《永樂大典戲文三種校注‧前言》（北京：中華書局，1979 年 10 月，1 版 1 刷）。李昌集復從用曲情況：使用了〔賺〕的曲牌；使用諸宮調開場；使用尾聲較之《錯立身》、《小孫屠》少，用聯章小令多；使用曲牌同於北宋詞牌者多，肯定錢南揚之說，認爲《張》戲產生時期去北宋尚未遠，可能尚在《劉知遠》諸宮調前。又李昌集以爲南曲初生時期的「戲文」，不只《張協狀元》一例，然其所用曲牌，大抵不出《張》戲所用曲牌，其淵源可依例循之。見李昌集著《中國古代散曲史》，頁 71～78。

〔註48〕以下論述之曲牌（李昌集未列宮調）皆引自李昌集《中國古代散曲史》第一章及第二章所述。

11.西地錦	12.豆葉黃▲	13.夜遊船▲	14.武陵春	15.河傳
16.迎仙客▲	17.金蕉葉▲	18.長相思	19.青玉案▲	20.紅芍藥▲
21.胡搗練	22.風入松▲	23.剔銀燈▲	24.夏雲峰	25.烏夜啼▲
26.祝音台近〔註49〕	27.粉蝶兒▲	28.紅衲襖▲	29.探春令	30.望江南▲
31.望梅花	32.望遠行▲	33.喜遷鶯▲	34.黃鶯兒▲	35.搗練子▲
36.虞美人	37.滿江紅	38.賣花聲	39.醉太平▲	40.醉落魄
41.駐馬聽▲	42.憶秦娥	43.燭影搖紅	44.臨江仙	45.薄倖
46.薄媚令	47.鶴沖天			

　　以上曲牌加▲者，表示北曲亦有相同曲牌。在四十七個曲牌中，〔註50〕
南曲曲牌佔二十六調，南北曲重疊曲牌佔二十一調，顯示南北曲在淵源上與
北宋詞的親緣關係，亦是元、明曲家「曲承詞變」說之力証。李昌集強調此
種親緣關係，表明了南曲並非「詞餘」，「南曲與宋詞乃是一種文人詞和民間
詞之間的兄弟關係」，接續了王國維所提出南北曲與唐曲子辭、唐宋大曲、宋
詞、唐宋民間曲藝有淵源關係之說。

　　李昌集又從歷史的角度審視，認為「唐代文人詞的出現反証了唐代有民
間曲子一脈存在（後來發現的敦煌詞提供了實証），宋代文人詞的興盛則倒
映著宋代有民間曲子——『俚曲胡謠』一脈的存在。……就體製而言，民
間歌詞又是一切文人歌詞的源泉所在，故我們絕不能倒源為流。」〔註51〕
個人以為，就文體內在發展而言，必有所承與因時制宜之變，「曲承詞變」
說，只是將曲體淵源單一簡化為最近之親緣關係而已，未必是倒源為流。

　　就南曲曲牌繁衍史而言，初時與北曲曲牌同名者多，且大多數為北宋詞
牌，越到後來，南北曲概念明確後，同名者即越少。此種現象，體現了南北
曲在發生過程中均以由唐至宋不斷孳生的民間曲子詞為主源，而在不同地域
的流衍，因「俚曲胡謠」未能載諸典籍而隱沒成一股「暗流」。故曲體的發
源，當更早於南宋初，其不同於北宋詞牌者，甚可追溯至唐曲。

3、與南宋詞牌相同者

〔註49〕按：當為〔祝英臺近〕之誤。
〔註50〕李昌集註計 51 名，然實 47 名。見《中國古代散曲史·南曲之淵源與南北曲
　　　　的分渠》，頁 74。
〔註51〕見李昌集著《中國古代散曲史·南曲之淵源與南北曲的分渠》，頁 74～75。

1.酷相思	2.梅子黃時雨	3.新水令	4.金錢子	5.荷葉鋪水面
6.似娘兒	7.錦纏道▲	8.亭前柳▲	9.糖多令▲	

　　上述加▲者，表示諸宮調中亦有同曲牌。在此九例中，〔註52〕〔糖多令〕首調，見於辛稼軒詞。〔註53〕稼軒爲南遊北人，此牌或是北曲南流一例。〔荷葉鋪水面〕首調，見於康伯可詞。〔註54〕〔亭前柳〕首調，見於石孝友詞。〔註55〕〔似娘兒〕首調，見於趙長卿詞。〔註56〕〔梅子黃時雨〕首調，見於張炎詞。〔註57〕除辛、康所作外，其他調牌均遲於《張協狀元》之作，可再証成曲非詞餘之說。《張協狀元》產生於南宋早期，與南宋詞牌同者僅此八例，可視爲南曲本源曲牌，非爲「詞餘」。李昌集又統計：北宋文人詞用詞牌876曲；南宋文人詞用詞牌827曲。其中，承襲北宋詞牌341曲，南宋新生詞牌達485曲，這些新生詞牌中，有些是北宋詞牌各種形式的變體，有相當部份是「新聲」。而文人詞乃是民間詞的典雅化和格律化，本類曲牌，正倒映著南宋民間曲子的興盛。《張協狀元》產生於南宋早期，與南宋詞牌相同者尚不多，但僅此八名，已足以說明，後世所謂「南曲」，恰是南宋新生詞之「源」，而非「詞餘」。

4、與唱賺曲牌相同者

1.賺	2.紫蘇丸	3.縷縷金（亦爲詞牌）

　　唱賺本民間曲藝，文人涉之者甚少，此類曲牌又爲南曲源於民間之實証。《張協狀元》中使用了〔賺〕、〔尾聲〕兩個曲牌。前者爲張五牛於「中興後」所創，本戲僅用了二例，當在〔賺〕調尚未十分流行時期的南宋早期。〔尾聲〕使用也僅二例，時間當也是在南曲特有〔尾聲〕曲牌尚未流行之際。都可說明南曲源於民間之實証。

5、與諸宮調曲名相同者

1.出隊子▲	2.麻婆子▲	3.忒忒令▲〔註58〕	4.一枝花▲

〔註52〕李昌集計數爲8例，實有9例。見《中國古代散曲史》，頁72。
〔註53〕見《全宋詞》三（臺北：洪氏版社，民國74年11月，初版），頁1907。
〔註54〕見《全宋詞》二，頁1309。
〔註55〕見《全宋詞》三，頁2043。
〔註56〕見《全宋詞》三，頁1797。
〔註57〕見《全宋詞》五，頁3475。
〔註58〕此牌李昌集於「與諸宮調曲名相同者」項下，未標與北曲同。然在後文南曲「與諸宮調曲牌相同者」項下，卻一並計數，前後矛盾。見《中國古代散曲

　　上述加▲者，爲北曲亦有相同曲牌。連同上述第（3）項3曲，計7曲。這裡所謂「諸宮調」，具體說，即指爲「北曲之祖」的《劉知遠》與《董西廂》，而後者產生時間遲於《張協狀元》。其中〔麻婆子〕源於唐曲，〔出隊子〕顧名思義，顯然是從隊舞曲中而來。〔亭前柳〕、〔錦纏道〕均爲南宋詞，金代詞中未見其例，可視爲南曲本源曲牌。七曲中，除卻二例爲南曲本生曲牌，〔糖多令〕前已述及可能是北曲南流之調，則南北曲同名曲牌四曲中佔有其三，顯現南北曲有些調牌，均可見於諸宮調，爲不爭之事實。具有「包羅時曲」特色的諸宮調，實具有溝通南北曲調的作用。

6、與北曲相同者

1.山坡羊	2.川鮑老	3.五供養	4.步步嬌	5.普天樂
6.鬥虼麻	7.綿搭絮	8.神仗兒	9.麻郎尾聲	

　　這些曲牌，揆之現存文籍資料，尚未發現比《張協狀元》更早的淵源。《張協狀元》產生之時，北曲尚處在蘊釀階段，這些南北曲合用之曲牌，必是「南先北後」，可爲王國維「南戲古於元雜劇」之說，與祝允明《猥談》確立南戲發生時間作一力証，也體現了南曲對北曲的影響不僅存在，且在北曲對南曲發生之前。至於這些「共域性曲牌」，如何輸入北曲的具體情形，則猶待進一步研究考証。

7、本源曲牌

1.十五郎	2.上馬踢	3.上堂水陸	4.大影戲	5.尹令
6.五方神	7.五方鬼	8.五韻美	9.太子游四門	10.太師引
11.引番子	12.四換頭	13.打球場	14.犯櫻桃花犯	15.生姜牙
16.字字雙	17.朱奴兒	18.江兒水	19.江頭送別	20.似娘兒
21.吳小四	22.孝順歌	23.刮鼓令	24.呼喚子	25.和佛兒
26.林里雞	27.油核桃	28.金連子	29.金牌郎	30.金蓮花
31.金錢花	32.幽花子	33.思園春	34.秋江送別	35.紅繡鞋
36.香柳娘	37.哭妓婆	38.哭梧桐	39.桃柳爭放	40.馬鞍兒
41.鬥雙雞	42.惜黃花	43.排歌	44.望吾鄉	45.涼草蟲
46.添字尹令	47.添字賽紅娘	48.荷葉鋪水面	49.袞	50.絳羅裙
51.賀筵開	52.越恁好	53.雁過沙	54.歇拍	55.窣地錦襠

史》，頁72、76。

56.滴漏子	57.福州歌	58.福馬郎	59.福清歌	60.綵襴陽
61.趙皮鞋	62.鳳馬兒	63.漿水令	64.賞宮花序	65.復襄陽
66.賽紅娘	67.轉山子	68.雙勸酒	69.鵝鴨滿渡船	70.懶畫眉
71.纏枝花	72.蠻牌令			

　　本類曲牌爲《張協狀元》所用曲牌中比例最大者，是南曲主源在民間的最好証明，亦即徐渭《南詞敍錄》中所稱「里巷歌謠」、「村坊小曲」者。〔註59〕其中〔刮鼓令〕頗堪玩味。「刮鼓」爲金代北地流行的一種村社小戲，北宋雖亡，而金人北地之風俗尚存民間，故南曲有〔刮鼓令〕，北曲有〔刮鼓社〕，可視爲南北因同風俗而乃有同調名之現象。

　　以上對《張協狀元》曲牌之辨析，說明南曲淵源，主體在民間之「曲」，民間之「詞」，是由唐曲而下民間曲子一脈的流衍，是不斷孳生的各種民間曲調的匯集，與詞（文人詞）有同源、親緣關係，卻非「詞餘」，是同源異流。而南北曲在各自生發的過程中，或因南曲北流，或因北曲南流，某些「地域性」曲子擴展爲「共域性」曲子，更爲南北曲同源提供了一個有力旁証。

　　其實，從現存的餘姚腔的劇本看來，有不少曲牌是從地方的歌謠小曲沿革而來，而且又不曾在其它腔調劇種中出現，如「金錢問卜」、「快活歌」、「浪中船」、「下水船」、「風流調」、「鵝兒叫」、「鬧更歌」等，〔註60〕亦可說明南曲源自民間的輔証。

（二）北　曲

　　李昌集就王國維、任中敏「曲名流變」研究成果，匯整制定「北曲曲名淵源調查表」，論証曲淵源並非宋詞的直受派生，而是與南曲同，直佻唐曲。今就其統計，再重新歸納列表（李昌集未明宮調），摘要說明如下：〔註61〕

　　1、與唐宋曲子詞、諸宮調曲名相同、相關者

　　甲、僅與唐曲同者

　　（1）大安樂

〔註59〕徐渭《南詞敍錄》：「其曲（指永嘉雜劇所用曲），則宋人詞而益以里巷歌謠，不叶宮調，故士夫罕有留意者。」「永嘉雜劇興，則又即村坊小曲而爲之，本無宮調，亦罕節奏，徒取其畸農，市民順口可歌而已，諺所謂『隨心令』者，即其技歟？」（見《中國戲曲論著集成》三，頁239～240。）
〔註60〕見錢南揚著《戲文概論》，頁70～71。
〔註61〕詳見李昌集著《中國古代曲史‧北曲之淵源與形成》，頁5～34。

　　唐燕樂立部伎八部之首爲「安樂」。《唐會要》卷三十三〈讌樂〉云其爲「太宗平遼時作」之歌詞。〔註62〕唐‧杜佑《通典》卷一四六〈坐立部伎〉云：「安樂，後周武平齊所作也。行列方正象城郭，周代謂之城舞。」〔註63〕更早爲北周城舞之曲。據《舊唐書‧樂志》載立部伎演出時，仍依制仿胡地風俗，〔註64〕故其本源即北地胡曲。李昌集考証「至遼時，〔安樂〕尚爲宮廷禮曲，一則因遼代禮樂多因唐之舊，二則因〔安樂〕本爲遼東北地舊曲，故更易爲遼人所接受。所以，本曲當是北地舊曲，經唐曲又回歸本地，經遼而延至金元北曲」。〔註65〕然在北曲中是一冷牌，僅鮮于樞散套中存一實例，〔註66〕故本曲乃是唐曲經遼直入金元北曲的典型之例。

　　（2）竹枝歌

　　唐教坊曲有〔竹枝子〕，敦煌雲謠集有曲例。〔註67〕此曲本爲巴渝俚歌，經劉禹錫仿製新辭而盛行於唐‧貞元時，然至宋詞反匿其形跡，許是從敦煌北地經流變而成北曲。

　　（3）殿前歡

　　此曲在北曲中又名〔小婦孩兒〕、〔鳳將雛〕、〔鳳引雛〕，間又做〔燕引雛〕。〔鳳將雛〕在唐代屬清樂。據《唐會要》卷三十三載，清樂「自晉民播遷，其音分散，不復存於內地」，及至「宋武定關中得之，入於江南」，而後「隋平陳后獲之」，於「天后朝，有六十三曲」，而〔鳳將雛〕是其中之一。〔註68〕〔殿前歡〕或爲北曲入宮廷後改名，餘則爲俗名，北曲保留初名，也保留了根源極老的血脈。

〔註62〕見《唐會要》六「至貞觀十六年十二月，宴百寮，奏十部樂。先是伐高昌‧收其樂付太常，乃增九部爲十部伎，今通典所載十部之樂，無扶南樂，祇有天竺樂，不見南蠻樂。其後分爲立坐二部，立部伎有八部，一安樂，周平齊所作，周代謂之城舞。二太平樂，亦謂之五方師子舞。三破陳樂，四慶善樂，五大定樂，亦謂之八紘同軌樂，太宗平遼時作也。」（北京：中華書局，1985年，新1版），頁609。

〔註63〕見《景印文淵閣四庫全書》史部三六三《通典》（臺灣：商務印書館），頁605～59。

〔註64〕見《景印文淵閣四庫全書》史部二六《舊唐書》卷二十九，頁268～704。

〔註65〕見李昌集著《中國古代散曲史》，頁21。

〔註66〕見《全元散曲》上冊，頁87。

〔註67〕見潘重規撰《敦煌雲謠集新書》（臺北：石門圖書公司，民國66年元月，初版），頁84。

〔註68〕見《景印文淵閣四庫全書》史部三六三《舊唐書》卷二十九，頁268～706。

（4）金娥神曲

在北曲中又名〔神曲纏〕、〔金娥曲〕。任半塘《教坊記箋訂》推測此曲應屬唐代大曲。北曲又名〔神曲纏〕，透露此曲是經纏令而被北曲吸收。

（5）山丹花

唐曲中有〔山花子〕，任半塘《教坊記箋訂》考証五代後〔浣溪沙〕別名〔山花子〕，然實爲兩調。〔註69〕李昌集則考証北曲〔山丹花〕似與唐教坊曲〔山花子〕更爲接近。〔註70〕唐教坊曲〔山花子〕的句式爲7、7、7、3，北曲〔山丹花〕僅存無名氏作小令一首：「昨朝滿樹花正開，蝴蝶來，蝴蝶來。今朝花落委蒼苔，不見蝴蝶來，蝴蝶來。」〔註71〕保留了三字句尾，與教坊曲〔山花子〕更接近。此曲頗具民歌色彩，或許比唐曲〔山花子〕更爲原始，其根源或在遼金之前。

以上敘述，可見北曲與唐曲的淵源深厚，對唐代宮廷樂曲、民間樂曲、燕樂、清樂、大曲、小調均有吸收，絕非由宋詞單一變化而成。

乙、與唐宋詞相同或相關者

1.二郎神	2.八聲甘州	3.川撥棹	4.天仙子	5.木斛沙
6.水仙子	7.玉交枝	8.念奴嬌	9.青杏兒	10.南鄉子
11.後庭花	12.風入松	13.烏夜啼	14.秦樓月	15.望江南
16.望遠行	17.梅花引	18.喜秋風	19.賀聖朝	20.陽關三疊
21.雁兒落	22.集賢賓	23.傾杯序	24.搗練子	25.萬年歡
26.落梅風	27.調笑令	28.賣花聲	29.醉花陰	30.憶帝京
31.繡薄媚	32.鵲踏枝			

以上計有32曲，是北曲與其它樂曲同牌名中最多者，大多屬唐教坊曲，其次爲晚唐五代和宋之詞牌。〔陽關三疊〕本是唐代聲詩；〔風入松〕本爲唐代琴曲和短歌。唐代聲詩琴曲歌辭，在總體上屬文人系統的音樂文學，而教坊曲則主要來自民間。民間歌辭一經轉入上層，有士人傳承，便易固定而較穩定流傳，但其留在民間之線則活潑多變，卻不易載之文籍而隱沒。如〔後庭花〕初爲唐曲，因陳後主游宴用之而流行於五代。然至宋，僅見張先一首、

〔註69〕見任半塘箋訂《教坊記箋訂》（臺北：宏業書局，民國62年1月），頁126、78。

〔註70〕見李昌集著《中國古代散曲史・北曲之淵源與形成》，頁22。

〔註71〕見《全元散曲》下冊，頁1986。

無名氏二首之例。但在北曲中，小令、散套、劇套皆可用之，句式迥異於五代詞與宋詞，可見不是由五代文人詞直接演化而成。此曲在北曲中又名〔河西後庭花〕，河西泛指黃河以西地區，正是唐代民間曲子詞極盛之地（敦煌歌辭可爲証）。由此可推測，此曲本源當是唐代河西一帶的民間歌曲。又如在宋詞中亦是冷調的〔水仙子〕，在唐時爲教坊曲，晚唐五代時入詞，直至明初楊文奎所作一首，爲〔水仙子〕之一片，句式極類唐曲子辭。由此可知，北曲中實有不待宋詞擺渡而直接沿民間之線由唐曲衍化者。北曲與宋詞乃同源異流之關係，一在上層「明線」，一在民間「暗線」的並行雙支。

丙、僅與宋詞相同者

1.人月圓	2.也不羅	3.小桃紅	4.太常引	5.太清歌
6.月照庭	7.古竹馬	8.行香子	9.夜行船	10.沽美酒
11.金盞兒	12.金蕉葉	13.晝夜樂	14.逍遙樂	15.魚游春水
16.滾繡球	17.滴滴金	18.滿庭芳	19.端正好	20.醉太平
21.醉春風	22.駐馬聽	23.憶王孫	24.離宴煞	25.鷓鴣天

本項曲牌共 25 曲，可分二類說明：

（1）與詞格律全同或略有改動者

〔人月圓〕、〔太常引〕、〔鷓鴣天〕，在元初期散曲中用之極少。元好問之〔人月圓〕是詞不是曲，鄭騫《北曲新譜》將此類歸入詞類。〔太常引〕、〔鷓鴣天〕，曲與詞上片同。〔太常引〕在元後期方入北曲，僅見張小山一首。〔鷓鴣天〕在元散詞中僅見元初張子益殘套首曲。可明宋詞對北曲的局部影響是存在的，但在北曲起源和發生的過程中僅是支流，不足以推翻詞曲在總體是同出一源，二水分流結論。

（2）與詞大異

〔脫布衫〕、〔逍遙樂〕、〔駐馬聽〕、〔沽美酒〕四曲乃北宋初興時曲牌，今存宋詞中屬孤牌孤例，今存宋詞各有柳永、晁端禮、黃庭堅、黃裳一詞之例。時隔一百多年，再在北曲中成爲較通行的常見曲牌，很能爲民間詞成「暗線」流衍做一說明。

丁、僅與諸宮調曲名相同者

1.憑欄人	2.文如錦	3.出隊子	4.四門子	5.石榴花
6.刮地風	7.青山口	8.急曲子	9.柳葉兒	10.耍孩兒
11.神仗兒	12.鬥鵪鶉	13.混江龍	14.雪裡梅	15.勝葫蘆

16.喬捉蛇	17.喬牌兒	18.酥棗兒	19.煞尾	20.寨兒令
21.願成雙	22.慶宣和	23.賞花時	24.踏陣馬	25.鵲打兔
26.攬琵琶				

　　諸宮調的曲調，一部份源於唐曲，另一部份與宋詞同，而勾欄中的纏達、纏令對諸宮調影響尤大，故諸宮調是在勾欄中誕生的，以各種流行的曲調來說唱故事的民間曲藝。以其所用曲調「多而雜」，故文人染指此道甚少。也因其所用曲調多而雜，故具包羅時曲特色，可窺民間曲子在曲形成中的作用。本類曲牌26曲之多，正是詞之潛流——民間詞的實証。與北曲中僅與唐曲曲名同者正相呼應，恰為北曲不待文人詞擺渡而發生之又一旁証。

　　附論與諸宮調、唐曲兼同者有：〔柳青娘〕、〔雙聲疊韻〕、〔玉翼蟬煞〕、〔麻婆子〕四種。〔註72〕〔柳青娘〕為教坊曲；唐曲有〔瑞蟬曲〕。與諸宮調、宋詞兼同者，有：

1.一枝花	2.大聖樂	3.月上海棠	4.玉抱肚	5.甘草子
6.快活年	7.豆葉黃	8.青玉案	9.看花回	10.降黃龍袞
11.剔銀燈	12.哨遍	13.啄木兒	14.脫布衫	15.喜春來
16.賀新郎	17.黃鶯兒	18.瑤台月	19.踏莎行	20.糖多令
21.驀山溪				

　　在這21個詞牌中，〔註73〕相當部份辭式與詞相異，只有一些相同或相異。由於「詞」是文人層的，「諸宮調」是民間層的，諸宮調與宋詞在時間上是平行的，因此彼此詞牌並非一線。如〔青玉案〕格律與詞全同，與諸宮調相異，由詞入曲的可能性大。〔糖多令〕有二體，一入越調，與詞全同；一入高平調，與諸宮調極似，可能是詞之明、暗二流雙入於曲。〔甘草子〕則與諸宮調和詞均不同，當是北曲再生中的自變。可見北曲的淵源和發生情形是很復雜的。

　　戊、與唐曲、宋詞、諸宮調兼同者

| 1.女冠子 | 2.小梁州 | 3.六么令 | 4.天下樂 | 5.太平令 |
| 6.木魚兒 | 7.侍香金童 | 8.定風波 | 9.拋球樂 | 10.牧羊關〔註74〕 |

〔註72〕實有4名，不明李昌集何以作3名計。見李昌集著《中國古代散曲史》，頁7～16。

〔註73〕實為21名，李昌集卻計22名，存疑。見李昌集著《中國古代散曲史》，頁7～16。

〔註74〕李昌集注：「北曲又名〔山坡羊〕，屬南呂。」見《中國古代散曲史》，頁10。

11.迎仙客	12.紅衲襖	13.粉蝶兒	14.鬼三台	15.喜遷鶯
16.喬木查	17.朝天子	18.減字木蘭花	19.菩薩蠻	20.感皇恩
21.新水令	22.應天長	23.牆頭花	24.還京樂	25.點絳唇

以上 25 曲，可分三種情況：

（1）〔菩薩蠻〕、〔歸塞北〕二名，辭式與唐、宋詞全同，與諸宮調相異，其必從唐宋詞來無疑。

（2）〔侍香金童〕辭式與諸宮調全同，與唐宋詞大異，顯是從諸宮調來，然在元曲中僅見關漢卿散套首曲一例。〔拋球樂〕今存元曲中無實例。二者當是北曲初生時期的曲牌。

（3）、餘 21 曲，與唐曲子辭、宋詞、諸宮調辭式均異，反映了北曲形成過程中對舊曲子的變異，象徵民間歌曲在樂式、辭式上具有較文人詞更多的靈活性和變動性。在曲醞釀階段，唐宋曲子辭和諸宮調曲子，一旦進入北曲發生、形成的系統中，也必然發生保留、變異、轉化、消失等多種情形。此類曲牌，顯示唐曲、宋詞、諸宮調對北曲發生、形成之影響，三者均是以唐曲為發端的形式逐步衍變而成。

2、與宋雜劇等曲名相同或相關者

甲、與宋雜劇相關者

1.六么	2.梁州	3.伊州	4.新水令	5.降黃龍袞
6.萬年歡	7.逍遙樂	8.醉花陰	9.月照庭	10.減字木蘭花
11.二郎神	12.黃鶯兒	13.賣花聲	14.慶豐年	15.上小樓
16.鶻打兔	17.啄木兒	18.六國朝	19.太平令	20.村裡迓鼓
21.繡薄媚	22.感皇恩	23.普天樂		

以上 23 曲，〔新水令〕與〔水調〕大曲有關，〔降黃龍〕是宋大曲名；〔袞〕者，本大曲之一遍，是為北曲吸收大曲成份跡象之一証。在宋代，大曲與雜劇各為演出的一種項目，二者均可在官方演出，然大曲在民間演出的機會較少，雜劇在勾欄中卻極為盛行。宋雜劇是從北宋起就盛行於宮廷、教坊和民間勾欄瓦舍中的一種表演形式，其包含的項目極龐雜，據《東京夢華錄》載：雜技、傀儡、相撲、武術、參軍、小歌舞、小戲弄等，皆可謂之雜劇。〔註75〕

〔註75〕見楊家駱主編中國學術名著第六集《東京夢華錄》（臺北：世界書局，民國 52年 5 月，初版），頁 137～138。

任中敏先生據其演出形式分爲「科白劇」、「歌舞劇」。歌舞劇以歌舞爲主，科白劇亦常穿插歌曲。因此，歌曲是宋雜劇中一種必要組成部份，其曲多爲宋時流行詞調，故調名與詞調同者多，又兼取大曲樂調，可以說唐宋大曲是以宋雜劇爲中轉橋梁向民間擴散流傳的。

乙、與舞隊相關者

1.六國朝	2.古竹馬	3.笑和尙	4.笑活三	5.貨郎兒
6.麻婆子	7.喬捉蛇	8.慶豐年	9.鮑老兒	10.憨郭郎

舞隊是宋代宮廷、教坊中盛行的一種音樂歌舞。在宮廷教坊隊舞中，其基本形式爲小兒隊、女童隊對舞，故稱舞隊（亦稱隊舞）。其用曲多用大曲與傳踏。而民間隊舞，形式則活潑多樣，據《武林舊事》載舞隊名目中：

> （隊舞）其品甚夥，不可悉數。……如傀儡、杵歌、竹馬之類，多至十餘隊。……及爲喬經紀人，如賣蜂糖餅、小八塊風子、賣字本、虔婆、賣旗兒之類，以資一笑者尤多也。〔註76〕

隊舞中，時穿插雜劇演出，以調劑清歌妙舞的單一，如《東京夢華錄》卷九載：

> 參軍色執竿子作語，勾小兒隊舞，小兒各選年十二、十三者二百餘人，列四行。……樂作，群舞合唱，且舞且唱。又唱破子畢，小兒班首入進致語。勾雜劇入場，一場兩段。……雜劇畢，參軍色作語放小兒隊，又群舞〔應天長〕曲子出場。〔註77〕

今存隊舞與北曲曲牌相同者，由於資料缺乏，已難分辨這些「曲牌」在隊舞中是屬曲調名或爲隊舞中的雜戲名目，若爲雜戲名目，又如何由「戲名」過渡爲「調名」，更有待進一步考証。而北曲中〔出隊子〕一調，似可肯定爲從隊舞中出場時的某一種音樂而來。

丙、與宋雜曲相關者

1.太平令	2.憨郭郎	3.麻婆子	4.撥不斷	5.叫聲

其中〔太平令〕（本是胡曲），即張五牛據以新創〔賺〕曲牌的本曲。北曲又名〔阿納忽〕、〔阿古令〕，是北曲影響其它音樂樣式例証之一。〔憨郭郎〕、

〔註76〕見《景印文淵閣四庫全書・地理類》史部三四八，頁 590-195。
〔註77〕見楊家駱主編中國學術名著第六輯《東京夢華錄》，頁 228。

〔麻婆子〕本為唐傀儡戲中角色名，又都是宋隊舞中雜戲名目，且前者又見於金院本，後者又見於諸宮調，顯示了唐曲經若干環節衍為北曲的跡象。〔撥不斷〕在宋勾欄中是一種流行曲調，更是一種專門化的曲藝形式，《武林舊事》卷六「諸色藝人」條下載：

> 唱撥不斷為業者二人：張胡子、黃三。〔註78〕

〔撥不斷〕又名〔續斷弦〕，本是某一類曲調的總名。〔叫聲〕的情形與之相類。據《都城紀勝》載：

> 叫聲自京師起撰，因市井諸色歌吟賣物之聲，採合宮調而成也。
> 〔註79〕

《都城紀勝·瓦舍眾伎》並列為諸家腔之一：

> 凡賺最難，以其兼慢曲、曲破、大曲、嘌唱、耍令、番曲、叫聲諸
> 家腔譜也。〔註80〕

可見〔叫聲〕本為各種叫賣之聲，經藝人採集加工而提昇為某種帶有藝術性的曲調。宋詞、北曲中的〔賣花聲〕，當即〔叫聲〕之一種。而北曲〔叫聲〕之曲牌，應是體現了各種「叫聲」共有音樂特點的一個曲調。

丁、與金院本相關者

1.十二月	2.六么	3.天下樂	4.四門子	5.伊州
6.尾聲	7.村裡秀才	8.村裡迓鼓	9.青杏兒	10.春從天上來
11.柳青娘	12.降黃龍滾	13.風流體	14.鬥鵪鶉	15.梅花引
16.淨瓶兒	17.逍遙樂	18.喜遷鶯	19.喬捉蛇	20.測磚兒
21.集賢賓	22.搗練子	23.萬年歡	24.調笑令.	25.賣花聲
26.擂鼓體	27.憨郭郎	28.歸塞北	29.雙雁兒	

此中可分二類，一類是金院本中雜戲段數之名目，是北曲調名與金院本相關之大部份，其關係與北曲調名與宋之雜劇、隊舞名目相同者類似，今皆已無法詳考。另一類是金院本中所用曲調與北曲相同者，如金院本中有用擂鼓調演唱《孝經》的「擂鼓孝經」，北曲中的〔擂鼓體〕又名〔催花樂〕，是民間擊鼓傳花一類娛戲時所唱的曲調。金院本之〔擂鼓〕當是俚曲向北曲轉

〔註78〕見《景印文淵閣四庫全書·地理類》史部三四八，頁 590-294。
〔註79〕見《景印文淵閣四庫全書·地理類》史部三四八，頁 590-8。
〔註80〕見《景印文淵閣四庫全書·地理類》史部三四八，頁 590-8。

化的中間環節。

〔尾聲〕在北曲套式中，是使用最普遍的曲調，其唱法活潑無定式，可入各宮調，對北曲套數的形成至關重要。而金院本在「打略拴畜」類中，已列有專門「唱尾聲」一項，下有《孟姜女》、《詩頭曲尾》、《虎皮袍》四種作品名目。〔註81〕李昌集以爲〔尾聲〕是芝菴《唱論》中所謂「歌聲變件」之一，用以總結一個完整樂章──即「套數」，才能相應芝菴《唱論》所言：「成文章曰『樂府』，有『尾聲』名『套數』。」〔註82〕則「尾聲」之有無，即是「套數」與「小令」之區別，「唱尾聲」即是「唱散套」，是爲曲體於金代便已成立的重要証據。〔註83〕北曲之形成，與金院本關係之深，由此可見一斑。惜金院本今無確指的具體作品傳世，而難以詳考。

3、北曲本生調牌

據李昌集統計，以上兩大類共得一百九十一個曲牌，去其重，尚得一百五十七曲。若加上同源異曲，則約有一百七十曲之北曲曲牌有源可查。佔今存北曲約四百餘名（據《輟耕錄》）曲牌五分之二以上。〔註84〕餘五分之三，屬北曲本生調牌，是本曲曲調主要部份，可概分爲下列幾項：

（1）胡曲：據何良俊《曲論》考証有〔阿納忽〕、〔相公愛〕。〔註85〕曾敏行《獨醒雜誌》考証有〔異國朝〕、〔四國朝〕、〔六國朝〕、〔蠻牌序〕、〔蓬蓬花〕、〔胡十八〕等爲「蕃曲」。〔註86〕據漢族民歌改稱者如〔醉也摩沙〕又

〔註81〕見《南村輟耕錄‧院本名目》卷二十五，頁313。
〔註82〕據《中國古典戲曲論著集成》一（頁160）所引《唱論》原文爲：「歌聲變件，有：慢，滾，序，引，三臺，破子，遍子，攧落，實催，全篇。尾聲，有：賺煞，隨煞，隔煞，羯煞，本調煞，拐子煞，三煞，七煞。」李昌集以爲「全篇尾聲」是一個詞組，不能分開，故斷句宜爲「歌聲變件，有：慢，滾，序，引，三臺，破子，遍子，攧落，實催。全篇尾聲──有：賺煞，隨煞，隔煞，羯煞，本調煞，拐子煞，三煞，七煞。」（見《中國古代散曲史》，頁42～43。）
〔註83〕詳見李昌集著《中國古代散曲史》，頁42～43。
〔註84〕見李昌集著《中國古代散曲史》，頁21。然實據《南村輟耕錄‧雜劇曲名》卷二十七載，計有〔正宮〕25調；〔黃鐘〕15調；〔南呂〕20調；〔中呂〕38調；〔仙呂〕36調；〔商調〕16調；〔大石〕19調；〔雙調〕61調，實有230調，何來四百餘曲？（見《南參村輟耕錄》，頁332～335。）
〔註85〕見《中國古典戲曲論著集成》四，頁9。
〔註86〕見曾敏行《獨醒雜誌》卷五（臺北：廣文書局，民國76年7月，初版），頁8。

名〔醉娘子〕；又如〔唐兀歹〕、〔忽都白〕、〔也不羅〕、〔者拉古〕、〔呆骨朵〕、〔拙魯速〕，據名稱亦多被視作胡曲。

（2）北地漢族俗曲：如〔醋葫蘆〕、〔初生月兒〕、〔窮河西〕、〔山坡羊〕、〔攪琵琶〕、〔蔓青菜〕、〔蠻姑兒〕、〔秋蓮曲〕、〔桃花娘〕、〔三番玉樓人〕等，或爲鄉村之曲，或爲市井之曲，若〔村里迓鼓〕，本爲宋時民間小戲弄，後爲雜劇等吸收而傳入北地，《續墨客揮犀》中云：

> 王子醇初平西河，邊陲寧靜，講武之暇，因敎軍士爲迓鼓戲，數年
> 間遂盛行於世。〔註87〕

此外，〔大拜門〕、〔小拜門〕之「拜門」，據《東京夢華錄》卷五「娶婦」條載，〔註88〕北宋時京師已盛行「拜門」之風，是屬婚儀之曲。〔十棒鼓〕可能源於宋代民間「鬥鼓社」，《西湖老人繁勝錄》即載有「鬥鼓社」。〔註89〕

（3）軍歌：如〔踏陣馬〕、〔得勝令〕、〔藍天旗〕、〔四邊靜〕、〔小將軍〕，或即產生於軍中，或是以軍事爲題材「雜戲」中的曲調。

（4）行酒曲：如〔湖美酒〕、〔醉花陰〕、〔醉春風〕、〔醉中天〕、〔醉扶歸〕，稱名皆與酒相關。

（5）佛曲：如〔華嚴贊〕、〔好觀音〕。

按：

就曲調的淵源分析，北曲乃是當時（主要是在金代和蒙元初期）各種歌曲（勾欄、教坊曲、民歌俚曲和極少數返歸民間的宮廷曲）的孕育下產生的，有部份是通過宋雜劇爲中轉衍爲北曲的，間接說明北曲來源的複雜性。故南北曲之源，不僅承詞之變，皆可追溯到唐曲，及當時各種曲調匯集孕育而成。李昌集對唐曲的界定爲：

> 這裡的「唐曲」，並非狹義地指今存的唐曲若干曲調，而是指唐曲
> 這一音樂文藝形式。唐曲誕生後，其有三個流衍發展的線案：其
> 一是宋代的文人詞；其二是教坊、勾欄中的諸曲藝（宋大曲、宋
> 雜劇、宋隊舞、諸宮調、唱賺、金院本等等）；其三則是唐曲的本
> 源──民歌俗曲按自身軌跡在民間的流傳、新生和發展。〔註90〕

〔註87〕見宋・彭乘撰《續墨客揮犀》（臺灣：商務印書館），頁110。

〔註88〕見楊家駱主編中國學術名著第六輯《東京夢華錄》，頁153。

〔註89〕見《文淵閣四庫全書存目叢書》史部二四七（臺南：莊嚴文化事業有限公司，1996年8月，初版），頁650。

〔註90〕詳見李昌集著《中國古代散曲史・北曲之淵源與形成》，頁33。

而民歌俗曲正是其它兩線的泉源所在。但在藝術形式的發展提高上，教坊與勾欄之曲藝又具主導作用。至於文人詞，則是民歌俗曲的雅化，對北曲的形成較無實質性的影響。因此，如果說曲乃「詞之變」，須將「詞」視做當時各種樂曲（宋雜劇、隊舞、諸宮調、唱賺、金院本之曲）以及與之相連的歌曲總稱，確指「曲」是民間曲子詞的形式之「變」，才是一個正確的命題。

第二節　南北曲體製的形成與分野

一、形　成

　　盧冀野在《詞曲研究‧從詞到曲底轉變》中從體製談「曲承詞變」，其說爲：

> 曲的體裁也多根據詞的。可分三種：確是一體而曲自詞變化出來的，如尋常散詞變成曲的小令；詞中成套的，變成曲中套數（不過在詞甚少見）。詞的犯調成爲北曲的帶過曲，南曲的集曲；詞的聯章變爲曲的重頭。還有雖不是一體而極相當的，如詞的「大遍」與曲的「套數」；詞的「摘遍」與曲的「摘調」。至於自詞變出而未成曲形的，如「諸宮調」、「賺詞」，這又屬於詞曲難分的一種。此以上論述，可知曲之淵源所自。〔註91〕

明確指出曲的小令、套數、帶過曲、集曲、重頭乃承詞變而來，將「諸宮調」、「賺詞」定義爲詞變爲曲之間的過渡體製。

　　羅錦堂進一步指出「講到散曲的產生，與諸宮調的關係最爲密切；但是諸宮調的興起，卻又淵源於鼓子詞、曲破及大曲等」〔註92〕。各家說法之有增刪，實宋之樂曲，非僅「詞」一項之故，只不過「宋之樂曲，其最通行而爲人人所知者，是爲「詞」而已。〔註93〕李昌集在《中國古代散曲史》中探討南北曲體製的淵源，認爲亦必須指向唐曲。以下先綜合諸家之說，列「由詞到曲的體製演進表」，再述詞到散曲的演變歷程。

〔註91〕見盧冀野著《詞曲研究》，頁87。
〔註92〕見羅錦堂著《中國散曲史‧散曲概論》，頁9。
〔註93〕見王國維著《宋元戲曲考‧宋之樂曲》，頁28。

由詞到曲的演進表

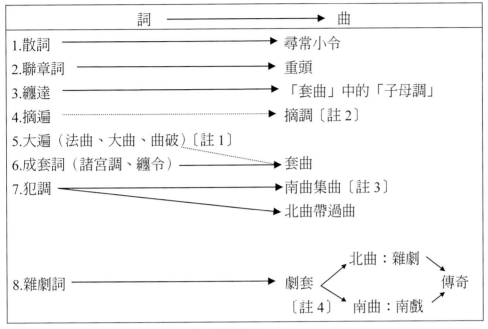

〔註1〕大遍與套曲非同一體而相關性極強。

〔註2〕摘遍與摘調非同一體而相關性極強。

〔註3〕盧冀野以犯調成為北曲帶過曲，大謬。

〔註4〕散套與劇套間彼此影響。

　　由於雜劇不屬本論文範疇，故不論。

（一）散　詞

　　詞體的分類，最早見於張炎《詞源》〈論音譜〉、〈論拍眼〉兩節，分為九類：一曰令、二曰引近、三曰慢、四曰三台、五曰序子、六曰法曲、七曰大曲、八曰纏令、九曰諸宮調。〔註94〕前五項為純粹的詞體，法曲、大曲是由隋唐流傳下來的歌舞曲，專掌於教坊，纏令、諸宮調則下開金元散曲。就詞的分段言，可分單調、雙調、三疊、四疊；就詞的結構形式言，有換頭、不換頭和雙拽頭三種；就音樂性質言，有摘遍、歌頭、犯調、攤破、添聲、減字、偷聲、促拍、近拍、轉調等。近人任中敏《詞曲通誼》又分為散詞、聯

<hr />

〔註94〕見唐圭璋編《詞話叢編》一，頁 255〜257。

章詞、大漏、成套詞和雜劇詞五種。〔註95〕

　　散詞係對成套詞而言，具有音樂上獨立的性質，用以單獨歌唱，即宋人稱為小唱者，其中最為通行的有令、引、近、慢。令詞又稱小令，唐時就有，宋翔鳳《樂府餘論》以引為「小令微引而長之，於是有陽關引、千秋歲引、江城梅花引之類」，是「以音調相近，從而引之也」，又「詞由小令而有引詞，又曰近詞」。〔註96〕至於慢詞，《樂府餘論》云：「引而愈常者則為慢，慢與曼通，曼之訓引也，長也，如木蘭花慢、長亭怨慢、拜星月慢之類，其始皆令也」。〔註97〕張炎《詞源・謳曲旨要》辨其音律之異為「歌曲：令曲，四揭勻；破、近，六均；慢，八均。」〔註98〕關志雄於《張炎詞源謳曲旨要考釋》注云：「所謂揭，乃名詞也，義即節拍。又知揭有用手拍者，有用板拍者，有用手調而者，端視其所屬詞句之體製而定，固多用板拍也。」又「所謂勻，均勻也。」〔註99〕江順詒《詞學集成》亦云：「宋人用韻少之詞謂之急曲子，韻多者謂之慢曲子。」〔註100〕大抵就節拍之異分類。

　　詞之為體，本為宴集歌以侑觴助興之作，徒歌不舞，雖有令、引、近、慢之分，然皆以一闋為率，各有牌調名目，而分立宮調以統之。以曲擬之，是為尋常小令，通曲僅一韻，亦可稱為「單調」。相對於成套之曲而言，小令體製較為短小，元人別稱為「葉兒」，又別指「乃街市俚歌，雖亦合樂可唱，但其詞未經文學上之陶冶」，〔註101〕強調其為市井所唱小曲。

　　孔繁信於〈試論南北曲的合流與發展〉一文中，將趙令時的〈商調・蝶戀花〉，及毛滂、秦觀的〈調笑令〉等敘事之作，看作由詞入曲的一個例証；又根據楊朝英在《陽春白雪》集裡，把蘇軾的〔念奴嬌〕、柳耆卿的〔雨霖鈴〕、辛稼軒的〔摸魚子〕、朱淑眞的〔生查子〕等視為「大樂」一類，〔註102〕是把

〔註95〕參閱任中敏著《詞曲通誼》（上海：商務印書館，民國20年），頁68。
〔註96〕關志雄《張炎詞源謳曲旨要考釋》以為：「考近或稱近拍，如隔浦蓮近拍，郭郎兒近拍是。……即近者，謂其音調近如某曲也。如祝英臺近乃其調與祝英臺一曲相近云。」（香港詞曲學會出版詞曲叢編第一期抽印本，1969年），頁5。
〔註97〕見唐圭璋編《詞話叢編》三，頁2500。
〔註98〕見唐圭璋編《詞話叢編》一，頁253。
〔註99〕見關志雄《張炎詞源謳曲旨要考釋》，頁9。
〔註100〕見《續修四庫全書》集部詞類張順詒《詞學集成》（上海：辭書出版社），頁16。
〔註101〕見任中敏輯《散曲叢刊・散曲概論・名稱》，頁13。
〔註102〕李殿魁於〈元明散曲之分析與研究〉文中云：「大曲與大樂，諸家多不能分辨，

詞調視爲曲調，而推斷「北宋後期（即嘉祐之前後）即由『詞』之『令詞』直接入『令曲』」。〔註103〕

（二）聯章詞

用同一詞牌多首以詠事物者謂之，是中國詩歌史上古老的形式之一。散詞以一闋爲度，不宜歌詠故事，乃有連續歌詠一曲以敘故事之聯章詞出現。因用時往往合鼓而歌，故又名「鼓子詞」。聯章一體在唐代極爲流行，《敦煌歌辭總編》輯有若干，但在宋詞中卻極少，今存作品有：

1、一題聯章：聯章之隻曲均無變化，如《全宋詞》所載之〔九張機〕寫擲梭之春怨；〔註104〕歐陽脩〔采桑子〕十首詠西湖景，〔註105〕皆爲一題聯章之例。

2、分題聯章：用一調而詠四時八景，如宋‧潘閬〈憶餘杭〉，〔註106〕開散曲小令重頭之四時八景的風氣。歐陽脩〔漁家傲〕十二首，題爲〈十二月〉，分詠十二月景象。〔註107〕洪适有〔生查子〕十三首，題〈盤州曲〉，詠一年中盤州之景與客居之情。〔註108〕

3、演故事：趙令時〔商調‧蝶戀花〕，詠崔‧張故事。〔註109〕

聯章體非宋代文人詞之通式，然而在北曲中，卻是通見的一種形式，如〔四塊玉〕、〔小桃紅〕所作均爲聯章體，可視爲聯章體專用曲調。分題聯章在散曲中，更爲通見，徐琰以十首〔蟾宮曲〕詠青樓；馬致遠以十二首〔青杏兒〕詠十二月。陳鐸有北曲〔商調‧梧葉兒〕〈詠香閨十事〉：桃花扇、石榴裙、珊瑚枕、鴛鴦被、鳳凰釵、鸂鶒帶、翡翠鈿、鮫綃帕、孔雀屏、丁香紐；又有〔中呂‧滿庭芳〕〈行舟五詠〉：詠跳、詠舵、詠檣、詠帆、詠櫓；及〔商調‧醋葫蘆〕〈美人十詠〉，詠：髮、眉、眼、口、臉、手、足、乳、腰、寢。杜子華有

實則二者雖有所同，亦有相異也！大曲以聲調爲主，是爲歌遍之一體，大樂者乃玄宗以舞遍編入大曲，成一歌舞兼備之綜合體，名之曰『大樂』。大曲可以名之曰『大樂』，而大樂則非『大曲』。」收錄於《華岡論集》第1期，民國54年10月，中國文化學院出版，頁569。

〔註103〕見《河北師院學報》，1995年第3期，頁99。
〔註104〕見唐圭璋編《全宋詞》五，頁3649。
〔註105〕見唐圭璋編《全宋詞》一，頁121。
〔註106〕見《全宋詞》一，頁5～6。
〔註107〕見《全宋詞》一，頁138～140。
〔註108〕見《全宋詞》一，頁138～140。
〔註109〕見《全宋詞》二，頁1380。

南曲〔商調・黃鶯兒〕共詠了一百零三種花及其它動物、植物、節令,共一百三十二首。總之,無論寫景描人、日常器物、嘲弄戲耍,無不可入題。無論作品數及題材深廣,皆較宋代文人詞為多,因此,李昌集認為:

> 北曲的聯章體乃是唐曲民間聯章體的流傳,只不過其中過程由于是「暗線」而被隱沒了。而北宋文人仿制民間鼓子詞聯章形式則為這條「暗線」的存在提供了一個間接証據。〔註110〕

(三)大　曲

大曲,亦是唐曲中一類,對北曲套數的形成有先趨作用。所謂大曲,指由數支曲段組成的具有完整結構的長而複雜樂曲,用於歌唱、器樂、舞蹈的聯合表演,其形式上的特點為:〔註111〕

1、大曲是器樂、聲樂、舞蹈三者連續表演的一種大型藝術形式。其奏、歌、舞出現乃有一定順序,在節拍的變化亦有一定規律依循。

2、依奏、歌、舞的順序,大曲主分為三大部分,此三大部分又與節拍快慢有關,其名稱大致是(1)散序(2)中序(排遍、攧、正攧)(3)破(入破及其它)。

3、大曲乃體例完整的創作曲,其結構乃由板眼的形式「編組」而成,與曲牌「聯綴」而成的諸宮調、唱賺,和南北套數不同,是編組體而非聯綴體。

漢魏初創體製為「豔、曲(解)、趨(或亂)」三段時期;唐時體製成熟並偏器樂及節奏變化;宋時則轉重舞蹈技巧之表現及戲曲音樂上的運用。〔註112〕王灼《碧雞漫志》對大曲言之最明:

> 凡大曲有散序、靸、排遍、攧、正攧、入破、虛催、實催、袞、遍、歇拍、殺袞。始成一曲,此謂大遍。而〈涼州〉排遍,予曾見一本,有二十四段。〔註113〕

王維真於《漢唐大曲研究・唐大曲的研究》綜合古籍所錄,將大曲組織列成一表,可見大曲發展之跡,引用如下:〔註114〕

〔註110〕見李昌集著《中國古代散曲史・北曲體製的淵源和形成》,頁38。
〔註111〕見王維真著《漢唐大曲研究》(臺北:學藝出版社,民國77年5月,初版),頁140。
〔註112〕見王維真著《漢唐大曲研究》,頁141。
〔註113〕見《中國古典戲曲論著集成》一,頁131。
〔註114〕見王維真著《漢唐大曲研究》,頁141。

遍名 徵引篇名	大　　　　　曲										
	大　　　　　遍										
鄭嵎經營陽明詩注	散序	腔									
白居易霓裳羽衣歌	散序	中序 （拍序）		破							
樂府詩集水調歌		歌			入　破					徹	
碧雞漫志涼州條	散序	靸	排遍	攧	正攧	入破	虛催		實催	袞遍	歇拍	殺袞
碧雞漫志王平霓裳譜					正攧	入破	虛催	袞	實催	袞	歇拍	殺袞
陳暘樂書卷一八五（宋大曲）						入破		催拍		歇拍	

究其結構，大致可以分為三部份：〔註115〕

1、散序：節奏自由，器樂獨奏、輪奏或合奏，其中包括無節拍的散序若干遍，每遍一個曲調以及包括過渡到慢板的樂段，亦稱為「靸」。

2、中序：拍序或歌頭，是節拍固定的慢板，器樂伴奏的歌唱或舞或不舞；排遍若干遍，慢板；以及節奏過渡到略快的樂段，稱為「攧」、「正攧」。

3、破或舞遍：以舞蹈為主，樂器伴奏或歌或不歌，節奏從散入，逐漸加快以至極快。其中，入破為散板；虛催為散入；滾遍為較快的樂段；實催、催拍、促拍為節奏過渡到更快；歇拍節奏漸慢至煞滾結束。

整個結構體現了歌、舞、樂的交叉對比，以及節奏上慢——快——慢及散——整——散的對比。由此，已能窺見我國戲曲音樂唱腔中最普遍最常見的，也是最具特色的「漸層發展」節奏模式以及散板用於套曲頭尾的基本格式。

李昌集並以為，若就曲調的來源與性質分，唐大曲則有「清樂大曲（傳統清樂）、夷樂大曲（少數民族與外域傳入之音樂）、邊地大曲（北方邊地漢胡融合之音樂）、民間大曲（漢族民間音樂）」，〔註116〕故其主要成份仍是民間曲調。若就音樂意義言，李昌集以為：

> 唐大曲雖多選詩入曲，但其樂式並非如齊言詩一概千篇一律。杜牧
> 《慶河湟歸降》詩云：「《梁洲》聲韻喜參差。」《仁智要錄》云：「《甘
> 州》……拍子十四，可彈五反，合拍子七十，終帖加拍子。」白居

〔註115〕見於莊永平著《戲曲音樂史概述》（上海：音樂出版社，1990年7月，1版1刷），頁21。

〔註116〕見李昌集著《中國古代散曲史‧北曲之淵源與形成》，頁39。

易《霓裳羽衣歌・跋》云其曲結構有教序六段，散板無拍；中序有拍，曲破則「繁音急節十二遍（十二段）」，伴以快舞；結束則「長引一聲」。樂天所見爲地方官妓的表演，與《唐語林》、《齊東野語》述《霓裳羽衣》有三十六段，已大大簡化了。〔註117〕

証成「大曲已具有若干支不同曲子構成一個大型樂章的性質」，〔註118〕故在音樂上是豐富多變而成「套」的。

至於宋大曲，王國維《宋元戲曲史・宋之樂曲》考証云：

而散序與排遍，均不止一遍，排遍且多至八九，故大曲遍數，往往至於數十，唯宋人多裁截用之。〔註119〕

即至宋代，多以「摘遍」的方式演出，「且偏重舞蹈的表現，同時又漸與故事情節相結合，對後世說唱音樂及戲曲表演產生重要影響」。〔註120〕李昌集就今存三種宋大曲（董穎〔道宮・薄媚〕《酌詞》、曾布〔水調歌頌〕《馮燕傳》、史浩《采蓮・壽鄉詞》）比較，發現「其各隻曲均辭式不同之長短句體，內容則圍繞一中心」，且「董作敘述較完整的西子故事，由『排遍第八』、『排遍第九』、『第十攧』、『入破第一』、『第二虛催』、『第三衰遍』、『第四催拍』、『第六歇拍』、『第七煞裳』九曲組成，文辭形式亦各不相同」，可見宋大曲在成章結構上已是一種不同曲調組成的「套」曲，除了曲牌標題上不同之外，從套數的音樂結構與文辭兩個要素看，本質上已與北曲套式大相一致。〔註121〕王季烈在《螾廬曲談・餘論》則從形式方面肯定大曲的影響：

此種大曲，雖用詞調，而其字數、韻數，均與詞不合，又有平仄通押之處，實已開元曲之先聲。〔註122〕

張敬於〈南曲聯套述例〉一文，則就曲牌的運用肯定大曲的影響：

至今南曲譜中所謂過曲，顯然有遺迹可尋，所謂大樂小唱部門中的曲牌，一入南曲內，便成爲單用曲。其原爲大樂遍曲中的曲牌，一入南曲內，便成爲聯用曲。聯用曲，不能單獨使用，必須牽就彼此音律間的關係，聯綴成套，而在相互補益的情形下發展的。至於單

〔註117〕見李昌集著《中國古代散曲史・北曲之淵源與形成》，頁40。
〔註118〕見李昌集著《中國古代散曲史・北曲之淵源與形成》，頁40。
〔註119〕見王國維著《宋元戲曲史》，頁32。
〔註120〕見王維眞著《漢唐大曲研究》，頁140。
〔註121〕見李昌集著《中國古代散曲史・北曲之淵源與形成》，頁41。
〔註122〕見王季烈著《螾廬曲談》，頁2。

用曲，例不和聯用曲相組合，完全獨立的，這正是象徵著宋大樂曲牌運用上的原始軌迹。〔註123〕

北曲的曲牌名，出於大曲者，有：【黃鐘宮】之〔降黃龍袞〕；【正宮】之〔小梁州〕、〔六么遍〕；【大石調】之〔催拍子〕；【小石調】之〔伊州遍〕；【仙呂宮】之〔八聲甘州〕、〔六么序〕、〔六么令〕；【中呂宮】之〔普天樂〕、〔齊天樂〕；【南呂宮】之〔梁州第七〕。不特如此，南曲中的〔劍器令〕、〔八聲甘州〕、〔梁州令〕、〔普天樂〕、〔催拍〕、〔長壽仙〕、〔大聖樂〕、〔薄媚〕、〔梁州序〕、〔降黃龍〕、〔入破〕、〔出破〕、〔薄媚曲〕、〔新水令〕，也是出於大曲，可見大曲實唐宋樂調之總匯。〔註124〕

王維眞《漢唐大曲研究》亦云：

> 大曲的節奏變化，更是影響深遠。後世南北曲乃至崑曲所用的套曲形式，不同曲牌的排列順序，均有按「散——慢——快」的大曲規律爲原則者。如北曲的基本結構是「首曲——正曲——煞尾」，南曲爲「引子——過曲——尾聲」均有漢大曲「豔——曲（解）——趨（亂）」及唐大曲「散序——中序——破」形式傳承之跡。〔註125〕

就大曲是集多曲爲套的意義上說，唐宋大曲對北曲套式的確提供了某種啓發和借鑒。至於法曲，因用於佛教法會而得名，「亦大曲之類也」，〔註126〕今存三種宋大曲中的〔道宮〕曲，即是法曲，亦是組合詞調以歌詠故事，同影響了北曲套式的演進。〔註127〕

（四）諸宮調

諸宮調者，但有說唱，而無舞事，是「詞與曲過渡時期產生的一種文學體裁」〔註128〕。有關諸宮調研究，汪天成《諸宮調研究》碩士論文，除述諸

〔註123〕見《文史哲學報》，15期，民國55年8月，頁362。

〔註124〕本段所引，見蔣伯潛、蔣祖怡著《詞曲》（上海：上海書店，1997年5月，1版1刷），頁28。

〔註125〕見王維眞著《漢唐大曲研究》，頁201。

〔註126〕見《王國維戲曲論文集》（北京：中國戲劇出版社，1984年），頁151。

〔註127〕見《諸宮調兩種》附錄凌景埏《說套曲之成立》：「法曲大曲，每一曲詞連續歌唱，乃是連遍。謂套曲由此演進而成猶可，謂即套曲之一種，則不可也。」（按：此駁任中敏《詞曲通誼》中將大曲、法曲視爲「即套曲之一種也」。）（濟南：齊魯書社，1988年），頁295。

〔註128〕見葉慶炳著〈諸宮調的體製〉。收錄於曾永義主編、陳芳英助編《中國古典文學論文精選叢刊》（臺北：幼獅文化事業公司，民國70年7月，再版），頁

宮調源流外，並考述現存諸宮調概況，引証詳實，足資參考，〔註129〕以下僅摘要略述。李殿魁於《元明散曲之分析與研究》中云：「諸宮調者，實非有完整體製之樂律文學」，至其立名與源起，是爲：

> 大樂在口號前通常唱數支小曲，曲各取於各種宮調，泛曰諸宮調小曲，久之其所屬宮調失載，亦若六朝小曲入唐總稱法曲，於是乃曰「諸宮調」，蓋其名自成獨立體段，不能構成傳統之樂章條件也。然其產生則早在北宋，而立名則在大樂散佚之後。

> 唐大樂至宋後，已簡省使用，體製不復舊觀，摘用各宮調曲牌，隨興演唱，聲詞皆然，散播民間，是爲諸宮調之起源，而其與大樂稍異者，蓋合若干不同牌調以詠一事，故或謂之「小說之支流，而被以樂曲者」。此樂曲實取自大樂之歌遍中。〔註130〕

而諸宮調在曲體形成的過程中，常受到曲家特別關注，以其具有四特點：〔註131〕

1、《錄鬼簿》以董解元《西廂記》爲北曲之創始。

2、諸宮調有明顯「套」之形式。

3、曲家認爲諸宮調是北曲雜劇「聯套」的先河。

4、曲牌前冠以「宮調」，是從諸宮調開始的。

有關諸宮調的文籍資料，大多引用下列幾種：

1、宋‧王灼《碧雞漫志》卷二：

> 熙、豐、元祐間……澤州孔三傳者，首創諸宮調古傳，士大夫皆能誦之。〔註132〕

2、宋‧孟元老《東京夢華錄‧京瓦伎藝》：

> 孔三傳、耍秀才：諸宮調。〔註133〕

3、宋‧灌園耐得翁《都城紀勝‧瓦舍眾伎》：

> 諸宮調本京師孔三傳編撰傳奇靈怪，入曲說唱。〔註134〕

109。

〔註129〕汪天成撰〈諸宮調研究〉（政治大學中文研究所碩士論文，民國 68 年 6 月）。

〔註130〕見《華岡論集》，第 1 期，中國文化樂院出版，民國 54 年 10 月，頁 570。

〔註131〕見李昌集著《中國古代散曲史‧北曲之淵源與形成》，頁 61〜62。

〔註132〕見《詞話叢編》一，第六編，頁 84。

〔註133〕見《東京夢華錄注》宋‧孟元老撰，民國‧鄧之誠注，台北：漢京文化事業有限公司，民國 73 年，頁 133。

〔註134〕見《景印文淵閣四庫全書‧地理類》史部三四八，頁 590-8。

4、宋‧西湖老人《西湖繁勝錄》：

　　（瓦市）說唱諸宮調：高郎婦、黃淑卿。〔註135〕

5、宋‧吳自牧《夢梁錄‧妓樂》卷二十：

　　說唱諸宮調，昨汴京有孔三傳編成傳奇靈怪，入曲說唱。今杭城有
　　女流熊保保及後輩女童皆效此，說唱亦精，於上鼓板無二也。〔註136〕

6、宋‧周密《武林舊事‧諸宮調傳奇》卷十下：

　　高郎婦、黃淑卿、王雙蓮、袁本道。〔註137〕

7、元‧夏庭芝《青樓集》：

　　趙眞眞、楊玉娥：善唱諸宮調。

　　秦玉蓮、秦小蓮：善唱諸宮調，藝絕一時，後無繼之者。〔註138〕

由以上資料，得知：

　　1、諸宮調產生於北宋，時間在熙寧（1068）、元豐（1078）至元祐（1086）
年間。第一次談到「諸宮調」的王灼，是在說明當時整個「長短句」的情況
下述及「諸宮調」的。

　　2、諸宮調的題材是「古傳」、〔註139〕「傳奇」，是屬長篇敘事體。

　　3、可入曲說唱，類似「鼓板」。士大夫可「誦」之作品。

　　4、在勾欄中演出，延綿到元後期（夏庭芝約生於1316年，亡於明初）。
至南宋，已不如唱賺興盛。《武林舊事》載：擅諸宮調者四人，唱賺則有二十
二人。至元後期，諸宮調已成絕響──《青樓集》謂「後無繼之者」。

　　今存諸宮調的具體作品資料有：

　　1、宋‧南戲《張協狀元》「副末開場」中「諸宮調唱出來因」一段，有
〔鳳時春〕、〔小重山〕、〔浪淘沙〕、〔犯思園〕、〔繞池遊〕五曲，均單片，每
隻曲間夾有大量說白。〔註140〕

　　2、早期《劉知遠》諸宮調傳奇殘本，有「知遠走慕家莊沙陀村入舍第一」、

〔註135〕見《續修四庫全書‧地理類》史部七三三，頁810。
〔註136〕見《景印文淵閣四庫全書‧地理類》史部三四八，頁590-168。
〔註137〕見《景印文淵閣四庫全書‧地理類》史部三四八，頁590-294。
〔註138〕見《中國古典戲曲論著集成》二，頁19。
〔註139〕王星琦《元明散曲史論‧審美觀念與意趣趨向的突變》中卻云：「『可知古傳』
　　　　　與『說話』一樣，是一種伎藝。『諸宮調古傳』連起來才是一種體裁意義上的
　　　　　稱謂，單純稱『諸宮調』，是『諸宮調古傳』的略語。」（南京：師範大學出
　　　　　版社1999年10月，1版1刷），頁58。
〔註140〕見錢南揚《永樂大曲戲文三種校注》，頁2。

「知遠別三娘太原投事第二」、「知遠夽軍三娘剪髮生少主第三」、「知遠投三娘與洪義廝打第十一」、「君臣弟兄子母夫婦團圓第十二」五段，共用單曲十一支（均雙迭）；「一曲帶尾」六十三支；纏體三套。在每個單曲、一曲帶尾，纏套間均夾有說白，然份量少於唱辭。〔註141〕

3、金末董解元《西廂記》諸宮調傳奇全本，其用曲情況為：單曲五十二支（均雙迭）；「一曲帶尾」九十三支；纏（賺）四十四（套）。〔註142〕用賺體比例大增。

4、元·王伯成《天寶遺事》諸宮調傳奇殘曲輯本，存五十八篇，每篇有題目，一篇即一套曲。由於是從各種曲選中輯出，故無說白。〔註143〕

就用曲情況看，《張協狀元》用單片小令；《劉知遠》主要用「一曲帶尾」；《西廂記》則較多使用了「纏」（套），《天寶遺事》則全然為北套形式，恰反射著北曲形製的發生，成熟軌跡。前文所提纏令實際作品，幾乎全保留在諸宮調中。汪天成〈諸宮調研究〉即就曲牌之聯用云諸宮調對戲曲套式形成的影響：「將每一宮調中不同之曲聯合成套靈活使用，而影響後世戲曲曲調聯套之使用，固以諸宮調之功為多，而元代戲曲之組曲成套，更係直接承自諸宮調者也，故知元以降戲曲套式皆深受諸宮調之影響也。」〔註144〕

李昌集從文體、音樂角度，加以解析：

> 從文體角度言，在早期諸宮調中，諸宮調具體指各種宮調的隻曲。
> 如《張協狀元》「副末開場」中的〔鳳時春〕，屬仙呂；〔小重山〕，
> 屬雙調。將不同宮調的隻曲排列在一起，間以說白，以說唱故事，
> 即稱諸宮調。……此期的宮調，就是「曲子」（詞）的代稱。諸宮調，
> 即「諸曲子（各種曲調）」。文獻資料中所謂「諸宮調古傳」，即指將
> 「古傳」用若干首詞的形式寫出來，然後「入曲說唱」。……文獻中
> 又云「與上鼓板無二」看，諸宮調其實是鼓子詞一種，……。故從
> 文體角度言，諸宮調是以韻文（各種詞）夾以散文的傳奇。〔註145〕

從音樂角度言，諸宮調本不是一種音樂體裁，是把當時已有的各種形式的曲

〔註141〕參閱凌晨埏、謝伯陽校注《諸宮調兩種》（臺北：里仁書局，民國74年2月）。
〔註142〕參閱凌景埏、謝伯陽校注《諸宮調兩種》。
〔註143〕參閱凌景埏、謝伯陽校注《諸宮調兩種》。
〔註144〕見汪天成撰《諸宮調研究》，頁194。
〔註145〕見李昌集著《中國古代散曲史·北曲的淵源與形成》，頁64～68。

子引爲其用。就音樂角度言，實是最開放的。葉慶炳即云：「諸宮調的偉大成就，能在文學史上放一異彩的，倒並不在散文方面，而是在唱的韻文。」〔註146〕其本質在述事，只不過將「傳奇」「入曲說唱」，時代產生什麼曲體，它就入什麼曲，其價值在保留「時曲」樣式。諸宮調所用之曲牌，「宋金即有一百七十五調，此一百七十五調中，有承自唐宋大曲及詞調，而稍變其體者，亦有爲諸宮調所獨創者」，〔註147〕若將「元世所用之一百六十調」並計，可知諸宮調對後世戲曲音樂影響亦巨。這些曲子，正是詞之民間一線的顯現和印証，說明北曲在主體上是民間俚歌在長期的歷史過程中逐漸形成的。

　　王國維《宋元戲曲考·宋之樂曲》：

> 若求之於通常樂曲中，則合諸曲以成全體者，實自諸宮調始。諸宮
> 調者，小說之支流，而被之以樂曲者也。〔註148〕

此「通常樂曲」可爲王氏認爲宋樂曲不僅只有詞一體做註腳，並間接說明宋之樂曲諸宮調本身乃傳奇本質。其歌唱與散說相結合的手段，敘述完整而曲折的故事內容，對北雜劇和南戲的音樂結構的影響，實遠甚於對散曲演化的影響。葉慶炳於《中國文學史·宋代話本與諸宮調》中，對諸宮調對南北曲體製的影響，有更全面的剖析：

> 據現存諸宮調作品統計，諸宮調使用之曲調凡一百四十八，分屬十
> 七宮調。此一百四十八調，約十分之四採自詞調。詞之蛻變爲南北
> 曲，在諸宮調中留有極明顯的痕跡。例如宋詞都有前後兩疊，至南
> 北曲則幾乎都把後疊減省，獨用前疊。諸宮調大致都還遵照詞調，
> 但已有少數調子把後疊減去，南北曲只用一疊之風，實以此爲濫觴。
> 再如詞調字數固定，不能任意增加襯字。至北曲簡直很少有不用襯
> 字的曲文；南曲也有襯字，只是較少。這種風氣又是起於諸宮調，
> 諸宮調所採用的詞調，大多已加上襯字了。又在用韻方面，詞不能
> 四聲通押，北曲四聲通押的現象極普通，南曲也有這樣的作法，只
> 是入聲還有時獨用。這種四聲通押之法，在諸宮調裡又已大量採用

〔註146〕見葉慶炳著〈諸宮調的體製〉(收錄於《中國古典文學論文精選叢刊》，頁110。)
　　　　曲牌總數與汪天成所計有異，蓋因葉慶炳所論但以劉知遠及董西廂爲主，偶
　　　　參天寶遺事耳。汪天成則以天寶遺事、張叶狀元、蘇卿、趕蘇卿爲主，參考
　　　　葉氏一文以成。
〔註147〕見汪天成撰《諸宮調研究》，頁194。
〔註148〕見王國維著《宋元戲曲史》，頁35。

了。總之，南北曲無論在曲調、結構或技巧上，在在都受有諸宮調
的影響，只有北曲所受的影響較大，所以人們稱諸宮調為北曲之祖，
而把它和南曲的關係忽略了。〔註149〕

李昌集不認為「諸宮調和南曲的關係忽略」，而是：「對南曲而言，嚴格的套
數只存在於散曲之中，而在南曲的戲曲中（尤其是早期戲曲），找不到像散曲
那樣的『套數』。這一事實已經從一個最直觀的表層現象上說明了南散套並非
南曲自身組曲成篇的方式，而是仿造北套形式的產物。」這從南戲的聯曲方
式分析，可得清楚的証明：〔註150〕

1、南曲的「引子」、「過曲」與「尾聲」

南曲所有曲牌，以功用可分「引子」、「過曲」兩大類，大體上不相通用。
至於「尾聲」在南曲中，本質上並不是一個曲牌，而是各種「結篇」樂段的
總名。但在標志符號上，又以「曲牌」的形式出現，可視為一類特殊的曲牌。
這樣的分類，是從南「戲」的體制上出發的，其語源可能與宋代纏達、纏令
的「引子」、「尾聲」等稱謂有關。尾聲固然是「一篇」之結束，這「一篇」，
只在文學意義上為「一齣之尾」，在音樂意義上，仍隸屬前一隻曲，故南戲
每一齣並不定用尾。而且南曲散曲盛行於明代中葉，受戲曲影響比北曲散曲
大。由此，可推測出南散套並非南曲自身形態的產物，在南戲以前，並未有
「套」出現。

2、南曲戲曲的聯曲方式

北套在形式上的特徵是：一宮調、異牌相聯、一韻到底，以「尾」收結，
一套圍繞一個中心。對劇套言，尚有一折一套，一人主唱。以之衡於南戲，
顯然不合。南戲的演出形式為一種連場戲（場的劃分以相對獨立的情節為一
個單元），在「連場」戲中，數場戲又組成一個相對完整的情節單元，如《琵
琶》十六齣即由五場戲組成，其組曲的安排是按場而設，依情節轉換而構成
的。

南戲中組曲向「套數」的靠攏直到明代方開始產生，徐渭《南詞敘錄》：

南曲故無宮調，然曲之次第，須用聲相鄰為一套，其間亦自有類彙，
不可亂也，如〔黃鶯兒〕則續之〔簇御林〕；〔畫眉序〕則續之以〔滴

〔註149〕見葉慶炳著《中國文學史》（臺北：弘道文化事業有限公司，民國63年1月，
　　　　6版），頁434～435。
〔註150〕見李昌集著《中國古代散曲史》，頁87～95。

溜子〕之類，自有一定之序，作者觀於舊曲而遵之可也。〔註151〕
李昌集據此，認為「在徐渭之前，作南曲者尚未有『成套』之意識，而『舊曲』中『聲相鄰』者乃是天籟所成，並非通則和普通現象。到了有較高修養的文人，才有意識的將之提煉出來」。〔註152〕對此，錢南揚於《琵琶記》補校注本有更深入的說解：

> 考戲文格律，自南宋初發展到元末高明作《琵琶記》時，已相當進步；然自明朝中葉，崑山腔起，腔調既變，格律日嚴，把它和戲文的格律相比，自然又有許多不同。明人不懂得格律在隨時發展，往往把崑山腔之律去衡量戲文，覺得戲文處處不合律，便誤當它是沒有格律的，並舉這句「也不尋宮數調」為証據。……不知這裡的意思，是說：看一本戲文的好壞，不要著眼於科諢，也不要著眼於宮調，首先應該從它的內容來判斷；不是說：無宮可尋，無調可數。
> 〔註153〕

南曲戲曲實自有格律，王驥德《曲律・論過搭》中即論有特別的「過搭」之法：

> 過搭之法，雜見古人詞曲中，須各宮各調，自相為次。又須看其腔之粗細、板之緊慢，前調尾與後調首要相配叶，前調板要相連屬。
> 〔註154〕

所論者顯然是異牌相接之法，只是構套意識未見明確。故《曲律》〈論套數〉一節，只談北曲套數，而謂南曲之套「最不易得」。從明至清，北套的若干形式方被逐漸采入南曲。

　　南曲以隻曲、組曲交錯為用的主要結構方式，一來「宜於獨奏」〔註155〕（王驥德《曲律》），隻曲的個體具有極強的完整性、獨立性。二來這種聯曲方式本身比北曲單套成折更具靈活性和豐富性，故南曲不必將自己「套」化。換言之，南曲之本身，本來就沒有嚴格規律的「套」法，南散套的發生是崑曲流行後文人之事，性質不在音樂，主要是文學之一體。曲家將散曲視作一

〔註151〕見《中國古典戲曲論著集成》三，頁241。
〔註152〕見李昌集著《中國古代散曲史》，頁93。
〔註153〕見高明原著錢南揚校注李殿魁補校注《琵琶記》（臺北：里仁書局，民國87年1月，初版）注九，頁4。
〔註154〕見《中國古代戲曲論著集成》四，頁128。
〔註155〕見《中國古典戲曲論著集成》四，頁57。

種韻文體，於是用南曲之曲牌，依北套之形式寫「文章」，所要小心的僅是「格律」，所以散曲一流以有「樂府」味爲上，其發展，是「詞化」、「詩化」的進程。〔註156〕

（五）唱賺（纏達、纏令）

李殿魁於《元明散曲之分析與研究》文中云：「唱賺之賺，實爲當時之流行小曲也。宋徽宗宣和中，北方河南流行之小歌詞曰『賺』，亦若諸宮調之各曲獨立形製，不成樂章，然與諸宮調不同者，此則純爲民間流行之小曲耳。」〔註157〕產生較後於諸宮調，《夢梁錄》卷二十載：

> 紹興年間，有張牛大夫，因聽動鼓板中有太平令或賺鼓板，即今拍板大節抑揚處是也，遂撰爲賺。賺者，誤賺之意，令人正堪美聽中，不覺已至尾聲，是不宜爲片序也。又有覆賺，其中變花前月下之情，及鐵騎之類云云。〔註158〕

此外在耐得翁的《都城紀勝・瓦舍眾伎》中，除有同樣記載外，尚云：

> 唱賺在京師，有纏令纏達。有引子尾聲者爲纏令。引子後只以兩腔互迎循環間用者爲纏達。中興後，張五牛大夫因聽動鼓板中有四片太平令，或賺鼓板，即今拍板大篩揚處是也，遂撰爲賺。〔註159〕

綜合這些資料，得知：張五牛大夫受當時一種名叫鼓板的樂曲的啓發，將北宋時流行於汴京的、初期的唱賺——纏令和纏達，加以改造，使之變成美好動聽的歌唱形式。其特殊的唱法，《夢梁錄》卷二十「妓樂」條載：

> 凡唱賺最難，兼慢曲、曲破、大曲、嘌唱、耍令、番曲、叫聲，接諸家腔譜也。〔註160〕

既要如唱慢曲、曲破，「大率重起輕殺」，〔註161〕又要如嘌唱能「驅駕虛聲，縱弄宮調」，〔註162〕並要如小唱「聲字清圓」，〔註163〕又得綜合「耍令」、「番曲」等諸家唱法，賺詞唱法之難在此，之所以「美聽」處，也許亦在此。茲

〔註156〕見李昌集著《中國古代散曲史・南曲之淵源與形成》，頁91～95。
〔註157〕見《華岡論集》，第1期，民國54年10月，頁571。
〔註158〕見《文淵閣四庫全書》史部三四八，頁590-168。
〔註159〕見《文淵閣四庫全書》史部三四八，頁590-8。
〔註160〕見《文淵閣四庫全書》史部三四八，頁590-169。
〔註161〕見《文淵閣四庫全書》史部三四八，頁590-8。
〔註162〕見《文淵閣四庫全書》史部三四八，頁590-8。
〔註163〕見張炎《詞源》卷下「音譜」條。收錄於《詞話叢編》一，頁255。

分二體，略述如下。

1、纏　達

又名轉踏、纏踏，爲古代「踏歌」式的歌舞小戲。踏歌者，足踏地而連手舞蹈唱歌曲，如李白詩：「李白乘舟將欲行，忽聞岸上踏歌聲。」劉禹錫〈竹枝詞〉：「楊柳青青江水平，聞郎岸上踏歌聲。」最早有本事可考的爲北齊民間之〔踏搖娘〕。後，唐教坊中有《繚踏歌》、《隊踏子》等伴舞之曲，總稱「踏歌」。其遠祖爲唐時「轉踏」，李殿魁於〈元明散曲之分析與研究〉云：「纏踏於唐大樂中本爲舞蹈，後於大樂入破前，口號唱令曲後，復加配以詩詞疊用之唱念體，名曰纏踏，詩多爲七言，或變用他曲，曲多爲調笑。」〔註164〕近源則是宋代之轉踏，王國維《宋元戲曲史·宋之樂曲》考證爲：

> 北宋之轉踏恆以一曲連續歌之。每一首詠一事，共若干首，則詠若干事。然亦有合若干首而詠一事者，《碧雞漫志》（卷三）謂石曼卿作《拂霓裳轉踏》述開元天寶遺事也。……此種詞前有勾隊詞，後以一詩一曲相間，終以放隊詞，詩亦用七絕，北宋初體格如此。〔註165〕

王國維並引《宋史·樂志》認爲「此纏達之音，與傳踏同，其爲一物無疑也。」〔註166〕王國維又云：

> 蓋勾隊之詞，變而爲引子；放隊之詞，變而尾聲；曲前之詩，後亦變爲他曲，故云引子只有兩腔迎互循環也。〔註167〕

可知，唐時轉踏爲普通聯章體，到宋初，轉踏則衍爲一詩一詞「循環間用」，並常施之於隊舞表演（如秦觀的《調笑轉踏》）。而宋文人詞中最接近「引子後只以兩腔互迎循環間用者」的作品爲楊萬里《歸去來兮引》（見《全宋詞》），以〔朝中措〕、〔一叢花〕、〔南歌子犯聲慢〕三曲循環，較「二腔循環」稍有發展，當是楊萬里受轉踏——纏達影響而創新的新體式。在宋文人詞中，僅此一例。但以時曲爲用的諸宮調中，卻不只一例：

　　（1）《董西廂》：〔仙呂調·六么實催〕、〔六么遍〕、〔哈哈令〕、〔瑞蓮兒〕、

〔註164〕見《華岡論集》，第 1 期，民國 54 年 10 月，頁 571。

〔註165〕見王國維著《宋元戲曲史》，頁 29。

〔註166〕《宋史·樂志》卷一百四十二：「隊舞之制……其裝飾各由其隊名而異……其中有拂霓裳隊，《碧雞漫志》謂石曼卿作《拂霓裳傳踏》，恐與傳踏爲一，或爲傳踏之所自出也。」見《四部備要》冊六（中華書局據武英殿本校刊），頁 7～8。

〔註167〕見王國維著《宋元戲曲史》，頁 58。

〔哈哈令〕、〔瑞蓮兒〕、〔尾〕，是典型兩腔互迎循環間用。

（2）《董西廂》：〔黃鐘宮・間花啄木兒第一〕、〔整乾坤〕、〔啄木兒第二〕、〔雙聲疊韻〕、〔啄木兒第三〕、〔刮地風〕、〔啄木兒第四〕、〔柳葉兒〕、〔啄木兒第五〕、〔寨兒令〕、〔啄木兒第六〕、〔神仗兒〕、〔啄木兒第七〕、〔四門子〕、〔啄木兒第八〕、〔尾〕：省略引子，以固定一腔與另一腔循環，是變體。

（3）《劉知遠》：〔安公子纏令〕、〔柳青娘〕、〔酸棗兒〕、〔柳青娘〕、〔尾〕，有「纏達」痕跡。

上述兩調循環的「纏達體」，即爲套曲中的子母調。北套之例頗多，可參見王國維《宋元戲曲考・元劇之淵源》，鄭騫《北曲套式彙錄詳解》。元雜劇正宮套中用之最廣的爲〔滾繡球〕、〔倘秀才〕二調循環的子母調加以變化，例有馬致遠《荐福碑》：〔正宮・端正好〕、〔滾繡球〕、〔叨叨令〕、〔滾繡球〕、〔倘秀才〕、〔醉太平〕、〔倘秀才〕、〔滾繡球〕、〔呆骨朵〕、〔倘秀才〕、〔滾繡球〕、〔煞尾〕。

由此可見，「賺」體中的「纏達」一體，從隋唐時萌生，到宋代發生種種變化，經過漫長的歷史衍變，最終通過「賺」爲橋樑而轉化到北曲之中，成爲北曲構套的形式之一。

據元刊雜劇三十種本之馬致遠《陳搏高臥》雜劇第一折，在第五曲之後，實以〔後庭花〕、〔金盞兒〕兩腔迎互循環；鄭廷玉《看錢奴》雜劇第二折，及無名氏《張千替殺妻》雜劇第二折，各折除首尾稍雜外，同以〔滾繡球〕、〔倘秀才〕迎互循環，可見元劇套數，並非恣意結構。然雜劇非本文範圍，故不擬細究。

無論鼓子詞或傳踏，文人不過偶一爲之，未能成爲文人詞的通式。從中窺見曲子聯章體在民間一線的流行，而不是宋文人詞繼唐曲聯章體的見証。

2、纏　令

纏令獨立的作品已不可見，現存《劉知遠》、《董西廂》中保留不少，見於《劉知遠》者有：【正宮・應天長纏令】、【中呂調・安公子纏令】、【仙呂調・戀香衾纏令】。〔註168〕見於董解元《西廂記》者有：【仙呂調】〔醉落魄纏令〕、〔點絳唇纏令〕、〔河傳纏令〕；〔註169〕【黃鐘宮】〔降黃龍袞纏令〕、〔快活爾

〔註168〕見凌景埏、謝伯陽校注《諸宮調兩種》（臺北：里仁書局，民國74年2月），頁5、12、70。
〔註169〕原作「河傳令纏」，當爲「河傳纏令」之誤。

纏令〕、〔侍香金童纏令〕；【黃鐘調】〔喜遷鶯纏令〕；【中呂調】〔香風合纏令〕、
〔碧牡丹纏令〕、〔棹孤舟纏令〕；【正宮】〔甘草子纏令〕、〔梁州纏令〕；【道宮】
〔憑欄人纏令〕；【大石調】〔伊州衮纏令〕；【般涉調】〔哨遍纏令〕；【越調】〔上
西平纏令〕、〔鬥鵪鶉纏令〕、〔廳前柳纏令〕，〔註170〕其特色為：

（1）由同統一宮調的數支曲子組成。

（2）通常有〔尾〕或〔煞〕。

就其外部形式看，與北曲套數已無二致。而從金代諸宮調中大量採用這
種形式的事實，可以斷定：套數在金代已經產生，并相當成熟，至遲在《董
西廂》（纏令體遠多於《劉知遠》）時期（金章宗時），套數在曲藝中已相當流
行。

若將纏令與纏達比較，可窺套數發生的某種歷史軌跡：

纏達體式為：

1、A＋B＋A＋B……通格

2、A＋B＋C＋A＋B＋C……變格一

3、A＋B＋A＋C＋A＋D……變格二

纏令形式為：

A＋B＋C＋D

很明顯，二者既有差異又有聯繫：

第一，纏令取消了纏達的同曲反復出現的「循環」；

第二，最簡形式的纏令，即纏達的一個循環單位（A＋B）再加〔尾〕，可
視作纏達的一種簡化。

李昌集以為：此種「簡化」，意涵一個富有深刻意義的突破，即纏令開創
了一種純粹的「異調銜接」的方式。此方式為北曲構「篇」開拓了比纏達更
廣闊的途徑，從簡單的兩調之「纏」，變成了若干異調銜接的「纏」令，後世
所謂「套數」基本形式便誕生了。將「纏令」作為一種「體制」的稱名，標
誌著當時人們已對後世所稱的「套」的本質，有了清晰的認識和確切的把握。
〔註171〕《都城紀勝》云：「有引子、尾聲者曰纏令。」正說明在「引子」與「尾

〔註170〕見《西廂記諸宮調》收錄於楊家駱主編中國學術名著第二輯（臺北：世界書
　　　　局，民國56年12月，再版），頁1、24、151、141、77、119、61、25、283、
　　　　105、73、160、194、64、49、16、85、183。
〔註171〕見李昌集著《中國古代散曲史・北曲之淵源與形成》，頁55～56。

聲」之間有「纏」。將不同的「令」（曲調）「纏」在　起的體製，在本質上才是「套」。今存元散曲中，只有呂止庵所作〔仙呂·翠裙腰〕套標爲〔仙呂·翠裙腰纏令〕，可作爲「纏令」即套數的可靠証據。再從諸宮調的纏令作品的曲牌組合規律看，不似北曲套數在曲牌組合上有一定法則，北曲將「纏」令改稱爲「套數」（有一定規則的配套的組合），正是從名稱上反映出這種歷史的進化。

　　唯王國維於《事林廣記》（日本翻元泰定本）戊集卷二中發現了名爲「圓社市語」的一篇賺詞，〔註172〕其套式爲：〔紫蘇丸〕、〔縷縷金〕、〔好孩兒〕、〔大夫娘〕、〔好孩兒〕、〔賺〕、〔越恁好〕、〔鶻打兔〕、〔尾〕，並斷定爲南渡後之作品。在套式之前尙有「遏雲致語」的「鷓鴣天」詞。〔註173〕李昌集名之爲「中間插入賺段纏令」之「插賺體」。並就其結構與曲調，認爲與散曲套數有密切關係者二：〔註174〕

　　1、合同一宮調的若干支曲子組成一個套數，以詠一事。

　　2、前後基本上一韻到底。

　　此二特質，與諸宮調全同，所異者，諸宮調規模龐大，篇幅浩瀚，理所當然「開元劇之先聲」。而大曲雖然也是使用同一宮調曲子循環演唱，然限於同支曲子少變重複，且聲貌相同，實不耐久聽。繼起的《調笑轉踏》，已縮短中間的遍數。再之後的唱賺，是「誤賺」之意，似有偷減意思，更將中間的體段簡化，突顯「正堪美聽」處，受市井小民歡迎。戲曲本應觀眾口味而生，體製不斷演化，乃自然中事。而此篇賺詞使用同一宮調之曲，結構似北曲，曲名似南調的組合——〔縷縷金〕、〔好孩兒〕、〔越恁好〕三曲，在南曲【中呂宮】；〔紫蘇丸〕在南曲【仙呂宮】，北曲中無此數調；〔鶻打兔〕則南北曲

〔註172〕詳見王國維《宋元戲曲史》，頁37～39。另彭隆興《中國戲曲史話》，以爲「圓社市語」用的似爲南曲，推測其因有二：其一，北宋末年的大亂，一部份說唱藝人隨皇室貴族由汴京遷往臨安，他們既熟悉北曲，也在南方研習南曲，當時演「唱賺」的有專門的團體，作品數量肯定不少。由於唱賺的大量亡佚，已看不清全貌，不排除也使用北曲的可能性。其二，從金元時期的政治情況看，人分四等，南方人居下。南散曲是否亦如早期南戲一樣發展不起來，而擅長北曲的作家即從唱賺的形式中受到啓發，用北曲寫散曲。此問題有待發掘，聊備一格。（北京：知識出版社，1985年2月1版1刷），頁39。
〔註173〕見中國學術名著第二輯、曲學叢書第一集第六冊，劉宏度《宋歌舞劇曲考》（臺北：世界書局，未註明出版年月），頁120～122。
〔註174〕見李昌集著《中國古代散曲史·北曲之淵源與形成》，頁56。

皆有，唯皆無〔大夫娘〕。羅錦堂《中國散曲史・散曲概論》乃據以斷言：「元人南北曲的形式及材料，早在宋金之際，即已具備。」〔註175〕最好說明南北曲似分未分蘊釀期的形貌，莊克華乃將唱賺名爲「孕育散曲的胚胎」。〔註176〕

又《都城紀勝》及《過雲要訣》載「唱賺一家」，「腔必眞，字必正」之說，李昌集以爲：

> 「賺」的唱法是一種「依字（聲）傳腔——即按字的五音清濁、陰陽上去的聲調高下去構成一種「旋律」。這種「旋律」是比較「隨意」的，它因歌唱者的水平而僅在「合拍」的限制下「自由」地發揮。
> 〔註177〕

以其歌唱者可作某種「自由發揮」，故有建構音樂上美聽的作用。又「賺」可以在任何一個宮調的套中「插入」，可「銜接」或許本來不太完美之兩曲，不但可擴大「套」的容量，復有「擺渡」作用。到了北曲，「賺」全部出現在「尾聲」部中，目的在使「套」於尾聲表現某種音樂上的「高潮」，更可以音樂的華彩而「誤賺」聽眾。

賺詞對於後來歌曲的影響，我們可以在曲調的名稱上看出來。在《南詞全譜》中，每個宮調皆有以賺名的曲牌：〔惜花賺〕（仙呂近詞）、〔連枝賺〕（黃鐘近詞）、〔傾杯賺〕（正宮近詞）、〔鼓板賺〕（中呂近詞）、〔漁兒賺〕（道宮近詞）、〔竹馬兒賺〕（越調近詞）、〔海棠賺〕（雙調近詞）、〔本調賺〕（羽調近詞）、〔二郎賺〕（商調近詞）、〔太平賺〕（大石調近詞）、〔煞賺〕（般涉近詞）、〔婆羅門賺〕（南呂近詞）、〔蓮花賺〕（小石近詞）。〔註178〕在《北詞廣正譜》中，以賺名的曲牌有：〔賺煞〕（仙呂宮）、〔賺尾〕（仙呂宮）、〔賺〕（道宮）、〔帶賺煞〕（大石調）。〔註179〕在《董西湘》內，以賺名的曲牌有：〔太平賺〕（般涉調）、〔安公子賺〕（中呂調）、〔賺〕（中呂調）、〔賺〕（正宮）。〔註180〕上引

〔註175〕見羅錦堂著《中國散曲史・散曲概論》，頁18。

〔註176〕詳見謝伯陽主編《散曲教學與研究》之莊克華撰〈「唱賺」是孕育散曲的胚胎——散曲成因雜說〉（北京：文化藝術出版社，1989年3月，1版1刷），頁45～50。

〔註177〕見李昌集著《中國古代散曲史・北曲之淵源與形成》，頁57。

〔註178〕詳見第三章第三節「宮調與曲牌」。

〔註179〕見《北詞廣正譜》（臺灣：學生書局，民國76年11月，影印初版），頁221、229、348、389。

〔註180〕見《西廂記諸宮調》（臺北：世界書局，民國56年12月，再版），頁15、224、225、203。

三書以賺名的曲牌凡二十一調，屬南曲者十三，屬北曲者八，從中可證賺詞與南北曲的關係。

（六）摘遍、犯調

摘遍衍爲摘調，犯調衍爲集曲，可詳閱第四章第二節「摘調」及第五章第一節集曲「概說」，此節僅略述。

摘遍即自大曲或法曲中摘取聲音美聽，起結無礙之一遍，單譜而歌之。如泛清波摘遍、甘州遍。曲中摘調本非小令，亦摘取套曲中一二美聽者以爲小令。「曲中摘調以北曲爲多，因元曲音樂已遺，何調可摘，何調不可摘，以元人所摘爲標準，切不可自我作古，隨意亂摘」。〔註181〕明代南曲摘調實亦不少，詳見第四章小令研究。

據楊蔭瀏《中國古代音樂史稿》云：「犯調是兼指轉宮（調）與轉調（調式）而言。大約在第七世紀左右，犯調的手法已經相當流行。」〔註182〕楊氏並舉出犯調有以下四類：〔註183〕

一、歌舞《大曲》中的犯調：武后（684—704）末年，宮調的《劍器》轉接角調的《渾脫》。

二、器樂曲方面的犯調：唐玄宗（712—756）時，善吹笛的樂工孫楚秀，以愛創造犯調的樂曲著名；唐文宗太和九年（835），善吹笛的教坊副使雲朝霞以善於「新聲變律」著稱。

三、聲樂曲方面的犯調：唐‧元稹（779—831）在其《何滿子歌》中，描寫歌者表達的情形，有「犯羽含商移調態，留情度意拋弦管」句。

四、宮廷《雅樂》方面的犯調：《豫和》曲以黃鐘宮奏三次，以黃鐘爲角、姑洗爲羽各奏一次。

萬樹《詞律》陸游〔江月晃重山〕調下註：「調中題名犯字者有二義：一則犯調，如以宮犯商角之類；一則犯他詞句法，若玲瓏四犯、八犯玉交枝等。」〔註184〕第二類的犯調，如同南曲中的集曲。如〈六醜〉爲摘六曲中之最美聽者，〔江月晃重山〕，每片上三句爲〔西江月〕、下二句爲〔小重山〕。

〔註181〕見汪志勇《詞曲概論》，頁61。
〔註182〕見楊蔭瀏著《中國古代音樂史稿》第二章（臺北：丹青圖書有限公司），頁78。
〔註183〕見楊蔭瀏著《中國古代音樂史稿》第二章，頁78。
〔註184〕見清‧萬樹原撰、懶散道人索引《索引本詞律》（臺北：廣文書局，民國 60年 9月，初版），頁105。

〔八音諧〕乃是集〔春草碧〕、〔望春回〕、〔茅山逢故人〕、〔迎春樂〕、〔飛雲滿群山〕、〔蘭陵王〕、〔孤鸞〕、〔眉撫〕八曲片段而成。第一類的「犯調」法，是音樂曲律上調高、調式的變化，只有在姜夔、吳文英等少數深諳樂律的詞家的少數作品中才運用，一般文人是難以用之的，故不是「犯」的通例。對一般文人而言，多採用文學意義上的「犯他詞句法」。在北宋詞人中，「犯調」、「犯句」法均被採用，周邦彥之「側犯」、「倒犯」是「犯調」之體，其「玲瓏四犯」、「花犯」，當是「犯句」之體。周氏之前，柳永亦有「尾犯」之作。曲中之集曲體，猶詞中之犯調，任中敏謂之：「用許多曲句，聯綴集合而成者也。」〔註185〕如〔羅江怨〕一調，便是集〔香羅帶〕、〔註186〕〔皀羅袍〕、〔一江風〕三調中各數句以成。或犯本宮、或犯他調，皆有定則。詳見第五章集曲研究。

按：

綜合以上所述，就文體發展而言，由詞演變為曲，是一種縱向的自然趨勢。時移世異，同源一旦發展為異流，仍不失彼此相互吸收、消融。由散詞、聯章詞、犯調變為曲之小令、重頭與帶過曲、集曲，我們可以明確看出曲承詞變的關係。至於法曲、大曲、曲破體製，詞作不多，源頭不得不指向唐曲。而纏達、纏令及成套詞，在民間詞中表現活躍，與曲呈近平行的關係。因此，就曲的體製角度言，源自唐曲之說是較早期淵源的說法，而曲承詞變是就根本近源說。無論詞章樂律，南北曲實悉承歷代樂府餘韻，而於唐樂為不祧，於宋樂為近嗣耳。

二、分野

曲分南北，乃就其旋律形式而分，朱有燉《誠齋樂府》白鶴子《秋景五首·序》有云：

> 唐末宋初以來，歌曲則全以詞體為主，今世則呼為南曲者是也。自金元以胡俗行中國，乃有女真體之作；又有董解元、關漢卿輩知音之士，體南曲而更以北腔，然後歌曲出自北方，中原盛行，今呼為北曲者是也。〔註187〕

〔註185〕見任中敏輯《散曲叢刊·散曲概論·用調》，頁37。
〔註186〕羅錦堂以為是〔香羅怨〕。見羅錦堂著《中國散曲史》，頁29。
〔註187〕見劉敏華點校《誠齋樂府》（上海：古籍出版社），頁16。

本資料透露：

1、發生時代：唐末宋初，南曲承詞體遺緒已流行。金元入主後才有北曲。

2、政治因素：因金元入侵，北曲乃受胡夷之作影響。

3、創作方法：此點曲家少論及。知音名士就南曲改造，南北異曲早就存在，才能藉此改彼，至於改多改少，實難界定。近人區分界定，不外乎下列三項：

（一）就時代及地域區分

王世貞《曲藻·序》：

> 自金元入主中原，所用胡樂，嘈雜淒緊，緩急之間不能按，乃更為新聲以媚之。而諸君如貫酸齋、馬東籬、王實甫、關漢卿、張可久、喬夢符、鄭德輝、宮大用、白仁甫輩，咸富有才華，兼喜聲律，以故遂擅一代之長。所謂「宋詞、元曲」，殆不虛也。但大江以北，漸染胡語，時時採入，而沈約四聲遂闕其一。東南之士未盡顧曲之周郎，逢掖之間，又稀辨撾之王應。稍稍復變新體，號為「南曲」。〔註188〕

王季烈《螾廬曲談·論作曲》：

> 曲牌之名，本之詞牌者亦甚多，特牌名雖同，而其句法則有同不同，大抵南引子牌名與詞同者，其句法亦多與詞相同，如虞美人、謁金門、一剪梅之類是也。過曲則牌名同而句法同者較少。至北曲則牌名雖與詞同，句法彼此各異，此可見北曲為金元異域之樂，與詞不相襲，南曲則折衷於宋詞北曲之間，以調和南北之音，今日宋詞之唱法，雖已失傳，而崑曲之中，當猶稍存其音節，可斷言也。〔註189〕

吳梅《顧曲塵談》：

> 曲也者，為宋金詞調之別體。當南宋詞家慢近盛行之時，即為北調臻發胚胎之日。〔註190〕

羅錦堂《中國散曲史·散曲概論》：

> 北曲流行於金、元及明初之際，多為中州的音調；南曲的起源較北曲為早，其流行卻在元末明初，是大江以南的音調。〔註191〕

〔註188〕見《中國古典戲曲論著集成》四，頁25。
〔註189〕見王季烈著《螾廬曲談》，頁3。
〔註190〕見吳梅著《顧曲塵談》，頁191。
〔註191〕見羅錦堂著《中國散曲史》，頁20。

彭隆興《中國戲曲史話》：

> 宋雜劇是以北宋首都汴梁爲中心興起而發展的。進入到十二世紀
> 後，金人入侵，宋室南渡，使得汴京不再是雜劇中心，而出現南北
> 分流局面。分流以後，以北方燕京，與南方的臨安分別形成了當時
> 戲劇發展的兩個中心。……北散曲和南散曲使用的是兩種不同的曲
> 調。北曲曲調是在隋唐燕樂、北方民間音樂和被認爲「嘈嘈雜雜」
> （見于若瀛《陽春奏序》）的胡夷樂曲的基礎上形成的，是我國淮河
> 以北，廣大北方地區的曲調。而南曲曲調，則是在南方民間音樂和
> 在此基礎上出現的五大聲腔的基礎上形成的。〔註192〕

李昌集《中國古代散曲史・北曲之淵源與形成》：

> 北曲在音樂體系上是以遼金時北方流行的音樂爲基礎的，其發生的
> 初期亦當在遼金之時。〔註193〕

（二）就板式及格律分

清・徐大椿《樂府傳聲・底板唱法》：

> 南曲之板，分毫不可假借，惟北曲之板，竟有不相同者。蓋南曲惟
> 引子無板，餘皆有板，北曲則祗有底板，無實板之曲極多。又南曲
> 之字句，無一調無定格，而北曲則不拘字句之調極多。又南曲襯字
> 甚少，少則一字幾腔，板在何字何腔，千首一律；若北曲則襯字極
> 多，板必有不能承接之處，中間不能不增出一板，此南之所以有定，
> 北之所以無定。〔註194〕

王世貞《曲藻》：

> 凡曲：北字多而調促，促處見筋；南字少而調緩，緩處見眼。〔註195〕

吳梅《顧曲塵談・論南曲作法》：

> 北曲無定式，視文中襯字多少以爲衡，所謂死腔活板是也。南曲則
> 每宮每支，除引子及本宮賺不是路外。無一不立有定式。〔註196〕

又〈論北曲作法〉：

〔註192〕見彭隆興著《中國戲曲史話》，頁39。
〔註193〕見李昌集著《中國古代散曲史・北曲之淵源與形成》，頁5。
〔註194〕見徐大椿《樂府傳聲》，收錄於《古典戲曲聲樂論著叢編》（臺北：學海出版
社，民國60年6月），頁227。
〔註195〕見《中國古典戲曲論著集成》四，頁27。
〔註196〕見吳梅著《顧曲塵談》，頁237。

北詞調促而詞繁，下詞至難穩愜。且襯字無定法，板式無定律，初學填詞，幾於無從入手。又不尚詞藻，專重白描，胡元方言，尤須熟悉。句法字法，別有一種蹊徑，與南曲之溫柔典雅，大相懸絕。故作南曲，辭章佳者尚易動筆，若作北曲，則語語不可夾入詞賦話頭，以俚俗爲文雅。雖詞章才子，對此無所措手矣。試遍檢明清傳奇，南曲佳音至多，北曲佳音絕少，皆坐此病。非寢饋於元曲者深，則不能純任自然也。〔註197〕

（三）就聲情與審美意趣分：

1、王世貞《曲藻》有論曲三昧：

北則辭情多而聲情少，南則辭情少而聲情多。北力在弦，南力在板。北宜和歌，南宜獨奏。北氣易粗，南氣易弱。〔註198〕

2、王驥德《曲律》中引明・康德涵語：

南詞主激越，其變也爲流麗；北曲主慷慨，其變也爲樸實。惟樸實故聲有矩度而難借；惟流麗故唱得婉轉而易調。〔註199〕

3、徐渭《南詞敘錄》：

聽北曲使人神氣鷹揚，毛髮洒淅，足以作人勇往之志，信胡人之善於鼓怒也。所謂「其聲嗎殺以立怨」是已；南曲則紆徐綿耳少，流麗婉轉，使人飄飄然喪其所守而自覺，信南方之柔媚也，所謂「亡國之音哀以思」是已。〔註200〕

4、王國維《宋元戲曲考・元南戲之文章》：

元代南北二戲，佳處略同，惟北劇悲壯沈雄，南戲輕柔曲折，此外殆無區別。此由地方之風氣及曲之體製使然。〔註201〕

5、任中敏《作詞十法疏証・造語》言：

元曲之所以以爲元曲，固在體魄之雄深豪邁，氣機之浩蕩激越，豈恃乎當時一二方言歟？〔註202〕

羅錦堂總論諸家之說，要言爲「北曲其聲壯以厲，有劍拔弩張之勢；南曲其

〔註197〕見吳梅著《顧曲麈談》，頁241。
〔註198〕見《中國古典戲曲論著集成》四，頁27。
〔註199〕見《中國古典戲曲論著集成》四，頁56～57。
〔註200〕見《中國古典戲曲論著集成》三，頁245。
〔註201〕見王國維著《宋元戲曲考》，頁102。
〔註202〕見任中敏輯《散曲叢刊・作詞十法疏証》，頁7。

聲嘽以緩，有偎香倚玉之懷」，並引用「從來曲家所不曾道者」之清初魏伯子論文的精湛言說補充說明，其言曰：

> 南曲如抽絲，北曲如輪槍。南曲如南風，北曲如北風。南曲如酒，北曲如水。南曲如六朝，北曲如漢魏。南曲自然者如美人淡妝素服，文士羽扇綸巾，北曲自然者如老僧世情物價，老農晴雨桑麻。南曲情聯，北曲勢斷。南曲圓滑，北曲勁澀。南曲柳顫花搖，北曲水落石出。南曲如珠落玉盤，北曲如金戈鐵馬。若貴堅重、賤輕浮、尚精緊、卑流蕩、好乾淨、厭煩碎、愛老成、黜柔弱、取大方、棄鄙小、求蘊藉、忌粗率，則南北所同也。〔註203〕

按：

南北曲的分野為汴京的陷落，由於金元入主中國，原有詞樂受胡夷樂影響，而有北曲之生，多為中州音調，死腔活板，加襯字自由，調促而繁，辭情多，體魄雄深豪邁，聽之使人神氣鷹揚。南曲多承詞遺緒，並益以民間歌謠而成，板眼至嚴，加襯字有一定部位，至多三字為限，流行較北曲為慢，是大江南北音調，字少調緩，溫柔典雅，聽之使人飄飄然。北曲流行於元代，至明而南曲盛行，若再從音樂本質上和語言上分，南北曲的不同尚有三點：〔註204〕

1、南曲主要樂器是管，北曲是絃。

2、就組成樂曲的音階而言，南曲五音，北曲七音。

3、就語言來論，南曲有入聲，北曲無入聲。

清・凌廷堪《燕樂考原》更直言「今之南曲，不用一凡者也；北曲用一凡者也」，〔註205〕又北曲常用宮調為：黃鐘、正宮、仙呂、南呂、中呂、大石、商調、越調、雙調，南曲除上述九個宮調外，尚用仙呂入雙調、羽調、小石調、般涉調、道宮。北曲用《中原音韻》，南曲用《中洲音韻》。北曲只限一人主唱，南曲則各腳色均唱，亦為南北曲之大異處。李殿魁於《元明散曲之分析與研究》一文就各家持說，總結為：「今考諸南北曲牌，南曲多出古曲，唐宋詞幾占半數，北曲多出大樂曲牌，及北虜胡聲，且今南曲宮調，確不用乙凡之二變，故足可徵信。蓋北曲守二十八調燕樂之遺，用四均七運之七聲樂制，南曲守文康之舊，清平遺音，以五聲定律，此實為南北曲之大別也！至於南有仙呂入雙調，此調

〔註203〕見羅錦堂著《中國散曲史・散曲概論》，頁23。
〔註204〕見汪志勇著《詞曲概論》，頁57。
〔註205〕見凌廷堪《燕樂考原》，收錄於《續修四庫全書》經部一一五，頁356。

則爲利於南曲之聯牌而設，固非基本上之不同也。」〔註206〕

第三節　南北曲的交流與分渠

雖然南北曲在形式上有所區別，但在「宣和之際，南渡之前」，南北曲在若干方面，是難以截然劃分的。李昌集將「南曲之淵源與形成」，分三個階段論述：〔註207〕

其一：是初生時期，時尙無「南北曲」之分，時間約從南宋初至南宋末，其實例爲《張協狀元》戲文。

其二：是南北曲在體製上已見分渠，但在觀念上，尙未明確「南北曲」概念時期，時間約從南宋末至元前期。其實例爲《錯立身》戲文和元散曲中「似北」而「實南」的小令，以及未明標「南北」而實際上是「南北合腔」的套數。

其三：是「南北」概念形成後之階段，其時間爲元中後期，實例爲《小孫屠》戲文和明顯的「南北合腔」之元散套。

此項分類在時間的劃分上，只爲方便說，粗疏難免，如第一項言「南宋末尙無南北曲之分」爲大謬；〔註208〕其二，元人用「南曲戲文」與「北曲雜劇」對稱，豈能稱爲「尙未明確『南北曲』概念時期」？本節爲方便說，乃以「南北合套」之發生論南北曲之交流與分渠。

「南北合套」，僅從文體意義言，是指將南北曲牌組合在一起作曲。其意義：

一、顯示南曲與北曲之交流。

二、標志著南北曲分渠之形成。

三、除民間南戲外，文人也有少數南曲散曲作品，標明南曲進入文人領域。

南北合套，《錄鬼簿》云自沈和甫始，但《宦門子弟錯立身》戲文中已有

〔註206〕見《華岡論集》，第一期，頁579。

〔註207〕詳見李昌集著《中國古代散曲史・南曲之淵源與形成》，頁69～71。

〔註208〕李殿魁認爲「南北曲之分，實不可以時地分之也」，「曲有南北之分，固不起於有元曲之後，隋時已有南北之別，祖孝孫之斟酌，雖非今之所謂南北，而實早已有南北之名，宋胡翰曰：『晉之東，其辭變爲南北，南音多艷曲，北俗雜胡戎。』吳萊曰：『晉宋元代以降，南朝之樂，多用胡音，北國之樂，僅襲夷虞。』由此可知樂曲之初分南北，乃在就其旋律形式而分也。」（見《華岡論集》第一期，頁573。）

實例。《錯立身》題為「古杭才人作」，此「才人」泛指民間社團作手，故《錯立身》尚屬民間狀態之戲文。

錢南揚《永樂大典戲文三種校注・前言》以《錯立身》戲中「以河南府為西京，以東平為府。考宋金元三史《地理志》，只有宋人如此，當出於宋人手無疑。惟戲中已提到花李郎、關漢卿等金元間作家，所以時代也不會過早。蓋作於金亡之後，宋亡之前這段時間內」。〔註209〕李昌集則以為「宋地之人於南宋亡後在一段時間裡仍沿宋之地名舊稱，實屬常情，不能即斷此戲為南宋時所作……作於元統一後不久的可能性更大」，〔註210〕雖有兩說，其創作時期皆比沈和甫「創」南北合腔為早。《錄鬼簿》云沈和創南北合腔，只是從南戲中受到啟發而已，意義在顯示了「南北合腔」為文人受南戲影響所採用而已。

根據錢南揚校注《錯立身》之第十二齣中用曲組合探析，〔註211〕首二曲為北曲，接五首南曲後再接七首北曲，若從曲牌性質言，南曲獨用曲牌僅「駐雲飛」一曲，「四國朝」則為本北地番曲，北宋後期傳入宋土，是為共域性曲牌，其曲牌組合方式是「夾雜南北」。又第五齣曲牌組合順序和沈和所作「南北合套」之名作《瀟湘八景》極相同，可看作一種「南北合腔」，只是未在「南北合套」中將「南」、「北」明確標出。換言之，南北曲在這裡還遺留著「將分未分」的痕跡。

元統一後，隨著北方人的南流和南方人的北上，不僅風俗習慣得到交流，而且文化藝術也得到了交流。特別到至元二十六年（1289），會通河全部開通，使南北漕運暢通無阻，北人南行，南人北往，日益頻繁，商業貿易的來往，物質文化的交流，促進了南北曲的交流。關漢卿大概就是在這種潮流下隨珠簾秀的戲班南流渡江的，〔註212〕在江南活動期間與南戲的接觸中，窺見南戲長處，並在創作中吸收南曲入雜劇，將《望江亭》雜劇的第三折，本為【越調・鬥鵪鶉】套曲，在劇情達到高潮時引用南曲【羽調・馬鞍兒】，變一旦獨唱的曲子為「親隨唱」、「衙內唱」、「眾合唱」的南戲演唱方法，可說是雜劇引用南曲的首

〔註209〕見錢南揚校注《永樂大典戲文三種校注・前言》，頁1。
〔註210〕見李昌集著《中國古代散曲史・南曲之淵源與形成》，頁79。
〔註211〕用曲組合為：〔越調・鬥鵪鶉〕、〔紫花兒序〕、〔四國朝〕、〔駐雲飛〕（四支）、〔金蕉葉〕、〔鬼三台〕、〔調笑令〕、〔聖藥王〕、〔麻郎兒〕、〔么篇〕、〔天淨沙〕、〔尾聲〕。見錢南揚校注《永樂大典三種戲文校注》，頁242～245。
〔註212〕見孔繁信〈試論南北曲的合流與發展〉。收錄於《河北師院學報》，1995年第3期，頁99。

例。在他之後，吳昌齡所撰的《東坡夢》雜劇，結尾引入【仙呂·月兒高】一曲；楊景賢《馬丹陽度脫劉行首》雜劇，第四折套中引入南曲【仙呂·江兒水】一曲。還有一些劇作家在唱腔上突破本宮調的侷限，進行「借宮」的改變，像尚仲賢的《柳毅傳書》第三折【商調·集賢賓】套，借用【仙呂·後庭花】和【仙呂·柳葉兒】兩曲；無名氏《氣英布》雜劇，第三折【正宮·端正好】套，借用了【中呂宮】的〔剔銀燈〕、〔蔓青菜〕、〔柳青娘〕、〔道和〕四曲。這些，都表明雜劇作家曾嘗試引入南曲改造雜劇之例。〔註213〕

除此「北曲南唱」的現象外，〔註214〕實際上與之並行的還有「南曲北唱」。〔註215〕南曲引入北曲，初期是偶而為之，如《白兔記》第二十四齣〈反寇〉，僅用北曲〔一枝花〕；《琵琶記》第十五齣開端，連用北曲〔點絳唇〕、〔混江龍〕二支。到《宦門子弟錯立身》第十二齣，已用了十支北套的支曲。到南戲《小孫屠》第七齣，全用北套【南呂·一枝花】四曲，是南戲中全齣應用北套的最早典型；第十四齣，全齣共六支曲子，一南一北相間，結尾曲為〔換頭〕，是全齣用「南北合套」的典型。由此可知，「元代中後期已出現了『南北合腔』的曲體形式，進而到元末明初，發展成完整的『南北合套』形式。這時的南戲，不僅引用北曲的支曲組成『合腔』形式，還可以有規則地用南北曲相間組合成『合套』形式。由於南戲作者大膽改革南戲，這就大大地推動了南戲的革新和發展」。〔註216〕凌景埏、謝伯陽校注《諸宮調兩種·南戲與北劇之交化》文中亦肯定：

> 南戲的合腔，為傳奇中合套的雛形，如《小孫屠》戲文中用合腔《北新水令》、《南風入松》、《北折桂令》、《南風入松》、《北水仙子》、《南風入松》、《北雁兒落》、《南風入松》，乃是一折中旦唱之一段，前後都是南曲。……傳奇的合套，則從頭至尾，無不南北曲相間，足見

〔註213〕詳見孔繁信〈試論南北曲的合流與發展〉，頁99～100。

〔註214〕曾永義在《戲曲源流新論·也談「北劇」的名稱、淵源、形成和流播》以為：用南曲腔調唱北曲是為「北曲南調」；以北曲腔調配入南曲，是為「南曲北調」。頁246。

〔註215〕李昌集以為關漢卿所作的「南北合腔」，以及按北曲套數形式而用南曲曲牌所作的「南套」，是用北腔唱的。（見《中國古代散曲史》，頁81。）然據《全元曲》第一卷作品觀之，並無「南北合腔」，不知李昌所據為何？（見徐征、張月中《全元曲》第一卷，河北石家莊1998年8月1版）。

〔註216〕本段所論及引用皆摘自孔繁信〈試論南北曲的合流與發展〉，河北師院學報，1995年第3期，頁100。

合腔爲合套的原始形式。〔註217〕

這種南北曲的交匯，實是戲劇進化的必然趨勢，〔註218〕對南北曲均是一種豐富。而更重要的意義，在這種現象標志著南曲與北曲一樣得到了全社會的承認，南曲進入了「高一級」的「曲壇」。

據《全元散曲》，元代南北合套共有十三套，若再加蕭德祥作南戲《小孫屠》、高明作南戲《琵琶記》中的「南北合腔」，其數量遠不止此數。表明了元代中後期，南曲開始進入了文人圈，開始擺脫了其初發時期的民間狀態。從元代後期開始，南曲已漸有興盛之勢，《永樂大典》載有戲文三十三本，《南詞敘錄》載南戲「宋元舊篇」六十五本（有二十五本與《永》重複），雖今佚甚多，但在元明間當是很流行的。《錄鬼簿》、《青樓集》、《中原音韻》、《輟耕綠》等均有南曲之記載，亦可証明。《青樓集》已載有「專工南戲」的演員，有「張玉蓮」者，「南北令詞，即席成賦」。〔註219〕可見元後期，南北曲分渠已明。

李昌集以爲元代文人「南散套」之作，更是南北曲分渠的顯著標志，其作在《全元散曲》中錄有十五套：〔註220〕

關漢卿〔桂枝香〕套　　　珠帘秀〔醉西施〕套

高文秀〔啄木兒〕套　　　朱庭玉〔泣顏回〕套

王元鼎〔雁傳書〕套　　　楊維楨〔夜行船〕套

高　明〔二郎神〕套　　　王元和〔小桃紅〕套

無名氏〔小醋大〕套　　　無名氏〔一機錦〕套

無名氏〔白練序〕套　　　無名氏〔十樣錦〕套

無名氏〔字字錦〕套　　　無名氏〔四時思慕〕套

無名氏〔香遍滿〕套

然據《全元散曲》注：關漢卿、高文秀、珠帘秀、朱庭玉、王元和五人南曲散套校注，皆以爲可疑，故此說尚有待商榷。〔註221〕

王驥德在《曲律》中云：

〔註217〕見凌景埏、謝伯陽校注《諸宮調兩種》（臺北：里仁書局，民國74年2月），頁308。

〔註218〕見凌景埏、謝伯陽校注《諸宮調兩種》，頁305。

〔註219〕見《中國古典戲曲論著集成》二，頁31。

〔註220〕見李昌集著《中國古代散曲史》，頁82。以上十五套分別見於《全元散曲》頁190、355、220、1220、691、1415、1463、1616、1743、1881、1875、1876、1880、1879、1877。

〔註221〕見《全元散曲》頁190、220、355、1220、1616。

> （明初）始猶南北（曲）劃地相角，邇年以來（指萬曆時期），燕趙
> 之歌童、舞女，咸棄其捍撥，盡效南聲，而北詞幾廢。〔註222〕

故至遲至明中葉後，南曲一體，終籠罩曲壇而登大雅之堂。而這時，經過南北曲唱的互融和交匯，已進入崑腔的時代了。

小　結

南北曲是曲體文學之分流，同具曲體文學質性並各具獨特屬性，南曲一名，始見於鍾嗣成《錄鬼簿》，然南宋末·周密《癸辛雜識別集》已提及戲文。論北曲文獻，則以董解元撰《西廂記》為最古。王國維《宋元戲曲考》就曲牌考証，証成南曲發生在宣和之後，南渡之際，早於北曲，且提出南北曲與唐曲子辭、唐宋大曲、宋詞、唐宋民間曲藝皆有淵源關係。李昌集《中國古代散曲史》復以今存南曲最早作品《張協狀元》用曲實例，証知南北曲不只承宋詞而來，在發生的過程中，均以由唐至宋不斷孳生的民間曲子詞為主流，惜因「俚俗胡謠」未能載諸典籍而隱沒成「暗流」。故曲體的發源，當更早於南宋初，而其不同於北宋詞牌者，甚至追溯至唐曲。

由詞之散詞、聯章詞、犯調衍變為曲之小令、重頭與集曲，可以明確看出曲承詞變之迹，而大曲、賺體、諸宮調則對北曲套式的形成提供了啟發和借鑒。從南戲的聯曲方式，可推測在南戲以前，未有「套」的出現，是仿造北套形成的產物。

南北曲的分野為汴京的陷落，原有詞集受外來胡夷樂影響而有北曲之生，南曲承詞遺緒益以俚巷歌謠而成。北曲流行於元代，至明則南曲盛行，由於風俗民情不同，南北曲聲情自是有異。南北合套的發生，則標志著南北曲之分渠與交流。至元代中後期，文人也有南曲散曲作品，標明南曲進入文人領域。明中葉後，進入崑腔時代，宣告南曲取代北曲，成曲壇主流。

〔註222〕見《中國古典戲曲論著集成》四，頁55。

第三章　南曲散曲概況

第一節　劇曲與散曲

　　曲從體製分，可分為散曲、劇曲二大類。前人每以演故事者為劇曲，不演故事者稱為散曲。然散曲中演故事者不少，故任中敏以為「凡不須有科白之曲，謂之散曲」。〔註1〕散曲，純為聲詞之體製，以笙笛鼓板三弦為場面，不借鑼鼓之「清唱」。〔註2〕

　　散曲是興起於宋、金末年間的新體詩，可說是詩歌的正統發展。劇曲則屬戲劇文學，王國維在《宋元戲曲史・宋之樂曲》對戲劇的定義是：「後代之戲劇，必合言語、動作、歌唱，以演一故事，而後戲劇之意義始全。故真戲劇必與戲曲相表裡。」〔註3〕則合曲文、科介、賓白而以代言體搬演故事者謂之，是一種包含著文學、美術、音樂、舞蹈等多方面的綜合藝術，又有雜劇、傳奇之分。對劇曲而言，非代言體，又無賓白，不演動作之曲，則為散曲。元、明以後論曲者亦多用「樂府」指稱散曲，「表示其曲曾經文學上之陶冶而後始成者，所以能入樂府，充一代雅樂之辭，與尋常街市中之俚歌不同也」。

〔註1〕見任中敏輯《散曲叢刊・散曲概論・名稱》，頁12。
〔註2〕所謂「清唱」，任中敏釋為：「清唱之意，原為唱而不演，不用鑼鼓，場面清靜也。至於其所唱者，仍為有賓白之劇曲，特唱者或者省去賓白耳。按之散曲，笛與鼓板已足，本無須鑼鼓，正合充清唱之資料。故自來清唱所唱，故不必其為散曲而唱，散曲者，固無不用清唱也。」是以「清唱」之意，兼指不用鑼鼓及無賓白之謂。見任中敏輯《散曲叢刊・散曲概論・名稱》，頁14～15。
〔註3〕見王國維著《宋元戲曲史》，頁28。

〔註4〕

　　元人北曲雜劇，承襲宋金說唱、雜劇院本而來。蒙古滅金，散曲、劇曲同時興起，而南曲則劇曲爲先，散曲繼之。蓋自北宋末年，溫州一帶民間興起南戲，是時，南宋詞樂仍然鼎盛。南曲散曲自文獻考察，無痕無跡。南曲散曲濫殤於元代，盛於明代中期崑曲盛行之後。南曲由古南曲聲腔（溫州南戲時期），一變而爲四大聲腔──弋陽腔、海鹽腔、餘姚腔，再變而爲崑山水磨腔。不僅南曲劇曲由南戲演爲傳奇，北曲雜劇也逐漸南曲化，而有南雜劇之名。因此，以南曲論，劇曲早於散曲，亦影響散曲至深，不得不論。

一、劇　曲

　　元代是北雜劇的天下，朱明滅元，北雜劇轉衰，南戲逐漸抬頭，並取雜劇故事，吸收其優點，完成南北合套之改良。明初，雜劇餘勢猶存。至明代中期（成化至隆慶年間），崑腔改革成功，文人傳奇一躍而爲當時最受歡迎的戲曲。在創作方面，許多名人才子染指於崑山腔劇本的創作，對南戲的藝術形式，有繼承也有發展。在宮調曲牌方面，明代傳奇的曲詞，採取曲牌聯套的形式，比宋元南戲採用民間小曲結構，更爲嚴謹。同時，一齣戲不限一種宮調，南、北曲交替出現，具有一定的靈活性。不論就作家與作品數量來說，或就劇作家分佈的地域來論，「明代戲劇的發展和興盛是超越元代的」。〔註5〕雜劇、南戲相互消長情形，是元代所無，演化情形概說如下：

（一）南戲三化為傳奇〔註6〕

1、北曲化

元中葉以後，南戲與北劇都以杭州爲中心區域，〔註7〕同在一地，自必互

〔註4〕見任中敏輯《散曲叢刊・散曲概論・名稱》，頁14。

〔註5〕據曾永義統計明代雜劇有作家一百二十五人，作品五百餘種，現存二百九十五種，可見在數量上明雜劇比起元雜劇，相當的勢均力敵。作家分佈地域，達13省。詳見曾永義著《明雜劇概論・總論》（臺北：學海出版社，民國88年2月2版），頁1～2。

〔註6〕此據曾永義《戲曲源流新論・也談「南戲」的名稱、淵源、形成和流播》云：「南戲在元、明兩代，又經過北曲化、文士化和水磨調化而蛻變爲另一個新的體製劇種叫『傳奇』。」，頁169。

〔註7〕見錢南揚著《宋元南戲百一錄》云：「從此（南渡）之後，杭州遂成了南戲的中心區域。」（頁3）又：「元初作劇者均北人，中葉以後，則悉爲杭州人，其中雖有北籍的，然亦久居浙江了。」（頁9）

相接觸發生變化，凌景埏、謝伯陽校注之《諸宮調兩種》即從「南北合腔」、「傳奇中之北曲」二項論南戲之北化，「南北合腔」已見前述，「傳奇中之北曲」例有：〔註8〕

> 今得見明早期的傳奇，則爲成化、弘治、正德間作品，如邵文明《香囊記》；姚茂良《精忠記》；沈采《千金記》；邱濬《投筆記》；薛近兗《繡襦記》；沈受仙《三元記》諸本，均有北曲。內中《香囊》、《三元》僅偶用單支北詞，《精忠》、《繡襦》中已見合套，然全本各只一齣，還不見整套北曲戲。《千金》、《投筆》中始見北套。

除此外，南北戲曲交流的結果，一些雜劇的劇目也被改編成南戲演出。在《南詞敍錄・宋元舊編》所著錄的六十五種戲文中，就可以找到二十四種與北雜劇相同的名目。這些事實，都可說明南戲的北曲化、南戲作家和藝人們善於吸收各種藝術養料來充實自己。

2、文人化

明初，潛伏在民間的南戲逐漸抬頭，與北雜劇同時流行。然其時政令，尊崇儒術，士大夫忙於科舉場屋之業，恥留心辭曲，戲曲人口銳減，除出元入明的「國朝一十六人」外，〔註9〕明初宣德前的劇作者，只有寧、周二王；憲宗成化末前，南戲作家也只有一個做《五倫全備》的邱濬。又受限於《大明律・講解卷二十六・刑律雜犯》規定：「凡樂人搬做雜劇、戲文，不許妝扮歷代帝王后妃忠臣烈士先聖先賢神像，違者杖一百；官民之家，容令妝扮者與同罪。」〔註10〕作家創作空間僅存「神仙道扮及義夫節婦孝子順孫勸人爲善」題材，無異窄化了創作領域。而禁止官吏宿娼的命令，違者「罪亞殺人一等，雖赦，終身弗敍」的重罰，〔註11〕更限制了劇曲傳唱流衍空間。寧獻王《太和正音譜・雜劇十二科》：「雜劇出於鴻儒碩士、騷人墨客，所作皆良人也。若非我輩所作，娼優豈能扮乎？」一語，〔註12〕將娼優作家屏

〔註8〕詳見凌景埏、謝伯陽校注《諸宮調兩種》，頁305～312。

〔註9〕《太和正音譜・古今群音樂府格勢》列〈國朝一十六人〉，即明初十六子——王子一、劉東生、王文昌、谷子敬、藍楚芳、陳克明、李唐賓、穆仲義、湯舜民、賈仲名、楊景言、蘇復、楊彥華、楊文奎、夏均政、唐以初。其中王（文昌）、藍、陳、穆、蘇、夏及楊彥華七人，非但沒有作品傳世，連著作目錄也沒有。詳見《中國古典戲曲論著集成》三，頁22～23。

〔註10〕見《續修四庫全書・政書類》史部八六二，頁601。

〔註11〕見《續修四庫全書・政書類》史部一一七〇，頁51。

〔註12〕見《中國古典戲曲論著集成》三，頁25。

除在外，似已界定了雜劇文人化的趨向。曾永義《明雜劇概論·總論》中有云：

> 明代的劇作者，無論傳奇或是雜劇，除了幾個藩王、宗室外，全部
> 是士大夫。「今則自縉紳、青襟，以迨山人墨客，染翰爲新聲者，不
> 可勝記。」（王驥德《曲律》四）「今世士大夫纔仕一官，即以教唱
> 戲曲爲事，官方民隱，置之不講。」（顧炎武《日知錄》）他們所說
> 的雖然是萬曆年間及以後的現象，但由此可見明代戲劇的興盛是以
> 士大夫的推動爲骨幹，而他們自然也是聲伎戲劇的擁護者。〔註13〕

再者「南音悅耳，情節複雜，觀眾喜其繁複曲折的內容，文人可由此展耀辭
藻，因此後來傳奇大盛，雜劇因而衰頹。」〔註14〕文人投入新興南戲傳奇
創作與對舊有元人雜劇改良的結果，原被視爲末道小技的戲曲，到了明代，
移入古典文學修養較高的王室和士大夫手中，戲劇地位因而提高，曲風也不
得不走向文人化。王驥德《曲律·雜論》第三十九上有云：「古曲自琵琶、
香囊、連環而外，如荊釵、白兔、破窯、金印、躍鯉、牧羊、殺狗勸夫等記，
其鄙俚淺近，若出一手。豈其時兵革孔棘，皆村儒野老塗歌巷詠之作耶？」
〔註15〕王驥德《曲律》書成於萬曆三十八年（1610），已明白指出當代南戲
曲辭已無初期「村儒野老塗歌巷詠」俚俗特質，且多是「文人口吻」：

> 元人諸劇，爲曲皆佳，而白則猥鄙俚褻，不似文人口吻。蓋由當時
> 皆教坊樂工先撰成間架說白，卻命供奉詞臣作曲，謂之『塡詞』。凡
> 樂工所撰，士流恥爲更改，故事款多悖理，辭句多不通。不似今作
> 南曲者盡出一手，要不得爲諸君子疵也。（王驥德《曲律·雜論》第
> 三十九上）〔註16〕

王驥德並指出「琵琶工處甚多，時有語病」，如「翠減祥鸞羅幌，香消寶鴨金
爐，楚館雲閒，秦樓月冷」、「寶瑟塵埋，錦被羞鋪，寂寞瓊窗，蕭條朱戶」
等語對寂寥的趙氏而言，「皆過富貴」。〔註17〕其實，皆是南曲文人化必然的
結果。文人的思想生活屬於貴族縉紳一族，題材的選擇乃易元雜劇鋪述民間
疾苦和人情物態的社會劇爲抒憤寫懷，不注重舞臺搬演效果及關目排場處

〔註13〕詳見曾永義著《明雜劇概論》，頁11。
〔註14〕見劉大杰著《中國文學發展史·明代的戲曲》，頁894。
〔註15〕見《中國古典戲曲論著集成》四，頁151。
〔註16〕見《中國古典戲曲論著集成》四，頁148。
〔註17〕見《中國古典戲曲論著集成》四，頁150。

理，講究平仄聲韻。因此，明代中期以後的戲曲，完全成了文人之曲的局面。

3、崑曲化

正德間，南方的海鹽、餘姚、弋陽已發展成「地方聲腔」，〔註18〕流行各地。成於嘉靖年間的《南詞敘錄》云：

> 唯崑山腔只行於吳中，流麗悠遠，出乎三腔之上，聽之最足蕩人。
> 妓女尤妙此。如宋之嘌唱，即舊聲加以泛豔者也。〔註19〕

嘉靖中，豫章「生而審音」之魏良輔，「憤南曲之訛陋」，將崑山土戲原有的唱調，參合上述三腔的長處，創造出一種聲調圓潤、字音清晰的「水磨腔」，沈寵綏《度曲須知》云：〔註20〕

> 盡洗乖聲，別開堂奧。調用水磨，拍捱冷板，聲則平上去入之婉協，
> 字則頭腹尾之畢勻。功深鎔琢，氣無煙火，啓口輕圓，收音鈍細。
>
> 〔註21〕

不僅吸收了北曲的嚴謹，更以「深邈」發揮了原來崑山腔「流麗悠遠」的特點，較海鹽愈為清柔與婉折。於是，後世依為曲聖鼻祖。伴奏樂器，除了原有的弦索之外，更有笙、簫、管、笛、琵琶、洞簫、月琴和鼓板等樂器，集合管樂、弦樂、打擊樂戲曲伴奏之大成，這是海鹽腔與弋陽腔不具備的。故《南詞敘錄》載：

> 今崑山以笛、管、笙、琵按節而唱南曲者，字雖不應，頗相諧合，
> 殊為可聽，亦吳俗敏妙之事。〔註22〕

〔註18〕陳萬鼐論南戲在成化、弘治年間，江南一處的各種地方戲，以南宋中期張鎡為鼻祖的海鹽腔歷史最悠久。此外，尚有起源於江西信江流域的弋陽腔，盛行於明中葉，流傳兩京、湖廣之間，為時頗久，是崑腔未起之前最具勢力一派。另有一種發生於紹興、流行於武進、鎮江、貴池、太湖、揚州、徐州之餘姚腔，以及吳中崑腔。餘姚腔起源不詳，後變成紹興戲掉腔。詳見《元明清劇曲史・明清傳奇篇》（臺北：中國學術著作委員會出版，民國55年2月，初版），頁340～342。

〔註19〕見《中國古典戲曲論著集成》四，頁242。

〔註20〕本段所論及引皆摘自沈寵綏《度曲須知》（《中國古典戲曲論著集成》五，頁198。）

〔註21〕本段所引，皆見《度曲須知》。見《中國古典戲曲論著集成》四，頁198。又余懷《寄暢園聞歌記》：「良輔初習北音，絀於北人王友山，退而鏤心南曲，足跡不下樓者十年。」又張大復《梅花草堂筆談》：「良輔自謂不如盧侯過雲適，每有得，必往詢焉。過稱善乃行，不，即反復數教不厭。」可見良輔之用心。

〔註22〕見《中國古典戲曲論著集成》三，頁242。

沈寵綏乃推崇「南詞音理，已極抽秘逞妍矣」。〔註23〕自此，崑曲逐漸凌駕諸腔。在沈德符《野獲編》卷二十五：「自吳人重南曲，皆祖崑山魏良輔，而北調幾廢。」〔註24〕及呂天成《曲品》卷上：「傳奇既盛，雜劇浸衰。北里之管弦播而不遠，南方之鼓吹簇而彌喧。」〔註25〕都說明了此一盛況。沈寵綏《度曲須知》更說明了北曲沒落的情形：

> 唯是北曲元音，則沉閣既久，古律彌湮，有牌名而譜或莫考，有曲
> 譜而板或無徵，抑有板有譜，而原來腔格若務頭、顛落，種種關捩
> 子，應作如何擺放，絕無理會其說者。〔註26〕

嘉隆以後，崑山腔盛行。魏良輔改創的「崑腔」最先用於散曲，梁辰魚散曲〈江東白苧〉以崑腔唱出後，而有「吳閶白面冶遊兒，爭唱梁雪郎豔詞」（王世貞語），梁辰魚再請魏良輔為《浣紗記》親自點板，搬上舞台後，尤受觀眾讚賞。據說傳奇家曲本，弋陽子弟可以改調歌之，唯《浣紗記》不能。此後，崑曲便逐漸雄霸劇壇。崑腔不但壓倒南曲其它三腔，甚至「邇年以來，燕趙之歌童舞女，咸棄其桿撥（指琵琶亦謂雜劇），盡效南聲，而北詞幾廢。」〔註27〕（王驥德《曲律·論曲源》第一）造成南北通行情勢。崑腔由於大受歡迎成為傳奇主腔，又影響到南曲散曲，一時作者彌眾，主導了明代後期的曲壇，成書於萬曆年間的胡文煥《群音類選》，已把崑山腔列為「官腔」一類，可見一斑。〔註28〕

（二）北雜劇演化為南雜劇

凌景埏、謝伯陽於校注《諸宮調兩種·南戲與北劇之交化》中云：「雜劇的變化，始於明初打破單唱的規律；而中間又經過一靜止時期。至萬曆時，與傳奇混合，北劇的體例，乃全部變化而成新體的短劇。」〔註29〕對明初雜劇之演變，並舉出二例：一為劉東昇《嬌紅記》偶用同唱破元劇獨唱體例；一為朱有燉《誠齋樂府》，漸破雜劇體例，採南戲的格式，如：《牡丹園》、《曲江池》均用五折，不似元劇以四折為一本；《牡丹品》、《牡丹園》、《牡丹仙》、《得騶虞》、《蟠桃會》、《八仙慶壽》各劇，都有二人或有二人以上的同唱及

〔註23〕見《中國古典戲曲論著集成》五，頁198。
〔註24〕見《四庫禁毀書刊》，史部第四冊，頁485。
〔註25〕見《中國古典戲曲論著集成》六，頁209。
〔註26〕見《中國古典戲曲論著集成》五，頁198。
〔註27〕見《中國古典戲曲論著集成》四，頁55～56。
〔註28〕見王秋桂主編《善本戲曲叢刊》第38、39本（臺北：學生書局，民國73年）。
〔註29〕見凌景埏、謝伯陽校注《諸宮調兩種》，頁312。

輪唱，不似元劇以一人主唱；《牡丹品》第二折、《牡丹園》第五折、《牡丹仙》
第二折與第四折、《蟠桃會》第三折，均有舞唱，北劇則無此體例；《牡丹品》
第三折付末上念《西江月》，用詞代詩，是變北而就南；《繼母大賽》以封贈
作收，亦似南戲以團圓封贈收場。〔註30〕

　　弘治至嘉靖年間，〔註31〕「徐渭、許潮、馮惟敏、李開先、汪道昆等則
繼誠齋之後，對元人科範大量破壞。……眾唱本增多，折數有少至一折的，
有一折中用兩套北曲的，有數劇合成一劇的，有開場用南戲家門形式的，也
有用北隻曲組場成劇的」。〔註32〕穆宗隆慶以後，雜劇、傳奇呈現蓬勃現象。
有些作家像汪廷訥、王驥德、王澹、陳與郊、徐復祚、葉憲祖、程士廉、車
任遠、傅一臣更轉而從事南雜劇創作，北曲更見落沒。此時，「南北」、「南合」、
「南北合」的情形比比皆是。如果折數較多的，便以南曲為主而偶雜北曲或
合套，折數少至一二折的，便純用北曲，或南曲，或合套、合腔，其家門形
式及演唱方法則往往與傳奇不殊。雜劇的體製混亂已極，與北雜劇顯然不同，
於是，學者有所謂「南雜劇」與「短劇」之稱。〔註33〕曾永義《明雜劇概論‧
總論》對「南雜劇」與「短劇」的定義是：

　　　　「南雜劇」這一名詞，據張全恭說是出自胡文煥的《群音類選》。其
　　　　界說有廣狹二義。狹義的南雜劇，是指每本四折，全用南曲，王驥
　　　　德所謂「自我作祖」的劇體，其形式和元人北雜劇正是南北相反。
　　　　廣義的南雜劇，則指凡用南曲填詞，或以南曲為主而偶雜北曲、合
　　　　套，折數在十一折之內任取長短的劇體。因為這樣的劇體和傳奇只
　　　　是長短的不同而已，應當也是屬於南北曲交化後的南曲範圍，所以
　　　　仍可稱之為南雜劇。「短劇」這一名詞，大概始於盧前的明清戲曲
　　　　史，……短劇也有廣狹二義：廣義的短劇是與傳奇相對待而言的，
　　　　亦即上文所說的廣義的南雜劇，因為它較之傳奇，只是長短的不同
　　　　而已。狹義的短劇，則專指折數在三折以下的雜劇，因為它比一般

〔註30〕見凌景埏、謝伯陽校注《諸宮調兩種》，頁313～316。
〔註31〕曾永義於《明雜劇概論》將明代雜劇演進分作三個時期論述：憲宗成化以前
　　　　一百二十年間為初期；孝宗弘治以迄世宗嘉靖約八十年間為中期；穆宗隆慶
　　　　以至明亡約八十年間為後期。各期特色皆有詳細論述，本節多據以說明。詳
　　　　見《明雜劇概論》第一章第六節。
〔註32〕見曾永義著《明雜劇概論》，頁114。
〔註33〕見曾永義著《明雜劇概論》，頁119。

觀念中四折的雜劇更爲短小了。〔註34〕

短劇形成之社會背景，曾永義以爲：嘉靖中葉以前，公侯與縉紳及富家，「凡有燕會小集，多用散樂」。〔註35〕嘉靖末葉，爲了應付這種需要，於是短劇應運而生，「論折數僅一、二折，論內容俱屬雅雋，且獨具首尾，文人以此爲賞心樂事，最適宜不過。因此，我們可以說，短劇的產生即是爲了提供宴會小集的演唱而寫作的。」〔註36〕至此，雜劇一體，乃轉入一個新的階段。北曲嚴整的規律已被解套，正如沈寵綏《度曲須知・弦索題評》云：

> 今之北曲，非古北曲也。古曲聲情雄勁悲激，今則盡是靡靡之響，
>
> 今之弦索非古之弦索也，古人彈格有一成定譜，今則指法游移而鮮
>
> 可捉摸，古人彈格有一成定譜，今則指法游移，而鮮可捉摸。〔註37〕

雜劇體式不再拘泥一本四折，一人主唱，眾唱本增多，折數有增減，甚至用南曲創作。對北曲雜劇而言，可謂規矩蕩然，體式卻因之更爲開放活潑。對傳奇而言，已不僅是具有首尾的全本戲劇的稱謂，雜劇也兼用傳奇形式。二者界線泯除，實是整個戲劇的一種進步。

無論南雜劇或短劇，形製均較傳奇爲小，兼用北曲是北雜劇遺跡，運用南曲，或採分唱、合唱及家門形式，則是南戲傳奇現象，二者實都是南北曲混血兒。這樣的戲劇形式，才眞正是有明一代的特有產物，明雜劇的代表。

二、散　曲

「散曲」一詞，最早見於明初朱有燉《誠齋樂府》。該書共分二卷，前卷題名「散曲」，專收小令；後卷題名「散套」。據田守眞〈散曲得名於何時〉考証，〔註38〕若就「散」字來源而論，「散樂」之名，早見於《周禮》卷二十四〈春官・宗伯禮官之職・旄人〉：

> 掌教舞散樂，舞夷樂。〔註39〕

〔註34〕見曾永義著《明雜劇概論・總論》，頁120。

〔註35〕見《續修四庫全書・客座贅語卷九》子部小說家類1260，頁258。

〔註36〕見曾永義著《明雜劇概論・總論》，頁30。

〔註37〕《中國古典戲曲論著集成》五，頁202～203。

〔註38〕收錄於謝伯陽主編《散曲研究與教學》（浙江：教育出版社，1992年10月，1版），頁50～54。

〔註39〕見珍本十六經《四禮集註・周禮》（臺北：龍泉出版社，民國66年7月初版），頁117下。

鄭玄註云：「散樂，野人爲樂之善者。」所指乃爲民間樂舞。唐時散樂，據《舊唐書・音樂志》所載：「漢有盤舞，今隸散樂部中。」又「散樂雜戲多幻術」。〔註40〕則泛指俳優歌舞雜奏乃至百戲。宋元之時，兼指民間藝人，南戲《宦門子弟錯立身》中有：「你速去喚散樂王恩深。」亦兼含歌舞雜奏，元・杜仁傑《莊家不識勾欄》套數中，有招引觀眾的「趁散易得，難得的妝哈」一語，將「散」與「妝哈」相對，後者指難得一睹的粉墨登場的雜劇演出，前者則指尋常可聞的歌舞伎藝，其中應包括清唱的散曲。以上所用「散」字，概指演出場合與方式之「非正規的」、「不那麼隆重的」、以至「清唱的」。〔註41〕

「散套」之稱，元末已見，姚桐《樂郊私語》載：

　　雲石翩翩公子，無論所製樂府、散套，駿逸爲當行之冠。〔註42〕

至與朱有燉同時代的朱權，更明確的用「散套」稱成套的清曲。朱權所著《太和正音譜》曲譜部份搜羅了三百三十五支曲牌，並各舉一曲爲例，各曲皆標明出處。若出自某套數，必標明某人散套，如《白仁甫散套》、《馬致遠散套》、《無名氏散套》等。「散」字意涵已不同於前，亦非指零散小曲，明確指稱與劇套相對的清唱套曲，與日後定名爲「散曲」之「散」字內涵一致。明中葉，「散套」、「散曲」應用更爲廣泛，如李開先《詞謔》第三十三條載：

　　南呂散套〔雁兒落過得勝令〕散曲，總爲嘲僧而做。〔註43〕

何良俊《四友齋叢說》：

　　余家小環記五十餘曲，而散套不過四、五段，其餘皆金元人雜劇詞也。〔註44〕

王世貞《曲藻》：

　　陳大聲，金陵將家子，所爲散套既多蹈襲，亦淺才情。〔註45〕

王世貞《曲藻》並已用「散曲」指稱包括套數、小令在內的全部清唱曲：

　　周憲王者，定王子也，……所作雜劇凡三十餘種，散曲百餘，雖才情未至，而音調頗諧，至今中原弦索多用之。〔註46〕

〔註40〕見四部備要正史類《舊唐書・音樂志》卷二十九，頁5。
〔註41〕詳見謝伯陽主編《散曲研究與教學》，頁51～54。
〔註42〕見《筆記小說大觀》四編（臺北：新興書局，民國72年12月），頁2563。
〔註43〕見《中國古典戲曲論著集成》三，頁290。
〔註44〕見任中敏輯《新曲苑》一，頁76。
〔註45〕見《中國古典戲曲論著集成》四，頁36。
〔註46〕見《中國古典戲曲論著集成》四，頁34。。

至明代後期以「散曲」指稱既含套數，亦含小令的概念，已完全統一。之後曲家提及「散曲」，皆不離此意涵，如：王驥德《曲律・雜論》第三十九云：

> 詞隱所著散曲《情痴寱語》及《詞隱新詞》各一卷，大都法勝於詞。……
>
> 散曲絕難佳者，北詞載《太平樂府》、《雍熙樂府》、《詞林摘豔》，小
>
> 令及長套多有妙絕可喜者，而南詞獨否。〔註47〕

凌濛初所選《南音三籟》，編次體例爲「散曲上」、「散曲下」、「戲曲上」、「戲曲下」，〔註48〕明確將散曲與戲曲對稱。

　　另元代「散曲」稱名，意同「樂府」。如元人散曲總集有《樂府新編陽春白雪》、《朝野新聲太平樂府》、《梨園按試樂府新聲》、《類聚名賢樂府群玉》；別集有《張小山北曲樂府》、《雲莊休居自適小樂府》等。此外，《錄鬼簿》、《青樓集》等文獻也稱散曲爲樂府，此皆從合樂歌唱角度來稱名。自明代乃至整個清代，散曲仍同時被稱爲「樂府」，如明・王九思的《碧山樂府》、楊慎《陶情樂府》；清・朱彝尊《葉兒樂府》等，並不礙散曲稱名已確立一事。以下就元、明兩代南曲散曲概況敘述如下：

（一）元代南曲散曲概況

　　元代散曲文學，從金末元初到元中期（延佑至治年間），是北籍漢人曲家雄據曲壇。此後，便由南籍作家躍爲曲壇主流。事實上，元代第一代曲家中，即有南下而長期生活在南方者，如關漢卿、白樸、王惲等，其南下時間，約從元滅南宋後即已開始。而生於元滅金二、三十年後（約 1250～1270 間），其成年和文學活動在元滅南宋後的第二代曲家，如馬致遠、盧摯、姚燧、馮子振、曾瑞等，幾乎全部都長期生活和定居在南方。可以說，元滅南宋後，北曲的中心在南而不在北。這是南曲發展的地理助緣。

　　北曲中心的南移是南方曲家崛起的前提。而南方曲家崛起之時，正是元代復興科舉之期。然而有幸中舉者，南人所佔比例數量少，品位又低，以至正元年國子生中舉十八人爲例，中舉者有：蒙古人，六名，援正六品；色目人，六名，援正七品；漢人、南人，六名，援從七品。不得入仕者，仍佔大多數，如張小山四十猶未遇，七十餘尚匿其年數作幕僚；喬吉漂泊江湖四十年，鍾嗣成屢試不遇。南人文人們普遍受壓抑的境遇，發之於散曲，已無前

〔註47〕見《中國古典戲曲論著集成》四，頁 166、175。
〔註48〕見王秋桂主編善本戲曲叢刊第四輯（臺灣：學生書局，民國 76 年 11 月，景印出版）。

朝豪放曠達之風，而與宋婉約詞同調唱和，唱出心靈深處纏綿而幽婉的傷感。這是南曲發展的人文搖籃。

在地理、人文兩因緣交會下，北曲的思想情趣和審美風格也逐漸「類詞化」，豐富著南曲。在元末，南曲小令已濫觴，南北合套已有之。

據汪志勇師《元人散曲新探・元人小令試探》一文，就《全元散曲》小令用調歸納分析，得知「解三酲、香羅帶、歸來樂和金索掛梧桐四調爲南曲小令的濫觴」。〔註49〕又同書之〈元人散套試探〉一文，得知元已有南北合套十二套，含前期三套、後期六套、無名氏三套。〔註50〕南曲散套則有高明「商調二郎神秋懷套」及無名氏七套，在在說明南曲在元代的醞釀成果。

（二）明代南曲散曲概況

明初曲壇，據朱權《太和正音譜》所錄古今群英國朝十六人——王子一、劉東升、王文昌、谷子敬、藍楚芳〔註51〕、陳克明、李唐賓、穆仲義、湯舜民、賈仲名、楊景言、蘇復、楊彥華、楊文奎、夏均政、唐以初，〔註52〕《全明散曲》只錄其中十一人，未錄王文昌、穆仲義、蘇復、楊彥華、夏均政。除卻湯式作品計有小令一百七十二首、套數六十九套，及賈仲名作品計小令八十一首、套數二套，二人產量較豐外，其餘作品都不多。〔註53〕湯式、賈仲名之作，二人除各有一套南北合套外，餘皆屬北曲，南曲散曲實屬沉寂。而「谷子敬（藍楚芳、陳克明、湯舜民）等四人，大抵都在元代生活了四五十年，入明以後生活的時間一般沒有生活在元代那麼長。他們作品的基調受到時代的影響，大都是低沉的、享樂的、也就是所謂『亡國之音』」。〔註54〕真正有影響的明初散曲家，要推朱權、朱有燉二王。朱權作有小令十五首（含北曲二首）、南北合套一套。朱有燉作有散曲二百七十二首、套數三十七套，其中除二十九首小令屬南曲及南帶北帶過曲（非散套）五例外，餘皆屬北曲。

〔註49〕見汪志勇著《元人散曲新探》（台北：學海出版社，民國85年11月，初版），頁36～47。

〔註50〕見汪志勇著《元人散曲新探》，頁81。

〔註51〕《全明散曲》題爲蘭楚方。

〔註52〕見《中國古典戲曲論著集成》三，頁22～23。

〔註53〕其餘諸人作品數（含北曲）爲：王子一有套數一；劉東升有小令五、套數四；谷子敬有套數二；蘭楚芳有小令八、套數三；陳克明有套數一；李唐賓有小令一、套數一；楊景言有小令二、套數一；楊文奎有小令二、套數一；唐以初有小令二十五、套數一。見《全元散曲》一。

〔註54〕見羊春秋著《散曲通論・作家論》，頁287。

對南曲曲壇而言，並沒有得到廣大的響應，任訥《散曲概論‧派別》云：

> 明末未有崑曲以前，北曲爲盛，涵虛子所列明初十六家中，惟湯式
> 一人之傳作有五十餘套（《全明散曲》作六十九套），餘皆二三篇，
> 未足言派。湯之套數簡短，不病拖沓，惟多贈答應酬之作。端謹之
> 餘，與一二小令，皆豪麗參用。十六家外，士大夫染翰此業者正多，
> 亦多零星無足數者。惟周憲王朱有燉之《誠齋樂府》，袞然成帙，足
> 稱一家，而論其文字，乃十九端謹，且庸濫居多。豪麗兩面，均鮮
> 至處。〔註55〕

句中所謂「端謹」，非指作者態度，任訥之意爲「既非豪放又非清麗者，即可
歸之於端謹。故端謹一派，內容甚雜，有善有不善，善者不過爲穩成，爲大
方，終非第一流好曲子。不善者則爲平庸，爲板滯，爲枯澀，全無足道矣。
因此，端謹之稱，若易爲平穩二字，而視爲曲之品藻中消極方面一派，則尤
爲妥貼也。」〔註56〕因此，朱有燉之作，只能視爲元曲之繼響。故從洪武、
永樂直到明中葉成化年間，是明代曲壇最寂寞的時期，無怪乎李昌集謂之「無
曲家時期」。〔註57〕

　　直到成化後期，至弘治、正德到嘉靖年間，明代散曲文學才出現一批創
作豐富和各具特色的散曲家。此期，北曲的創作比例遠超過南曲，是以北曲
散曲爲主流的時代。曲家多爲北人，曲作超過百首以上的大家有陳鐸、楊廷
和、夏暘、王九思、康海、楊愼、常倫、金鑾、張鍊、李開先、馮惟敏等十
一人，作品始見特色，任訥《散曲概論‧派別》云：

> 明初散曲，大致殆偏於端謹矣。自後則康海爲一派，馮惟敏爲一派，
> 王磐爲一派，沈仕爲一派，皆各有面目，未見雷同。而康、馮之爲
> 豪，王、沈之爲麗，則又其大概之一致耳。〔註58〕

而十一人中，除去未曾作南曲的楊廷和、夏暘二人，其餘九人，僅時代稍晚
的李開先南曲之作明顯多於北曲，其餘諸作，北曲皆多於南曲。任訥又將康
海、馮惟敏歸爲「豪放」一派，說明了北曲遺響尚在。是以曲家好以崑腔流
行前後兩期論明人散曲，未有崑曲以前，北曲爲盛；崑曲流行，南曲鼎盛。

〔註55〕見任中敏輯《散曲叢刊‧散曲概論‧派別》，頁39。
〔註56〕見任中敏輯《散曲叢刊‧散曲概論‧派別》，頁30。
〔註57〕見李昌集著《中國古代散曲史‧明前期散曲文學的波瀾迭宕》，頁362。
〔註58〕見任中敏輯《散曲叢刊‧散曲概論‧派別》，頁39。

至遲到嘉靖間，南北散曲二水分流的格勢已成，南北散曲從此分庭，各擅風采，南曲散曲風格並由「豪放」走向「清麗」。

迨崑曲盛行，傳奇、南雜劇興起，三者交互影響，散曲經此推波助瀾，迅速風行。作家大抵寫作南曲，北曲之作多於南曲者，在百餘人中，僅有劉效祖、王克篤、王寅、程可中、趙南星、葉華六人。程可中作品總計不過三十首，趙南星七十六首，葉華才二十二首，不足稱數。文人士夫皆以唱崑曲為風雅，不僅蓄養家樂，同台演出，更與梨園優伶，青樓妓女密切交往。可見北曲已成強弩之末，南曲成了曲壇新寵，為明代曲學代表。

第二節　明代南曲散曲作家探討

學者探討明代散曲，多以崑曲流行為界碑，二分為南曲、北曲論述，如劉大杰《中國文學發展史》，直以「北方散曲」、「南方散曲」探討異同。至多再就南曲風格作「清麗」與「格律」、「辭藻」之分，如王忠林、應裕康等著之《中國文學史初稿》。李昌集在《中國古代散曲史》下編〈散曲文學潮流史〉第三卷〈散曲作家創作史〉中，雖分〈明中葉北派散曲家〉、〈明中葉南派散曲家〉、〈晚明散曲家〉三小節論述，略去明代初期，意同以崑曲的興起為界做論說。本節探討南曲作家，依從慣例，以世宗嘉靖崑曲流行為斷限，分前、後二節，探討曲家創作概況。茲先就《全明散曲》中曾作南曲之曲家，依生年次第，列其籍貫與作品，編列「明代曾作南曲之曲家散曲、劇曲創作分析表」，再分析此表所呈現之現象。下表所列小令、套數之作品，皆依《全明散曲》分類計數。

明代曾作南曲之曲家散曲、劇曲創作分析表

編號	姓名	籍貫	生卒年	作　品					雜劇	傳奇
				南散曲		北散曲		南北合套		
				小令	套數	小令	套數			
1	劉兌	浙江紹興	洪武時尚在	5	4				✓	
2	湯式	浙江象山〔註59〕	約洪武中			172	68	1		
3	賈仲明	山東淄博	至正三年～永樂二十年（1343～1422）			81	1	1	✓	

〔註59〕一作寧波。

4	楊賁	安徽合肥	不詳		1		3			
5	唐復	江蘇鎮江	約洪武中			25	3	1	✓	
6	張全一	遼寧阜新	歷太、成祖		4	14	1			
7	陳完	福建長樂	至正十九年～永樂二十年（1359～1422）		1					
8	朱權	安徽鳳陽	洪武十一年～正統十三年（1359～1422）	12		3		1	✓	
9	朱有燉	安徽鳳陽	洪武十二年～正統四年（1359～1422）	29		243	37		✓	
10	晏鐸	四川富順	永樂十六年進士		1					
11	王越	河南浚縣	永樂二十一年～弘治十一年（1423～1498）	4		4				
12	胡賓竹	不詳	不詳	8						
13	虞臣	江蘇崑山	正統七年～正德十五年（1442～1520）	1	1					
14	楊傑	山西平定	正統九年～弘治十二年（1444～1499）	3						
15	李東陽	湖南茶陵	正統十二年～正德十一年（1447～1516）		2					
16	謝遷	浙江餘姚	正統十四年～嘉靖十年（1449～1531）		1					
17	王鏊	江蘇吳縣	景泰元年～嘉靖三年（1450～1524）		2					
18	劉龍田	山東	約正德初前後	7		3	1			
19	楊一清	雲南廣南	景泰五年～嘉靖九年（1454～1530）		1			1		
20	陳鐸	江蘇邳縣	景泰五年～正德二年（1454～1507）	91	22	380	70	7	✓	

21	趙寬	江蘇吳江	景泰八年～弘治十八年（1457～1501）	1					
22	楊循吉	江蘇吳縣	天順二年～嘉靖二十五年（1458～1546）〔註60〕			24	3	4	
23	邵寶	江蘇無錫	天順四年～嘉靖六年（1460～1527）	1					
24	祝允明	江蘇蘇州	天順四年～嘉靖五年（1460～1526）	12	10			1	
25	錢福	上海松江	天順五年～弘治十七年（1461～1504）		2				
26	徐霖	上海松江	天順六年～嘉靖十七年（1462～1538）			3		1	
27	徐文昭	江西廣昌	天順八年～嘉靖三十二年（1464～1553）	14					
28	羅欽順	江西泰和	成化元年～嘉靖二十六年（1465～1547）		1				
29	夏文範	江西南昌	不詳		1		3		
30	彭澤	甘肅	弘治三年進士	7		18	1		
31	湛若水	廣東增城	成化二年～嘉靖三十九年（1466～1560）		1				
32	王九思	陝西戶縣	成化四年～嘉靖三十年（1468～1551）	207	7	241	29	2	✓
33	王田	山東濟南	不詳	1	2	2	5		
34	文徵明	江蘇蘇州	成化六年～嘉靖三十八年（1470～1559）	5	4				
35	唐寅	江蘇蘇州	成化六年～嘉靖二年（1470～1523）	42	18	8		2	

〔註60〕一說爲生於1456年，卒於1544年。見莊一拂編著《明清散曲作家匯考》（浙江：古籍出版社，1992年7月，1版1刷），頁26。

36	王守仁	浙江餘姚	成化八年～嘉靖七年（1472～1528）		1					
37	顧鼎臣	江蘇崑山	成化九年～嘉靖十九年（1473～1540）		1					
38	康海	陝西武功	成化十一年～嘉靖二十年（1475～1541）〔註61〕	39	7	219	31	4	✓	
39	顧璘	江蘇蘇州	成化十二年～嘉靖二十四年（1476～1545）		1					
40	朱應登	江蘇寶應	成化十三年～嘉靖五年（1477～1526）		1					
41	張含	南京籍（雲南寶山人）〔註62〕	成化十五年～嘉靖四十四年（1479～1565）	1		1				
42	朱應辰	江蘇寶應	不詳	14	11		1			
43	楊應奎	山東應都	成化十六年～嘉靖二十年（1480～1541）	16	1	1	5			
44	夏言	江西貴溪	成化十八年～嘉靖二十七年（1482～1548）	28	7					
45	劉良臣	山西芮城	成化十八年～嘉靖二十九年（1482～1551）	35		47	3			
46	顧應祥	浙江長興	成化十九年～嘉靖四十四年（1483～1565）	4						
47	張寰	江蘇崑山	成化二十一年～嘉靖四十年（1486～1561）	4						
48	劉泰之	四川成都	不詳	4						
49	沈仕	浙江杭州	弘治元年～嘉靖四十四年（1488～1565）	86	8			2		

〔註61〕一說卒於 1540 年。見莊一拂編著《明清散曲作家匯考》，頁 46。
〔註62〕併入江蘇省。

50	楊慎	四川新都	弘治元年～嘉靖三十八年（1488～1559）	109	9	119	4		✓	
51	韓邦靖	陝西大荔	弘治元年～嘉靖二年（1488～1523）	1						
52	沐石崗	不詳	不詳	1						
53	楊惇	四川新都	弘治二年～嘉靖三十六年（1489～1557）	3		1				
54	朱讓栩	不詳	嘉靖二十六年卒	4		34	2			
55	周瑞	江蘇崑山	不詳		2					
56	張恆純	江蘇崑山	約嘉靖二十六前後	2						
57	鄭若庸	江蘇崑山	約弘治三年～萬曆三年（1490～1575）		3			1		✓
58	常倫	山西沁水	弘治六年～嘉靖五年（1493～1526）〔註63〕	46	2	124	7			
59	楊慥	四川新都	不詳	4						
60	王寵	江蘇蘇州	弘治七年～嘉靖十二年（1494～1533）	8	5					
61	金鑾	甘肅隴西	弘治七年～萬曆十一年（1494～1583）	38	5	98	17	4		
62	張錬	陝西武功	嘉靖二十三年（1544）進士	44	1	159	37			
63	李元陽	雲南大理	弘治九年～萬曆八年（1496～1580）	2						
64	陸治	江蘇吳縣	弘治九年～萬曆四年（1496～1576）		3					

〔註63〕一說生於1492年，卒於1525年。見莊一拂編著《明清散曲作家匯考》，頁65。

65	王問	江蘇無錫	弘治十年～萬曆四年（1497～1576）	24						
66	李一元	不詳	不詳	4						
67	文彭	江蘇蘇州	弘治十一年～萬曆元年（1498～1573）		1					
68	黃峨	四川遂寧	弘治十一年～隆慶三年（1498～1569）	26	2	37	4			
69	李鈞	不詳	不詳	4						
70	史立模	浙江餘姚	正德十六年（1521）進士		1					
71	李丙	不詳	不詳	4						
72	馬一龍	江蘇溧陽	弘治十二年～隆慶五年（1499～1571）		1					
73	陸之裘	江蘇太倉	嘉靖三十八年尚在世	2						
74	顧夢圭	江蘇崑山	弘治十三年～嘉靖三十七年（1500～1558）		1					
75	吳廷翰	安徽無為	正德十六年（1521）進士		2			1		
76	吳承恩	江蘇淮安	弘治十三年～萬曆十年（1500～1582）	4	1	1	1			
77	朱日藩	江蘇寶應	弘治十四年～嘉靖四十年（1501～1561）		3					
78	李開先	山東章丘	弘治十五年～隆慶二年（1502～1568）	210	6	16	1		✓	✓
79	徐階	上海松江	弘治十六年～萬曆十一年（1503～1583）〔註64〕		1					
80	唐順之	江蘇武進	正德二年～嘉靖三十九年（1507～1560）		1					

〔註64〕一說生於1501年。見莊一拂編著《明清散曲作家匯考》，頁86。

81	薛廷寵	福建福清	嘉靖十一年（1532）進士	2						
82	邢一鳳	江蘇南京	正德四年年～隆慶六年（1509～1572）		2					
83	馮惟敏	山東臨朐	正德六年～萬曆八年（1511～1580）〔註65〕	207	5	315	45		✓	
84	謝讜	浙江上虞	正德七年（1512）生		1					
85	秦時雍	安徽亳縣	萬曆初前後在世	20	7	2		1		
86	周天球	江蘇太倉	正德九年～萬曆二十三年（1514～1595）	1						
87	孫樓	江蘇常熟	正德十一年～萬曆十二年（1516～1584）	33						
88	陳鶴	浙江紹興	正德十一年～嘉靖三十九年（1516～1560）	9	7					✓
89	吳懋	雲南大理	正德十二年～嘉靖四十三年（1517～1564）		1					
90	吳嶔	江蘇常州	正德十二年～萬曆八年（1517～1580）	3	1					
91	曹氏	不詳	不詳					1		
	前期小計			1496	198	2395	383	36	11	3
92	梁辰魚	江蘇崑山	正德十四年～萬曆十九年（1519～1591）〔註66〕	54	41				✓	✓
93	吳國寶	安徽無為	嘉靖二十九年（1550）進士	38	14	18		4		
94	徐渭	浙江紹興	正德十六年～萬曆二十一年（1521～1593）	5		1			✓	

〔註65〕一說卒於 1590 年。見莊一拂編著《明清散曲作家匯考》，頁 93。
〔註66〕一說生於 1520 年，卒於 1593 年。見莊一拂編著《明清散曲作家匯考》，頁 95。

93	曹人卓	江蘇金壇	正德十六年～隆慶三年 （1521～1575）	2				1		✓
96	劉效祖	山東惠民	嘉慶元年～萬曆十七年 （1522～1589）	30		82	1			
97	殷士儋	山東濟南	嘉靖元年～萬曆十年 （15221582～）			13	1			
98	蘭陵笑笑生	不詳	嘉靖時人	43	4	35	3			
99	李日華	江蘇吳縣	嘉靖前後在世	4	1					✓
100	汪道崑	安徽歙縣	嘉靖四年～萬曆二十一年 （1525～1593）		1			1	✓	
101	宗臣	江蘇興化	嘉靖四年～嘉靖三十九年 （1525～1560）		1					
102	王子安	不詳	不詳					1		
103	王元和	不詳	不詳		1					
104	包應龍	不詳	不詳		1					
105	徐知府	不詳	不詳					1		
106	曹孟修	不詳	不詳				1	1		
107	崔子一	不詳	不詳	4						
108	張氏	不詳	不詳					1		
109	張善夫	不詳	不詳	4						
110	寧齋	山西太原	不詳		1		2	1		
111	臧允中	不詳	不詳	1						
112	王世貞	江蘇太倉	嘉靖五年～萬曆十八年 （1526～1590）	1						✓
113	王克篤	山東東平	嘉靖五年～萬曆二十二年 （1526～1594）	27	1	108	4	3		
114	陳所聞	江蘇南京〔註67〕	嘉靖二十五年舉人	179	39	11	17	2		✓
115	李贄	福建晉江	嘉靖六年～萬曆三十年 （1527～1602）		1					

〔註67〕一說爲浙江杭州。見莊一拂編著《明清散曲作家匯考》，頁77。

116	張鳳翼〔註68〕	江蘇蘇州	嘉靖六年～萬曆四十一年（1527～1613）	20	16				✓
117	張佳胤	四川銅梁	嘉靖六年～萬曆十六年（1527～1588）		1				
118	胡汝嘉	江蘇南京	嘉靖二十二年（1543）進士		2			✓	
119	史槃	浙江紹興	嘉靖十年～天啓三年（1531～1623）〔註69〕	8	7			✓	✓
120	殷都	上海嘉定	嘉靖十年～萬曆二十九年（1531～1601）	1					
121	王寅	安徽歙縣	不詳	11	1	95	18		
122	薛論道	河北易縣	嘉靖十年～萬曆二十八年（1531～1600）	599		400			
123	王穉登	江蘇武進〔註70〕	嘉靖十四年～萬曆四十年（1535～1612）	1	4			✓	✓
124	沈袾宏	浙江杭州	嘉靖十四年～萬曆四十三年（1535～1615）	7					
125	胡文煥	浙江杭州	不詳	47	13	16	2	3	✓	✓
126	薛崗	山東益都	嘉靖十四年～萬曆二十三年（1535～1595）	61		44			✓
127	朱載堉	安徽鳳陽	嘉靖十五年～萬曆三十八年（1536～1610）	14		6			
128	杜子華	江蘇吳錫	萬曆六年（1578）尚在世	133	7				
129	莫是龍	上海松江	嘉靖十六年～萬曆十五年（1537～1587）		1				

〔註68〕一說爲江蘇吳縣。見莊一拂編著《明清散曲作家匯考》，頁88。

〔註69〕一說卒於1630年。見莊一拂編著《明清散曲作家匯考》，頁106。

〔註70〕一說江蘇吳縣。見莊一拂編著《明清散曲作家匯考》，頁107。

130	潘足藻	安徽婺縣	嘉靖十六年～萬曆二十八年（1537～1600）	1						
131	顧大典	江蘇吳江	嘉靖十九年～萬曆二十四年（1540～1596）	2						✓
132	顧養謙	江蘇南通	嘉靖十六年～萬曆三十二年（1537～1604）	1						
133	張解元	不詳	不詳	1						
134	俞安期	江蘇吳江	嘉靖二十九年～天啓七年（1550～1627）尚存	1						
135	黃洪憲	浙江嘉興	嘉靖二十年～萬曆二十八年（1541～1600）	1						
136	程可中	安徽休寧	不詳	5	5	12	8			
137	周履靖	浙江嘉興	嘉靖二十一年～崇禎五年（1542～1632）	1	35		3	2		✓
138	屠隆	浙江寧波	嘉靖二十一年～萬曆三十三年（1542～1605）		1			1		✓
139	顧正誼	上海松江	不詳	20	6					
140	陳與郊	浙江海寧	嘉靖二十三年～萬曆三十九年（1544～1611）	56	3	4	3		✓	✓
141	李維楨	湖北京山	嘉靖二十六年～天啓六年（1547～1626）	1						
142	馬守眞	江蘇南京	嘉靖二十七年～萬曆三十二年（1548～1604）	1	1					✓
143	許次紓	浙江杭州	嘉靖二十八年～萬曆三十二年（1549～1604）		4					
144	梅鼎祚	安徽宣城	嘉靖二十八年～萬曆四十三年（1549～1615）〔註71〕	7		3			✓	✓

〔註71〕一說生於 1553 年，卒於 1619 年。見莊一拂編著《明清散曲作家匯考》，頁 112。

145	湯顯祖	江西臨川	嘉靖二十九年～萬曆四十四年（1550～1616）		1					✓
146	趙南星	河北元氏	嘉靖二十九年～天啓七年（1550～1627）	20	2	32	2	4		
147	顧憲成	江蘇無錫	嘉靖二十九年～萬曆四十年（1550～1612）					1		
148	馮夢禎	浙江嘉興	嘉靖二十五年～萬曆三十三年（1546～1605）		1					✓
149	黃祖儒	江蘇南京	不詳		3	7	3	1		
150	沈璟	江蘇吳江	嘉靖三十二年～萬曆三十八年（1553～1610）	17	43				✓	✓
151	李登	江蘇南京	不詳	11						
152	黃成儒	江蘇南京	不詳	3		5				
153	董其昌	上海松江	嘉靖三十四年～崇禎九年（1555～1636）		1					
154	關思	浙江吳興	不詳		1					
155	沈瓚	江蘇吳江	嘉靖二十七年～萬曆四十年（1558～1612）	2	6					
156	汪廷納	安徽休寧	不詳	4					✓	✓
157	徐緩	江蘇蘇州	嘉靖三十九年～萬曆四十八年（1557～1620）	22	1		1			
158	龍膺	湖南常德	嘉靖三十九年～萬曆四十六年（1560～1618）	44	2	4	2	1		✓
159	王驥德	浙江紹興	嘉靖三十九年～天啓三年（1560～1623）〔註72〕	58	32				✓	✓
160	徐維敬	安徽鳳陽	不詳		1					

〔註72〕一說生於1551年。見莊一拂編著《明清散曲作家匯考》，頁127。

161	景翩翩	江西南城	萬曆中前後在世	?					
162	茅溙	江蘇鎮江	不詳		2		3		
163	沈珂	江蘇吳江	嘉靖四十四年～崇禎三年（1565～1630）	1					
164	顧起元	江蘇南京	嘉靖四十四年～崇禎元年（1565～1628）		3				
165	丁綵	山東諸城	萬曆元年～崇禎十年（1573～1637）	87		26		1	
166	王化隆	四川廣漢	不詳	52		8			
167	高濂	浙江杭州	萬曆十一年前後在世	16	14			2	✓
168	孫峽峰	山東安丘	歿於崇禎壬年（1642）	58					
169	葉華	山東曲阜	不詳	4	5	9	4	1	
170	馮夢龍	江蘇蘇州	萬曆二年～清順治三年（1574～1646）	6	19			1	✓
171	馬佶人	江蘇吳縣	不詳		1		1		✓
172	張瘦郎	湖北黃陂	不詳		20		1		
173	俞琬綸	江蘇蘇州〔註73〕	萬曆四年～萬曆四十六年（1576～1618）	23	5				
174	張以誠	上海松江	卒於萬曆四十三年（1615）		1				
175	席浪仙	湖北黃陂	不詳	4	2				
176	宛瑜子	江蘇蘇州	不詳	32	9		2	1	
177	呼文如	湖北武漢	不詳	4					
178	芏思軒	不詳	不詳	1					
179	凌濛初	浙江吳興	萬曆八年～崇禎十七年（1580～1644）		2			1	✓ ✓
180	沈靜專	江蘇吳江	不詳	5					
181	余任公	不詳	萬曆時人		5			1	

〔註73〕一說為江蘇吳縣。見莊一拂編著《明清散曲作家匯考》，頁134。

182	吳載伯	不詳	不詳	9						
183	施紹莘	上海松江〔註74〕	萬曆九年～崇禎十三年（1581～1640）	68	77	4	6	3		
184	范垣	陝西合陽	不詳	37		1				
185	沈君謨	江蘇吳江	不詳	1						
186	沈則平	不詳	不詳	3						
187	董斯張	浙江吳興	萬曆十四年～崇禎元年（1586～1628）	1						
188	張琦	浙江杭州	不詳	4	1	2			✓	✓
189	王屋	浙江嘉善	不詳	85						
190	張旭初	浙江杭州	不詳	3						
191	張積潤	上海松江	不詳	2						✓
192	沈自徵	江蘇吳江	萬曆十九年～崇禎十四年（1591～1641）	1	4	1		2	✓	
193	中分榭主人	不詳	不詳	14	1					
194	车清溪	不詳	不詳					1		
195	李子昌	不詳	不詳					2		
196	李文尉	不詳	不詳		1				✓	
197	李愛山	不詳	不詳		1					
198	收春主人	不詳	不詳	8	1					
199	許石屋	不詳	不詳		1					
200	張叔元	不詳	不詳		5			1		
201	喬臥東	不詳	不詳	4						
202	楊德芳	江蘇揚州	不詳	4	5					
203	齊小碧	不詳	不詳		1					
204	趙近山	不詳	不詳	4						
205	燕仲義	不詳	不詳		1					
206	蘇子文	不詳	不詳	6	1	2				
207	祿洪	雲南	不詳	4	3					
208	楊文岳	四川南充	卒於崇禎十五年（1642）	1	3					
209	申瑤泉	不詳	不詳		1					

〔註74〕一說爲江蘇吳縣。見莊一拂編著《明清散曲作家匯考》，頁163。

編號	姓名	籍貫	年代						
210	沈蛟門	不詳	不詳					1	
211	李巢虛	不詳	不詳		1				
212	張春陽	不詳	不詳		1				
213	陳五岳	不詳	不詳		1				
214	陸滄浪	不詳	不詳		1				
215	趙穀陽	不詳	不詳		1				
216	鄭翰卿	不詳	不詳		1				
217	儲紫虛	不詳	不詳		1				
218	皮光淳	江蘇南京	不詳		1		2		
219	朱世徵	江蘇崑山	不詳	1					
220	兩峰主人	不詳	不詳	1					
221	范晶山	不詳	不詳	2					
222	高志學	江蘇南京	不詳	14					
223	孫起都	江蘇南京	不詳	4					
224	張茅亭	不詳	不詳	7					
225	陶唐	江蘇崑山	不詳		1				
226	湯三江	江蘇江陰	不詳	1	1				
227	湯東野	不詳	不詳	1					
228	馮廷槐	浙江杭州	不詳	4	2				
229	費廷臣	不詳	不詳	2					
230	趙晉峰	不詳	不詳	2					
231	丁惟恕	山東諸城	不詳	119		86			
232	馮延年	浙江杭州	不詳		1	2			
233	朱廷玉	不詳	不詳		1				
234	李復初	不詳	不詳		1				
235	張芳洲	不詳	不詳		1				
236	方洗馬	不詳	不詳		1				
237	王文昌	遼寧遼陽	不詳					1	
238	伍灌夫	不詳	不詳		3				
239	扶搖	不詳	不詳	3					
240	姚小淶	不詳	不詳	4	1				
241	張葦如	不詳	不詳	12	5				
242	陳子龍	上海松江	萬曆三十六年～清順治四年（1608～1647）		2				
243	卜世臣	浙江嘉興	萬曆三十八年（1610）尚在世	9	12				✓

244	沈嶸	浙江杭州	卒於清順治二年（1645）		1				✓
245	陳子升	廣東廣州	萬曆三十九年～清康熙十年（1611～1671）	3	11				
246	梁孟昭	浙江杭州	不詳		6			✓	
247	吳無咎	不詳	不詳		1				
248	何西來	不詳	不詳	1					
249	清河漁父	不詳	不詳		2				
250	張文介	浙江衢縣	不詳	3	4				
251	張伯瑜	不詳	不詳	4	1				
252	張君平	不詳	不詳		1				
253	董如瑛	不詳	不詳	1					
254	董貞貞	不詳	不詳	1					
255	葉小鸞	江蘇吳江	萬曆四十四年～崇禎五年（1616～1632）	1					
256	謝雙	不詳	不詳		1				
257	薛素素	不詳	不詳	1					
258	薛常吉	不詳	不詳		1				
259	顧長芬	不詳	不詳	1					
260	傅玄泉	不詳	不詳		1		1		
261	湯傳楹	江蘇蘇州	泰昌元年～崇禎十七年（1620～1644）		1				
262	李翠微	陝西米脂	不詳		1				
263	周君健〔註75〕				2				
264	顧木齋	不詳	不詳		1				
265	王謨	浙江蕭山	不詳		2				
266	朱鏡如	不詳	不詳		3				
267	沈清狂	不詳	不詳		1				
268	張栩	浙江杭州	不詳	6	12	1	1	1〔註76〕	
269	張景嚴	江蘇溧陽	不詳	2					✓
270	方氏	不詳	不詳		1				

〔註75〕謝伯陽疑即爲宛瑜子。見《全明散曲》第四冊，頁4267。
〔註76〕《全明散曲》標爲〔南北雙調西湖兩六橋〕，當爲「南北合套」，頁4291。

271	王厚之	不詳	不詳	2						
272	王異	陝西郃陽	不詳		1					✓
273	賀五良	不詳	不詳		1					
274	劉氏	不詳	不詳	2						
275	夏完淳	上海松江	崇禎四年～清順治丁卯年（1631～1647）	3	2					
276	李文瀾	不詳	不詳		1					
277	林石崗	不詳	不詳		1					
278	秦冰澳	不詳	不詳		1					
279	許彥輔	不詳	不詳		1					
280	張熙伯	不詳	不詳		1					
281	陳石坡	不詳	不詳		1					
282	虞交俞	不詳	不詳	1						
283	駱永叔	不詳	不詳		1					
284	郝湘娥	不詳	不詳	3						
285	楚妓	不詳	不詳	1						
286	蔣瓊瓊	不詳	不詳	6						
287	紹涵遠	不詳	不詳		1			1		
288	嵇一庵	不詳	不詳		1					
289	嵇行若	不詳	不詳		1					
290	嵇高也	不詳	不詳		1					
291	程豈一	不詳	不詳		2			2		
292	郭丸封	不詳	不詳	1						
293	熊秉鑑	江蘇蘇州	不詳	1						
294	錢古民	不詳	不詳	2						
	後期小計			2334	638	1025	104	53	17	32
	無名氏			692	106	1969	407〔註77〕	25		
	前後期小計			4522	942	5389	894	114	28	35

〔註77〕其中二套未標明南套或北套，暫列此。頁 5569、5570。

補遺部份：

編號	姓名	籍　貫	生　卒　年	作品數				南北合套	雜劇	傳奇
				南散曲		北散曲				
				小令	散套	小令	散套			
1	秦時雍			34	19	4		1		
2	張守中	江蘇高郵	不詳	17						
3	顧乃大	上海松江	不詳	1						
4	曲癡子	浙江杭州	不詳		1					
5	李文燭	江蘇丹徒	不詳	1						✓
	無名氏			36		33				
	補遺小計			89	20	37	0	1		1
	總計			4611	962	5426	894	115	28	36

　　根據上表，明代南曲小令計有四千六百一十一首，可考作者作三千八百八十三首，無名氏作七百二十八首；南曲散套計有九百六十二套，可考作者作八百五十五套，無名氏作一百零六套。明代北曲小令計有五千四百二十六首，可考作者作三千四百二十四首，無名氏作二千零六首；北曲散套計有八百九十四套，可考作者作四百八十七套，無名氏作四百零七套。明代南北合套計有一百一十五套，可考作者作九十套，無名氏作二十五套。明代曾作南曲之曲家中，計有二十八人有雜劇作品；三十六人有傳奇作品。茲分二期說明如下：

一、前　期

（一）籍貫分佈

　　學者概以梁辰魚爲晚明曲家代表第一位，多崇任訥《散曲概論・派別》之說：

> 崑腔創始於魏良輔，一時新曲，首先採用者，厥爲梁辰魚之所製，在劇曲爲浣紗記，在散曲則爲江東白苧一集。張鳳翼序之，謂擲地可作金聲。張旭初於吳騷合編內，至推爲曲中之聖焉。自有崑腔，南曲之宮調音韻，一切準繩俱定。〔註78〕

〔註78〕見任中敏輯《散曲叢刊・散曲概論・派別》，頁42。

因此，若以梁辰魚爲前後期曲家之斷限，則前期南曲散曲家計有九十一人，籍貫不詳者有胡賓竹、沐石崗、朱讓栩、李一元、李鈞、李丙、曹氏七人。其餘八十四人籍貫分佈如下（以下註名所隸縣邑，從今制，以便省覽）：

1、江蘇省（含上海）：三十六人。

（崑山）：虞臣、顧鼎臣、張寰、周瑞、張恆純、鄭若庸、顧夢圭。

（吳縣）：楊循吉、陸治、王鏊。

（鎮江）：唐復。

（吳江）：趙寬。

（無錫）：邵寶、王問。

（蘇州）：祝允明、文徵明、唐寅、顧璘、王寵、文彭。

（上海）：錢福、徐霖〔註79〕、徐階。

（寶應）：朱應登、朱應辰、朱曰藩。

（南京）：陳鐸、張含、邢一鳳。

（溧陽）：馬一龍。

（太倉）：陸之裘、周天球。

（淮安）：吳承恩。

（武進）：唐順之。

（常熟）：孫樓。

（常州）：吳嶔。

2、浙江省：九人。

（紹興）：劉兌、陳鶴。

（象山）：湯式。

（餘姚）：謝遷、王守仁、史立模。

（長興）：顧應祥。

（杭州）：沈仕。

（上虞）：謝讜。

3、山東省：六人。

（淄博）：賈仲明。

（濟南）：王田。

（應都）：楊應奎。

〔註79〕盧前《明清戲曲史・明清劇作家之時地》將其歸屬南京，頁2。

（章丘）：李開先。

（臨朐）：馮惟敏。

　不詳：劉龍田。

4、四川省：六人。

（富順）：宴鐸。

（成都）：劉泰之。

（新都）：楊愼、楊惇、楊憕。

（遂寧）：黃峨。

5、安徽省：五人。

（合肥）：楊貢。

（鳳陽）：朱權、朱有燉。

（無爲）：吳廷翰。

（亳縣）：秦時雍。

6、江西省：四人。

（廣昌）：徐文昭。

（泰和）：羅欽順。

（南昌）：夏文範。

（貴溪）：夏言。

7、陝西省：四人。

（戶縣）：王九思。

（武功）：康海、張鍊。

（大荔）：韓邦靖。

8、雲南省：三人。

（廣南）：楊一清。

（大理）：李元陽、吳懋。

9、山西省：三人。

（平定）：楊傑。

（芮城）：劉良臣。

（沁水）：常倫。

10、福建省：二人。

（常樂）：陳完。

（福清）：薛廷寵。

11、甘肅省：二人。

（隴西）：金鑾。

（蘭州）：彭澤。

12、河南省：一人。

（浚縣）：王越。

13、湖南省：一人。

（茶陵）：李東陽。

14、廣東省：一人。

（增城）：湛若水。

15、遼寧省：一人。

（阜新）：張全一。

由上列統計，明代前期南曲作家，籍貫遍及十五省，以江蘇省佔百分之四十爲最多，浙江人居次。盧前統計明代劇作家籍貫，亦「以吳人爲多，浙人居次」。〔註80〕可知，不論散曲、劇曲作家，皆以江南爲盛。

（二）散曲存集

在九十一位南曲散曲家中，有三十三人有作品集傳世：〔註81〕

1、湯式《筆苑集》，實爲北曲散曲集。

2、朱權《北雅》三卷。

3、朱有燉《誠齋樂府》。

4、晏鐸《青雲集》。

5、王越《王太傅集》、《王太傅詩餘》、《王襄敏集》、《續集》。

6、陳鐸《秋碧樂府》一卷；《梨雲寄傲》一卷、《華稽餘韻》一卷。

7、趙寬《半江集》。

8、楊循吉《南峰樂府》一卷。

9、祝允明《新機錦》。

10、彭擇《皋蘭明儒遺文集》。（近人王烜所輯，錄彭氏散曲小令三十餘首）。〔註82〕

〔註80〕見盧前著《明清戲曲史》（臺灣：商務印書館），頁4。
〔註81〕不論前、後期，「散曲存集」皆據《全明散曲》作者簡介編錄。
〔註82〕見莊一拂《明清散曲作家匯考》，頁62。

11、王九思《碧山樂府》一卷、《碧山樂府拾遺》一卷、《碧山新稿》一
　　卷、《碧山續稿》一卷。

12、王田《王舜耕詞》二卷。

13、唐寅《六如居士全集》，後附《伯虎雜曲》。

14、康海《沜東樂府》二卷及《補遺》。

15、朱應登《凌谿燈詞》。

16、朱應辰《淮海新聲》一卷。

17、楊應奎《陶情令》。

18、夏言《鷗園新曲》一卷。

19、劉良臣《西郊野唱北樂府》。

20、沈仕《唾窗絨》。

21、楊慎《陶情樂府》四卷、《拾遺》一卷、《玲瓏唱和》三卷。

22、朱讓栩《長春竟辰餘稿擬元人樂府》。

23、鄭若庸《詞餘》一卷。

24、常倫《常評事寫情集》二卷。

25、金鑾《蕭爽齋樂府》一卷。

26、張鍊《雙溪樂府》。

27、黃峨《楊夫人樂府》三卷。

28、吳承恩《射陽先生曲存稿》四卷，內有〈南北曲〉一卷。

29、朱曰藩《射陂蕪城詞》、《山帶閣集》。

30、李開先《中麓樂府》、《中麓小令》，及併收王九思作品之《南曲次韻》
　　一卷。

31、馮惟敏《海浮山堂詞稿》。

32、秦時雍《秦詞正訛》二卷。

33、陳鶴《息柯餘韻》。

從作品集之稱名，可知明人稱散曲為「樂府」，又有稱為「詞」者。清·
宋翔鳳《樂府餘論》即云：「宋、元之間，詞與曲一也。以文寫之則為詞，以
聲度之則為曲。晁天咎評東坡詞，謂『曲中縛不住』，則詞皆曲也。《度曲須
知》、《顧曲雜言》，論元人雜劇，皆謂之詞。元《菉斐軒詞林韻釋》，為北曲
而設，乃謂之詞韻，則曲亦詞也。」〔註83〕

〔註83〕見唐圭璋編《詞話叢編》三，頁2498。

（三）作品分析

明代前期作家與作品數，總計如下：

類別		作者數（人）	作品數	總計〔註84〕
小　令	南　曲	55	1530 首	3929 首
	北　曲	30	2399 首	
散　套	南　曲	55	214 套	597 套
	北　曲	26	383 套	
南北合套		19	37 套	37 套
雜劇		11		
傳奇		3		

　　根據上表統計，前期作品，小令共有三千九百二十九首，散套共有五百九十七套。但在《全明散曲》中，秦時雍〈雪夜憶雪仙・萬里彤雲堪圖畫〉套〔註85〕、〈閨情・轉眼又春歸〉〔註86〕、〈春齋即事・香風細〉〔註87〕三套作品正文已錄，補遺又錄，屬重出。上表統計數目，已扣除此三套。分析如下：

　　由以上數據可知，在三千九百二十九首小令中，北曲約佔 61％；五百九十七套散套中，北套約佔 64％，兼作雜劇之作者幾爲傳奇作者三倍，說明了北曲盛行於元，至明初猶帶餘威，仍佔有超過五分之三的曲壇市場。南北合套雖僅十九人作三十六套，較之元代一百二十七人共作十二套南北合套而言，〔註88〕大幅成長，爲南北曲呈蓬勃交流現象提供數據證明，意義尤大。再者南北合套，自湯式即有作品問世，湯式是由元入明的曲家，可知南北曲的相互吸收學習，早於明代，亦在傳奇之先。傳奇最後能超越雜劇，正是拜南曲大量吸收北曲優點所致。

　　在北曲爲主的時代，亦爲雜劇發達的時代。從「明代曾作南曲之曲家散曲、劇曲創作分析表」中，可見其相關。明代曾作南曲散曲作家群中，前期兼作雜劇者有劉兌、賈仲明、唐復、朱權、朱有燉、陳鐸、王九思、康海、

〔註84〕將補遺「秦時雍」部份，一併列入。
〔註85〕見於《全明散曲》頁 2138、6134。
〔註86〕見於《全明散曲》頁 2137、6130。
〔註87〕見於《全明散曲》頁 2135、6133。補遺部份有題，正文部份注爲「訛題作『同前』」。
〔註88〕見汪志勇著《元人散曲新探・元人散套試探》，頁 81。

楊愼等人；兼作傳奇者不多，直到明代中期的鄭若庸（1490～1575），才作有
《玉玦記》、《大節記》、《珠球記》（今存《玉玦記》一種）三種傳奇。鄭氏可
說是明代曾作南曲散曲作家中兼作傳奇的第一位作家，直到李開先（1502～
1568）才再有傳奇作品問世。此後，雜劇作家遞減，傳奇作家遞增。李開先
生於弘治十五年，卒於隆慶二年（1502－1568），正處於明代中後期，〔註89〕
「中期在整個明代的雜劇，是屬於過渡的時期。其中有繼承初期而更予以向
前擴展的，如體製規律的破壞；有由此轉變而另成格局的，如文人劇之走上
紅氍毹，趨向案頭；而曲辭之清新韶秀，可以說是本期的最大特色和成就」。
〔註90〕之後，崑曲凌駕諸腔之上，傳奇作家遞增，中期即見衰微的北曲更形
落沒，呂天成《曲品》亦云：「傳奇既盛，雜劇浸衰。」〔註91〕是以在曾作南
曲散曲作家群中，李開先可以說是明代雜劇、傳奇遞嬗的界碑。明代前期傳
奇作家除鄭、李二人外，尚有晚於李開先的陳鶴，因傳奇方起步，故作家、
作品皆有限。

　　甲、小　令

　　前期有名可考之南曲小令作家五十五人，共作一千五百三十一首，依作
品數量排序如下：

　　　1、二百一十首：李開先，一人。

　　　2、二百零七首：王九思、馮惟敏，二人。

　　　3、一百零九首：楊愼，一人。

　　　4、九十一首：陳鐸，一人。

　　　5、八十六首：沈仕，一人。

　　　6、五十四首：秦時雍，一人。

　　　7、四十六首：常倫，一人。

　　　8、四十四首：張鍊，一人。

　　　9、四十二首：唐寅，一人。

　　　10、三十九首：康海，一人。

　　　11、三十八首：金鑾，一人。

〔註89〕曾永義《明雜劇概論》將明代雜劇演進分成三個時期，孝宗弘治以迄世宗嘉
　　　　靖（1488～1566）約八十年間爲中期。見頁105。

〔註90〕見曾永義著《明雜劇概論》，頁116。

〔註91〕見《中國古典戲曲論著集成》六，頁209。

12、三十五首：劉良臣，一人。

13、三十三首：孫樓，一人。

14、二十九首：朱有燉，一人。

15、二十八首：夏言，一人。

16、二十六首：黃峨，一人。

17、二十四首：王問，一人。

18、十六首：楊應奎，一人。

19、十四首：徐文昭、朱應辰，二人。

20、十二首：朱權、祝允明，二人。

21、九首：陳鶴，一人。

22、八首：胡賓竹、王寵，二人。

23、七首：劉龍田、彭澤，二人。

24、五首：劉兌、文徵明，二人。

25、四首：王越、顏應祥、張寰、劉泰之、朱讓栩、楊愃、李一元、李鈞、李丙、吳承恩，十人。

26、三首：楊傑、楊惇、吳嶔，三人。

27、二首：張恆純、李元陽、陸之裘、薛廷寵，四人。

28、一首：虞臣、趙寬、邵寶、王田、張含、韓邦靖、沐石崗、周天球，八人。

前期九十一位可考南曲散曲作家，曾作小令者計有五十五位，作品不及十首者達三十二人。百首以上的，僅有李開先、王九思、馮惟敏、楊慎四位。在多數文學史或有關散曲專書中，如：劉大杰《中國文學發展史》（頁 981～988）；王忠林等《中國文學史初稿》（頁 989～1000）；李昌集《中國古代散曲史》（頁 616～635）；羊春秋《散曲通論》（頁 289～310）等書，皆將李開先、王九思、馮惟敏列為明朝北派名家代表。《中國文學史初稿》雖列李、王、馮三人為明前期豪放曲家代表，然北曲主豪放，南曲趨清麗，亦間接說明三人曲風為北曲風格。但以作品數而言，王九思作有南曲小令二百零七首，北曲小令二百四十一首；馮惟敏作有南曲小令二百零七首，北曲小令三百一十五首，二人北曲小令首數皆多於南曲小令，且皆為北人，稱為北派名家，無可厚非。然李開先南曲小令作有二百一十首，居明代前期之冠，較其北曲小令僅十六首而言，落差極大，可知被譽為北派作家名家，非以作品數稱，是純

以作品內容風格做斷語。有「詞山曲海」美稱的李開先，今存散曲雖十之八九爲南曲，然其作少言「閨情」，內容多爲憤世嫉俗之作，藉曠悟、超脫語寓言托興，純是北派散曲共同特徵，王驥德《曲律・雜論》第三十九下乃評爲「豪而率」：

> 近之爲詞者，北詞則關中康狀元對山、王太史美波，蜀則楊狀元升
> 菴，金陵則陳太史石亭、胡太史秋宇、徐山人髯仙，山東則李尚寶
> 伯華，馮別駕海浮，山西則常延評樓居，維揚則王山人西樓，濟南
> 則王邑佐舜耕，吳中則楊儀部南峰。康富而蕪；王豔而整；楊俊而
> 葩；陳、胡爽而放；徐暢而未汰，李豪而率，馮才氣勃勃，時見純
> 穎，常多俠而寡馴，西樓工短調，翻翻都稚；舜耕多近人情，兼善
> 諧謔；楊較粗莽。諸君子間作南調，則皆非當家也。〔註92〕

若從聲韻協腔的角度評斷，北人不習南音，作南調實「非當家」，南曲又尙婉麗，王驥德之論，可謂中的。《顧曲雜言》亦云：

> （李中麓）不嫻度曲，即如所作《寶劍記》，生硬不諧，且不知南曲
> 之有入聲，自以《中原音韻》叶之，以致吳儂見誚。〔註93〕

二人之論，可作爲明代前期北派曲家註腳。若從曲史的角度言，李開先大量作南調，又不失豪率北風，正標示著明初南曲漸興，北人隨俗耽溺的趨向，亦爲「外南內北」的最佳典型。

此五十五位南曲小令曲家，兼作北曲小令的有：朱權、朱有燉、王越、劉龍田、陳鐸、彭澤、王九思、王田、唐寅、康海、張含、楊應奎、劉良臣、楊愼、楊愼、朱讓栩、常倫、金鑾、張鍊、黃峨、吳承恩、李開先、馮惟敏、秦時雍等二十四人，約佔五分之二。二十四人中，北曲小令數超越南曲小令數的達十四人：朱有燉、陳鐸、彭澤、王九思、王田、康海、劉良臣、楊愼、朱讓栩、常倫、金鑾、張鍊、黃峨、馮惟敏。從兼作南北曲小令作家中，有半數以上作品北曲多於南曲，再度爲「南曲漸興，北人亦遂耽之」提供了有力數據。

乙、散　套

前期有名可考南曲散套作家五十五人，共作二百一十四套，依作品數量排序如下：

〔註92〕見《中國古典戲曲論著集成》四，頁162。
〔註93〕見《中國古典戲曲論著集成》四，頁203。

1、二十三套：秦時雍，一人。

2、二十二套：陳鐸，一人。

3、十八套：唐寅，一人。

4、十一套：朱應辰，一人。

5、十套：祝允明，一人。

6、九套：楊愼，一人。

7、八套：沈仕，一人

8、七套：康海、王九思、夏言、陳鶴，四人

9、六套：李開先，一人。

10、五套：王寵、金鑾、馮惟敏，三人。

11、四套：劉兌、張全一、文徵明，三人。

12、三套：鄭若庸、陸治、朱曰藩，三人。

13、二套：李東陽、王鏊、錢福、王田、周瑞、常倫、黃峨、吳廷翰、刑一鳳，九人。

14、一套：楊貢、陳完、晏鐸、虞臣、謝遷、楊一清、羅欽順、夏文範、湛若水、王守仁、顧鼎臣、顧璘、朱應登、楊應奎、張錬、文彭、史立模、馬一龍、顧夢圭、吳承恩、徐階、唐順之、謝讜、吳懋、吳嶔，二十五人。

南套作家（五十五人）雖然倍於北套作家（二十六人），但作品總數（二百一十四套），遠不及北套（三百八十三套）多。南套作家以秦時雍居冠，以二十二套居次的陳鐸，北套作品卻有七十套，居北套之冠。然而曲家皆公認陳鐸於南曲「尤爲作手」（參見《曲律》、《曲藻》、《顧曲雜言》），「南調之工」。〔註94〕明・汪廷訥《陳大聲全集》盛稱陳鐸散曲更快「南耳」：

> 其韻麗，其響和，其節舒。詞秀而易晰，音諧而易按。言言蒜酪，
> 更復擅場。借使騷雅屬耳，擊節賞音；里人聞之，亦且心醉。其眞
> 詞壇之鼓吹，而俳諧之杰霸乎！〔註95〕

其故，在陳鐸作曲純爲娛樂，不在抒發心中塊壘。於是，人生百態中，光怪陸離的市井人物和景象皆可入題材，極盡揮灑。遊戲人間之曲作風格，全然擺落豪健蒼莽氣象，以輕柔婉約戲諷人生。曲的「形式」，只是抒發工具，多

〔註94〕見《野獲篇》卷二十五，收錄於《四庫禁燬書叢刊》史部四，頁480。
〔註95〕轉引自李昌集著《中國古代散曲史・明中葉南派散曲家》，頁651。

元的題材呈現了多樣風格，不論「清雅、放曠、流麗、滑脫、俳偕、工巧、尖新、粗鄙，集於一身」，〔註96〕而無論哪一格，均能造其極。

總之，若說李開先是以壓倒性的南曲小令首數在明代中葉北派曲壇稱名，則陳鐸是以壓倒性的北套首數在明代中葉南派曲壇奪魁。在明代曾作南曲散曲作家群中，李開先首先並作雜劇、傳奇，陳鐸則是奠定南北曲分格的基本架構。李昌集謂之：

> 作北曲不故作「粗豪」，南曲亦未陷入日後之「南詞」一途。從藝術
> 上說，陳鐸可謂集散曲諸格於一身，而散曲之光彩，散曲之弊端，
> 在陳鐸散曲中又綜合一體。從某種意義上說，陳鐸散曲不妨可視作
> 整個散曲文學的一個縮影。〔註97〕

明代散曲代表作家，王驥德《曲律・雜論》就南、北二派作了簡要評說，其論北調作家有十二位：康海、王九思、楊慎、陳沂、胡汝嘉、徐霖、李開仙、馮惟敏、常倫、王磐、王田、楊循吉；南調作家有六位：陳鐸、金鑾、沈仕、唐寅、祝允明、梁辰魚，〔註98〕此說亦多成為後代學者所宗。其中北派作家以李開先、王九思、康海、常倫、馮惟敏五人，為學者所共同推崇。有些書提及的尚有：劉效祖、王越、韓邦靖、薛論道、楊循吉等人。〔註99〕若依本論文斷限區分，劉效祖、薛論道宜歸後期。而王越未有散套作品，僅有南曲小令四首、北曲小令四首；楊循吉未有南曲作品，有北曲小令二十四首、北曲散套三套、南北合套四套；韓邦靖所有作品僅南曲小令一首。此數人容或作品風格有其獨領風騷處，作品數量實不多。

至於明代前期南派曲家，以王磐、金鑾、陳鐸為公認大家。次如沈仕，除作一套南北合套外，南曲小令數居前期之前五；唐寅南曲小令數，雖只列前八，然散套數居前三，仍可以數稱名。餘如黃峨、祝允明亦有書提及者。

〔註96〕 見李昌集著《中國古代散曲史・明代散曲家》，頁653。
〔註97〕 見李昌集著《中國古代散曲史・明代散曲家》，頁657。
〔註98〕 見《中國古典戲曲論著集成》四，頁162。
〔註99〕 除共同推崇的五大家外，另劉大杰《中國文學發展史》尚列劉效祖為北方散曲代表作家。王忠林等撰《中國文學史初稿》列明代前期豪放派作家尚有：劉效祖、王越、韓邦靖、楊循吉、薛論道；清麗派散曲作家有：王磐、楊廷和、楊慎、黃峨、唐寅、祝允明、陳鐸、金鑾、沈仕。李昌集《中國古代散曲史》列明中葉北派散曲家尚有：王田；南派散曲作家有王磐、楊慎、黃峨、唐寅、陳鐸、金鑾、沈仕。羊春秋《散曲通論》列北曲作家尚有：徐霖、陳沂、胡汝嘉、王田、趙南星。

唯楊慎以一百零九首南曲小令（居前三）、九首南曲散套（居前六）和一百一十九首北曲小令、四首北曲散套，僅羊春秋《散曲通論》將楊慎一門三傑（楊慎、楊廷和、黃峨）列入明中葉北曲作家群，《中國文學史初稿》則列爲清麗派、《中國古代散曲史》列爲南派。王磐未作南曲，王驥德《曲律》列於北派作家，稱許：「工短調，翩翩都雅。」〔註100〕但《中國文學發展史》列爲南方的散曲作家；〔註101〕《散曲通論》列爲南曲作家群；〔註102〕《中國文學史初稿》列爲清麗派；〔註103〕《中國古代散曲史》列爲南派，〔註104〕大抵多宗任中敏「康海之爲豪，王（磐）、沈（仕）之爲麗」之說。〔註105〕

二、後　期

（一）籍貫分佈

後期作家共有二百零二人，再扣除疑爲「宛瑜子」的「周君健」，外加補遺四人，計爲二百零六人。其中，生卒年不詳者，達一百三十六人。籍貫、生卒年可考者，僅六十七人，佔三成強而已。曲家資料難徵至此，令人惋惜。二百零六位曲家，籍貫不詳者，有八十八人，餘一百一十八人分佈如下：

1、江蘇省（含上海）：五十四人。

（崑山）：梁辰魚、陶唐、朱世徵。

（金壇）：曹大章。

（吳縣）：李日華、馬佶人。

（興化）：宗臣。

（太倉）：王世貞。

（南京）：陳所聞、胡汝嘉、馬守眞、黃祖儒、李登、黃成儒、顧起元、
　　　　　皮光淳、高志學、孫起都。

（蘇州）：張鳳翼、馮夢龍、俞琬綸、宛瑜子、湯傳楹、熊秉鑑、徐媛。

（上海）：殷都、莫是龍、顧正誼、董其昌、張以誠、施紹莘、張積潤、
　　　　　陳子龍、夏完淳、顧乃大。

〔註100〕見《中國古典戲曲論著集成》四，頁162。
〔註101〕見劉大杰著《中國文學發展史》，頁989。
〔註102〕見羊春秋著《散曲通論》，頁313。
〔註103〕見王忠林等著《中國文學史初稿》，頁1001。
〔註104〕見李昌集著《中國古代散曲史》，頁643。
〔註105〕見任中敏輯《散曲叢刊・散曲概論・派別》，頁39。

（武進）：王穉登。

（無錫）：杜子華、顧憲成。

（吳江）：顧大典、俞安期、沈璟、沈珂、沈瓚、沈靜專、沈君諟、沈自徵、葉小鸞。

（南通）：顧養謙。

（鎮江）：茅溱。

（揚州）：楊德芳。

（江陰）：湯三江。

（溧陽）：張景嚴。

（高郵）：張守中。

（丹徒）：李文爆。

2、浙江省：二十七人。

（紹興）：徐渭、史槃、王驥德。

（杭州）：沈袾宏、胡文煥、許次紆、高濂、張琦、張旭初、馮廷槐、馮延年、沈嶸、梁孟昭、張栩、曲癡子。

（嘉興）：黃洪憲、周履靖、馮夢禎、卜世臣。

（寧波）：屠隆。

（海寧）：陳與郊。

（吳興）：關思、凌濛初、董斯張。

（嘉善）：王屋。

（衢縣）：張文介。

（蕭山）：王譓。

3、安徽省：九人。

（無爲）：吳國寶。

（歙縣）：汪道崑、王寅。

（鳳陽）：朱載堉、徐維敬。

（婺縣）：潘是葉。

（休寧）：程可中、汪廷訥。

（宣城）：梅鼎祚。

4、山東省：八人。

（惠民）：劉效祖。

（濟南）：殷十僊。

（東平）：王克篤。

（益都）：薛崗。

（諸城）：丁綵、丁惟恕。

（安丘）：孫峽峰。

（曲阜）：葉華。

5、湖北省：四人。

（京山）：李維楨。

（黃陂）：張瘦郎、席浪仙。

（武漢）：呼文如。

6、陝西省：三人。

（合陽）：范垣。

（米脂）：李翠薇。

（郃陽）：王異。

7、四川省：三人。

（銅梁）：張佳胤。

（廣漢）：王化隆。

（南充）：楊文岳。

8、江西省：二人。

（臨川）：湯顯祖。

（南城）：景翩翩。

9、河北省：二人。

（易縣）：薛論道。

（元氏）：趙南星。

10、廣東省：一人。

（廣州）：陳子升。

11、福建省：一人。

（晉江）：李摯。

12、遼寧省：一人。

（遼陽）：王文昌。

13、湖南省：一人。

（常德）：龍膺。

14、雲南省：一人。

不詳：祿洪。

15、山西省：一人。

（太原）：寧齋。

　　籍貫遍及十五省，與前期同，然多了湖北、河北二省，少了河南、甘肅二省。仍以江蘇省佔百分之四十五爲最多，浙江省居次。說明明代南曲散曲家，不論前、後期，均以江、浙人士居多。而後期江、浙二省之地域分佈，又較前期增多，以其爲南戲及四大聲腔起源及盛行地故也。明代南曲散曲作家共分佈十七省，亦較明雜劇作家分佈十省，明傳奇作家分佈十三省爲廣，〔註106〕可見明代南曲散曲作者之廣佈及普遍受到喜愛。

　　盧前亦於《明清戲曲史》云：「方元之時，初集於大都，既南來湖上，製曲之士，南人已多。朱明開國，僑寓金陵者，殆已不可勝數。周暉《瑣事》，所附《曲品》，可想見石頭城下當時絃筦之盛也。」〔註107〕

（二）散曲存集

　　後期可考作家一百一十八人，三十九人有作品集傳世：

　　1、梁辰魚《江東白苧》二卷、《續》二卷。

　　2、徐渭《徐文長佚草》十卷，收小令六首。

　　3、劉效祖《詞臠》一卷。

　　4、王克篤《適暮稿》一卷。

　　5、陳所聞《濠上齋樂府》一卷，已佚，今人輯有《散曲集叢本》。

　　6、張鳳翼《敲月軒詞稿》，今不傳。

　　7、史槃《齒雪餘香》，已佚。

　　8、王寅《王十嶽樂府》一卷。

　　9、薛論道《林石逸興》十卷。

　　10、薛崗《金山雅調南北小令》一卷。

〔註106〕見曾永義《明雜劇概論・總論》統計及引述：明雜劇作家分佈於浙江、江蘇、安徽、山東、河北、陝西、江西、四川、福建、湖南十省。八木氏統計明傳奇作家，除上舉雜劇作家所分佈的十省外，尚有廣東、河南、江西等三省。（頁48～49）。

〔註107〕見盧前著《明清戲曲史》，（臺灣：商務印書館，民國60年），頁12。

11、朱載堉《醒世詞》存七十三首，今存世僅二十首。

12、程可中《程仲權先生集》一卷。

13、周履靖《鶴月瑤笙》四卷。

14、顧正誼《筆花樓新聲》一卷。

15、陳與郊《隅園集》一卷。

16、趙南星《芳茹園樂府》一卷、《趙忠毅公曲》。

17、沈璟《情癡寱語》一卷、《詞隱新詞》一卷、《曲海青冰》二卷，皆
　　不傳。現有《沈伯英散曲》新輯本。

18、徐𤲞《絡緯吟》十二卷，散曲見第十卷。

19、龍膺《綸滆詩集》十九卷中，散曲收在十三、十四卷。

20、王驥德《方諸館樂府》二卷。

21、丁綵《小令》一卷。

22、王化隆《曲典》一卷。

23、孫峽峰《峽峰先生小令》。

24、葉華《太平清調迦陵音》一卷。

25、馮夢龍《宛轉歌》，已佚。

26、張瘦郎《步雪初聲》後附席浪仙和曲。

27、俞琬綸《自娛集曲》。

28、宛瑜子《吳姬百媚》。

29、施紹莘《秋水庵花影集》五卷。

30、范垣《南北詞曲隨筆》。

31、沈君謨《青樓怨》。

32、王屋《蘗絃齋曲》一卷、《草賢堂詞》後附散曲。

33、沈自徵《沈君庸集》。

34、祿洪《北征集》收小令四首及散套三套。

35、丁惟恕《續小令集》。

36、卜世臣有新輯本《卜大荒散曲》。

37、陳子升《中洲草堂曲》一卷。

38、葉子鸞《返生香》一卷。

39、夏完淳《獄中草詞餘》一卷。

較之前期，曲家增多，作品集不增反降，其因在參與作者多，而單調單

曲之作家也多，難成曲集。

（三）作品分析

明代後期作家與作品數，總計如下：

類　　別		作者數（人）	作品數	小計〔註108〕
小令	南曲	107	2353 首	3378 首
	北曲	29	1025 首	
散套	南曲	137	639 套	743 套
	北曲	24	104 套	
南北合套		36	53 套	53 套
雜劇		17		
傳奇		33		

　　後期可考作家共作小令三千三百七十八首，較前期小令總數三千九百二十九首少五百五十一首。前期北曲小令二千三百九十八首，較後期一千零二十五首多一倍；南曲小令二千三百五十三首，約為前期一千五百三十一首的一點五倍。南北曲的消長，及南曲盛行於明代，由此數據，可見一斑。故小令總數雖少於前期，實際上少的是北曲小令。

　　後期可考作家共作散套七百四十三套，南曲散套有六百三十九套，北曲散套僅一百零四套。南曲散套後期約為前期的三倍；北曲散套則是前期約為後期的四倍。另外，南北合套及傳奇創作人數皆較前期為多，正說明了傳奇發達亦帶動套數的成長。南北合套的作家與作品數，雖較前期為多，然前期平均一人約作二套，後期平均一人只作一點五套，只是參與作家多而已。雜劇作家只較前期多六人，略有增幅。此種現象，肯定染指北曲作家，並未因崑曲的流行而消聲匿跡。在曲壇流行南曲的後期，依舊擁有固定喜愛的「北耳」群。但傳奇作家成長十一倍多，宣告傳奇時代的來臨，正是南曲吸收北曲後再現的新風華。

　　甲、小　令

　　後期有名可考之南曲小令作家一百零七人，共作二千三百五十三首，依作品數量排序如下：

〔註108〕將補遺部份生卒年不詳之張守中、顧乃大、曲癡子、李文燭，暫列此合併計數。

1、五百九十九首：薛論道，一人。

2、一百七十九首：陳所聞，一人。

3、一百三十三首：杜子華，一人。

4、一百一十九首：丁惟恕，一人。

5、八十七首：丁綵，一人。

6、八十五首：王屋，一人。

7、六十八首：施紹莘，一人。

8、六十一首：薛崗，一人。

9、五十八首：王驥德、孫峽峰，二人。

10、五十六首：陳與郊，一人。

11、五十四首：梁辰魚，一人。

12、五十二首：王化隆，一人。

13、四十七首：胡文煥，一人。

14、四十四首：龍膺，一人。

15、四十三首：蘭陵笑笑生，一人。

16、三十八首：吳國寶，一人。

17、三十七首：范垣，一人。

18、三十二首：宛瑜子，一人。

19、三十首：劉效祖，一人。

20、二十七首：王克篤，一人。

21、二十三首：俞琬綸，一人。

22、二十二首：徐媛，一人。

23、二十首：張鳳翼、趙南星、顧正誼，三人。

24、十七首：沈璟、張守中，二人。

25、十六首：高濂，一人。

26、十四首：朱載堉、中分榭主人、高志學，三人。

27、十二首：張葦如，一人。

28、十一首：王寅、李登，二人。

29、九首：卜世臣，一人。

30、八首：史槃、收春主人，二人。

31、七首：沈袾宏、梅鼎祚、張茅亭，三人。

32、六首：馮夢龍、蘇子文、張栩、蔣瓊瓊，四人。

33、五首：徐渭、程可中、沈靜專，三人。

34、四首：李日華、崔子一、張善夫、汪廷訥、葉華、席浪仙、呼文如、張琦、喬臥東、楊德芳、趙近山、祿洪、孫起都、馮廷槐、姚小淶、張伯瑜，十六人。

35、三首：黃成儒、扶搖、陳子升、張文介、夏完淳、郝湘娥，六人。

36、二首：曹大章、沈瓚、景翩翩、張積潤、范晶山、費廷臣、趙晉峰、張景嚴、王厚之、劉氏、錢古民，十一人。

37、一首：臧允中、王世貞、殷都、王穉登、周履靖、馬守眞、沈珂、沈君謨、沈自徵、楊文岳、朱世徵、兩峰主人、湯三江、湯東野、何西來、董如瑛、董貞貞、葉小鸞、薛素素、顧長芬、虞交俞、楚妓、郭丸封、熊秉鑑、顧乃大、李文燭，二十六人。

　　後期可考之南曲小令作家一百零七人，作品不及十首者達七十二人。薛論道可謂明代量產小令作家，計有南曲小令五百九十九首，北曲小令四百首，二者皆名列明代第一。後期百首以上作家數，等同前期，只有四位。梁辰魚、施紹莘二人是學者咸認之晚明散曲代表作家，作品皆不滿百。其次，或有學者推舉之代表作家，依次爲王驥德、沈璟、張鳳翼、陳所聞、朱應辰、史槃、沈自晉、夏完淳、鄭若庸、馮夢龍等人。唯《中國文學史初稿》列朱應辰、鄭若庸爲明代後期散曲詞藻派代表作家之一，朱氏在本書劃爲前期作家，而鄭若庸實無南曲小令之作，僅作三套南曲散套及二套南北合套；另列沈自晉爲明代後期散曲格律派代表作家之一，在《全明散曲》中並未列名，疑爲沈自徵之誤。

　　此一百零七位南曲小令作家，兼作北曲小令的只有二十九人，約佔五分之一強，較前期銳減一倍。其中北曲小令作品超過百首的，僅有王克篤、薛論道二人。北曲小令數多於南曲小令數作家，才八人。此一現象，說明了嘉靖期間崑腔興起後，南曲迅速風行，北曲急遽衰弱，在作家群及實際創作中，皆有著充分的體現。

　　乙、散　套

　　後期有名可考南曲散套作家一百三十七人，共作六百三十九套，依作品數量排序如下：

　　1、七十七套：施紹莘，一人。

　　2、四十三套：沈璟，一人。

3、四十一套：梁辰魚，一人。

4、三十九套：陳所聞，一人。

5、三十五套：周履靖，一人。

6、三十二套：王驥德，一人。

7、二十套：張瘦郎，一人。

8、十九套：馮夢龍，一人。

9、十六套：張鳳翼，一人。

10、十四套：吳國寶、高濂，二人。

11、十三套：胡文煥，一人。

12、十二套：卜世臣、張栩，二人。

13、十一套：陳子升、宛瑜子，二人。

14、九套：吳載伯，一人。

15、七套：史槃、杜子華，二人。

16、六套：顧正誼、沈瓚、梁孟昭，三人。

17、五套：程可中、葉華、俞婉綸、余任公、張叔元、楊德芳、張葦如，
七人。

18、四套：蘭陵笑笑生、王穉登、許次紓、沈自徵、張文介，五人。

19、三套：陳與郊、黃祖儒、顧起元、沈則平、張旭初、祿洪、楊文岳、
伍灌夫、朱鏡如，九人。

20、二套：胡汝嘉、顧大典、趙南星、龍膺、茅溱、席浪仙、凌濛初、
馮延槐、陳子龍、清河漁父、王諟、夏完淳、程豈一，十三人。

21、一套：李日華、汪道崑、宗臣、王元和、包應龍、寧齋、王克篤、
李摯、張佳胤、王寅、莫是龍、潘是藻、顧養謙、張解元、俞安期、
黃洪憲、屠隆、李維禎、馬守眞、湯顯祖、馮夢禎、董其昌、關思、
徐媛、徐維敬、馬佶人、張以誠、王思軒、董斯張、張琦、中分楸
主人、李文蔚、李愛山、收春主人、許石屋、齊小碧、燕仲義、蘇
子文、申瑤泉、李集虛、張春陽、陳五岳、陸滄浪、趙穀陽、鄭翰
卿、儲紫虛、皮光淳、陶唐、湯三江、馮延年、朱廷玉、李復初、
張芳洲、方洗馬、姚小淶、沈嶸、吳無咎、張伯瑜、張君平、謝雙、
薛常吉、傅玄泉、湯傳楹、李翠微、顧木齋、沈清狂、方氏、王異、
賀五良、李文瀾、林石崗、秦冰澳、許彥輔、張熙伯、陳石坡、駱

永叔、紹涵遠、嵇一庵、嵇行若、嵇高也、曲癡子，八十一人。

後期有名可考之南套作家，約爲前期作家二點五倍。後期南套作品數，約爲前期之二點九倍強。創作最豐之施紹莘作品數，更爲前期作品數居首之秦時雍之二點九倍強。不論作家數、作品數、個人創作數，皆呈大幅成長。其中作品僅有一套者達八十一人，更意謂著創作人口的普及，南曲蔚爲風潮的再次體現。北套作品八百九十四套中，無名氏作品有四百零七套，就佔了近五成；北曲小令五千四百二十五首中，無名氏作品達二千零二首，約佔近四成，北套作家之被忽視，正是世人「重南輕北」的紀錄。在施紹莘（1581～1640）之後，除卻生卒年不詳之張栩、程豈一兩人分別再有作品外，北套已無人創作。約當同時之沈自徵（1591～1641）後，除生卒年不詳之李文尉、梁孟昭二人尚有雜劇創作外，北雜劇也無人問津。可証北曲散套與北雜劇幾乎同時消沉，此爲散套與雜劇關係密切之再一力證。

在前文論及晚明散曲代表作家中，除施紹莘、陳所聞兼有北曲之作外，餘純爲南曲作家。施紹莘以七十七套南套，領先全明南套作家，道地是以南曲名聞曲壇。

第三節　宮調與曲牌

一、宮調的沿革

吳梅《顧曲麈談·論宮調》謂：「宮調者，所以限定樂色之高低也。」〔註109〕宮調明則曲明，是以汪經昌亦在《曲學例釋·曲學發凡》中強調：「南北曲依聲成詞，曲學應先明宮調。」〔註110〕

宮調之立，本之五音十二律。我國樂律計算方法，以《管子》及《呂氏春秋》兩書爲最早。〔註111〕《管子》書中有五音以數相求之法，《呂氏春秋》書中有十二律以數相求之法。五音者，即宮、商、角、徵、羽。十二律者，陽六律爲：黃鐘、太簇、姑洗、蕤賓、夷則、無射；陰六呂爲：大呂、夾鐘、中呂、林鐘、南呂、應鐘。十二律正相當西洋音樂一列音階，包括七個本位

〔註109〕見吳梅著《顧曲麈談》，頁 194。
〔註110〕見汪經昌著《曲學例釋》，頁 14。
〔註111〕見楊蔭瀏《中國古代音樂史稿》上冊，頁 1～83。以下所論，多參引本書。

音，五個變化音。殷朝以前，但有五音。自周以來，加以文武二聲，演為變宮變徵，是為七音。隋開皇二年，黃門侍郎顏之推上言禮樂崩壞，鄭譯奏請更正，成七調十二律。〔註112〕萬寶常並奉詔「撰樂譜六十四卷，具論八音旋相為宮，改絃移柱之變為八十四調」，〔註113〕此八十四調，詳見張炎《詞源》。此八十四調皆古法，樂工不盡用，據楊蔭瀏《中國古代音樂史稿》云：

> 但八十四調出現後，廣大的人民在經濟條件的限制之下，在只能置備一些比較簡單的樂器之時，還不可能在他們日常的生活中充分運用八十四調的理論。他們手中，還沒有備具十二半音的樂器。他們也不可能像宮廷那樣，為十二律置備十二套音高不同的樂器。他們不能用全十二宮，就不可能用全八十四調。《雅樂》有八十四調，俗樂只有二十八調，這也部分的反應了古代社會中不同階層間經濟地位的懸殊。……事實上，在整個唐朝期間，從來沒有用全八十四調的時候。〔註114〕

於是七聲之中，去其徵聲及變宮變徵，以其餘之四聲乘十二律，得四十八調。四十八調中，凡以宮聲乘律，皆名為宮，以商、角、羽三聲乘律，皆名為調。其後，四十八調又嫌其繁，唐代燕樂僅用二十八調。據《新唐書‧禮樂志》載，所謂「燕樂二十八調」為：〔註115〕

　　宮聲七調：正宮、高宮、中呂宮、道宮、南呂宮、仙呂宮、黃鐘宮，皆生於黃鐘。

　　商聲七調：大食、高大食、雙調、小食、歇指調、商調、越調，皆生於太簇。

　　羽聲七調：般涉調、高般涉調、中呂調、正平調、南呂調、仙呂調、黃鐘調，皆生於南呂。

　　角聲七調：大食角、高大食角、雙角、小食角、歇指角、商角、越角，皆生於應鐘。

　　時代遞嬗，宮調淪亡，至宋時，多已殘缺，張炎《詞源》卷上云：

〔註112〕見四部備要史部《隋書‧音樂志》卷十四（臺北：中華書局，民國55年），頁20〜21。
〔註113〕見四部備要史部《隋書‧列傳》卷七十八，頁13。
〔註114〕見楊蔭瀏著《中國古代音樂史稿》第二章，頁77。
〔註115〕見四部備要史部《新唐書‧禮樂志》卷二十二，頁1。

今雅俗祇行七宮十二調，而角不與焉。〔註116〕

　　七宮爲：黃鐘宮、仙呂宮、正宮、高宮、南呂宮、中呂宮、道宮。十二調爲：大石調、小石調、般涉調、歇指調、越調、仙呂調、中呂調、正平調、高平調、雙調、黃鐘羽、商調。然至元·周德清《中原音韻》、芝菴《唱論》所載只六宮十一調：

　　　大凡聲音，各應於律呂，分於六宮十一調，共計十七宮調：仙呂調
　　　清新綿邈、南呂宮感嘆悲傷、中呂宮高下閃賺、黃鍾宮富貴纏綿、
　　　正宮惆悵雄壯、道宮飄逸清幽、大石風流蘊藉、小石旖旎嫵媚、高
　　　平條物混漾、般涉拾掇坑塹、歇指急併虛歇、商角悲傷宛轉、雙調
　　　健捷激裊、商調悽愴怨慕、角調嗚咽悠揚、宮調典雅沉重、越調陶
　　　寫冷笑。〔註117〕

以上即十七宮調之名與聲歌性質，較之四十八宮調，已亡佚大半。至北曲復亡其三：歇指調、角調、宮調，餘十四宮調。其中，道宮、小石、般涉、商角、高平五調，曲牌極少，傳奇中不能獨立成套。流行者僅爲五宮四調。南詞亡歇指調、角調、宮調、商角調，僅餘十三宮調。明蔣孝著《舊編南九宮十三調曲譜》，改稱六宮爲調，自此後有十三調之名。十三調爲：黃鐘宮、正宮、仙呂宮、中呂宮、南呂宮、道宮、大石調、越調、商調、雙調、仙呂入雙調、般涉調、羽調。

　　宮調之名，雖代有遞減，稱名未有變異。然宮調意義，指涉卻有不同，茲參考楊蔭瀏《中國古代音樂史稿》，略述如下。

（一）隋唐以前

　　「宮」與「調」各有不同指意。據《國語》卷三：

　　　夫宮，音之主也，次第及羽。〔註118〕

按五聲而言，所謂「次第及羽」，即由宮而商、角、徵至羽。「宮」爲一個音階的首音之名，故爲「主」。主音既定，以下諸音即可隨之而定，具有「調高」定位作用。十二律指固定的由濁而清、而低而高的十二個標準音——黃鐘、大呂、太簇、夾鐘、姑洗、仲呂、夷則、林鐘、蕤賓、南呂、無射、應鐘。此每一「律」均可作爲「宮」音，所以「宮音」本身並不是一個確定的音。

〔註116〕見唐圭璋編《詞話叢編》一，頁245。
〔註117〕見《中國古典戲曲論著集成》一，並見頁160、頁231。
〔註118〕見《景印文淵閣四庫全書》史部一六四雜史論，頁406-38。

十二律「旋相爲宮」後，得一百四十四個不同唱名，即「一百四十四調」之謂。所謂「調」，本指「旋相爲宮」後，各律因宮位移換而產生的不同唱名。理論上，每一調都是一個確定的音，這是「調」與「宮」根本不同所在。而此「一百四十四調」，理論上均可充當「宮」位，即可充當某個旋律的主音和結音。「宮」的具體音位隨「律」而定，以某一律確定爲「宮」後，其餘「律」的唱名隨之而定，也就確立了一組音階的音高。因此，所謂「調」，就具有了今日之「調式」內涵。若云「黃鐘宮」，實指以十二律中黃鐘律爲調高，以宮音（do）爲主音和結音，相當於今之所謂C大調。

此宮調理論，是純理論色彩的理論樂律學，顯現我國古代數理樂律學的高度發達。也因此，在實際上便難以應用，故在音樂實際中，對宮、調的意義少有嚴格的規定和記載。隋唐以前的各類樂譜，沒有一個是明確記有調高、調式的。

（二）宋金時期

唐宋時興起的曲子辭，在曲牌、詞牌前一律不著宮調。今存宋詞中偶見在詞牌前注明「調」，如趙令時《蝶戀花・鶯鶯傳》，自注云：

> 調，曰商調。曲名蝶戀花。〔註119〕

此「商調」，可能是燕樂二十八調中的商調，也可能指其歌唱時以「商」爲主音，而究屬何律之「商」，則又難以確定。故至多只有「調式」意義，「調高」仍未明。至於「調寄〔清平樂〕」，「調寄〔一枝花〕」之類，更難知其屬於何「宮」、何「調」了。「換言之，傳統的「宮」，「調」理論上的「調高」、「調式」之意義，在宋詞中實際上是不存在的」。〔註120〕

真正被宋詞引用的是借用「調」的稱名，內涵則毫不相干：詞牌亦稱「詞調」，詞牌名又稱爲「調名」。宋詞中的「調」，只是一首歌的代稱，「一調」是指一闋詞，一首歌。於是，「調」的概念從樂理「調式」概念變異爲指示一首歌、一闋詞的實體概念。

今存諸宮調作品中所出現的「宮調」，共有十七：正宮、道宮、南呂宮、黃鐘宮、越調、大石調、雙調、小石調、歇指調、商調、中呂調、高平調、仙呂調、黃鐘調、般涉調、商角調、羽調，皆爲「燕樂二十八調」的俗名。燕樂二十八調，是以「七宮四調」相乘所得之調式。律取黃鐘、太簇、南宮、

〔註119〕見《叢書集成初編・侯鯖錄》（北京：中華書局，1985年，新1版），頁46。
〔註120〕見李昌集著《中國古代散曲史》，頁99。

應鐘四律，每律中的音數（調）爲七，「旋相爲宮」，合爲二十八調。無論宋人之詞或諸宮調中，同一牌調，有時甲宮調有，乙宮調也有，可知「移宮換羽」的普遍。且同一牌調、宮調不同，則音樂也不同，格律也隨之不同，如〔侍香金童〕與〔柳葉兒〕詞牌，既標【黃鐘宮】，又標【黃鐘調】；〔應天長〕既標【正宮】，又標【正宮調】；〔牆頭花〕既入【般涉調】，又入【中呂調】；〔牧羊關〕既入【中呂調】，又入【高平調】。

（三）曲體之宮調

諸宮調標「宮調」之習，影響北曲。南曲初無宮調，後仿北曲，在製曲譜時將曲牌劃屬不同宮調，而在具體作品中保持不標宮調之例。

北曲之宮調，據元・芝菴《唱論》載原有十七宮調。至芝菴作《唱論》時，當時所傳者僅存十二，道宮、高平、歇指調、角調、宮調實已亡。在北曲散曲中，尚傳十二宮調，但小石調、商角調、般涉調所屬曲牌極少。在元雜劇中，小石調并入大石調，商角調并入商調，般涉調并入中呂，實際只有九宮調，即後世所傳「北九宮」的五宮四調——仙呂宮、南呂宮、中呂宮、正宮、黃鐘宮、大石調、商調、越調、雙調。

李昌集將隋唐宮調理論驗之元雜劇，發現宮調的連接幾乎是違背樂理的：

> （以《西蜀夢》爲例）相聯兩「宮調」的五音律位幾乎全部參差不合，兩「宮調」之相聯均爲幾乎無法相合的半音連接和大三度連接，以及少有的大二度連接。這種現象在元雜劇中不是鮮例，而是一種普遍的存在。〔註121〕

若以元刊三十種雜劇的一、二兩折連接爲例，則發現：

> 不可行的半音、大三度、大二度連接者有23種，占大半，尚可行的五度連接者有6種，較通行的同調高移轉調式者僅一種，由此可見：北曲所謂「宮調」完全不能以傳統樂理去解釋，與隋唐燕樂宮調理論系統只有名目上的關聯，而在根本實質上，實是風馬牛不相及。〔註122〕

若以「宮調」指代「聲情」，則宋時已然，如宋・湯衡《于湖詞・序》載：

> 昔東坡見少游《上巳遊金明池》詩，有「帘幔千家寂寞垂」之句，

〔註121〕詳見李昌集著《中國古代散曲史》，頁103～104。
〔註122〕詳見李昌集著《中國古代散曲史》，頁103～104。

曰「學士又入小石調矣」。〔註123〕

東坡戲謔秦觀詩格柔婉「又入小石調」，此指近《唱論》記【小石調】聲情爲
「旖旎嫵媚」。王沂孫〔齊天樂〕〈蟬〉：

甚獨抱清商，頓成淒楚。〔註124〕

「清商」意涵亦近【商調】之「淒愴怨慕」。故可推測，廣採來源紛雜、「聲情」
各異的時曲的諸宮調，爲方便對聲情作大體分類，乃借用「宮調」爲之。不過，
若說芝菴《唱論》所載十七宮調表十七種聲情，將其驗之元曲宮調實際，又每
多不合，如「陶冶冷笑」之越調，在【越調】散曲中卻多寫「不冷」之內容；「健
捷激裊」之【雙調】，在雜劇中多用於末折寫「大團圓」。又「高下閃賺」、「拾
掇坑塹」、「急并虛揭」之類表述，與「富貴纏綿」之類，實難類歸同一指意。
因此，宮調聲情之說，只能作爲參改，不可拘泥。不僅曲如此，宋詞也是一樣，
故夏敬觀先生亦爲文說明「宋詞不盡依宮調聲情」。〔註125〕

到了明代，「宮調」已漸不爲人所察，曲家王驥德在《曲律》中也感嘆：

宮調之說，蓋微渺矣！周德清習矣而不察，詞隱語焉而不詳、或問
曲何以謂宮調？何以有宮又復有調？何以宮之爲六、調之爲十一？
既總之有十七宮調矣，何以今之用者，北僅十三，南僅十一，又何
以別有十三調之名也？曰：宮調之立，蓋本之十二律、五聲，古極
詳備，而今多散亡也。〔註126〕

就今存諸宮調具體作品言，「宮調」與「聲情」的文辭聯繫幾已無跡可尋。「宮
調」的實際作用，只是對曲體韻格的限定，「宮調」成爲「通韻」的標誌，即
某「宮調」統攝下的曲牌，必用一韻，另標「宮調」之曲牌，必換韻。對說
唱長篇故事的諸宮調而言，爲顯示情節的完整性與獨立性，除可用說白區隔
外，小節情之眉目，則以「同韻」顯示。至元雜劇時，「一折」即一個完整的、
相對獨立的故事情節和戲劇場面，故一折用一套曲，一人主唱，角度同一，
故同一韻。發展到「套數」已成熟的散曲和嚴格的一折一套之雜劇，一套一
韻已成通則。

近人對宮調之論說，趙義山於《20 世紀元散曲研究總論·元散曲體式特

〔註123〕見《景印文淵閣四庫全書》集部四二七詞曲類，頁 1488～3。
〔註124〕見《中國文學總欣賞·唐宋詞》第十三本（臺北：地球出版社），頁 244。
〔註125〕夏敬觀著（此地改名夏壽）《唐宋詞論叢》（台北：宏業書局，民國 68 年 1
月 10 日出版），頁 1~2。
〔註126〕見《中國古典戲曲論著集成》四，頁 99。

徵研究中》有詳細評比，〔註127〕不再贅述，他總結爲：

> 元曲的宮調具有樂理方面的指義表示調高，但這調高的分配原則，
> 不能以「二十八調」的系統和《九宮大成譜》爲根據去解釋；元曲
> 宮調在表示調高的同時是否還表示調式尚不可知；《唱論》之所謂「宮
> 調聲情說」並非一說；吳梅之「宮調調高」說與楊蔭瀏之「宮調音
> 域說」可以相通。〔註128〕

總之，想要確切了解每一宮調之調高，仍要費上一番工夫考証。

二、曲牌沿革

一個曲牌的產生和出現，意味著一首已具基本穩定形式的歌曲產生，故
古亦稱「調名」。唐・崔令欽《教坊記》、唐・段安節《樂府雜錄》、宋・王灼
《碧雞漫志》均有專門部份述及「調名」，及其產生情況。詞曲牌調的生成，
不外二種情況：

一爲擅音律者所撰曲，據《樂府雜錄》載：

> （〔黃驄子〕），太宗定中原時所乘戰馬也。從征遼，馬死，上嘆惜，
> 乃命樂工撰此曲。
>
> （〔望江南〕）本名〔謝秋娘〕或因其曲撰者爲謝秋娘而得名。
>
> （〔道調子〕）因其爲樂工「初弄道調」而後成曲，遂以命名。〔註129〕

二爲民間俚歌流行後或經加工後所形成的歌曲，亦爲詞曲牌調得以留存至今
的重要環節，如《南曲全譜・李鴻序》云：

> 詞隱先生……間從高陽之侶出入酒社間。聞有善謳，眾所屬和，未
> 嘗不傾耳而注聽也。……於是，始益采摘新舊諸曲，不顓以詞爲工，
> 凡合於四聲、中於七始，雖俚必錄。〔註130〕

又《碧雞漫志》載〔何滿子〕乃何滿子其人臨刑所唱之曲，其聲哀婉，流行
後遂成一牌調。〔註131〕《都城紀勝》載〔叫聲〕是樂工采「市井諸色歌吟賣

〔註127〕見趙義山著《20 世紀元散曲研究綜論》（上海：古籍出版社，2002 年 7 月，1
　　　　版 1 刷），頁 54～57。

〔註128〕見趙義山著《元散曲通論》，頁 54。

〔註129〕見《叢書集成初編》（北京：中華書局，1985 年，新 1 版），頁 36、39。

〔註130〕見蔡毅編著《中國古典戲曲序跋彙編》（濟南：齊魯書社，1989 年 10 月，1
　　　　版 1 刷），頁 32～33。

〔註131〕見《中國古典戲曲論著集成》一，頁 138。

物之聲採合宮調」加工而成。〔註132〕

有了一定的曲牌，樂工藝人可據以表演歌唱；文人可據以創作。古代的歌詞，在聲、辭配合上有「由樂以定詞」與「選詞以配樂」兩種基本形式。《碧雞漫志》引唐・元稹《樂府古題序》曰：

> （歌辭）在聲音者，因聲以度詞，審調以節唱。句度短長之數，聲韻平上之差，莫不由之准度。而又別其在琴瑟者爲操、引，采民甿者爲謳、謠。備曲度者，總得謂之歌、曲、歌、調，斯皆由樂以定詞，非選詞以配樂也。由詩而下九名（詩、行、咏吟等）皆屬事而作，而悉謂之詩可也。後之審樂者，往往采取其詞，度爲歌曲，蓋選詞以配樂，非由樂以定詞也。〔註133〕

「選詞以配樂」，作者非爲歌而製。「由樂以定詞」：是將文詞之不同「字聲」依「樂聲」的旋律組織構成確定組合次序，從而產生歌詞特定的「聲律」。換言之，一個牌調，便是一個「聲律」的文體。隋唐以前，「選詞以配樂」是聲、辭配合的主要方式，歌曲的傳播賴「以詞傳腔」。《碧雞漫志》載：

> 万俟詠雅言，元祐詩賦科老手也。……政和初，召試補官，實大晟樂府製撰之職。新廣八十四調，患譜弗傳，雅言請以盛德大業及祥瑞事迹製詞實譜，有旨：「依月用律，月進一曲。」自此新譜稍傳。〔註134〕

表明曲子之流傳，賴「有詞之曲」擴散。蓋漢字有平、上、去、入之聲調差異，依字聲加以延長強調或縮短淡化即可成歌。「依字聲能成歌」，故「以詞實譜」具有流傳功效。

「由樂以定詞」是「依樂聲塡詞」，主要發生在詞（曲）興起的初期。當俚曲歌謠流傳之初，人們一般喜其聲而薄其詞，文人尤其如此，便易詞而歌之，依一定的樂調塡詞。但唯精通音律者能創新聲、依聲塡詞，一般詞手只能依字聲塡詞。「由樂以定詞」之「樂聲」不得不轉移爲「字聲」，本是曲名的牌調成了名符其實的「詞牌」，而成爲一種限定文體的代號，一種以「文」爲本的「歌本」。「依字聲行腔」有其基本旋律走向，歌者只要依此基本規則發揮，餘便能自由的浩歌。是以北曲襯字無定，南曲〔前腔〕可連用，再再

〔註132〕見《景印文淵閣四庫全書・地理類》史部三四八，頁590-8。
〔註133〕見《中國古典戲曲編著集成》一，頁110。
〔註134〕見《中國古典戲曲論著集成》一，頁118。

証明「依字聲而歌」的演唱形式，絕非千篇一律。明・沈寵綏《度曲須知》即云：

> 總是牌名，此套唱法，不施彼套；總是前腔，首曲腔規，非同後曲，
> 以變化爲新奇，以合掌爲卑拙。〔註135〕

這種現象，恰恰說明了曲牌具文體一式並作爲「歌本」的雙重性質。

然據華連圃《戲曲叢談》云：

> 南曲中同宮調之曲，未必即可連貫成套，以其曲牌有粗細之分。茲
> 類別之，約有三種：一曰「細曲」，亦可名爲套數曲，謂宜於長套所
> 用，纏綿文靜之類是也。二曰「粗曲」，亦可名爲非套數曲，宜於短
> 劇過場等所用，鄙俚嘵殺之類是也。此二者各別部居，不相連屬。
> 三曰「可粗可細之曲」，此種曲牌，隨人運用可矣。〔註136〕

據此，則宮調與聯套之關係，又繫乎曲牌之粗細。比類聯套之曲牌先後，當可推敲聯套之原則。

南曲格律譜的源頭可以追溯到宋元時期，但主要產生在明萬曆年間到清乾隆年間。爲明瞭南曲曲牌遞用過程，乃選定明代重要曲書，製表羅列曲牌，再與《全明散曲》所用曲牌相對照，方便分析曲牌沿革。早期南戲曲牌的輯佚，目前以錢南揚所著《南戲百一錄》及陸侃如、馮沅君合著《南戲拾遺》爲最周全，故首列之。續列之曲譜，據周維培《曲譜研究》考證，扼要摘錄如下：〔註137〕

約完成於萬曆二十五年（1597）的沈璟（1553～1610）《南曲全譜》，〔註138〕是在蔣孝《九宮譜》及其附錄《音節譜》基礎上，增補修訂而成的，綜匯了《九宮》、《十三調》二譜系統的格律，更全面的總結了南曲宮調系統，爲後出的南曲曲譜，在宮調系統的選擇上提供了範例。同時，《南曲全譜》又搜集了當代曲家所製新調，是爲集曲的搜集與分析之濫觴，有著其它曲譜、曲選不可替代的史料價值，故次之。此後，幾乎所有南曲曲譜，無論在

〔註135〕見《中國古典戲曲論著集成・五》，頁241。

〔註136〕見華連圃著《戲曲叢談》（臺灣：商務印書館，民國54年11月，臺1版），頁62。

〔註137〕詳見周維培著《南曲全譜》第三、四、五章（江蘇：古籍出版社，1999年9月，1版2刷），頁91～217。

〔註138〕此書異名尚有《南九宮譜》、《九宮詞譜》、《南九宮十三調曲譜》、《增訂南九宮十三調詞譜》、《增訂查補九宮十三調詞譜》、《增訂九宮曲譜》、《新訂九宮詞譜》等，周維培以爲稱沈璟自訂之《南曲全譜》爲宜。

製法、體例、觀點、材料諸方面，皆循沈譜途徑，並形成了以增訂輯補《南曲全譜》為主體的曲譜流派。崑腔傳奇大盛時期，詞人輩出，新調劇增，沈璟《南曲全譜》已不能滿足爭奇競新的曲家需要。沈璟侄子——沈自晉（1583～1665），乃秉承家學，「遵舊式，稟先程，重原詞，參增註，嚴律韻，慎更刪，采新聲，稽作手，從詮次，俟補遺」，〔註139〕進行增修《南曲全譜》，增輯了大量新調新曲，是為《南詞新譜》。與沈璟曲譜相較，沈自晉新增曲調超過原譜的三分之一，成為兼併古今的重要曲學著作，是研討明中葉以後南曲曲調變遷及發展的可貴文獻。為方便與《南曲全譜》相對照，故列於沈譜之後。事實上，在沈璟輯成《南曲全譜》後，徐于室（？～1636）頗不滿當時曲壇流行的蔣孝、沈璟所輯兩種曲譜多以「坊本」為據，不足為詞林嚮導，乃遍訪遺書，適遇《九宮十三調曲譜》一集，乃據以為框架，與「識漢唐古譜之源」的鈕少雅（1564～1667？）訂交合作，遂有《九宮正始》之作，對宋、元戲文之單曲佚文，保存最為集中豐富，列於《南詞新譜》後。至於「廣採博收」的《九宮大成南北詞宮譜》（以下簡稱《九宮大成》），是乾隆初年，由朝廷組織的一批御用文人和宮廷樂師集體修纂的一部大型戲曲曲譜，綜合南北、兼容格律與音樂譜式，堪稱古代戲曲音樂、戲曲格律體式的集大成者，亦並列之，更易見曲牌消長情況。

下表之宮調排序依《全明散曲》套曲之宮調出現序排列。打○者表示該譜存有此曲牌，打×者反之。由於本文以曲牌研究及聯套為主題，對同曲異名，或與曲牌名相關之註解，全依各曲譜原有註解說明，以方便對同名異調之辨識。對於各調之又一體，各譜書已析判分明，本欲一一並列，然各譜體格不一，若一一並呈，卷帙浩繁，是以僅在表格內以數字標明體式總數，若兼有換頭，以@為記。如仙呂入雙調過曲〔川撥棹〕在《九宮正始》中載有六種體式兼有換頭，則表列為「@（6）」。至於《全明散曲》之體式分判，力有未逮，故未列。又各譜書不知宮調之曲牌部份，若他書已見，則列入表格畫記，並註「宮調不詳」，餘概不錄。以下表格依序為引子曲牌（含慢曲曲牌）、過曲曲牌（含正曲曲牌、近曲曲牌、集曲曲牌、犯曲曲牌）、尾聲三類。因南曲套曲基本架構由引子、過曲、尾聲組成，故對《全明散曲》套曲曲牌之分項說明，亦依此三部份陳述，將正曲、近曲、集曲、犯曲總為過曲

〔註139〕王秋桂主編《善本戲曲叢刊》九《南詞新譜·凡例》（臺灣：學生書局），頁25～38。

一項，一來方便說解，二來曲牌同名異體者實眾，譜書板式之標明，模糊者亦不少，加上個人才疏學淺，實不敢貿然分類。因此，若有互見曲牌，僅做文字說明，陳現事實而已。至於集曲雖爲南曲特色，作品又多，仍屬過曲之類，亦併入過曲。有些曲牌，並見各類，乃視其來源而定，張敬〈南曲聯套述例〉一文有云：

> 譬如【仙呂宮】中，有〔桂枝香〕一牌，係屬來自大樂遍曲者，可作正曲聯套用；其有來自大曲中之小令者，可作引子單用；其有來自詩餘者，列在慢詞。〔註140〕

雖是如此，然則選擇聯調，也有其固定範圍，不能隨便越出限位的。從以下表格中引子、過曲、近詞、慢詞之列，亦可窺探其來源性質之異。

甲、引子曲牌

江經昌《曲學例釋》卷二云：「南曲曲牌，究其性質，可歸爲正曲與輔曲兩類。輔曲者引子尾聲慢詞是也。其所謂過曲者，方爲正曲。」〔註141〕但能入套與否，仍須審慎辨明。據《中國曲學大辭典》云：「『引子』古稱『慢詞』。南曲引子的牌名和句法，本法詩餘，或半或全，不同舊譜。原各有宮譜，今多失傳。《九宮大成南北宮詞譜》依崑曲譜式逐一譜出，作出場引導過曲之用或以爲引起下文也……每一齣戲中，一人只能用一引子，而數人可以合用一引子，但不宜超過三支。引子貴短、忌晦。引子與過曲同宮爲好，也可不同宮，大多可省句，散板干唱，也有可上笛的。有以小快板代引子者，即爲『冲場曲』。」〔註142〕王驥德《曲律·論引子》第三十一以爲：

> 引子，須以自己之腎腸，代他人之口吻。蓋一人登場，必有幾句緊要說話……使一折之事頭，先以數語該括之，勿晦勿泛，此是上諦。……自來唱引子，皆於句盡處用一底板；詞隱於用韻句下板，其不韻句只以鼓點之，譜中只加小圈讀斷，此是定論。〔註143〕

南曲過曲有不用引子者，但其首曲數句必爲散板。北曲無引子之名，然各套有例用首曲，通常用散板，亦具引子性質。下表標「○」者，即表示該譜書歸類爲「引子曲牌」；標「慢」者，表示歸類爲「慢詞曲牌」。

〔註140〕見《文史哲學報》，15 期，民國 55 年 8 月，頁 348。
〔註141〕見汪經昌著《曲學例釋》，頁 60。
〔註142〕見《中國典學大辭典》「引子」條，頁 698。
〔註143〕見《中國古典戲曲論著集成》四，頁 138。

（一）仙呂宮引子

曲牌＼曲譜	南戲百一錄	南戲拾遺	南曲全譜	南詞新譜	九宮正始	全明散曲	九宮大成
八聲甘州	×	×	慢〔註144〕	慢〔註145〕	慢〈缺〉	○	○〔註146〕
卜算子	×	×	○〔註147〕	○〔註148〕	○〔註149〕	×	○〔註150〕
大聖樂	×	×	×	×	慢〔註151〕	×	×
小蓬萊	○	@（3）	○	○	@（3）、慢〔註152〕	×	○
五供養	×	×	×	×	×	×	○（2）〔註153〕
天下樂（歡）	×	×	○	○	慢、缺	×	○〔註154〕
月上海棠	○	×	×	×	×	×	○〔註155〕
西河柳	×	×	×	×	×	○	○（2）〔註156〕
似娘（孃）兒	×	×	○	○	○	○	○
杜韋娘	慢	×	慢	慢	慢	×	
夜行船	×	×	×	×	×	×	○〔註157〕

〔註144〕此係詩餘，與引子同，頁163。（本表所列頁數，係指所引曲譜之頁數。本表所列曲譜採用王秋桂主編之《善本戲曲叢刊》，學生書局出版。以下皆同，不再贅述。）

〔註145〕此係詩餘，與引子同，頁190。

〔註146〕一名〔瀟瀟雨〕，與本宮正曲不同，頁301。

〔註147〕此係詩餘，與引子同，頁95。

〔註148〕此係詩餘，與引子同，頁117。

〔註149〕與詩餘同，頁264。

〔註150〕一名〔百尺樓〕，頁294。

〔註151〕本南呂宮，頁1102。

〔註152〕本仙呂宮，與南呂調通用，頁1101。

〔註153〕與本宮正曲不同，頁307。

〔註154〕與本宮正曲不同，頁290。

〔註155〕與本宮正曲不同，頁308。

〔註156〕與本宮正曲不同，頁312。

〔註157〕一名〔夜遊湖〕，頁291。

夜遊宮	×	×	×	×	×	×	○〔註158〕
奉時春	○	○（2）	○	○	○（2）	×	○
河傳	×	×	慢	慢	慢	×	○〔註159〕
花心動（好）	×	×	×	×	×	×	○（2）
金雞叫	○	×	○	○	○	×	○
金瓏璁	×	×	×	×	×	×	○
洞房春	×	×	×	×	×	×	○（2）
珍珠簾	×	×	×	×	×	×	○
胡搗練	×	×	×	×	×	×	○（2）〔註160〕
風入松慢	×	×	×	×	×	×	○〔註161〕
桂枝香	×	×	慢（2）〔註162〕	慢（2）	○〔註163〕、慢〔註164〕	○	○〔註165〕
海棠春（花）	×	×	×	×	×	×	○
惜奴嬌	×	×	×	×	×	×	○
探春令	×	○	○	○	○〔註166〕	×	、〔註167〕
望吾鄉	×	○	×	×	×	○	×
望遠行	○	○	○	○〔註168〕	@（4）	×	○

〔註158〕與羽調正曲不同，頁297。
〔註159〕一名〔慶同天〕，頁294。
〔註160〕一名〔搗練子〕，頁311。
〔註161〕與本宮正曲不同，頁。306。
〔註162〕一名〔疏簾淡月〕。此係詩餘，與引子同，頁165。
〔註163〕與仙呂調慢詞通用，頁263。
〔註164〕本仙呂宮，與本調通用，頁1101。
〔註165〕即〔疏簾淡月〕，與本宮正曲不同，頁300。
〔註166〕與詩餘同，頁272。
〔註167〕一名〔景龍燈〕，頁289。
〔註168〕與詩餘不同，頁122。

梅子黃時雨	○	×	○〔註169〕	○〔註170〕	○〔註171〕	×	×
疏簾淡月	×	×	×	×	×	×	○〔註172〕
番卜算	×	×	○	○	○	×	○
紫蘇丸	○	×	○	○	○（2）	×	○
解連環	×	×	×	×	○（缺）	×	○〔註173〕
聚八仙	×	×	×	×	慢（缺）	×	×
劍器令	○	×	○	○	○	×	○
踏莎行	×	×	×	×	×	×	○
醉落魄	○	○（3）	○	○〔註174〕	○（3）	×	×
糖（唐）多令	○	○	○〔註175〕	○〔註176〕	○（2）〔註177〕	×	○〔註178〕
謁金門	×	×	×	×	×	×	○〔註179〕
聲聲慢	慢	×	慢（2）〔註180〕	慢〔註181〕	慢〔註182〕	×	○
臨江仙	×	×	×	×	慢〔註183〕	×	×
薄倖	×	×	×	×	慢〔註184〕	×	×

〔註169〕即〔黃梅雨〕，頁100。
〔註170〕即〔黃梅雨〕，頁122。
〔註171〕與道宮調〔黃梅雨〕少別，頁264。
〔註172〕一名〔桂枝香〕，與本宮正曲不同，頁300。
〔註173〕一名〔踏莎行〕，頁299。
〔註174〕與詩餘不同，頁122。
〔註175〕此係詩餘，與引子同，頁133。
〔註176〕此係詩餘，與引子同，頁121。
〔註177〕與詩餘同，頁265。
〔註178〕一名〔南樓令〕，頁297。
〔註179〕一名〔垂楊碧〕，頁306。
〔註180〕此係詩餘，與引子同，頁162。
〔註181〕此係詩餘，與引子同，頁190。
〔註182〕此係詩餘，但無換頭，頁1105。
〔註183〕本南呂宮，頁1102。
〔註184〕借南呂宮，頁1108。

點絳唇	×	×	×	×	慢 〔註185〕	×	×
轉山子	×	×	×	×	慢 〔註186〕	×	×
鵲橋仙	×	×	○	○	○ 〔註187〕 、慢 〔註188〕	○	○ 〔註189〕
鐵騎兒	×	×	×	○	×	×	×
鷓鴣天	×	×	○	@ 〔註190〕	@ 〔註191〕	×	○ 〔註192〕
總計	12	7	21	22	28	5	36

說明：

1、現存南戲資料所用曲牌：《百一錄》著錄十二調，《拾遺》著錄七調，重五調，是爲十四調。除〔月上海棠〕，不見明代曲譜著錄，餘並見明代三曲譜，屬常用曲牌。

2、明代中晚期新出曲牌：《全譜》著錄二十一調，《新譜》著錄二十二調，《正始》著錄二十八調，三書重二十一調，得二十九調，較現存南戲資料所用曲牌新增十六調，但亦少錄〔月上海棠〕一調。由於《新譜》是增修《全譜》而成，故《全譜》有錄，《新譜》多載錄。《新譜》多錄〔鐵騎兒〕一調，《大成》未錄。《正始》所錄體式與換頭明顯增多，《正始》獨錄之六調，《大成》亦未錄。可見各譜獨錄之曲牌，雖於保存曲調有功，仍多屬冷牌，故時移世異，搜羅廣泛的《大成》亦未見載錄。

3、《全明散曲》仙呂宮引子所用曲牌

1.一封書▲ 〔註193〕	2.一封書犯▲＊	3.一封歌▲	4.二犯月兒高▲	5.二犯桂枝香▲

〔註185〕借黃鐘宮，頁1102。
〔註186〕本南呂宮，頁1102。
〔註187〕與仙呂調慢詞通用。與詩餘同，頁263。
〔註188〕本仙呂宮，與仙呂調通用，頁1101。
〔註189〕一名〔廣寒秋〕，頁288。
〔註190〕與詩餘同，頁123。
〔註191〕與詩餘同，頁274。
〔註192〕一名〔鷓歌一疊〕，頁295。
〔註193〕任中敏歸爲集曲。見《散曲叢刊・散曲概論・用調》，頁237。

6.二犯傍妝臺▲	7.九迴腸▲＊	8.八聲甘州	9.上馬踢	10.小措大
11.月兒高	12.月雲高▲	13.甘州歌▲	14.四季花	15.西河柳
16.羽調排歌	17.皂羅袍	18.美中美	19.桂枝香	20.望吾鄉
21.傍妝臺〔註194〕	22.醉扶歸	23.醉羅歌▲	24.解三酲	25.錦衣相思▲＊
26.鵲橋仙				

以上二十六調，標▲者爲集曲曲牌，標＊爲《全明散曲》新增曲牌（以下皆同，不再說明）。又可分爲：

（1）出於南戲之曲牌：編號 20〔望吾鄉〕（以下爲節省篇幅，僅列編號，不再標曲牌名）。

（2）見於明代曲譜（即表列《南詞全譜》、《南詞新譜》、《九宮正始》三書，以下皆同）之曲牌：編號 8、15、19、26，計有四調見於仙呂宮引子。編號 1、3、4、5、6、9、10、11、12、13、14、16、17、18、21、22、23、24，計有十八調見於仙呂宮過曲。

（3）《全明散曲》新增曲牌：〔一封書犯〕、〔九迴腸〕、〔錦衣相思〕三調，三調皆爲集曲。後二調亦見於《全明散曲》過曲。

（二）羽調引子

曲　譜　曲　牌	南戲百一錄	南戲拾遺	南曲全譜	南詞新譜	九宮正始	全明散曲	九宮大成
三字令	✕	✕	✕	✕	✕	✕	○〔註195〕
三臺	✕	✕	✕	✕	✕	✕	○〔註196〕（2）
于飛樂	✕	✕	✕	✕	✕	✕	○（2）
小蓬萊	✕	✕	✕	✕	慢〔註197〕	✕	✕

〔註194〕即〔臨鏡序〕。
〔註195〕與正宮正曲不同，頁 6463。
〔註196〕一名〔開元樂〕，頁 6459。
〔註197〕借仙呂宮，頁 1247。

丹鳳吟	×	×	×	×	×	×	○ 〔註198〕 （2）
金蓮子	×	×	×	×	慢 〔註199〕	×	×
風光好	×	×	×	×	×	×	○
桂枝香	×	×	×	×	慢 〔註200〕	×	×
桂臺仙引	×	×	×	×	×	×	○（2）
惜春令	×	×	×	×	×	×	○
悞桃園	×	×	×	×	×	×	○
望遠行	×	×	×	×	慢 〔註201〕	×	×
清平樂	×	×	×	×	宮調不詳	×	○ 〔註202〕 （2）
喜（與）團圓	×	×	×	×	×	×	○
喜相逢	×	×	×	×	×	×	○
感恩多	×	×	×	×	×	×	○
慶金枝（令）	×	×	×	×	×	×	○
慶春時	×	×	×	×	×	×	○
醉落魄	×	×	×	×	慢 〔註203〕	×	×
憶餘杭	×	×	×	×	×	×	○
燕歸梁	×	慢（2）	×	×	慢 〔註204〕 （2）	×	×
戀情深	×	×	×	×	×	×	○
總計	0	1	0	0	6	0	16

〔註198〕與中呂宮正曲同，頁6458。
〔註199〕借南呂宮，頁1247。
〔註200〕借仙呂宮，頁1247。
〔註201〕借仙呂宮，頁1247。
〔註202〕一名〔憶羅月〕、一名〔醉東風〕，頁6456。
〔註203〕借仙呂宮，頁1247。
〔註204〕即九宮商調〔風馬兒〕，但與十三調越調，及九宮正宮不同，頁1251。

說明：

1、現存南戲資料所用曲牌：《百一錄》未錄，《拾遺》僅著錄一調。

2、明代中晚期新出曲牌：《全譜》、《新譜》未見羽調引子曲牌。《正始》於仙呂調下註「與羽調互用，又與南呂、道宮出入」，〔註205〕故所著錄六調，皆爲羽調慢詞曲牌，較現存南戲資料所用曲牌新增五調。

3、《全明散曲》羽調引子所用曲牌

1.四季（時）花	2.勝如花▲

以上二調，見於《拾遺》過曲曲牌，〔勝如花〕並見於明代曲譜羽調近詞曲牌，《全明散曲》並無新增曲牌。

（三）正宮引子

曲譜 曲牌	南戲 百一錄	南戲 拾遺	南曲 全譜	南詞 新譜	九宮 正始	全明 散曲	九宮 大成
七娘子（兒）	×	×	○	○	○	×	○ 〔註206〕
三疊引	×	×	×	×	×	×	○
公安子	×	×	慢@ 〔註207〕	慢@ 〔註208〕	×	×	×
半陣樂	×	×	×	○	×	×	×
安公子	×	×	×	×	慢〈缺〉	○	×
尾犯	×	×	×	×	慢 〔註209〕	×	×
長生道引	慢	×	慢	慢	○	×	○ 〔註210〕
破陣子	×	×	○ 〔註211〕	○ 〔註212〕	○ 〔註213〕	×	○ 〔註214〕

〔註205〕見《九宮正始》四，頁1102。
〔註206〕同高大石調引子，頁2682。
〔註207〕與詩餘同，亦可唱，頁183。
〔註208〕與詩餘同，亦可唱，頁279
〔註209〕借中呂宮，頁1063。
〔註210〕與本宮正曲不同，頁2690。
〔註211〕與詩餘同，頁130。
〔註212〕與詩餘同，頁214。
〔註213〕與詩餘同，頁130。
〔註214〕一名〔十拍子〕，頁2685。

破齊陣	×	×	○	○	○	○	○
破鶯陣	×	×	×	×	○	×	×
粉蝶兒	×	×	×	×	慢〔註215〕	×	×
梁（涼）州令	○	○	○	○	○、慢〔註216〕	×	○
喜遷鶯	×	×	○〔註217〕（2）	○〔註218〕（2）	○〔註219〕	×	○〔註220〕
朝中措	×	×	×	×	×	×	○
新荷葉	○	×	○	○	×	×	○
瑞鶴仙	×	×	×	○	○〔註221〕	×	○
滿江紅	×	×	×	×	○〔註222〕	×	×
滿堂春	○	×	×	@	慢@（缺）	×	○
端正好	×	×	×	×	×	○	○
齊天樂	○	○	○〔註223〕（2）	○〔註224〕	○〔註225〕、慢〔註226〕	×	○
緱山月	×	×	@	@	@、慢〔註227〕	×	○（2）
導引	×	×	×	×	×	×	○〔註228〕

〔註215〕借中呂宮，頁 1063。
〔註216〕與九宮正宮〔梁州令〕不同，頁 1067。
〔註217〕與詩餘同，但少換韻，頁 187。
〔註218〕與詩餘同，但少換韻，頁 217。
〔註219〕與詩餘同，但少換韻，頁 129。
〔註220〕一名〔萬年枝〕，一名〔燕歸來〕，與黃鐘宮正曲不同，頁 2683。
〔註221〕與詩餘同，但少換韻，頁 132。
〔註222〕與詩餘同，頁 132。
〔註223〕與詩餘同，但少換韻，頁 185。
〔註224〕與詩餘同，但少換韻，頁 214。
〔註225〕與詩餘同，但少換韻，頁 131。
〔註226〕借正宮，頁 1063。
〔註227〕借正宮，頁 1063。
〔註228〕與羽調正曲不同，頁 2691。

燕歸梁	×	×	○〔註229〕	○〔註230〕	○〔註231〕(2)	×	○
錦堂春	×	×	×	○	×	×	○
薔薇花引	×	×	×	○	×	×	○
總計	5	2	12	16	16	3	18

說明：

1、現存南戲資料所用曲牌：《百一錄》著錄五調，《拾遺》著錄二調，皆重《百一錄》所錄，實得五調，皆爲常用曲牌。

2、明代中晚期新出曲牌：《全譜》著錄十二調，《新譜》、《正始》各著錄十六調。三書重十調，實得二十一調，較早期南戲資料所用曲牌新增十六調。《正始》於道宮調下註「與大石、中呂出入」〔註232〕，故慢詞多借中呂。《新譜》獨錄〔半陣樂〕；《正始》獨錄〔尾犯〕、〔粉蝶兒〕、〔滿江紅〕、〔破鶯陣〕，《大成》皆未錄，可推測其爲罕用曲牌故也。

3、《全明散曲》正宮引子所用曲牌

1.二犯朝天子▲*	2.山漁燈犯▲	3. 四塊玉〔註233〕	4.四邊靜	5.玉芙蓉
6.刷子序	7.刷子序犯▲*	8.刷子帶芙蓉▲	9.破齊陣▲	10.雁過聲
11.安公子	12.傾杯賞芙蓉▲	13.漁燈兒*	14.端正好*	15.白練序〔註234〕
16.醉太平	17.錦亭樂〔註235〕▲	18.錦纏道	19.攤破雁過聲▲*	20.汲沙尾〔註236〕
21.傾杯序	22.小桃紅	23.金殿喜重重	24.賺	25.春歸犯▲
26.雁過沙	27.梁州令*	28.朱奴插芙蓉▲		

以上二十八調，若扣除〔汲沙尾〕，是爲二十七調，又可分爲：

（1）出於南戲之曲牌：編號 5、10、16、18、22、23、24，七調見於正

〔註229〕與詩餘同，但少換韻，頁 183。
〔註230〕此係詩餘，與引子同，頁 213。
〔註231〕與羽調、越調不同，頁 135。
〔註232〕見《正始・三》，頁 1063。
〔註233〕即〔普天樂〕。
〔註234〕即〔素帶兒〕。
〔註235〕即〔錦庭樂〕。
〔註236〕疑即〔汲煞尾〕。《南曲全譜》於〔刷子帶芙蓉〕下註又名〔汲煞尾〕，頁 192。

宮過曲。

（2）見於明代曲譜之曲牌：編號9、11（僅存目），二調出於正宮引子。編號 2、3、4、6、8、12、15、17、21、25、26、28，十二調出於正宮過曲。

（3）《全明散曲》新增曲牌：編號 1、7、13、14、19、27，計有六調，其中三調為集曲。編號 1、13 二調見於《全明散曲》正宮過曲。《全明散曲》引子新增曲牌大多見於南戲、明代曲譜過曲曲牌。

（四）大石調引子

曲譜　曲牌	南戲百一錄	南戲拾遺	南曲全譜	南詞新譜	九宮正始	全明散曲	九宮大成
一絡〈落〉索	×	×	×	×	×	×	○
少年游〈遊〉	○	×	○〔註237〕	○	○	×	○〔註238〕（2）
玉樓春	×	×	×	○	×	×	○
西地錦	×	×	×	×	○、慢	×	×
步虛聲	×	×	×	×	×	×	○
夜合花	×	×	×	慢	慢	×	○
念奴嬌	×	×	○〔註239〕	@〔註240〕	○2）	○	×
念奴嬌慢	×	×	×	×	慢〔註241〕〈缺〉	×	×
東坡引	×	×	×	×	×	×	○
東風第一枝	×	×	○〔註242〕	○〔註243〕	○	×	○
金菊對芙蓉	×	×	×	×	慢〔註244〕	×	×

〔註237〕與詩餘同，但韻腳平仄異，頁249。
〔註238〕一名〔玉蠟梅枝〕，一名〔小闌干〕，頁1826。
〔註239〕與詩餘同，但不用換韻，頁251。
〔註240〕與詩餘同，但少換韻，頁286。
〔註241〕又名〔百字令〕，又名〔酹江月〕，頁1089。
〔註242〕與詩餘同，但韻腳平仄異，249。
〔註243〕與詩餘同，但用韻平仄異，頁285。
〔註244〕借中呂宮，頁1089。

長污歌	×	×	×	×	×	×	○
帝臺春	×	×	宮調不詳	宮調不詳	宮調不詳	×	○
柳初新	×	×	×	×	×	×	○
烏夜啼	慢	×	慢	慢	×	×	○
珠絡索	×	×	×	×	×	×	○
陽關引	×	×	×	×	×	×	○〔註245〕
新荷葉	×	×	×	×	慢（2）	×	×
滿堂春	×	×	×	×	慢〔註246〕	×	×
漁父引	×	×	×	×	×	×	○
碧玉令	○	×	○	○	○	×	○
蓬萊仙	×	×	×	×	×	×	○
燭影殘紅	×	×	×	×	慢	×	×
燭影搖紅	○	×	○	○〔註247〕	×	×	○〔註248〕
醜奴兒	×	慢	慢〔註249〕	慢〔註250〕	慢〔註251〕	×	○
驀山溪	×	×	慢〔註252〕	慢〔註253〕	慢	×	○〔註254〕
鷗鴣令	×	×	×	×	慢〔註255〕	×	×
總計	4	1	8	10	14	1	19

說明：

1、現存南戲資料所用曲牌：《百一錄》著錄四調，《拾遺》著錄一調，計得五調，均爲常用曲牌。

〔註245〕一名〔古陽關〕，頁1833。
〔註246〕借正宮調，頁1089。
〔註247〕此係詩餘，與引子同，頁287。
〔註248〕一名〔憶故人〕，頁1829。
〔註249〕此係詩餘，亦可唱，頁260。
〔註250〕此係詩餘，亦可唱，頁296。
〔註251〕與過曲同，當刪，頁1094。
〔註252〕此係詩餘，與引子，頁259。
〔註253〕此係詩餘，與引子同，頁295。
〔註254〕一名〔上陽春〕，頁1828。
〔註255〕借仙呂調，頁1089。

2、明代中晚期新出曲牌：《全譜》著錄八調，《新譜》著錄十調，《正始》著錄十四調。《正始》著錄二十一調，獨錄五調。三書重六調，實得十七調，較現存南戲資料所用曲牌新增十二調。《正始》於大石調下註「與正宮出入」，〔註256〕故慢詞多借正宮。至《大成》，存《新譜》獨錄之〔玉樓春〕，不存《正始》獨錄之六調，是否意謂《正始》「不滿以坊本爲據」，遍訪遺書之存譜，仍難敵坊曲之流傳？

3、《全明散曲》大石調引子所用曲牌

1.賽觀音	2.念奴嬌序	3.念奴嬌

　　以上三調，編號 3，見於明代曲譜正宮引子；編號 1、2，見於明代曲譜正宮過曲。《全明散曲》實無新增曲牌。

（五）中呂宮引子

曲譜＼曲牌	南戲百一錄	南戲拾遺	南曲全譜	南詞新譜	九宮正始	全明散曲	九宮大成
七娘子	×	×	×	×	慢〔註257〕	×	×
四園春	×	○	○	○	○	×	○
四園春	×	×	○〔註258〕	×	×	×	×
好事近	×	×	×	×	×	○	○〔註259〕(2)
江城子	×	×	×	×	×	×	○〔註260〕
行香子	×	×	○〔註261〕	○〔註262〕	○〔註263〕	×	○
西江月	×	×	×	×	×	×	○〔註264〕

〔註256〕見《正始》四，頁 1089。
〔註257〕借正宮，頁 1123。
〔註258〕與前一調大同小異，頁 266。
〔註259〕一名〔翠園枝〕，與本宮正曲不同，頁 1181。
〔註260〕一名〔村意遠〕，頁 1204。
〔註261〕此係詩餘，亦可唱，頁 268。
〔註262〕此係詩餘，亦可唱，頁 304。
〔註263〕與詩餘同，頁 381。
〔註264〕一名〔白蘋香〕，一名〔江月令〕，頁 1205。

尾犯	×	×	@〔註265〕(2)	@〔註266〕(2)	○〔註267〕	×	×
尾犯引	×	×	○〔註268〕	○〔註269〕	×	×	○(2)
沁園春	×	×	慢〔註270〕	慢〔註271〕	慢	×	○〔註272〕
奉時春	×	×	×	×	慢〔註273〕	×	×
定風波（流）	×	×	×	×	×	×	○〔註274〕(2)
金菊對芙蓉	×	○	○	○	○〔註275〕	×	○(2)
青玉案	○	○	○〔註276〕	○〔註277〕	○(2)	×	○〔註278〕(2)
思園春	×	×	○	○	○	×	○
怨回紇	×	×	×	×	×	×	○
怨春風	×	×	×	×	×	×	○
春心破	×	×	×	○	慢	×	×
柳梢青	×	×	慢〔註279〕(2)	慢@〔註280〕(3)	×	×	○〔註281〕

〔註265〕此係詩餘，亦可唱，頁 270。
〔註266〕此係詩餘，亦可唱，頁 305。
〔註267〕與詩餘同，但無換韻，頁 382。
〔註268〕〔尾犯〕又一體誤名，頁 271。
〔註269〕〔尾犯〕又一體誤名，頁 306。
〔註270〕此係詩餘，亦可唱，頁 329。
〔註271〕此係詩餘，亦可唱，頁 366。
〔註272〕一名〔洞庭春色〕，頁 1186。
〔註273〕借仙呂宮，頁 1124。
〔註274〕一名〔定風波令〕，頁 1197。
〔註275〕與詩餘同，但無換韻，頁 385。
〔註276〕此係詩餘，亦可唱，頁 269。
〔註277〕此係詩餘，亦可唱，頁 305。
〔註278〕一名〔西湖路〕，頁 1196。
〔註279〕此係詩餘，亦可唱，頁 330。
〔註280〕此係詩餘，亦可唱，頁 367。
〔註281〕與小石調、雙調正曲不同，頁 1203。

剔銀燈	×	×	×	×	○〔註282〕	×	○〔註283〕（3）
剔銀燈引	×	×	○〔註284〕	○〔註285〕	×	×	×
破陣子	×	×	×	×	慢〔註286〕	×	×
粉蝶兒	○	○	○	○	○〔註287〕（2）慢〔註288〕〈缺〉	○	○（2）
紫蘇丸	×	×	×	×	慢〔註289〕	×	×
菊花新（心）	○	×	○〔註290〕	○	○〔註291〕（4）、慢〔註292〕	×	○（2）
賀聖朝	×	×	慢〔註293〕	慢〔註294〕	慢〔註295〕	×	○〔註296〕（3）
滿庭芳	×	×	@	○	@〔註297〕、慢〔註298〕	×	○〔註299〕

〔註282〕或作〔賀年豐〕，頁380。
〔註283〕與本宮正曲不同，頁1192。
〔註284〕此係詩餘，亦可唱，頁272。
〔註285〕此係詩餘，亦可唱，頁307。
〔註286〕借正宮，頁1123。
〔註287〕與詩餘同，頁382。
〔註288〕與中呂宮不同，頁1123。
〔註289〕借仙呂宮，頁1124。
〔註290〕第一、二句與詩餘不同，頁269。
〔註291〕與中呂調慢詞通用，與詩餘同，頁379。
〔註292〕本中呂宮，與本調通用，頁1123。
〔註293〕此係詩餘，亦可唱，頁328。
〔註294〕此係詩餘，亦可唱，頁366。
〔註295〕借九宮雙調，頁1124。
〔註296〕與雙調引子不同，頁1190。
〔註297〕與中呂調慢詞通用。與詩餘同，頁379。
〔註298〕本中呂宮，與本調通用，頁1123。
〔註299〕與高大石調政曲不同，頁1201。

滿堂春	×	×	×	×	×	×	○
漁家傲	×	×	×	○	×	○	○〔註300〕(2)
醉中歸	×	○ (2)	○	○	○ (2)	×	○
醉春風	×	×	慢@〔註301〕	慢〔註302〕	慢〈缺〉	×	○〔註303〕
駐馬聽	×	×	×	×	○	○	○〔註304〕
遶紅樓	○	×	○	○	○	×	○
總計	4	5	18	19	21	4	25

說明：

1、現存南戲資料所用曲牌：《百一錄》著錄四調，《拾遺》著錄五調，重二調，得七調。此七調，明代曲譜及《大成》俱錄，爲常用曲牌。

2、明代中晚期新出曲牌：《全譜》著錄十八調，《新譜》著錄十九調，獨錄〔漁家傲〕，見於《全明散曲》，《大成》亦錄。《正始》著錄二十一調，獨錄五調。三書重十四調，實得二十六調，較現存南戲資料所用曲牌新增十九調。《正始》於中呂調下註「與正宮、道宮出入」，〔註305〕故慢詞多借正宮，獨錄之〔七娘子〕、〔奉時春〕、〔破陣子〕、〔紫蘇丸〕四調，《大成》亦未錄，再一次說明《正始》「存漢唐古譜」之曲，不見得能廣傳流通。

3、《全明散曲》中呂宮引子所用曲牌

1.山花子	2.不是路*	3.古輪臺	4.本序*	5.瓦盆兒
6.石榴花	7.好事近▲〔註306〕	8.尾犯序	9.佳人捧玉盤▲*	10.沁園春
11.粉孩兒	12.粉蝶兒	13.朝天子	14.榴花泣▲	15.漁家傲
16.駐馬聽	17.駐雲飛	18.錦纏道	19.顏子樂▲*	20.四園春

〔註300〕與本宮正曲不同，頁1182。

〔註301〕此係詩餘，亦可唱，頁327。

〔註302〕此係詩餘，亦可唱，頁365。

〔註303〕一名〔怨東風〕，頁1199。

〔註304〕與本宮正曲不同，頁1203。

〔註305〕見《正始》四，頁1123。

〔註306〕又名〔泣顏回〕。據卜世臣〈擬元帝餞明妃・貂錦換宮粧〉首曲〔好事近〕爲集〔泣顏回〕、〔刷子序〕、〔普天樂〕三曲以成，則當爲集曲。而又名〔泣顏回〕，實屬可疑。見《全明散曲》四，頁4159。

以上二十調，又可分爲：

（1）出於南戲之曲牌：編號 12、17，二調出於中呂宮引子。編號 3、5、
　　　7，三調出於中呂宮過曲。

（2）見於明代曲譜之曲牌：編號 10、15、16、20，四調出於中呂宮引子。
　　　編號 1、6、8、11、13、14、18，七調出於中呂宮過曲。

（3）《全明散曲》新增曲牌：編號 2、4、9、19，計有四調，其中編號 2、
　　　4 又見於《全明散曲》中呂宮過曲，新增二調皆爲集曲。

（六）般涉調引子

曲譜　　曲牌	南戲百一錄	南戲拾遺	南曲全譜	南詞新譜	九宮正始	全明散曲	九宮大成
甲馬引	×	×	宮調不詳	宮調不詳	宮調不詳	×	×
哨遍	×	×	慢@〔註307〕	慢@〔註308〕	慢（缺）	×	×
總計	0	0	1	1	1	0	0

《全明散曲》散套無般涉調，略。

（七）道宮引子

曲譜　　曲牌	南戲百一錄	南戲拾遺	南曲全譜	南詞新譜	九宮正始	全明散曲	九宮大成
女冠子	○	×	×	慢〔註309〕	慢〔註310〕	×	×
四國朝令	×	×	×	×	慢〔註311〕〈缺〉	×	×
梁武懺	○	×	×	×	×	×	×
梁武懺	×	×	×	×	慢	×	×
黃梅雨	×	×	×	×	慢	×	×
應時明	×	×	×	×	慢〈缺〉	×	×
總計	2	0	0	1	5	0	0

〔註307〕此係詩餘，亦可唱，頁 345。

〔註308〕此係詩餘，亦可唱，頁 377。

〔註309〕一名〔蓬萊仙〕，與黃鐘小異，頁 381。

〔註310〕與黃鐘調、般涉調不同，頁 1276。

〔註311〕即十三調越調〔四國朝〕，頁 1271。

《全明散曲》散套無道宮，略。

（八）南呂宮引子

曲牌 ＼ 曲譜	南戲百一錄	南戲拾遺	南曲全譜	南詞新譜	九宮正始	全明散曲	九宮大成
一枝花	×	×	○〔註312〕	○	○〔註313〕、慢〔註314〕	○	○（2）
一剪梅	○	×	○	○	○、慢〔註315〕	○	○〔註316〕（2）
卜算子	×	×	×	×	慢〔註317〕	×	×
三登樂	×	×	○	○	@（2）	×	○
上林春	○	×	○	○	○（2）	×	○
于飛樂	○	×	○	○	○	×	×
大勝（聖）樂	○	×	○	○〔註318〕	○〔註319〕、慢〔註320〕	○	○〔註321〕
女冠子	○	○〔註322〕	○〔註323〕	○〔註324〕	○〔註325〕（2）	×	○〔註326〕（2）
女臨江	×	×	○	○	○	×	○
川撥棹	○	×	×	×	×	×	×

〔註312〕與詩餘〔滿路花〕同，但無換韻，頁353。
〔註313〕與南呂調慢詞通用。
〔註314〕本南呂宮，與南呂調慢調通用，頁1154。
〔註315〕本南呂宮，與本調通用。，頁1154
〔註316〕一名〔臘梅香〕，頁3725。
〔註317〕借仙呂宮，頁1154。
〔註318〕與詩餘不同，即〔滿園春〕，頁387。
〔註319〕亦在道宮，頁1154。
〔註320〕本南呂宮，與本調通用，亦在道宮，頁1154。
〔註321〕與本宮正曲不同，頁3717。
〔註322〕作〔小女冠子〕。
〔註323〕與黃鐘引子不同，舊作〔小女冠子〕，頁351。
〔註324〕與黃鐘不同，頁389。
〔註325〕與黃鐘宮及道宮調不同，頁517。
〔註326〕與本宮正曲、黃鐘宮引子不同，頁3735。

引駕行	○	×	×	×	×	×	×
木蘭花	慢@	×	慢	慢	慢	×	×
生查子	○	×	○〔註327〕	○〔註328〕	○	×	○〔註329〕(2)
石竹花（子）	×	×	×	×	×	○	○〔註330〕
江兒水	○	×	×	×	×	×	×
行香子	×	×	×	×	慢〔註331〕	×	×
西河柳	×	×	×	×	慢	×	×
似娘兒	×	×	×	×	慢〔註332〕	×	×
折腰一枝花	×	×	○	○	○〔註333〕	○	○
步蟾宮	×	×	○〔註334〕	○〔註335〕	○〔註336〕	×	○〔註337〕(2)
阮郎歸	×	×	×	○	○	×	○〔註338〕
金蓮子	○	×	○	○	○	×	○〔註339〕
金雞叫	×	×	×	×	慢〔註340〕	×	×
春色滿皇洲	×	○	×	×	×	×	×
胡搗練	×	×	×	×	慢	×	×
風馬兒引	×	×	×	○	×	×	×
哭（酷）相思	○	×	○	○	○(2)	×	○(4)

〔註327〕此係詩餘，與引子同，頁358。
〔註328〕此係詩餘，與引子同，頁395。
〔註329〕一名〔楚雲深〕，頁3718。
〔註330〕與本宮正曲不同，頁3741。
〔註331〕借中呂宮，亦在十三調雙調，頁1154。
〔註332〕借仙呂宮，頁1154。
〔註333〕又名〔惜花春起早〕，頁516。
〔註334〕此係詩餘，但無換韻，頁360。
〔註335〕此係詩餘，但無換韻，頁397。
〔註336〕此係詩餘，但無換韻，頁525。
〔註337〕一名〔折丹桂〕，頁3737。
〔註338〕與本宮正曲不同，頁3738。
〔註339〕與本宮正曲不同，頁3736。
〔註340〕借仙呂宮，頁1154。

烏夜啼	✕	✕	慢	慢〔註341〕	○	✕	✕
浣沙（紗）溪	✕	✕	✕	✕	○〔註342〕	✕	○〔註343〕
惜春令	✕	○	✕	○	○	✕	✕
惜春慢	✕	○	✕	✕	○	✕	✕
掛眞兒	✕	✕	○	○	○、慢〔註344〕	✕	○〔註345〕
梅臨江	○	✕	✕	✕	✕	✕	✕
喜遷鶯	✕	✕	✕	✕	慢〔註346〕	✕	✕
賀新郎（涼）	✕	○	慢〔註347〕	慢〔註348〕	○〔註349〕	○	○〔註350〕
園林好	○	✕	✕	✕	✕	✕	✕
意難忘	✕	✕	○〔註351〕	○〔註352〕	○〔註353〕	✕	✕
獅子序	✕	✕	✕	○	慢	✕	✕
虞美人	○	✕	○〔註354〕	○〔註355〕	○〔註356〕	✕	○（2）
解連環	✕	○	✕	✕	○	✕	✕
滿江紅	✕	✕	○〔註357〕	○〔註358〕	慢〔註359〕	✕	○〔註360〕

〔註341〕亦入大石調，頁511。

〔註342〕與詩餘同，頁526。

〔註343〕一名〔浣溪沙〕，與本宮正曲不同，頁3740。

〔註344〕本南呂宮，與本調通用，頁1154。

〔註345〕一名〔藍橋仙〕，頁3719。

〔註346〕借黃鐘宮，亦在黃鐘調，頁1154。

〔註347〕此係詩餘，亦可唱，頁443。

〔註348〕此係詩餘，亦可唱，頁509。

〔註349〕與詩餘同，但無換韻，頁517。

〔註350〕一名〔金縷詞〕，與本宮正曲不同，頁374。

〔註351〕與詩餘同，但無換韻，頁355。

〔註352〕與詩餘同，但無換韻，頁393。

〔註353〕與詩餘同，頁512。

〔註354〕與詩餘同，頁355。

〔註355〕此係詩餘，與引子同，頁392。

〔註356〕與詩餘同，頁520。

〔註357〕與詩餘同，但無換韻，頁360。

〔註358〕與詩餘同，但無換韻，頁397。

〔註359〕借黃鐘宮，頁1154。

滿園春	○	○	即大聖樂	即大聖樂	即大聖樂	×	○〔註361〕(2)
瑤臺月	×	×	×	×	慢	×	×
稱人心	@	○（2）	○	○	@（2）、慢〔註362〕	×	○
憶秦娥	×	×	×	×	慢〔註363〕	×	×
糖多令	×	×	×	×	慢〔註364〕	×	×
臨江仙	○	×	○	○	○〔註365〕（3）、慢〔註366〕	×	○（3）
臨江梅	×	×	○	○	○（2）	×	○
薄倖	×	×	○〔註367〕	○〔註368〕	○（2）	×	○（2）
薄媚（令）	○	×	○	○	○（2）、慢〔註369〕	×	×
轉山子	○	×	○	○	○〔註370〕、慢〔註371〕	×	○（2）
戀芳春	×	○	○〔註372〕	○〔註373〕	○（2）、慢〔註374〕	×	○（2）
總計	20	9	27	31	43	6	27

〔註360〕與正宮正曲不同，頁3721。
〔註361〕一名〔鋪地錦〕，與本宮正曲、商調正曲皆不同，頁3734。
〔註362〕本南呂宮，與南呂調通用，頁1153。
〔註363〕係九宮商調，又名〔秦樓月〕，頁1154。
〔註364〕借仙呂宮，頁1154。
〔註365〕本南呂宮，與南呂慢詞通用，頁1154。
〔註366〕本南呂宮，與南呂調通用，亦在仙呂調，頁1154。
〔註367〕與詩餘不同，頁358。
〔註368〕與詩餘不同，頁395。
〔註369〕本南呂宮，與南呂調慢詞通用通用，頁1153。
〔註370〕與南呂調慢詞通用，頁1154。
〔註371〕本南呂宮，與南呂調通用，亦在仙呂調，頁1154。
〔註372〕與詩餘同，但無換韻，頁350。
〔註373〕與詩餘同，但無換韻，頁388。
〔註374〕本南呂宮，與南呂調慢詞通用，亦在道宮，頁1153。

說明：

1、現存南戲資料所用曲牌：《百一錄》著錄二十調，《拾遺》著錄九調，重三調，得二十六調。《百一錄》獨錄之〔梁武懺〕、〔川撥棹〕、〔引駕行〕、〔江兒水〕、〔梅臨江〕五調，及《拾遺》獨錄之〔春色滿皇州〕一調，不見明代曲譜及《大成》載錄，是爲罕用曲牌。

2、明代中晚期新出曲牌：《全譜》著錄二十七調，《新譜》三十一調，《正始》著錄四十三調，三書重二十七調，實得四十四調，較現存南戲資料所用曲牌新增二十四調，但亦少錄四調。得知早期南戲所用曲牌，在明代中晚期已有失傳。《正始》於南呂調下註「與仙呂、道宮出入」，〔註375〕故慢詞多借仙呂、道宮，獨錄十一調，《大成》亦未錄。三書重二十七調，得四十四調。《全譜》〔小女冠子〕註明「舊作女冠子」，〔註376〕《新譜》、《正始》俱作〔小女冠子〕，只註與【黃鐘宮】不同。查【黃鐘宮】錄有〔女冠子〕，不錄〔小女冠子〕，可見雖未標舊名，實已明曲名或作〔女冠子〕。曲牌名之混淆，在明代已極。《新譜》獨錄之〔風馬兒〕不傳；《正始》獨錄之〔卜算子〕、〔行香子〕、〔西河柳〕、〔似娘兒〕、〔金雞叫〕、〔胡搗練〕、〔喜遷鶯〕、〔瑤臺月〕、〔憶秦蛾〕、〔糖多令〕皆爲慢詞，《大成》皆未錄。

3、《全明散曲》南呂宮引子所用曲牌

1.一江風▲	2.一枝花	3.一剪梅	4.九疑山▲	5.十一聲▲＊
6.十樣錦▲＊	7.大勝樂	8.太師引	9.巫山十二峰▲＊	10.宜春引▲
11.三十腔▲	12.六犯清音▲	13.石竹花	14.折腰一枝花	15.宜春令
16.宜春樂▲	17.青衲襖	18.春風俏臉兒＊	19.紅衲襖〔註377〕	20.梧桐樹
21.香遍滿	22.香羅帶	23.奈子花犯▲＊	24.針線箱＊	25.梁州（小）序
26.梁州賀新郎▲	27.賀新郎	28.雁沖天＊	29.楚江情▲	30.解三酲＊
31.瑣窗寒	32.繡帶引▲	33.繡帶兒	34.懶畫眉	

以上三十四調，可分爲：

（1）出於南戲之曲牌：編號3、7、26、27，四調出於南呂宮引子。編號8、13、15、17、19、33，六調出於南呂宮過曲。

〔註375〕《正始》四，頁1153。

〔註376〕見《南曲全譜》二，頁389。

〔註377〕即〔紅錦袍〕。

（2）見於明代曲譜之曲牌：編號2、14，二調見於南呂宮引子。編號1、
　　4、10、11、12、16、21、22、25、29、31、32、34，十三調見於
　　南呂宮過曲。編號20，一調見於南呂宮近詞。

（3）《全明散曲》新增曲牌：編號5、6、9、18、23、24、28、30，計有八
　　調，其中四調爲集曲。編號9、18、23、30又見於《全明散曲》南呂
　　宮過曲，

（九）黃鐘宮引子

曲譜／曲牌	南戲百一錄	南戲拾遺	南曲全譜	南詞新譜	九宮正始	全明散曲	九宮大成
女子上陽台	×	×	×	○	×	○	○
女冠子	×	@（2）	○〔註378〕	○〔註379〕	@〔註380〕（2）	×	○〔註381〕（2）
天仙子	×	×	×	○〔註382〕	×	×	○〔註383〕（2）
玉女步瑞雲	×	×	○	○	×	×	○
玉漏遲	○	×	○	○	○	×	○
生查子	×	×	×	×	慢〔註384〕	×	×
西地錦	×	×	○	○	×	×	○〔註385〕（3）
巫山十二峰	×	慢	×	×	慢	×	×
快活年	×	×	×	×	慢〈缺〉	×	×
步虛聲	×	×	×	×	慢〔註386〕	×	×
兩相宜	○	×	×	○	×	×	○

〔註378〕與南呂不同，頁451。
〔註379〕與南呂〔小女冠子〕不同，頁521。
〔註380〕又名〔雙鳳翅〕，亦在黃鐘調，與南呂宮〔小女冠子〕、道宮調不同，頁36。
〔註381〕與南呂宮正曲不同，頁5917。
〔註382〕此係詩餘，頁519。
〔註383〕一名〔萬斯年〕，與本宮正曲不同，頁5907。
〔註384〕借南呂宮，頁1050。
〔註385〕與本宮正曲不同，頁5916。
〔註386〕即黃鐘宮〔傳言玉女〕，頁1050。

秋夜雨	×	×	×	×	慢〔註387〕	×	×
降黃龍	×	×	×	×	×	○	×
降黃龍慢	×	×	×	○	×	×	○
探春令	×	×	×	×	慢〔註388〕	×	×
疏影	×	○	○〔註389〕	○	○、慢〔註390〕	×	○〔註391〕(2)
連枝賺	×	慢	×	×	×	×	×
喜遷鶯	×	×	×	×	慢〔註392〕	×	×
絳都春	×	○	○	○〔註393〕	○、慢〔註394〕	×	○(2)
傳言玉女	×	×	○	○	○(2)	×	○〔註395〕(2)
瑞雲濃（煙）	○	○	○	○	○、慢〔註396〕	×	○(2)
滴滴金	×	×	×	×	×	×	○(2)
瓫仙燈	○	×	○	○(2)	○(2)	×	○〔註397〕(4)
點絳唇	×	×	○〔註398〕	○〔註399〕	@(2)	×	○(2)
雙鳳翅	×	×	×	×	慢〔註400〕	×	×
總計	4	6	10	14	17	2	15

〔註387〕亦入十三調商調，頁1050。
〔註388〕借仙呂宮，頁1050。
〔註389〕與詩餘微不同，頁450。
〔註390〕借黃鐘宮，頁1050。
〔註391〕一名〔綠意〕，與本宮正曲不同，頁5914。
〔註392〕借正宮，頁1050。
〔註393〕與詩餘同，但無換韻，頁520。
〔註394〕借黃鐘宮，頁1050。
〔註395〕與本宮正曲不同，頁5923。
〔註396〕借黃鐘宮，頁1050。
〔註397〕與本宮正曲不同，頁5910。
〔註398〕與詩餘同，頁452。
〔註399〕與詩餘同，頁523。
〔註400〕即黃鐘宮〔女冠子〕，頁1050。

說明：

1、現存南戲資料所用曲牌：《百一錄》著錄四調，《拾遺》著錄六調，重一調，得九調。除《拾遺》獨錄之〔連枝賺〕慢詞未流傳外，餘皆為常用曲牌。《拾遺》〔女冠子〕有重頭二體，《正始》承之，而集大成之《大成》反而未錄重頭，說明曲牌沿革過程中，有時句式習焉不察，也難以為繼而亡佚。不過，若屬流行曲牌，傳唱時日久，參與層面廣，則體式必有增加趨勢，如〔疏影〕、〔絳都春〕、〔瑞雲濃〕、〔滴滴金〕、〔甌仙燈〕、〔點絳唇〕至《大成》已增為多體。

2、明代中晚期新出曲牌：《全譜》著錄十調，《新譜》著錄十四調。《新譜》獨錄之曲，《大成》俱錄。《正始》著錄十七調，體格增多，獨錄之〔生查子〕、〔快活年〕、〔步虛聲〕、〔秋夜雨〕、〔喜遷鶯〕、〔雙鳳翅〕六調，皆屬慢詞，《大成》未錄。三書重八調，得二十三調，較現存南戲資料所用曲牌，新增十五調，亦少錄一調。

3、《全明散曲》黃鐘宮引子所用曲牌

1.女子上陽台▲	2.太平歌	3.侍香金童	4.念奴嬌＊	5.恨更長
6.春雲怨	7.畫眉序犯▲＊	8.降黃龍	9.啄木兒	10.都春序＊
11.畫眉序	12.畫眉畫錦▲	13.女冠子	14.畫眉著錦堂▲＊	15.絳都春序
16.賞宮花	17.燈月照畫眉▲＊	18.錦堂罩畫眉▲＊		

　　以上十八調，可分為：

　　（1）出於南戲之曲牌：編號 14、15，二調出於黃鐘宮引子。編號 9、16，二調出於黃鐘宮過曲。

　　（2）見於明代曲譜之曲牌：編號 1、8，二調見於黃鐘宮引子。編號 2、3、5、6、11、12，六調出於黃鐘宮過曲。

　　（3）《全明散曲》新增曲牌：編號 4、7、10、13、17、18，計有六調，其中四調為集曲。編號 4、7 二調又見於《全明散曲》黃鐘宮過曲。

（十）越調引子

曲譜＼曲牌	南戲百一錄	南戲拾遺	南曲全譜	南詞新譜	九宮正始	全明散曲	九宮大成
四國朝	×	×	×	×	慢	○	○
江神（城）子	×	×	×	×	○	×	○〔註401〕

〔註401〕與本調正曲不同，頁 2119。

杏花天（風）	×	×	○	○	○、慢〔註402〕	×	○〔註403〕（2）
夜行船	×	×	×	×	慢〔註404〕	×	×
枕屏兒	×	×	×	×	慢（缺）	×	×
金蕉葉	×	×	○	○	○、慢〔註405〕	×	○
亭前柳	×	×	×	×	×	○	○〔註406〕
風馬兒	×	×	×	×	慢〔註407〕	×	〔註408〕
桃柳爭春（放）	○	×	○	○	○	×	○
浪淘沙	○	×	○〔註409〕	○〔註410〕	×	×	○〔註411〕
祝英臺近	×	×	○〔註412〕	○〔註413〕	○	×	○〔註414〕（2）
惜奴嬌	○	×	×	×	×	×	×
梅花引	×	×	×	×	慢〔註415〕	×	×
喬八分	×	×	×	○	×	×	○〔註416〕
愛月夜眠遲慢	×	×	×	×	×	×	○
楚陽臺	×	×	×	×	×	×	即生查子
滿宮花	×	×	×	×	×	×	○

〔註402〕本九宮越調，與越調慢詞通用，頁1201。
〔註403〕一名〔杏花風〕，頁2119。。
〔註404〕借九宮雙調，亦在十三調雙調，亦在小石調，頁1201。
〔註405〕本九宮越調，與越調慢詞通用，頁1201。
〔註406〕與本調正曲不同，頁2123。
〔註407〕與商調不同，頁1205。
〔註408〕與南呂宮正曲不同2120。
〔註409〕與詩餘同，但無換頭，與仙呂不同，頁493。
〔註410〕與詩餘同，與仙呂不同，頁575。
〔註411〕與本調正曲同，頁2125。
〔註412〕與詩餘同，頁495。
〔註413〕與詩餘同，頁577。
〔註414〕一名〔燕鶯語〕，頁2115。
〔註415〕與詩餘同，但無換頭，頁1205。
〔註416〕與本調正曲不同，頁2114。

漁歌子	×	×	×	×	宮調不詳	×	○〔註417〕
鳳穿花	×	×	×	×	×	×	○
賣花聲	○	○	×	○	○	×	×
養花天	慢	×	慢	慢	×	×	○
憑欄人	×	×	×	×	×	×	○
薄媚令	×	×	即薄媚	即薄媚	即薄媚	×	○（2）
霜天杏	×	×	×	×	×	×	○
霜天曉角	×	×	○〔註418〕	@〔註419〕	@、慢〔註420〕	×	○〔註421〕
霜蕉葉	×	×	○	○	○	×	×
總計	5	1	9	11	14	2	21

說明：

1、現存南戲資料所用曲牌：《百一錄》著錄五調，《拾遺》重一調，實得五調。除〔惜奴嬌〕外，餘皆爲常用曲牌。

2、明代中晚期新出曲牌：《全譜》著錄九調，《新譜》著錄十一調。《新譜》獨錄之〔喬八分〕，《正始》未錄，但《大成》有錄；《正始》著錄十四調，獨錄六調，除〔夜行船〕、〔枕屛兒〕、〔梅花引〕外，餘《大成》俱錄，可見曲牌之消長。

　　三書重七調，得十七調，較現存南戲資料所用曲牌，新增十三調，亦少錄一調。

3、《全明散曲》越調引子所用曲牌

1.小桃紅	2.玉簫令＊	3.亭前柳▲	4.祝英臺	5.鬥寶蟾＊
6.番山虎▲＊	7.綿搭絮	8.憶多嬌	9.繡停針	

　　以上九調，可分爲：

　　（1）出於南戲之曲牌：編號3、9，二調出於越調引子。編號1、4、7、8，四調出於越調過曲。

　　（2）見於明代曲譜之曲牌：編號2、5、6，三調見於越調過曲。

　　（3）《全明散曲》實無新增曲牌。

〔註417〕一名〔漁父樂〕，頁2122。
〔註418〕與詩餘同，頁494。
〔註419〕與詩餘同，頁576。
〔註420〕本九宮越調，與越調慢詞通用，頁1201。
〔註421〕一名〔月當窗〕，一名〔長橋月〕，頁2116。

（十一）商調引子

曲譜 曲牌	南戲 百一錄	南戲 拾遺	南曲 全譜	南詞 新譜	九宮 正始	全明 散曲	九宮 大成
二郎神慢	×	×	@ 〔註422〕 （2）	@ 〔註423〕 （2）	○ 〔註424〕 、慢 〔註425〕	×	○ 〔註426〕 （2）
三臺令	×	×	○	○	○	×	○ 〔註427〕
太平春	×	×	×	×	×	×	○
水紅花	×	○（5）	×	×	×	×	×
永遇樂	×	×	慢 〔註428〕	慢 〔註429〕	慢〈缺〉	×	○
折梧桐	×	×	×	×	×	×	○
牧犢歌	×	×	×	×	×	×	○
長相思	×	×	×	×	○	○	○
秋夜雨	慢	×	慢 〔註430〕	慢 〔註431〕	×	×	×
風馬兒	×	○（6）	○ 〔註432〕	○ 〔註433〕	○ 〔註434〕 （6）	×	×
高陽臺	×	×	○ 〔註435〕 （2）	○ 〔註436〕 （2）	@、慢 〔註437〕	○	○ 〔註438〕 （2）
接雲鶴	×	×	×	×	×	×	○

〔註422〕此係詩餘，亦可唱，頁555。
〔註423〕此係詩餘，亦可唱，頁640。
〔註424〕與詩餘同，頁694。
〔註425〕本商調，與本調通用，頁1191。
〔註426〕與本調正曲不同，頁4549。
〔註427〕與本調正曲不同，頁4540。
〔註428〕此係詩餘，亦可唱，頁606。
〔註429〕此係詩餘，亦可唱，頁706。
〔註430〕與黃鐘調通用，頁608。
〔註431〕與黃鐘調通用，頁707。
〔註432〕十三調譜又入越調，頁550。
〔註433〕又入越調，頁636。
〔註434〕即羽調〔燕歸梁〕，與九宮正宮及十三調越調之〔燕歸梁〕不同，頁702。
〔註435〕與引子同，一名〔慶青春〕，此係詩餘，頁551。
〔註436〕與引子同，頁636。
〔註437〕本商調，與商調慢詞通用，頁1192。
〔註438〕與本調正曲不同，頁4543。

望梅花	×	×	×	×	×	×	○〔註439〕
逍遙樂	○	×	○	○	@、慢〔註440〕	○	○（2）
訴衷情	×	×	×	@（2）	○	×	×
集賢賓	×	×	慢〔註441〕	慢〔註442〕	慢〈缺〉	×	×
意遲遲	×	×	×	×	×	×	○
解連環	×	×	慢〔註443〕	慢〔註444〕	×	×	○〔註445〕
熙（伊）州三台	慢	×	慢〔註446〕	×	×	×	○
鳳凰閣	×	×	○〔註447〕	○	○（2）、慢〔註448〕	×	○〔註449〕
慶青春	×	×	×	×	○	×	○
慶春宮	×	×	×	×	○	×	×
憶秦娥	×	×	@〔註450〕	@〔註451〕（2）	@〔註452〕	×	○（2）
遶地風	×	○	×	×	○	×	×
遶池遊	×	×	○〔註453〕	○〔註454〕	○、慢〔註455〕	×	○〔註456〕
總計	3	3	13	14	15	2	18

〔註439〕與仙呂宮正曲不同，頁4557。

〔註440〕本商調，與商調慢詞通用，頁1191。

〔註441〕此係詩餘，亦可唱，頁605。

〔註442〕此係詩餘，亦可唱，頁705。

〔註443〕此係詩餘，亦可唱，頁607。

〔註444〕此係詩餘，亦可唱，頁706。

〔註445〕與仙呂宮正曲不同，頁4547。

〔註446〕疑即〔伊州三臺〕，頁607。

〔註447〕亦在黃鐘，與詩餘換韻處同，頁549。

〔註448〕本商調，與商調慢詞通用，頁1191。

〔註449〕與中呂宮正曲不同，頁4539。

〔註450〕與詩餘同，頁553。

〔註451〕與詩餘同，頁638。

〔註452〕一名〔秦樓月〕，與詩餘同，頁693。

〔註453〕或作〔遶地遊〕，非，頁554。

〔註454〕或作〔遶地遊〕，非，頁639。

〔註455〕本商調，與本調通用，頁1191。

〔註456〕作〔遶地遊〕，頁4545。

說明：

1、現存南戲資料所用曲牌：《百一錄》、《拾遺》收錄各不重複，二書共錄六調。〔水紅花〕唯《拾遺》有錄，廣收博取的《大成》，亦未錄。而《拾遺》所錄〔繞地風〕，在明代也僅見《正始》收錄，《大成》亦未錄，然俱載於民國以後王季烈《螾廬曲牌》、〔註457〕吳梅《南北詞簡譜》所編常用曲調。王、吳二氏之書皆據《欽定曲譜》以錄，可見《繞地風》在元明時期是冷牌，在清代已成常用曲牌。

2、明代中晚期新出曲牌：《全譜》著錄十三調，獨錄〔伊州三台〕已見《百一錄》，《大成》收錄，《新譜》卻未錄。雖說《新譜》是以《全譜》為基礎做增廣工夫，也有不及處，於此可証。《新譜》著錄十四調，《正始》著錄十五調。《正始》獨錄之〔慶青春〕、〔慶春宮〕、〔遶地風〕三調，唯〔慶青春〕一調《大成》有錄。〔遶地風〕、〔遶地遊〕實為二個不同曲牌，明代曲譜多作註解。〔遶池遊〕為明、清常用曲牌，《全譜》、《新譜》、《正始》、《欽定曲譜》俱錄，然《大成》已作〔遶地遊〕，後代相關著作亦沿用，如陳萬鼐《元明清劇曲史·明清傳奇曲調》亦作〔遶地遊〕〔註458〕。《全譜》、《新譜》載〔二郎神慢〕有換頭，《正始》不錄換頭。〔高陽臺〕、〔憶秦娥〕二調，《全譜》、《新譜》未錄換頭，《正始》載有換頭，體格之變，可謂多端。三書重十調，得十八調，較現存南戲資料所用曲牌，新增十三調，亦少錄一調。

3、《全明散曲》商調引子所用曲牌

1.二犯梧桐樹▲＊	2.二郎神	3.二郎試畫眉▲	4.二賢賓▲	5.十二紅▲＊
6.山坡羊	7.四犯黃鶯兒▲	8.半面二郎神▲＊	9.字字錦	10.伊州三臺令▲＊
11.長相思	12.金梧桐	13.金索掛梧桐▲	14.金甌醉▲＊	15.金甌線解酲▲
16.高陽臺	17.梧桐樹	18.逍遙樂	19.黃鶯學畫眉▲	20.黃鶯兒
21.集賢賓	22.漁父第一	23.臨江仙＊	24.喜梧桐	25.畫眉序＊
26.畫眉畫錦▲＊	27.鶯啼序	28.繡帶兒＊	29.絳都春＊	

　　以上二十九調，可分為：

　　（1）出於南戲之曲牌：編號 6、13、17、18，四調出於商調引子。編號

〔註457〕見王季烈《螾廬曲談》（臺灣：商務書局，民國 60 年 7 月，臺 1 版），頁 37。
〔註458〕見陳萬鼐《元明清劇曲史》，頁 358。

2、20、22、27，四調出於商調過曲。

（2）見於明代曲譜之曲牌：編號 11、16，二調出於商調引子。編號 4、7、
9、12、15、19、21、24，八調出於商調過曲。編號 3，一調出於商黃
調過曲。

（3）《全明散曲》新增曲牌：編號 1、5、8、10、14、23、25、26、28、
29，計有十調，其中五調爲集曲。編號 25，又見於《全明散曲》商
調過曲。

（十二）小石調引子

曲　譜 曲　牌	南戲 百一錄	南戲 拾遺	南曲 全譜	南詞 新譜	九宮 正始	全明 散曲	九宮 大成
如（意）夢令	✕	✕	✕	✕	宮調不詳	✕	○
江亭怨	✕	✕	✕	✕	✕	✕	○
西平樂	✕	慢	✕	慢	慢	✕	○（2）
夜行船	✕	✕	✕	✕	慢〔註459〕	✕	✕
河（何）滿子	✕	✕	✕	✕	✕	✕	○〔註460〕
花心動	✕	✕	✕	✕	慢〔註461〕	✕	✕
春心破	○	✕	✕	✕	✕	✕	○
相思引	✕	✕	✕	✕	✕	✕	○〔註462〕（2）
相思兒令	✕	✕	✕	✕	✕	✕	即相思令
風入松	✕	✕	✕	✕	慢〔註463〕	✕	✕
宴蟠桃	✕	✕	宮調不詳	✕	宮調不詳	✕	○（2）
祝英臺	✕	✕	✕	✕	慢〔註464〕	✕	✕
粉蝶兒	✕	✕	✕	✕	✕	✕	○

〔註459〕借九宮雙調，頁 1305。
〔註460〕與本調正曲不同，頁 3248。
〔註461〕借九宮雙調，頁 1305。
〔註462〕一名〔琴挑相思引〕，頁 3250。
〔註463〕借九宮雙調，頁 1305。
〔註464〕借九宮越調，頁 1305。

曲牌	南戲百一錄	南戲拾遺	南曲全譜	南詞新譜	九宮正始	全明散曲	九宮大成
惜奴嬌	×	×	×	×	慢〔註465〕	×	×
荷葉魚兒	×	×	×	×	×	×	○
華清引	×	×	×	×	×	×	○
訴衷情	×	×	×	×	×	×	○
落梅風	×	×	×	×	×	×	○
養花天	×	×	×	×	慢	×	×
憶故鄉	×	×	×	×	×	×	○
撻破歌	×	×	×	×	×	×	○
顆顆珠	×	×	宮調不詳	宮調不詳	宮調不詳	×	○
歸去來	×	×	×	×	×	×	○
贊浦（普）子	×	×	×	×	×	×	○
總計	1	1	0	1	7	0	18

說明：

1、現存南戲資料所用曲牌：《百一錄》、《拾遺》各著錄一調，得二調。《百一錄》著錄之〔春心破〕，明代曲譜未錄，《大成》有錄，可見《大成》之博採，亦見該曲曾流爲罕用曲牌之跡。

2、明代中晚期新出曲牌：《全譜》未錄，《新譜》著錄一調，《正始》載錄七調，皆爲慢詞。《大成》卻著錄十八調，採收之廣博於此可知。三書各不相重，得七調。除〔西平樂〕一調外，皆現存南戲資料所無之曲牌。

3、《全明散曲》小石調引子所用曲牌：

1.漁燈兒	2.罵玉郎

以上二調皆爲新增，亦見於《全明散曲》小石調過曲。

（十三）雙調引子

曲牌	南戲百一錄	南戲拾遺	南曲全譜	南詞新譜	九宮正始	全明散曲	九宮大成
小重山	×	×	×	×	不詳	×	○
五供養	×	○（3）	○（2）	○（2）	○（4）、慢〔註466〕	×	×

〔註465〕借九宮雙調，頁 1305。
〔註466〕本九宮雙調，與本調通用，頁 1225。

月上海棠	×	×	×	×	○、慢〔註467〕	×	×
四國朝	○	×	○〔註468〕	○〔註469〕	×	×	×
玉井蓮（後）	×	×	○	○	○	×	○（4）
玉井闌	×	×	×	×	○〔註470〕	×	×
玉樓春	×	○	×	×	○	×	×
生查子	×	×	×	×	慢〔註471〕	×	×
豆（荳）葉黃	×	×	×	×	○	×	○〔註472〕
夜行船	×	×	○	○	○、慢〔註473〕	×	×
夜游（遊）湖	×	×	○	○	○	×	×
泛蘭舟	慢	×	慢	慢	慢（缺）	×	×
花心動	×	×	○	○	○（2）	○	×
金瓏璁	×	×	○	○	○、慢〔註474〕	×	×
青玉案	×	×	×	×	慢〔註475〕	×	×
柳梢青	×	×	×	×	○	×	×
秋麋（蕊、葉）香	×	×	○	○	○	×	○（2）
紅林檎（慢）	×	○	慢	慢	○（2）、慢〔註476〕	×	○（2）
胡搗練	×	×	○	○	○	×	×

〔註467〕本九宮雙調，與本調通用，頁 1225。
〔註468〕〔四國朝〕前，頁 622。
〔註469〕〔四國朝〕前，頁 734。
〔註470〕疑〔玉井蓮〕前，頁 863。
〔註471〕借南呂宮，頁 1226。
〔註472〕與仙呂宮正曲不同，頁 5141。
〔註473〕本九宮雙調，與本調通用，亦在大石調，頁 1225。
〔註474〕本九宮雙調，與本調通用，頁 1225。
〔註475〕借中呂宮，頁 1226。
〔註476〕本九宮雙調，與雙調慢詞通用，頁 1225。

風入松	◎	×	×	×	○（2）、慢〔註477〕	×	×
風入松慢	×	×	○〔註478〕（2）	○〔註479〕（2）	×	×	×
桃源憶故人	×	×	×	×	宮調不詳	×	○（3）
海棠春	×	×	○〔註480〕	○〔註481〕	○〔註482〕	×	×
海棠嬌	×	×	×	×	×	×	○
眞（珍）珠馬	○	×	○	×	×	○	○
眞珠簾	○	×	○	○	○（3）、慢〔註483〕	×	○（2）
惜奴嬌	×	×	○〔註484〕	○〔註485〕	○（2）	×	×
旋風子	×	×	×	×	○	×	○
梅子黃時雨	×	×	×	×	×	×	○〔註486〕（2）
梅花引	×	×	○〔註487〕	○〔註488〕	×	×	×
脫銀袍	×	×	×	×	慢（缺）	×	×
船入荷花蓮	@	○	○	@	○	×	即採蓮船（2）
荳葉黃	×	×	×	×	○	×	×
賀聖朝	×	×	○〔註489〕	○〔註490〕	○（2）	×	○〔註491〕（2）

〔註477〕本九宮雙調，與本調通用，亦在小石調，頁1225。
〔註478〕與詩餘同，頁619。
〔註479〕與詩餘同，頁731。
〔註480〕與詩餘同，亦可唱，頁620。
〔註481〕與詩餘同，亦可唱，頁733。
〔註482〕含〔海棠春〕前、後，頁877。
〔註483〕通〔眞珠簾〕。
〔註484〕與詩餘同，但無換頭，頁615。
〔註485〕與詩餘同，但無換頭，頁729。
〔註486〕一名〔黃梅雨〕，頁5134。
〔註487〕與詩餘同，但無換韻，頁627。
〔註488〕與詩餘同，但無換韻，頁738。
〔註489〕與詩餘不同，頁625。
〔註490〕與詩餘不同，頁737。
〔註491〕與中呂宮引子不同，頁5132。

			○〔註492〕(2)	○〔註493〕(2)			
搗練子	×	○(2)			○(2)	×	×
新水令	×	×	○〔註494〕	○〔註495〕	○〔註496〕(2)、慢〔註497〕	×	○
瑞鶴仙	×	×	×	×	慢〔註498〕	○	×
虞美人	×	×	×	×	慢〔註499〕	×	×
隔重山	×	×	×	×	×	×	○
醉落魄	×	×	×	×	×	×	○
謁金門	○	×	○〔註500〕	○〔註501〕	@、慢〔註502〕	×	×
鎖柳煙	×	×	×	×	×	×	○
寶鼎現(兒)	×	×	○	○	@、慢〔註503〕	×	○(2)
灞陵橋	×	×	×	×	○	×	○
總計	7	5	23	22	33	3	19

說明：

1、現存南戲資料所用曲牌：《百一錄》著錄七調，《拾遺》著錄五調，重一調，得十一調，皆爲常用曲牌。

2、明代中晚期新出曲牌：《全譜》著錄二十三調，較《新譜》多一調，《新譜》所錄少於《全譜》所錄，可見《新譜》對《舊譜》並非完全繼承。《全譜》獨錄之〔珍

〔註492〕此係詩餘，亦可唱，頁 617。
〔註493〕此係詩餘，亦可唱，頁 730。
〔註494〕與北曲不同，頁 623。
〔註495〕與北曲不同，頁 735。
〔註496〕與雙調慢詞通用，與北曲不同，頁 880。
〔註497〕本九宮雙調，與雙調慢詞通用，頁 1225。
〔註498〕借正宮，頁 1226。
〔註499〕借南呂宮，頁 1226。
〔註500〕與詩餘同，頁 615。
〔註501〕與詩餘同，頁 728。
〔註502〕本九宮雙調，與雙調慢詞通用，頁 1225。
〔註503〕本九宮雙調，與雙調慢詞通用，頁 1225。

珠馬〕已見南戲曲譜，《大成》亦錄，然《新譜》未錄，可見《新譜》亦有不及
《全譜》處。《正始》著錄三十三調，體格、數量普遍增多，獨錄之十五調，唯
〔月上海棠〕、〔玉井闌〕、〔生查子〕、〔青玉案〕、〔柳梢青〕、〔荳葉黃〕、〔虞美
人〕七調，不見南戲載錄，《大成》亦不傳，最能見《正始》對宋、元戲曲單曲
佚文保存之功。《大成》所錄曲牌數不增反少，這是異於之前宮調的現象。三書
重十七調，得三十七調，較現存南戲資料所用曲牌，新增二十六調。

3、《全明散曲》雙調引子所用曲牌

| 1.玉交枝＊ | 2.西湖兩六橋▲＊ | 3.花心動＊ | 4.夜行船序＊ | 5.鎖南枝 |
| 6.錦堂月▲ | 7.瑞鶴仙＊ | 8.步步嬌 | 9.珍珠馬 | |

以上九調，可分為：

（1）出於南戲之曲牌：編號9，一調出於雙調引子。

（2）見錄明代曲譜之曲牌：編號5、6、8，三調出於雙調過曲。

（3）《全明散曲》新增曲牌：編號1、2、3、4、7，計有五調，其中一調
　　　為集曲。編號3、4二調又見於《全明散曲》雙調過曲。

（十四）仙呂入雙調引子

曲牌＼曲譜	南戲百一錄	南戲拾遺	南曲全譜	南詞新譜	九宮正始	全明散曲	九宮大成
五供養	×	×	×	×	有目無詞〔註504〕	×	×
月上海棠	×	○（3）	×	×	有目無詞	×	×
夜行船	×	×	×	×	有目無詞	○	×
花心動	×	×	×	×	有目無詞	×	×
柳梢青	×	×	×	×	有目無詞	×	×
風入松	×	×	×	×	有目無詞	×	×
惜奴嬌	×	×	×	×	有目無詞	○	×

〔註504〕意謂：統屬雙調，詞見雙調，此只存其目，頁905。

	南戲百一錄	南戲拾遺	南曲全譜	南詞新譜	九宮正始	全明散曲	九宮大成
荳葉黃	×	×	×	×	有目無詞	×	×
鵝鴨滿渡船	×	宮調不詳	×	×	×	×	×
灞陵橋〔註505〕	×	×	×	×	有目無詞	×	×
總計	0	1	0	0	9	2	0

說明：

1、《正始》【仙呂入雙調】統屬【雙調】，只存其目，詞見【雙調】。《百一錄》、《全譜》、《新譜》、《大成》均未錄，唯一僅見《拾遺》錄〔月上海棠〕一調，屬〈冤家債主（看錢奴）〉劇曲。〔註506〕

2、《全明散曲》仙呂入雙調引子所用曲牌：

1.二犯江兒水▲	2.四朝元	3.江頭金桂▲	4.步步入江水▲	5.步步嬌
6.沈醉東風	7.忒忒令	8.夜行船	9.夜行船序	10.柳搖金
11.桂花遍南枝▲	12.惜奴嬌	13.朝元歌	14.黑麻序	15.園林好
16.曉行序	17.攤破金字令▲＊			

以上十七調，可分為：

（1）出於南戲之曲牌：編號2、6、7、9、14、16，六調出於仙呂入雙調過曲。

（2）見於明代曲譜之曲牌：編號8、12，見於《正始》仙呂入雙調引子。編號1、3、4、5、10、11、13、15，八調見於仙呂入雙調過曲。

（3）《全明散曲》新增曲牌：僅〔攤破金字令〕一調，是為集曲。

（十五）雜調引子

曲譜 曲牌	南戲百一錄	南戲拾遺	南曲全譜	南詞新譜	九宮正始	全明散曲	九宮大成
鬧十八	×	×	×	×	×	○	×
十段錦	×	×	×	×	×	○	×
總計	0	0	0	0	0	2	0

雜調僅《全明散曲》載錄二套，皆為引子（集曲）加尾聲成套。

〔註505〕疑〔玉井蓮〕。

〔註506〕見《南戲拾遺》，頁136。

（十六）高大石調引子

曲譜 曲牌	南戲百一錄	南戲拾遺	南曲全譜	南詞新譜	九宮正始	全明散曲	九宮大成
一絡（落）索	✕	✕	✕	✕	✕	✕	○〔註507〕（2）
中興樂	✕	✕	✕	✕	✕	✕	○〔註508〕
太常引	✕	✕	✕	✕	✕	✕	○（2）
水仙子	✕	✕	✕	✕	✕	✕	○〔註509〕（2）
半陣樂	✕	✕	✕	✕	✕	✕	○
甲馬引	✕	✕	✕	✕	✕	✕	○
念奴嬌	✕	✕	✕	✕	✕	✕	○〔註510〕（2）
河西七娘子	✕	✕	✕	✕	✕	✕	○〔註511〕
金落索	✕	✕	✕	✕	✕	✕	○
宴陳平	✕	✕	✕	✕	✕	✕	○（2）
珠簾捲	✕	✕	✕	✕	✕	✕	○
破鶯陣	✕	✕	✕	✕	✕	✕	○
梁武懺	✕	✕	✕	✕	✕	✕	○
梅花引	✕	✕	✕	✕	✕	✕	○（2）
眼兒媚	✕	✕	✕	✕	不詳	✕	○〔註512〕
畫堂春	✕	✕	✕	✕	不詳	✕	○
瑤臺月（池）	✕	✕	✕	✕	✕	✕	○
憶悶令	✕	✕	✕	✕	✕	✕	○
總計	0	0	0	0	0	0	18

　　《全明散曲》散套無高大石調，略。

〔註507〕一名〔洛陽春〕，頁3459。
〔註508〕一名〔濕羅衣〕，頁3473。
〔註509〕一名〔凌波仙子〕，與黃鐘宮正曲不同，頁3463。
〔註510〕一名〔太平歌〕，一名〔無俗念〕，頁3460。
〔註511〕與正宮引子同，頁3469。
〔註512〕一名〔東風寒〕，一名〔秋波媚〕，頁3468。

（十七）高平調引子

曲牌＼曲譜	南戲百一錄	南戲拾遺	南曲全譜	南詞新譜	九宮正始	全明散曲	九宮大成
玉女捲珠廉	×	×	×	×	○	×	×
珠簾遮玉女	×	×	×	×	○	×	×
總計	0	0	0	0	2	0	0

　　《全明散曲》散套無高平調，略。據《正始》載：「高平調者，與各宮諸調皆可出入。」〔註513〕

乙、過曲曲牌

　　所謂過曲，乃針對「引子」而取稱，意謂從引子過脈到正曲之意，可有數量不等的若干支曲子相聯，古稱「近詞」。據《中國曲學大辭典》載：

> 約元時始有此名。……過曲以結構分，一類是正曲，包括令、引、近、慢等；一類是集曲，大致都以聲情、笛色歸屬各宮調。……北曲無引子、過曲之分，統稱隻曲，然亦有節奏緩急，宮調聲情之別。〔註514〕

又：

> 曲中犯調一般指南曲中的集曲。〔註515〕

故本節將正曲、集曲、犯調都爲過曲論述。

　　在曲體上，過曲有粗、細之分；在音樂風格上，有旋律複雜與簡單的不同；在文學風格上，則有雅俗之別，故王冀德《曲律・論過曲》第三十二云：

> 過曲體有二途：大曲宜施文藻，然忘太深；小曲宜用本色，然忘太俚。須奏之場上，不論士人閨婦，以及村童野老，無不通曉，始稱通方。〔註516〕

　　然孰粗孰細，在文字形式上已不易區分。也許在本初，粗曲經由文人和樂師的點化，蛻變爲細曲，而新的粗曲，則又由新的「村坊小曲」充當。下表歸類，統正曲、過曲、近詞、集曲、犯曲於一表，標「○」者，表示該譜書歸爲過曲，若標「正」、「近」、「集」、「犯」者表示該譜書歸爲正曲，近詞、

〔註513〕見《正始》四，頁13190。
〔註514〕見《中國曲學大辭典》，頁698。
〔註515〕見《中國曲學大辭典》，頁699。
〔註516〕見《中國古典戲曲論著集成》四，頁138～139。

集曲、犯曲。

（一）仙呂宮過曲

曲牌 ＼ 曲譜	南戲百一錄	南戲拾遺	南曲全譜	南詞新譜	九宮正始	全明散曲	九宮大成
一封河蟹	×	×	×	×	×	×	集
一封書	○	×	○	○	○〔註517〕(3)	○、引	正〔註518〕(3)
一封歌	×	×	○(2)	○(3)	×	○、引	集(2)
一封羅	×	×	○(2)	○(2)	×	×	集(2)
一封鶯	×	×	×	○	×	×	集
一盆花	○	○	○	○	○〔註519〕(2)	×	正(2)
一秤金	○	×	宮調不詳	×	○	×	集
一機錦	×	×	×	×	×	×	正(2)
九曲河	×	×	×	×	×	×	集
九華燈	×	×	×	×	×	×	集
二犯月兒高	×	×	○(2)	○	○(2)	引	×
二犯桂枝香	×	×	○	○	×	○、引	×
二犯掉角兒	×	×	×	×	○	×	×
二犯傍粧臺	×	×	○	○	@(2)	○、引	×
二集月兒高	×	×	×	×	×	×	集
二集掉角兒	×	×	×	×	×	×	集
二集傍妝台	×	×	×	×	×	×	集
二集僥僥令	×	×	×	×	×	×	集
人月圓	×	×	×	×	近〔註520〕	×	×
八仙會蓬海	×	×	×	×	×	×	集
八仙過海	×	×	×	×	×	×	集
八聲甘州	@	@(5)	○(2)	@(2)	@(6)、近〔註521〕	○、引	正〔註522〕(5)

〔註517〕又名〔秋江送別〕，與羽調近詞通用，頁299。
〔註518〕一名〔秋江送別〕，頁454。
〔註519〕與羽調近詞通用。
〔註520〕借九宮大石調，頁1103。
〔註521〕本仙呂宮，與仙呂調慢詞通用，頁1103。
〔註522〕一名〔瀟瀟雨〕，與引子不同，頁403。

八聲甘州過	○	×	×	×	×	×	×
十二紅	×	×	×	×	×	○	集〔註523〕、即十二樓
十二嬌	×	×	×	×	×	×	正（2）
十五郎	○	○	○（2）	○	○〔註524〕（2）	×	正（3）
十樣錦	×	×	×	×	×	○	集〔註525〕
卜算子	×	×	×	×	○	×	×
三月上海棠	×	×	×	×	×	×	集
三月姐姐	×	×	×	×	×	×	集
三月海棠	×	×	×	×	×	○	正（2）
三枝花	×	×	×	×	×	×	集
三集月兒高	×	×	×	×	×	×	集
三學士	×	×	×	×	近〔註526〕	○	×
三疊排歌〔註527〕	×	@（2）	○（2）	○	@（2）	×	×
三囑〈屬〉付	×	×	近	近	近	×	正（2）
下山光	×	○	×	×	×	×	×
上馬踢	×	×	○	○	○	○、引	正（2）
么令	×	×	×	×	×	×	正（2）
么篇	○〔註528〕	×	×	×	×	×	×
千秋萬歲	×	×	×	×	×	×	正
大迓鼓	×	×	×	×	近〔註529〕	○	×

〔註523〕與商調集曲不同，頁618。
〔註524〕與南呂調不同，頁334。
〔註525〕又名〔一片錦〕，頁676。
〔註526〕借南呂宮，亦在南呂、道宮二調，頁1103。
〔註527〕即〔道和排歌〕。
〔註528〕前腔換頭應是南曲，而沈譜不分，頁142。
〔註529〕借南呂宮，頁1103。

大聖樂	×	×	×	×	近〔註530〕	○	正
大齋郎	○	×	○	○	○（3）	×	正（3）
小桃下山	×	×	×	×	×	×	即桃花山
小措（醋）大	×	×	不詳	○	○（2）	引	正（3）
小闌干	×	×	×	×	×	×	即少年遊
山下夭桃	×	×	×	×	×	×	即山桃紅
山東劉裒	×	×	×	×	×	×	正
川豆葉	×	×	×	×	×	×	正
川姐姐	×	×	×	×	×	×	集〔註531〕
川撥棹	×	×	×	×	×	○	正（4）
中央鬧	×	×	×	×	×	×	即四邊靜
尹令	×	×	×	×	×	○	正〔註532〕（3）
五方鬼	○	×	○	○	○	×	正
五月紅樓別玉人	×	×	×	×	×	×	即五月紅樓送嬌音
五月紅樓送嬌音	×	×	×	×	×	×	集〔註533〕
五玉枝	×	×	×	×	×	×	集
五供養	×	×	×	×	×	○	正〔註534〕（5）
五抱玉郎	×	×	×	×	×	×	即五雙玉
五抱玉郎	×	×	×	×	×	×	集〔註535〕
五枝供	×	×	×	×	×	×	集

〔註530〕借南呂宮，亦在南呂、道宮二調，頁 1103。
〔註531〕舊名〔撥棹姐姐〕，頁 732。
〔註532〕一名〔么遍〕，頁 540。
〔註533〕一名〔五月紅樓別玉人〕，頁 704。
〔註534〕與本宮引不同，頁 524。
〔註535〕一名〔五雙玉〕，頁 700。

五韻美	×	×	×	×	×	×	正〔註536〕(2)
元卜算	×	×	×	×	×	×	正（2）
六么令	×	×	×	×	近〔註537〕	×	正〔註538〕(2)
六么江水	×	×	×	×	×	×	集
六么姐兒	×	×	×	×	×	×	集
六花衰風前	×	×	×	×	○	×	×
六時理針線	×	×	×	×	×	×	集〔註539〕
公子醉東風	×	×	×	×	×	×	集
天下樂（歡）	×	×	近〔註540〕	近〔註541〕	近	×	正〔註542〕(2)
天香滿羅袖	×	×	○	×	×	×	×
月下佳期	×	○	×	×	○	×	×
月上五更	×	×	○	○	○	×	集
月上古江	×	×	×	×	×	×	集
月上海棠	×	×	×	×	×	○	正〔註543〕(2)
月上園林	×	×	×	×	×	×	集
月兒映江雲	×	×	×	×	×	×	集〔註544〕
月兒高	○	○（2）	○（2）	○〔註545〕(2)	○（2）	○、引	正〔註546〕(4)

〔註536〕與越調正曲不同，頁447。
〔註537〕借仙呂入雙調，頁1103。
〔註538〕一作〔綠腰〕，頁520。
〔註539〕一名〔九迴腸〕，頁653。
〔註540〕本仙呂宮，與仙呂調近詞通用，頁1103。
〔註541〕一名〔天下歡〕，頁195。
〔註542〕與本宮引子不同，頁349。
〔註543〕與本宮引子不同，頁391。
〔註544〕舊名〔月夜渡江歸〕，頁627。
〔註545〕又一體舊題〔攤破月兒高〕，頁130。
〔註546〕舊名〔攤破月兒高〕，頁394。

月雲高	×	×	○	○	○	○、引	集
月照山	×	×	○	○	○	×	集
月轉盼花期	×	×	×	×	×	×	集
木丫牙（叉）	○	×	○〔註547〕(2)	○〔註548〕	○〔註549〕(3)	×	正(2)
木了叉	×	×	×	×	近〔註550〕	×	×
令布東風	×	×	×	×	×	×	集
古江兒水	×	×	×	×	×	×	正(2)
古皂羅袍	○	×	○	×	@(2)	×	正(3)
古針線箱	×	×	×	×	×	×	正
四時花	×	×	×	×	○〔註551〕(2)	引	×
四換頭	×	○	×	×	○(2)	○	正
本宮賺	×	×	×	×	×	×	正
玉幺令	×	×	×	×	×	×	集
玉山供	×	×	×	×	×	○	集
玉山頹	×	×	×	×	×	×	集〔註552〕
玉肚枝	×	×	×	×	×	×	集
玉肚鶯	×	×	×	×	×	×	集〔註553〕
玉供鶯	×	×	×	×	×	×	集
玉抱肚	×	×	×	×	×	○	正(2)
玉枝供	×	×	×	×	×	×	集
玉枝林	×	×	×	×	×	×	集
玉枝帶六幺	×	×	×	×	×	×	集
玉胞金娥	×	×	×	×	×	×	集
玉桂枝	×	×	×	×	×	×	集

〔註547〕或作〔木阿叉〕，又或作〔長拍〕，非也，頁117。

〔註548〕或作〔木阿叉〕，頁138。

〔註549〕與仙呂調近詞通用，又或作牙，頁293。

〔註550〕本仙呂宮，與本調通用，頁1103。

〔註551〕俗名〔四季花〕，頁365。

〔註552〕一名〔玉胞供〕，頁715。

〔註553〕舊名〔玉鶯兒〕，頁716。

玉連環	×	×	×	×	○	×	正（4）
玉嬌枝	×	×	×	×	×	○	正（3）
玉嬌娘	×	×	×	×	×	×	集
玉嬌鶯	×	×	×	×	×	×	集
玉鷹子	×	×	×	×	×	×	集
甘州八犯	×	×	○	○	○	×	×
甘州解酲	×	×	○	○	×	○	集
甘州歌	×	×	@	@	@	○、引	集（2）
光光乍	×	○（2）	○	○	○〔註554〕（5）	×	正（3）
光迓鼓	×	×	×	×	×	×	集
光葫蘆	×	×	×	○	×	×	集
全醉半羅歌	×	×	×	○	×	×	×
好玉供海棠	×	×	×	×	×	×	集
好有餘	×	×	×	×	×	×	集〔註555〕
好姐姐	×	×	×	×	×	○	正〔註556〕（4）
安樂神	×	×	×	×	×	×	正（2）
安樂神犯	×	×	○	○	×	○	×
安樂高歌	×	×	×	×	×	×	集〔註557〕
江水撥棹	×	×	×	×	×	×	集
江水遶（繞）園林	×	×	×	×	×	×	集
江兒水	×	×	×	×	×	○	正〔註558〕（3）
羽調排歌	×	×	○	○	○	○、引	×
西河柳	×	×	○	○	×	引	正〔註559〕

〔註554〕本仙呂宮，與本調通用，頁 1103。
〔註555〕舊名〔好不盡〕，頁 747。
〔註556〕一名〔美女行〕，頁 344。
〔註557〕舊名〔安樂歌〕，頁 691。
〔註558〕一名〔泯江綠〕，頁 336。
〔註559〕與本宮引子不同，頁 565。

告鴈兒	×	×	×	×	近	×	×
步入園林	×	×	×	×	×	×	集
步月兒	×	×	×	×	×	×	集
步扶歸	×	×	×	×	×	×	集
步步入江水	×	×	×	×	×	×	集
步步嬌	×	×	×	×	×	○	正〔註560〕(6)
沉醉姐姐	×	×	×	×	×	×	集
沉醉東風	×	×	×	×	×	×	正(3)
沉醉海棠	×	×	×	×	×	×	集(2)
皂花鶯	×	×	×	×	×	×	集
皂袍罩黃鶯	×	×	○	○(2)	×	×	即皂羅罩金衣(2)
皂羅香	×	×	×	×	×	×	集〔註561〕
皂羅袍	○	即間花袍(6)	○	○	○〔註562〕(7)、近	○、引	正〔註563〕(2)
皂鶯花	×	×	×	×	×	×	集
豆葉如梧葉	×	×	×	×	×	×	集
豆葉黃	×	×	×	×	×	○	正〔註564〕(3)
赤馬兒	×	×	×	×	×	×	正(2)
忒忒令	×	×	×	×	×	○	正(3)
供養入江水	×	×	×	×	×	×	集
供養海棠	×	×	×	×	×	×	集
姐姐寄封書	×	×	×	×	×	×	集
姐姐帶五馬	×	×	×	×	×	×	集
姐姐帶六么	×	×	×	×	×	×	集
姐姐帶僥僥	×	×	×	×	×	×	集

〔註560〕一名〔潘妃曲〕，頁331。
〔註561〕舊名〔天香滿羅袖〕，頁609。
〔註562〕一名〔間花袍〕，與仙呂調近詞通用，頁305。
〔註563〕一名〔烏衣令〕，一名〔間花袍〕，頁340。
〔註564〕與雙調引子不同，頁514。

姐姐插海棠	×	×	×	×	×	×	集
姐姐插嬌枝	×	×	×	×	×	×	集
姐姐撥棹	×	×	×	×	×	×	集
姐樂棹僥僥	×	×	×	×	×	×	集〔註565〕
孤飛鴈	×	×	×	×	近〔註566〕	○	×
拗芝麻	○	×	○	×	近（缺）	○	正〔註567〕
東風吹江水	×	×	×	×	×	×	集（2）
河傳序	○	×	○	○〔註568〕	近@	×	正（2）
油核桃	○	×	○〔註569〕（2）	○〔註570〕（2）	○（2）、近〔註571〕	○	正〔註572〕（3）
花心動序	×	×	×	×	×	×	正（2）
金娥神曲	×	×	×	×	×	×	正（2）
金盞兒	×	×	×	×	×	×	正（2）
長拍	×	×	○	○	○（3）	○	正（3）
長短豆葉棲蝴蝶	×	×	×	×	×	×	集〔註573〕
長短嵌丫牙	×	×	×	○	×	×	集
青天歌	×	×	×	×	×	×	正（4）
青歌	×	×	×	×	近〔註574〕	×	×
青歌兒	正	×	○	○（2）	○（3）	×	正（4）
品令	×	×	×	×	×	○	正（2）
封書寄姐姐	×	×	×	×	×	×	集

〔註565〕舊名〔姐姐棹僥僥〕743。
〔註566〕即〔油葫蘆〕，與南呂宮不同，頁1109。
〔註567〕與羽調正曲不同，頁378。
〔註568〕與詩餘全不同，頁168。
〔註569〕或作〔油葫蘆〕，非也，頁116。
〔註570〕或作〔油葫蘆〕，非也，頁138。
〔註571〕本仙呂宮，與仙呂調近詞通用，頁1103。
〔註572〕一名〔油葫蘆〕，頁470。
〔註573〕舊名〔丫叉豆葉〕，頁664。
〔註574〕與仙呂宮〔青歌兒〕不同，頁1109。

急三鎗	×	×	×	×	×	×	正（2）
春從天上來	×	×	○	○	○	×	正（2）
春絮一江雲	×	×	×	×	×	×	集〔註575〕
紅林檎	×	×	×	×	×	×	正（2）
美中美	○	×	○	@	@（2）、近〔註576〕	引	正（2）
胡女怨	○	×	○	○	○（2）	×	正
風入三松	×	×	×	×	×	×	集
風入松	×	×	×	×	×	○	正〔註577〕（3）
風入松慢	×	×	×	×	×	×	正〔註578〕（3）
風入園林	×	×	×	×	×	×	集
風送嬌音	×	×	×	×	×	×	集
香歸羅袖	○	×	○（2）	○	×	×	即香歸雙羅袖
書寄甘州	×	×	×	○	×	×	集
桂子佳期	×	×	×	×	×	×	集〔註579〕
桂子著羅袍	×	×	×	○（2）	×	×	集
桂皂傍粧臺	×	×	×	×	×	×	集
桂坡羊	×	×	×	×	×	×	集
桂枝香	○	×	○	○〔註580〕	○〔註581〕	○、引	正〔註582〕（3）
桂花袍	×	×	×	×	○	×	×

〔註575〕舊名〔春絮似江雲〕，頁 672。
〔註576〕本仙呂宮，與本調通用，頁 1103。
〔註577〕一名〔橫山遠〕，頁 443。
〔註578〕與本宮引子不同，頁 441。
〔註579〕一名〔桂月佳期〕，頁 631。
〔註580〕與詩餘全不同，頁 162。
〔註581〕又名〔月中花〕，與羽調不同，與羽調近詞通用，頁 355。
〔註582〕一名〔疏簾淡月〕，與本宮引不同，頁 363。

桂花遍南枝	×	×	×	×	×	×	集（2）
桂花羅袍歌	×	×	×	○	×	×	即桂花羅 醉歌
桂花襲袍香	×	×	×	×	×	×	集
桂香轉紅月	×	×	×	○	×	×	×
桂發轉佳期	×	×	×	×	×	×	集 〔註583〕
桃紅菊	×	×	×	×	×	×	正 〔註584〕 （2）
海棠令	×	×	×	×	×	×	集
海棠沉醉	×	×	×	×	×	×	集 〔註585〕
海棠醉公子	×	×	×	×	×	×	集
海棠錦	×	×	×	×	×	×	集
針線箱	×	×	×	×	近 〔註586〕	○	正（2）
惜奴嬌序	×	×	×	×	×	×	正（2）
惜花賺（賺）	×	近	近、即 仙呂調賺	近、即 仙呂調賺 〔註587〕	近@（3）	○	正
惜黃花	×	○（2）	○	○	○ 〔註588〕 （3）	×	正
掉（調）角兒序	○	×	○	○	×	○	正（3）
掉角兒	×	○（2）	×	×	○ 〔註589〕 （5）	○	×
掉角望鄉	×	×	○	○	○	×	集
畫錦堂	×	×	×	×	×	×	正（2）
畫錦畫眉	×	×	×	×	×	○	集

〔註583〕一名〔桂香轉紅馬〕，頁634。
〔註584〕一名〔鶯踏花〕，頁543。
〔註585〕舊名〔海棠醉東風〕，頁725。
〔註586〕借南呂宮，頁1103。
〔註587〕俗名〔不是路〕，為過曲中承上啓下之調，頁543。
〔註588〕與羽調近詞通用，頁1248。
〔註589〕與羽調近詞通用，頁1248。

望百鄉	×	○	○	○	○[註590] (2)	引	正（2）
望梅花	×	×	○	○〔註591〕	×	×	正〔註592〕（2）
望鄉歌	×	×	×	○	×	×	集
望粧臺	×	×	×	×	○	×	×
梅花郎	×	×	×	×	×	×	集
涼（狼）草蟲	×	×	○〔註593〕	○〔註594〕	○	作涼草蛩	正（2）
清江引	×	×	×	×	×	○	正〔註595〕
裒裒令	×	×	×	×	○〔註596〕	×	×
傍粧臺	×	@（2）	@	@	@〔註597〕（2）	○、引	正〔註598〕（3）
傍粧臺犯	×	×	×	×	@	○	×
勝葫蘆〔註599〕	○	○（2）	○	○（2）	○〔註600〕（2）	○	正〔註601〕（2）
喜漁燈	×	×	×	×	近@	×	×
喜還京	○	○	○、近〔註602〕	○、近〔註603〕	○〔註604〕（2）、近〔註605〕	×	正（3）

〔註590〕與羽調近詞通用，頁1248。
〔註591〕與詩餘全不同，頁129。
〔註592〕與商調引子不同，頁547。
〔註593〕或作〔狼草生〕，誤，頁113。
〔註594〕或誤作〔狼草生〕，頁134。
〔註595〕一名〔清河水〕，與雙調正曲同，頁569。
〔註596〕亦名〔僥僥令〕，但與雙調不同，頁286。
〔註597〕與羽調近詞通用。
〔註598〕一名〔臨鏡序〕，頁357。
〔註599〕又名〔大河蟹〕。
〔註600〕與仙呂調近詞通用，又與羽調近詞通用，頁296。
〔註601〕一名〔大河蟹〕，頁503。
〔註602〕疑即〔還京樂〕，與九宮譜不同，頁169。
〔註603〕疑即〔還京樂〕，與九宮譜不同，頁196。
〔註604〕與仙呂調不同，頁290。
〔註605〕與雙調、仙呂宮不同，又名〔還京樂〕，頁1114。

渡江雲	×	×	×	×	○	×	×
番鼓兒	×	×	○	○	○（4）	×	正（3）
短拍	×	×	○	○	○（2）	○	正（3）
短拍帶長音	×	×	×	○	×	×	集
雲鎖月	×	×	×	×	×	×	集
黃梅雨	×	×	×	×	○	×	×
黑蟆序	×	×	×	×	×	×	正〔註606〕（4）
粧臺帶甘歌	×	×	×	○	×	×	即粧臺甘州歌
粧臺望鄉	×	×	×	○	×	×	集
粧臺解羅袍	×	×	×	○	×	×	×
園林入江水	×	×	×	×	×	×	集
園林好	×	×	×	×	×	○	正〔註607〕（3）
園林沉醉	×	×	×	×	×	×	集
園林見姐姐	×	×	×	×	×	×	集
園林柳	×	×	×	×	×	×	集
園林帶僥僥	×	×	×	×	×	○	集
園林醉海棠	×	×	×	×	×	×	集
感（撼）亭秋	×	○	○〔註608〕	○〔註609〕	○〔註610〕（3）	○	正（3）
葫蘆歌	×	×	×	○	×	○	集
解三寒	×	×	×	×	×	×	集
解三酲	×	@（4）	@（2）	@（2）	@（5）、近〔註611〕	○	正（3）
解封書	×	×	×	○	×	○	集
解袍歌	×	×	○	○	○	×	集

〔註606〕一名〔蛤蟆序〕，頁 487。
〔註607〕一名〔金谷園〕，頁 390。
〔註608〕或作「撼」，非也。頁 114。
〔註609〕或作「撼」，非也。頁 135。
〔註610〕撼或作感，誤，頁 295。
〔註611〕本仙呂宮，與仙呂調近詞通用，頁 1103。

解連環	×	○	×	×	○〔註612〕	×	正〔註613〕（2）
解絡索	×	×	×	○	×	×	×
解醒姐姐	×	×	×	○	×	○	集
解醒帶甘州	×	×	○	○（2）	○	×	集（2）
解醒望鄉	×	×	○	○	×	×	集
解醒畫眉子	×	×	×	×	×	×	集〔註614〕
解醒歌	×	○	○	○	○	○	集
解醒樂	×	×	×	○	×	×	集
解醒甌	×	×	×	○	×	×	集
解羅袍	×	×	×	×	×	×	集
道和排歌	×	×	○	×	×	×	×
僥僥令	×	×	×	×	×	○	即彩旗兒（2）
僥僥撥棹	×	×	×	×	×	×	集
僥僥鮑老	×	×	×	×	×	×	集
嘉慶子	×	×	×	×	×	○	正（3）
對玉環	×	×	×	×	×	×	正
慢聲聲	×	×	×	×	近	×	×
碧牡丹	○	×	○	○	○	×	正
福青歌	×	×	×	×	×	×	正（2）
綵衣舞	×	×	×	×	×	×	正
聚八仙	×	×	×	×	○（缺）、近〔註615〕〈缺〉	×	×
雌雄畫眉	×	×	×	×	×	×	正
嬌枝撥棹	×	×	×	×	×	作嬌枝催撥棹	集
嬌海棠	×	×	×	×	×	×	集

〔註612〕與南呂宮異，頁261。
〔註613〕一名〔杏梁燕〕，與商調引子不同，頁448。
〔註614〕舊名〔解絡索〕，頁652。
〔註615〕本仙呂宮，頁1103。

撥神仗	×	×	×	×	×	×	集
撥棹入江水	×	×	×	×	×	作撥棹江兒水	集
撥棹供養	×	×	×	×	×	×	集
撥棹帶僥僥	×	×	×	×	×	×	集
樂安神	×	×	×	×	○〔註616〕	○	×
樂安歌	×	×	×	×	○	×	×
漿水令	×	×	×	×	×	○	正（2）
醉扶歸	○	○（6）	○（2）	○（2）	○（6）、近〔註617〕	○、引	正（4）
醉花月紅轉	×	×	×	○	×	×	即醉花月雲轉
醉花雲	×	×	○	○	○	×	即醉女夢巫雲
醉翁（公）子	正	×	×	×	×	×	正（3）
醉落魄	×	×	×	×	○	×	×
醉僥僥	×	×	×	×	×	×	集
醉鴈兒	×	×	×	×	近	×	×
醉歸月下	×	×	×	×	○	×	×
醉歸花月紅	×	×	×	○	×	×	×
醉歸花月渡	×	×	○	○	○	○	即醉歸花月雲
醉羅袍	○	×	○〔註618〕	○〔註619〕	×	×	即醉翻袍
醉羅歌	×	×	○	○	○	○、引	集〔註620〕（2）
駐馬兒	○	×	×	×	○	×	×
鴈兒	×	×	×	×	×	×	正（2）
鴈兒舞	×	×	×	×	×	×	正（3）

〔註616〕與羽調近詞通用，頁 1248。
〔註617〕本仙呂宮，與仙呂調近詞通用，頁 1103。
〔註618〕又名〔醉翻袍〕，頁 1220。與羽調近詞通用。
〔註619〕又名〔醉翻袍〕，頁 145。
〔註620〕一名〔全醉辦羅袍〕，頁 614。

曉行序	×	×	×	×	×	×	正〔註621〕(2)
錦上花	×	×	×	×	×	×	正〔註622〕(2)
錦水棹	×	×	×	×	×	×	集
錦衣香	×	×	×	×	×	×	正〔註623〕(2)
錦堂月	×	×	×	×	×	×	集(2)
錦堂集賢賓	×	×	×	×	×	×	集
錦添花	×	○	×	×	×	×	×
臨鏡解羅袍	×	×	×	×	×	×	集
薄媚賺	×	×	近	近	×	×	正
賽紅娘	×	×	×	×	×	×	正(2)
雙(兩)胡(蝴)蝶	×	×	×	×	×	×	正(4)
雙玉供	×	×	×	×	×	×	集
雙鴈兒	×	×	×	×	近	×	×
鵝鴨滿渡船	×	×	×	×	×	○	正(4)
羅袍帶封書	×	×	×	○	×	×	即粧臺解羅袍
羅袍歌	×	×	○(2)	○(2)	×	○	集
羅袍滿桂香	×	×	×	○	×	×	×
蠟梅花	×	×	○	○	○(3)	×	正(3)
鐵騎兒	○	○(3)	○〔註624〕	○〔註625〕	○〔註626〕(3)	×	正〔註627〕(2)
疊字錦	×	×	×	×	×	×	正(5)
蠻(巒)江令	×	×	○	○	○	○	正(2)
總計	30	24	70	91	92	71	263

〔註621〕一名〔夜行船序〕，頁492。
〔註622〕與小石調正曲不同，頁382。
〔註623〕一名〔琴家弄〕，頁494。
〔註624〕又名〔簷前馬〕，頁1103。
〔註625〕又名〔簷前馬〕，頁124。
〔註626〕又名〔簷前馬〕，頁283。
〔註627〕一名〔簷前馬〕，頁508。

說明：

1、現存南戲資料所用曲牌：《百一錄》著錄三十調，《拾遺》著錄二十四調，重九調，得四十五調。《百一錄》獨錄之〔么篇〕、〔八聲甘州過〕；《拾遺》獨錄之〔下山光〕、〔錦添花〕不傳，明代曲譜及《大成》皆未錄。

2、明代中晚期新出曲牌：《全譜》著錄七十調，《新譜》著錄九十一調，《正始》皆著錄九十二調。三書重五十三調，得一百三十調，較現存南戲資料所用曲牌，新增九十一調，亦少錄五調。《全譜》獨錄之〔天香滿羅袖〕、〔道和排歌〕；《新譜》獨錄之〔全醉半羅歌〕、〔桂香轉紅月〕、〔粧臺解羅袍〕、〔解絡索〕、〔醉歸花月紅〕、〔羅袍滿桂香〕；《正始》獨錄之〔二犯掉角兒〕、〔人月圓〕（近）、〔卜算子〕、〔六花衮風前〕、〔木了叉〕、〔告鴈兒〕（近）、〔青歌〕（近）、〔桂花袍〕、〔望粧臺〕、〔衮衮令〕、〔喜漁燈〕（近）、〔渡江雲〕、〔黃梅雨〕、〔慢聲聲〕（近）、〔聚八仙〕（近、缺）、〔樂安歌〕、〔醉落魄〕、〔醉鴈兒〕、〔醉歸月下〕、〔雙鴈兒〕（近）等調，不見南戲，《大成》亦未錄。《正始》獨錄之〔三學士〕、〔大迓鼓〕、〔樂安神〕、〔傍粧臺犯〕四調見存於《全明散曲》。各譜獨錄之曲多，正是各時代自有其傳唱歌曲的表徵；散佚亦多，則見流行曲牌之消長。《新譜》獨錄之曲多為〔皂羅袍〕相關之集曲，亦可說明集曲之盛。

3、《全明散曲》仙呂宮過曲所用曲牌

1.一封書▲	2.九迴腸▲＊	3.二犯桂枝香▲	4.二犯傍妝臺▲	5.二郎神＊
6.八聲甘州	7.三解醒▲＊	8.下山虎＊	9.一撮棹＊	10.大迓鼓
11.大勝樂	12.大節高▲＊	13.不是路〔註628〕＊	14.五供養＊	15.月上海棠＊
16.月兒高	17.水紅花＊	18.叨叨令＊	19.四犯黃龍袞▲＊	20.玉女搖仙佩＊
21.玉抱肚＊	22.甘州歌▲	23.好姐姐＊	24.安神歌▲＊	25.安樂神犯▲
26.江兒水＊	27.羽調排歌	28.步步嬌＊	29.皂袍公子▲＊	30.皂羅袍
31.皂羅袍犯▲＊	32.皂羅歌▲＊	33.赤馬兒＊	34.孤飛雁	35.宜春令＊
36.拗芝麻	37.東甌蓮▲＊	38.油核桃	39.油葫蘆＊	40.金錢花＊
41.長拍	42.紅衲襖＊	43.降黃龍犯▲＊	44.香柳娘＊	45.桂枝香
46.針線箱	47.掉角兒（序）＊	48.掉角兒犯▲＊	49.蠻江令	50.排歌＊
51.梧葉兒＊	52.涼草蛩	53.清江引＊	54.傍妝臺	55.傍妝臺犯▲

〔註628〕即〔賺〕。

56.滕葫蘆	57.滕葫蘆犯 〔註629〕▲＊	58.朝天了＊	59.琥珀貓兒墜＊	60.短拍
61.集賢賓＊	62.黃龍滾犯▲＊	63.黃鶯兒＊	64.催拍＊	65.園林好＊
66.感亭秋＊	67.葫蘆歌▲	69.解三酲	69.解三酲犯▲	70.解酲歌▲
71.解羅歌▲＊	72.僥僥令＊	73.樂安神	74.樂安神犯▲＊	75.賞宮花＊
76.醉歸花月渡▲	77.醉羅歌▲	78.駐馬聽＊	79.雁過聲＊	80.憶多嬌＊
81.錦衣相思▲＊	82.錦羅袍▲＊	83.簇林鳥＊	84.簇林鶯▲＊	85.風淘沙＊
86.繡太平▲＊	87.鵝鴨滿渡船＊			

　　以上八十七調，可分為：

（1）出於南戲之曲牌：編號 1、6、13、16、30、36、38、45、47、54、
56、66、69、70，計有十四調。

（2）見於明代曲譜之曲牌：編號 3、4、10、11、22、25、27、34、41、
46、49、52、55、60、67、73、76、77，計有十八調。

（3）《全明散曲》新增曲牌：編號 2、5、7、8、9、12、14、15、17、18、
19、20、21、23、24、26、28、29、31、32、33、35、37、39、40、
42、43、44、48、50、51、53、57、58、59、61、62、63、64、65、
68、71、72、74、75、78、80、81、82、83、84、85、86、87、89，
計有五十五調，其中十八調為集曲。

（二）羽調過曲

曲譜＼曲牌	南戲 百一錄	南戲 拾遺	南曲 全譜	南詞 新譜	九宮 正始	全明 散曲	九宮 大成
一封書	×	×	×	×	近 〔註630〕	×	×
一盆花	×	×	×	×	近 〔註631〕	×	×
二集排歌	×	×	×	×	×	×	集 〔註632〕 （2）
三疊排歌	×	×	×	×	近 〔註633〕	×	正（2）

〔註629〕即〔大河蟹犯〕。
〔註630〕借仙呂宮，又名〔秋江送別〕，頁 1249。
〔註631〕借仙呂宮，頁 1249。
〔註632〕與越調集曲不同，頁 6558。
〔註633〕借仙呂宮，又名〔道和排歌〕，頁 1249。

大迓鼓	×	×	×	×	近〔註634〕	×	×
小蓮歌	○	×	×	×	近	×	×
五拗子	×	×	×	×	×	×	正（4）
月中花	×	×	×	×	近〔註635〕	×	×
月宮春	×	×	×	×	×	×	正〔註636〕
四季花	×	×	近〔註637〕	近〔註638〕（2）	×	×	正（2）
四季花盆燈	×	×	×	×	×	×	集〔註639〕
四季盆花燈	×	×	×	近	×	×	×
四時花	×	×	近	近	×	○、引	正（4）
本調賺	×	正	×	×	近@（2）	×	正
玉抱肚	×	×	×	×	近〔註640〕	×	×
皂羅袍	×	×	×	×	近〔註641〕	×	×
刮鼓令	×	×	×	×	近〔註642〕	×	×
夜遊宮	×	×	×	×	×	×	正〔註643〕
拗芝麻	×	×	×	×	×	×	正〔註644〕
花犯紅娘子	×	×	×	近	×	×	×
花叢道和	×	×	×	×	×	×	集

〔註634〕借南呂宮，頁1249。
〔註635〕又名〔月中花〕，與仙呂宮不同，頁1257。
〔註636〕一名〔月中行〕，頁6524。
〔註637〕疑即〔四時花〕，然又大同小異，頁173。
〔註638〕疑即〔四時花〕，然又大同小異，頁199。
〔註639〕舊名〔四季盆花燈〕，頁6541。
〔註640〕借仙呂入雙調，頁1249。
〔註641〕借仙呂宮，又名〔間花袍〕，頁1249。
〔註642〕借南呂宮，頁1249。
〔註643〕與仙呂宮引不同，頁6516。
〔註644〕與仙呂宮正曲不同，頁6511。

花覆紅娘子	×	×	×	×	×	×	集〔註645〕(2)
金釵十二行	×	×	×	近	×	×	集(2)
金鳳釵	×	×	近〔註646〕	近〔註647〕	近〔註648〕(9)	×	集
長壽樂	×	×	×	×	×	×	正
急急令	×	×	×	×	×	×	正(2)
春風嬝娜	×	×	×	×	×	×	正
倒上橋	×	×	×	×	近@	×	×
桂枝香	×	×	×	×	近〔註649〕	×	×
浪淘沙	×	×	近〔註650〕	近〔註651〕	近〔註652〕	×	×
浪淘沙令	×	×	×	×	×	×	正〔註653〕
馬兒三囑歌	×	×	×	×	×	×	集
馬鞍子	×	×	×	×	×	×	正(2)
馬鞍兒（子）	○	×	近(2)	近	近(2)	×	正(3)
馬鞍兒犯	×	×	×	近〔註654〕	×	×	×
馬鞍帶皂羅	×	×	×	×	近	×	集(2)
惜春郎	×	×	×	×	×	×	正
惜黃花	×	×	×	×	近〔註655〕	×	×
掉角兒	×	×	×	×	近〔註656〕	×	×

〔註645〕舊名〔花犯紅娘子〕，頁6539。
〔註646〕舊註云即〔四時花〕，誤，頁171。
〔註647〕與〔四時花〕不同，頁197。
〔註648〕又名〔錦添花〕，頁1256。
〔註649〕借仙呂宮，頁1249。
〔註650〕舊註云即〔賣花聲〕，與越調不同，頁177。
〔註651〕舊註云即〔賣花聲〕，與越調不同，頁207。
〔註652〕舊註云即〔賣花聲〕，與越調不同，頁1256。
〔註653〕一名〔過龍門〕，一名〔鍊丹砂〕。
〔註654〕原作〔馬鞍兒〕，頁205
〔註655〕借仙呂宮，頁1249。
〔註656〕借仙呂宮，頁1248。

排歌	×	×	×	×	×	×	正〔註657〕(2)
望吾鄉	×	×	×	×	近@〔註658〕	×	×
梧桐賺	×	×	×	×	×	×	正
淡黃柳	×	×	×	×	×	×	正
袞袞令	×	×	×	×	×	×	正(2)
傍粧臺	×	×	×	×	近〔註659〕	×	×
勝如花	×	正@	近	近	近(2)	○、引	正(4)
勝葫蘆	×	×	×	×	近〔註660〕	×	×
瑞鷓鴣	×	×	×	×	×	×	正〔註661〕
解語花	×	×	×	×	×	×	正
道和	×	×	×	×	×	×	正〔註662〕
道和排歌	犯	×	×	×	×	×	集
慶時豐	○	近(3)、正@	近〔註663〕	近〔註664〕	近(3)	×	正(4)
慶豐安樂歌	×	×	×	×	×	×	集〔註665〕(2)
樂安神	×	×	×	×	近〔註666〕	×	×
賞南枝	×	×	×	×	×	×	正
醉扶歸	×	×	×	×	近〔註667〕	×	×
醉鄉春	×	×	×	×	×	×	正

〔註657〕與越調正曲不同，頁6504。
〔註658〕借仙呂宮，頁1248。
〔註659〕借仙呂宮，頁1248。
〔註660〕借仙呂宮，又名〔大河蟹〕，頁1248。。
〔註661〕一名〔舞春風〕，一名〔鷓鴣詞〕，一名〔太平樂〕，頁6519。
〔註662〕與越調正曲不同，頁6500。
〔註663〕又名〔慶時登〕，頁1755。
〔註664〕又名〔慶時登〕，頁205。
〔註665〕舊名〔慶豐歌〕，頁6552。
〔註666〕借仙呂宮，頁1248。
〔註667〕借仙呂宮，頁1249。

	南戲百一錄	南戲拾遺	南曲全譜	南詞新譜	九宮正始	全明散曲	九宮大成
導引	×	×	×	×	×	×	正〔註668〕
應天長	×	×	×	×	×	×	正〔註669〕
謝池春	×	×	×	×	×	×	正〔註670〕
歸仙洞	×	×	不知何調	不知何調	近〔註671〕	×	×
豐樂鄉	×	×	×	×	×	×	集
雙韻子	×	×	×	×	×	×	正
鴛袍間鳳花	×	×	×	近	×	×	×
總計	4	3	7	13	25	2	41

說明：

1、現存南戲資料所用曲牌：《百一錄》著錄四調，《拾遺》著錄三調，重一調，得六調，皆爲常用曲牌。

2、明代中晚期新出曲牌：《全譜》著錄七調，《新譜》著錄十三調，《正始》著錄二十五調，三書所錄全爲近詞曲牌。三書重五調，得三十三調，較現存南戲資料所用曲牌，新增二十八調，亦少錄一調。除《新譜》獨錄之〔金釵十二行〕；《正始》獨錄之〔三疊排歌〕外，餘皆不見錄於南戲曲譜，《大成》亦未錄。

3、《全明散曲》羽調過曲所用曲牌：

1.三段子*	2.水紅花*	3.四時花	4.勝如花▲	5.琥珀貓兒墜*
6.集賢賓*	7.黃鶯兒*	8.解三酲*	9.滴溜子*	10.簇林鶯▲*
11.簇御林*				

　　以上十一調，〔勝如花〕出於南戲，〔四時花〕見於明代曲譜，其餘九調皆爲《全明散曲》新增曲牌，其中一調爲集曲。

（三）正宮過曲

曲譜　　　曲牌	南戲百一錄	南戲拾遺	南曲全譜	南詞新譜	九宮正始	全明散曲	九宮大成
一撮棹	○	×	○	○	○	○	正（3）
二犯漁家傲	×	×	×	×	○	×	×

〔註668〕與正宮引不同，頁6517。

〔註669〕一名〔應天長令〕，一名〔應天長慢〕，頁6527。

〔註670〕即〔玉蓮花〕，一名〔風中柳〕，頁6518。

〔註671〕疑即〔洞中仙〕，頁1256。

二紅郎	×	×	×	×	○〔註672〕	×	×
二紅郎上小樓	×	○	×	×	○	×	×
十棒鼓	×	×	×	×	×	×	正（2）
三十腔	犯	×	×	×	×	×	集〔註673〕
三仙序	×	×	×	○	×	×	×
三字令	○	×	○	○	○	×	正〔註674〕（2）
三字令過十二嬌	×	○	×	×	○	×	集
三字令過十二橋	×	×	○	○	×	×	×
么	○	×	×	×	×	×	×
小玉醉	犯	×	×	×	×	×	集
小桃拍	×	×	×	○	×	×	集
小桃紅	○	○	○〔註675〕	○〔註676〕	○〔註677〕	○	正〔註678〕（2）
小桃帶芙蓉	×	×	×	○	×	×	集（2）
小普天樂	×	×	×	○〔註679〕	×	×	×
山芙蓉	×	×	×	×	×	×	集（2）
山漁燈	@	×	○	○	×	×	正（3）
山漁燈犯	×	×	○	○〔註680〕	×	○、引	集（2）
丹鳳吟	×	×	×	×	近〔註681〕	×	×
五色絲	×	×	×	×	×	×	集

〔註672〕或作〔朝天懶〕，誤，頁145。
〔註673〕與南呂宮集曲不同，頁2881。
〔註674〕與羽調引不同，頁2769。
〔註675〕與越調不同，或作〔山桃犯〕，亦非，頁210。
〔註676〕或作〔山桃犯〕，非，頁249。
〔註677〕與正宮調近詞通用，與越調不同，頁152。
〔註678〕與越調正曲不同，頁2796。
〔註679〕此調自此曲始，俗作〔小普天樂〕，頁231。
〔註680〕一名〔漁燈插芙蓉〕，頁177。
〔註681〕借中呂宮，頁1065。

天樂鴈	×	×	×	○	×	×	×
天燈照魚鴈	×	×	×	×	○	×	×
天燈漁鴈對芙蓉	×	×	×	×	○	×	×
天邊鴈	×	×	×	×	×	×	集
太平小醉	×	×	×	○	×	×	即太平重醉
叨叨令	×	×	×	×	近（2）	○	×
四時八種花	×	×	×	×	×	×	集
四邊芙蓉	×	×	×	×	×	×	集
四邊靜	×	○（3）	○	○	○（4）	○、引	正〔註682〕（2）
外軍旗	×	×	×	×	○	×	×
本宮賺	×	×	×	×	○（2）	×	×
玉芙蓉	×	○（3）	○	○	○〔註683〕（3）	○、引	正（5）
玉濠寨	×	近	×	×	近	×	×
白樂天九歌	×	×	×	×	×	×	集
白練序	○	@〔註684〕（4）	@	@（2）	@（3）	○、引	正〔註685〕（4）
划（鏵）鍬兒（令）	×	×	近	近	近〔註686〕（2）	○	正〔註687〕（2）
地錦花	×	×	×	×	近〔註688〕	×	×
安公子	×	×	×	×	×	×	正〔註689〕
朱奴兒	×	×	○	○	○、近〔註690〕	○	正〔註691〕（2）

〔註682〕一名〔中央鬧〕，頁 2760。
〔註683〕本正宮與正宮調近詞通用，頁 1064。
〔註684〕《百一錄》注：「九宮大成卷四十二引，名野薔薇，入高大石正曲。」頁 97。
〔註685〕一名〔素帶兒〕，頁 2750。
〔註686〕與九宮越調不同，頁 1064。
〔註687〕與越調正曲不同，頁 2785。
〔註688〕借中呂宮，頁 1065。
〔註689〕一名〔公安子〕，頁 2793。
〔註690〕又名〔紅娘子〕，頁 141。與正宮調近詞通用，頁 1064。
〔註691〕一名〔紅娘子〕，頁 2731。

朱奴剔銀燈	×	×	○	○	×	×	集
朱奴帶錦纏	×	×	○	○	×	○	集（2）
朱奴插芙蓉	×	×	○	○（2）	○	○	集（3）
羽衣三疊	×	×	×	×	×	×	集
沙鴈揀南枝	○	×	○	○	×	×	集
兩紅鴈	×	×	×	×	×	×	集
刷子奴嬌	×	×	×	×	×	×	集（2）
刷子序	×	×	@（2）	@（2）	@（2）	○、引	正（5）
刷子帶天樂	×	×	×	○	×	×	即刷子樂
刷子帶芙蓉	×	×	○〔註692〕	○	○	○	即刷子玉芙蓉
刷子錦	×	×	×	○	×	×	集
怕春歸	×	×	○	○	○	×	正（2）
昇平樂	×	×	×	×	○	即醉太平	×
杯底慶長生	×	×	×	×	×	×	集
泣秦娥	正	×	○	○〔註693〕	○	×	正〔註694〕（2）
芙蓉紅	×	×	○	○	×	×	集（2）
芙蓉滿江	×	×	×	○	×	×	集
芙蓉樂	×	×	×	×	×	×	集
芙蓉燈	×	×	×	○（2）	×	○	集（2）
芙蓉貓兒墜	×	×	×	×	×	×	集
花郎兒	×	○	×	×	○〔註695〕	×	×
花藥（壓）欄	×	×	@	@〔註696〕	@	×	正（2）
金殿喜重重	@	×	@〔註697〕	×	×	○	正（3）

〔註692〕一名〔汲煞尾〕，頁192。
〔註693〕當名〔秦娥泣〕，頁254。
〔註694〕一名〔秦娥泣〕，頁2798。
〔註695〕俗稱〔二犯朝天子〕，謬，頁145。
〔註696〕舊譜即作〔金殿喜重重〕，頁273。
〔註697〕舊註云〔花藥欄〕即〔金殿喜重重〕，今查大同小異，故增收此調，而列〔花

長生道引	◡	◡(3)	○(2)	○	○(4)	×	止〔註698〕(4)
長壽仙	×	×	×	×	近〔註699〕	×	×
春色滿皇州	×	近@(2)	×	×	近@〔註700〕(2)	×	×
春歸人未圓	×	×	×	○	×	×	即春月滿江紅
春歸犯	×	×	○	○〔註701〕	○(2)	○	×
柳穿魚	×	×	×	×	×	×	正(2)
洞（羽）仙歌（詞）	×	×	○〔註702〕	○〔註703〕	○	×	正〔註704〕(2)
紅衫兒	×	○	×	×	○	×	×
風帖兒	×	×	×	×	×	×	正(2)
風淘沙	○	○(3)	○	○	@(3)	○	正
桃紅醉	×	×	×	○	×	×	集
秦娥樂	×	×	×	×	○	×	×
秦娥賽觀音	×	×	×	○	×	×	集
彩旗兒	○	×	○〔註705〕	×	○〔註706〕	×	正
梁州令近	×	近@	×	×	近@〔註707〕	×	×
袞袞令	×	近	×	×	近〔註708〕(2)	×	×

藥欄〕於後，頁 233。

〔註698〕與本宮引不同，頁 2732。
〔註699〕借中呂宮，頁 1065。
〔註700〕亦入南呂調，頁 1082。
〔註701〕似換頭，頁 275。
〔註702〕與詩餘不同，頁 225。
〔註703〕與詩餘不同，頁 266。
〔註704〕一名〔洞中仙〕，頁 2786。
〔註705〕與雙調不同，頁 219。
〔註706〕與雙調不同，頁 205。
〔註707〕又名〔小梁州〕，頁 1073。
〔註708〕又名〔僥僥令〕，與雙調不同，頁 1072。

普山兩紅燈	×	×	×	○〔註709〕	×	×	集
普天紅	×	×	×	×	×	×	集
普天帶芙蓉	×	×	○（2）	○（2）	×	○	集（4）
普天樂	×	○（5）	○（3）	○（3）	○〔註710〕（6）	○、引	正〔註711〕（10）
普天樂犯	×	×	○	○〔註712〕	○	○	×
普天樂集	×	×	×	×	×	×	集（2）
普天錦	×	×	×	×	×	×	集
普門大士	×	×	×	×	×	×	集
湘浦雲	近@	×	近〔註713〕	近	近@	×	×
陽關三疊	○	×	○〔註714〕	×	×	×	×
雁過聲	×	正@（2）	×	×	×	引	×
黃薔薇	×	×	×	×	○	×	×
黃鐘賺	×	×	○	×	×	×	×
傾杯序	@	@（2）	@〔註715〕	@〔註716〕	@〔註717〕（2）	○	正（3）
傾杯賞芙蓉	×	×	○	○〔註718〕（2）	○	○、引	×
傾杯賺	×	近@（3）	×	×	近@（3）	×	正（4）
催拍	×	×	×	×	近〔註719〕	○	×

〔註709〕亦入中呂，頁223。
〔註710〕與中呂不同，與正宮調近詞通用，頁159。
〔註711〕一名〔四塊玉〕，頁2717。
〔註712〕亦名〔樂顏回〕，頁232。
〔註713〕舊註云即〔刷子序〕，誤，頁244。
〔註714〕疑與〔鴈過聲〕同一調，頁214。
〔註715〕與詩餘不同，頁215。
〔註716〕與詩餘不同，頁255。
〔註717〕與正宮調近詞通用，頁1065。
〔註718〕又一體名〔傾杯玉〕，頁245。
〔註719〕借中呂宮，頁1064。

滿江紅	×	×	×	×	○	×	正〔註720〕（3）
滿江紅急	×	×	○	○	×	×	×
漁家喜鴈燈	×	×	×	×	○〔註721〕	×	×
漁家傲	×	×	×	×	近〔註722〕	○	×
福馬郎	×	×	○（2）	○（2）	○（2）、近〔註723〕	×	正〔註724〕（2）
綠（踢）襴衫	×	×	即綠欄踢	○	○（2）、近〔註725〕	×	正（4）
樂近秦娥	×	×	×	×	×	×	集〔註726〕
罵玉郎	×	×	×	×	○	×	×
醉天樂	×	×	×	○	×	×	即太平樂
醉太平	○	@	@〔註727〕（3）	@〔註728〕（2）	@（3）	○、引	正〔註729〕（8）
醉太師	×	×	×	×	×	×	集（2）
醉宜春	×	×	×	×	×	×	集（3）
醉翁操	×	×	×	×	×	×	正
鴈（雁）來紅	×	×	○	○	○（2）	○	集
鴈魚錦	×	×	○	○	○	×	集（5）
鴈過沙	×	×	○	○	×	×	正（3）
鴈過芙蓉	×	×	×	×	×	×	集

〔註720〕與南呂宮引不同，頁2790。
〔註721〕俗名〔喜漁燈鴈〕，頁177。
〔註722〕借中呂宮，頁1064。
〔註723〕與正宮調近詞通用，頁1064。
〔註724〕同中呂正曲，頁2761。
〔註725〕與正宮調近詞通用。
〔註726〕舊名〔樂顏回〕，頁2841。
〔註727〕或作〔昇平樂〕，非，頁221。
〔註728〕又入南呂，作〔昇平樂〕，非，頁261。
〔註729〕一名〔昇平樂〕，頁2744。

鴈過紅	×	×	×	×	×	×	集
鴈過燈	×	×	×	×	×	×	正（2）
鴈過錦	×	近	×	×	近	×	×
鴈過聲	○	@（2）、近@（4）	@（2）	@（2）	@〔註730〕（3）、近@〔註731〕（3）	○、引	正（10）
鴈漁序	×	×	×	×	○	×	×
鴈燈錦	×	×	×	×	×	×	集（5）
鴈聲傾	×	×	×	○	×	×	集
鴈聲樂	×	×	×	○	×	×	集
憶秦娥	○	×	×	×	×	×	×
燕歸梁	○	×	×	×	×	×	×
錦（細）腰兒	×	×	×	×	×	×	正（2）
錦中拍	×	○	×	×	○	○	×
錦天芳	×	×	×	○	×	×	集
錦天樂	×	×	×	○	×	×	集（2）
錦芳纏	×	×	×	○	×	×	集
錦芙蓉	×	×	○	○	×	×	集（2）
錦前拍	×	○	×	×	○	×	×
錦後拍	×	○	×	×	○	×	×
錦庭芳	○	○	○	○	○	×	集（3）
錦庭樂	×	×	○	○	○（2）	○	集
錦梁州	×	×	×	×	○	×	集
錦榴花	×	×	×	×	○	×	×
錦漁兒	×	○	×	×	○	×	×
錦樂纏	×	×	×	○	×	×	集
錦纏道（頭、絆）	×	○（2）	○〔註732〕（2）	○〔註733〕（2）	○（6）	○、引	正（5）
錦纏樂	×	×	○	○	○	×	×

〔註730〕與正宮不同，，頁168。
〔註731〕又名〔塞鴻秋〕，又名〔大擺袖〕，與九宮正宮〔鴈過聲〕不同，頁1074。
〔註732〕與詩餘不同，頁193。
〔註733〕與詩餘不同，頁224。

錦纏鴈	×	×	×	Y	○	×	×
薄媚袞	×	○	×	×	@（3）	×	×
薄媚袞羅袍	×	近	×	×	近	×	×
薔薇花	○	×	○（2）	○（2）	○	×	正（3）
賺	○	×	○〔註734〕	○〔註735〕	×	○	×
醜奴兒近	○	×	○	○〔註736〕	×	×	正（4）
雙灘鸂	○	@（4）	○	○	@（5）、近〔註737〕	×	正（7）
雙紅玉	×	×	×	○	×	×	集〔註738〕
雙桃紅	×	×	×	×	×	×	正
顏回樂	×	×	×	×	○	×	×
蘭陵王	×	×	×	×	×	×	正
攤破第一	×	近@（3）	×	×	近（3）	×	×
攤破鴈過燈	×	×	×	×	近@	×	×
攤破錦聲	×	×	×	×	×	×	集
攤破錦纏鴈	×	近	×	×	近	×	×
戀繡衾	@	×	×	×	@	×	×
總計	27	32	52	72	79	32	99

說明：

1、現存南戲資料所用曲牌：《百一錄》著錄二十七調，《拾遺》著錄三十二調，重九調，得五十調。二譜獨錄之曲，《大成》皆未錄。《百一錄》獨錄之〔幺〕，明代曲譜及《大成》亦未錄。

2、明代中晚期新出曲牌：《全譜》著錄五十二調，《新譜》著錄七十二調。《正始》著錄七十九調，雖較南戲曲牌爲多，多爲罕用曲牌，有二十調《大成》未錄。三書重三十五調，得一百一十八調，較現存南戲資料所用曲牌，新增七十四調

〔註734〕疑即〔傾杯賺〕，頁235。
〔註735〕疑即〔傾杯賺〕，頁274。
〔註736〕與詩餘不同，頁277。
〔註737〕本正宮，與正宮調近詞通用，頁1065。
〔註738〕舊名〔雙紅嵌芙蓉〕，頁2911。

調，亦少錄六調。《新譜》獨錄之〔三仙序〕、〔小普天樂〕、〔天樂鷓〕；《正始》獨錄之〔二犯漁家傲〕、〔二紅郎〕、〔丹鳳吟〕、〔天燈照漁鷓〕、〔天燈漁鷓對芙蓉〕、〔外軍旗〕、〔本宮賺〕、〔地錦花〕（近）、〔長壽仙〕、〔秦娥樂〕、〔黃薔薇〕、〔漁家喜鷓燈〕、〔罵玉郎〕、〔鷓漁序〕、〔錦榴花〕、〔錦纏鷓〕、〔顏回樂〕、〔攤破鷓過燈〕，不見錄於南戲曲譜，《大成》亦未錄，多屬集曲曲牌。《正始》獨錄之〔昇平樂〕、〔催拍〕、〔漁家傲〕，則見存於《全明散曲》，這是散曲向劇曲學習之証。

3、《全明散曲》正宮過曲所用曲牌

1.山桃花▲＊	2.山桃紅▲＊	3.不是路（賺）	4.六么令＊	5.太師引＊
6.古輪臺＊	7.划鍬兒	8.朱奴兒	9.尾犯序＊	10.皀羅袍＊
11.香柳娘＊	12.倘秀才＊	13.掉角兒序＊	14.脫布衫＊	15.琥珀貓兒墜＊
16.解三酲＊	17.催拍	18.滾繡球＊	19.漁燈兒＊	20.醉太平〔註739〕
21.錦上花＊	22.普天樂〔註740〕	23.白練序〔註741〕	24.風淘沙	25.一撮棹
26.三學士▲＊	27.玉芙蓉	28.刷子序	29.雁過聲	30.傾杯序
31.小桃紅	32.芙蓉燈	33.四邊靜	34.錦纏道	35.錦中拍
36.錦後拍	37.雁來紅▲	38.山桃犯▲＊	39.普天樂犯▲	40.朱奴帶錦纏▲
41.雁過聲犯▲＊	42.山桃花犯▲＊	43.虞美人犯▲＊	44.針線箱犯▲＊	45.山漁燈犯▲
46.朱奴兒犯▲＊	47.漁家傲犯▲＊	48.普天帶芙蓉▲	49.朱奴插芙蓉▲	50.芙蓉犯▲＊
51.二犯朝天子▲＊	52.錦庭樂▲	53.錦漁燈▲＊	54.漁家傲	55.金殿喜重重
56.春歸犯▲				

以上五十六調，可分爲：

（1）出於南戲之曲牌：編號 3、20、22、23、24、25、27、29、30、31、33、34、35、36、55，計有十五調。

（2）見於明代散曲之曲牌：編號 7、8、17、28、32、37、39、40、45、48、49、52、54、56，計有十四調。

〔註739〕即〔昇平樂〕。
〔註740〕即〔四塊玉〕。
〔註741〕即〔素帶兒〕。

（3）《全明散曲》新增曲牌：1、2、4、5、6、9、10、11、12、13、14、15、16、18、19、21、26、38、41、42、43、44、46、47、50、51、53，計有二十七調，其中十二調爲集曲。

（四）大石調過曲

曲牌＼曲譜	南戲百一錄	南戲拾遺	南曲全譜	南詞新譜	九宮正始	全明散曲	九宮大成
一撮棹	×	×	×	×	近〔註742〕	×	×
人月圓	×	×	○〔註743〕	○〔註744〕	○	○	正〔註745〕（4）
三春柳	×	×	×	×	×	×	正（2）
么篇	○	×	×	×	×	×	×
小秀才	×	×	×	×	近〈缺〉	×	×
太平賺	×	近（2）	×	近〔註746〕	近（2）	×	正（3）
比目魚	×	×	×	×	×	×	正
本宮賺	○	×	○	○	@	×	×
本調賺	×	×	×	×	×	×	正
白芙蓉	×	×	×	×	×	×	正
伊州令	×	×	×	×	近〈缺〉	×	×
曲玉管	×	×	×	×	×	×	正
竹馬兒（子）	×	×	×	×	×	×	正（2）
西地錦近	×	×	×	×	近	×	×
西河（湖）	×	×	×	×	×	×	正
步醉金蓮	×	×	×	×	×	×	集〔註747〕（2）

〔註742〕借正宮，頁1091。
〔註743〕與詩餘不同，頁252。
〔註744〕與詩餘不同，頁294。
〔註745〕一名〔青衫濕〕，頁1855。
〔註746〕中呂宮〔賺〕與此調同，頁297。
〔註747〕舊名〔步金蓮〕，頁1940。

步難行	×	×	×	×	×	×	正
沙塞（磧）子	○	@	○〔註748〕	@〔註749〕	@	×	正〔註750〕（4）
沙塞子急	○	×	○	○	○@	×	正（2）
沙磧子	×	×	×	×	×	×	即沙塞子
並頭蓮	×	×	×	×	×	×	正
受（愛）恩深	×	×	×	×	×	×	正
念奴嬌序	×	×	@	@	@（2）、近〔註751〕	○、引	×
明妃曲	×	×	×	×	×	×	正
昇平樂	×	×	×	×	×	×	正
松下樂	×	×	×	×	×	×	正（2）
牧羊關	×	×	×	×	×	×	正
芙蓉花	×	×	×	×	×	×	正（2）
迎新春	×	×	×	×	×	×	正
金殿喜重重	×	×	×	×	近@	×	×
金蓮花	×	×	×	×	×	×	正
長壽仙	○	×	○	×	○	×	正（2）
怨別離	×	×	×	×	×	×	正
春雲怨	×	×	×	×	×	×	正（2）
春霽	×	×	×	×	×	×	正
秋海棠	×	×	×	×	×	×	正
紅葉兒	×	×	×	×	×	×	正（2）
紅葉襯紅花	×	×	×	×	×	×	集
紅羅襖	×	×	×	×	近〈缺〉	×	×
風淘沙	×	×	×	×	近〔註752〕	×	×
海仙歌	×	×	×	×	×	×	正（2）

〔註748〕又名〔玉河滾〕，頁252。
〔註749〕又名〔玉河滾〕，頁288。
〔註750〕一名〔玉河滾〕，頁1858。
〔註751〕與十三調大石詞近詞通用，頁1090。
〔註752〕借正宮，頁1091。

海榴花	×	×	×	×	×	×	正（2）
荔枝香	×	×	×	×	×	×	正（2）
鬥百索	×	×	×	×	×	×	正（2）
眼兒媚序	×	×	×	×	×	×	正（2）
插花三臺	×	×	近	近	近	×	正（2）
期夜月	×	×	×	×	×	×	正
番竹馬	×	×	×	×	×	×	正（2）
催拍	×	×	○〔註753〕	○〔註754〕	○〔註755〕	×	正〔註756〕（2）
催拍棹	×	×	×	○	×	×	集（2）
催拍銀燈	×	×	×	×	×	×	集（2）
愛媚花	×	×	×	×	×	×	正
新荷葉近	×	×	×	×	近〈缺〉	×	×
會河序	×	×	×	×	×	×	正（2）
夢還京	×	×	×	×	×	×	正
滿院榴花	×	×	×	×	×	×	正（2）
漁父第一	×	×	×	×	×	×	正
瑤天奉翠華引	×	×	×	×	×	×	正
碧玉簫	×	×	×	×	×	×	正（2）
福馬郎	×	×	×	×	近〔註757〕	×	×
醉西施	×	×	×	×	×	×	正
鴈傳書	×	×	×	×	×	×	正
寰海清	×	×	×	×	×	×	正
燈月交輝	○〔註758〕	×	×	×	×	×	×
錦海棠	×	×	×	×	×	×	正（2）
簇仗	×	×	×	×	×	×	正
賽嫦娥	×	×	×	×	×	×	正

〔註753〕又名〔急板令〕，頁256。
〔註754〕又名〔急板令〕，頁292。
〔註755〕與十三調大石近詞通用，頁1090。
〔註756〕一名〔急板令〕，頁1864。
〔註757〕借正宮，頁1091。
〔註758〕係南詞，應入黃鐘宮。頁109～110。

賽觀音	×	×	○	○	○	○、引	正（2）
還京樂	×	×	×	×	近〈缺〉	×	正
醜奴兒近	×	×	×	×	近@	×	×
鶴沖天	×	×	×	×	×	×	正
觀音水月	×	×	×	×	×	×	集（3）
總計	6	2	9	10	21	3	58

說明：

1、現存南戲資料所用曲牌：《百一錄》著錄六調，《拾遺》二調，重一調，得七
　　調。《百一錄》獨錄之〔么篇〕、〔燈月交輝〕，不見明代曲譜，《大成》亦未
　　錄。

2、明代中晚期新出曲牌：《全譜》著錄九調，《新譜》著錄十調，《正始》著錄二
　　十一調，三書重八調，得二十二調，較現存南戲資料所用曲牌，新增十七個，
　　亦少錄二調。《正始》獨錄之〔一撮棹〕、〔小秀才〕（近、缺）、〔伊州令〕（近、
　　缺）、〔西地錦近〕、〔金殿喜重重〕（近）、〔紅羅襖〕（近、缺）、〔風淘沙〕（近）、
　　〔新荷葉近〕、〔福馬郎〕（近）、〔醜奴兒近〕，《大成》未錄，且多爲近詞。

3、《全明散曲》大石調過曲所用曲牌

1.小桃紅＊	2.玉芙蓉＊	3.古輪臺＊	4.尾犯序＊	5.錦纏道＊
6.傾杯序＊	7.賽觀音	8.人月圓	9.念奴嬌序	10.念奴嬌＊

　　以上十調，可分爲：

　　（1）出於南戲之曲牌：無。

　　（2）見於明代曲譜之曲牌：編號 7、8、9，計有三調。

　　（3）《全明散曲》新增曲牌：編號 1、2、3、4、5、6、10，計有七調，
　　　　　無集曲曲牌。

（五）中呂宮過曲

曲譜＼曲牌	南戲百一錄	南戲拾遺	南曲全譜	南詞新譜	九宮正始	全明散曲	九宮大成
九品蓮	×	×	×	×	×	×	集
二馬普金花	×	×	×	×	×	×	集〔註759〕
十破四	○	×	○	○	○	×	正

〔註759〕舊名〔金馬樂〕，頁 1405。

三字令	×	×	×	×	近〔註760〕	×	×
三花兒	×	×	×	×	○	×	×
三漁看花燈	×	×	×	×	○	×	×
三燈並照	×	×	×	×	×	×	集
千秋歲	○、近	○(2)	○〔註761〕	○〔註762〕	○(2)、近〔註763〕	○	正〔註764〕(3)
千秋舞霓裳	×	×	×	×	×	×	集
大夫娘	×	×	×	×	近〈缺〉	×	×
大和佛	○、正	×	○〔註765〕	○〔註766〕	×	×	正(2)
大影戲	×	@	○	○	○(2)、近〔註767〕	○	正(2)
大輪臺	×	○(5)	×	×	×	×	×
大環著	○	@	×	×	@(4)、近〔註768〕	×	×
小團圓	×	×	×	○	×	×	正
小蓮歌	○	×	×	×	×	×	×
山花子	○	@(2)	○	○	@(2)、近〔註769〕	○、引	正(3)
山漁掛榴燈	×	×	×	×	×	○	×
不漏水車子	×	×	×	×	×	×	正
丹鳳吟	×	×	○	○	○	×	正〔註770〕(2)

〔註760〕借正宮，頁 1126。

〔註761〕 與詩餘不同，頁 320。

〔註762〕與詩餘不同，頁 357。

〔註763〕本中呂宮，與中呂調近詞通用，頁 1126。

〔註764〕一名〔千秋萬歲〕，頁 1265。

〔註765〕即〔和佛兒〕，頁 286。

〔註766〕即〔和佛兒〕，頁 325。

〔註767〕本中呂宮，與中呂調近詞通用，頁 1126。

〔註768〕本中呂宮，與中呂調近詞通用，頁 1126。

〔註769〕本中呂宮，與中呂調近詞通用，頁 1126。

〔註770〕與羽調引同，頁 1338。

五福降中天	×	×	×	×	×	×	正
天下樂	×	×	×	×	近〔註771〕〈缺〉	×	×
太平令	○	近	近〔註772〕	近〔註773〕	近@〔註774〕(2)	○	正(2)
太平年	×	×	×	×	×	×	正
太和佛	×	○(4)	×	×	○(4)	×	×
水車歌	○	×	○	○	@(2)	×	正
古山花子	○	×	×	×	○(2)	×	正(2)
古瓦盆兒	○	×	×	×	×	×	正(2)
古輪台	×	@(6)	@	@	@(7)、近〔註775〕	○	正(3)
四犯泣顏回	×	×	×	○	×	×	×
四邊靜	×	×	×	×	近〔註776〕	×	×
平湖樂	×	×	×	×	×	×	正〔註777〕
打棗兒	×	×	×	×	×	×	正
本宮賺	×	×	×	×	@	×	正
永團圓	○〔註778〕	×	○(3)	○	○(3)	×	正(2)
瓦盆兒	○	×	○(2)	○(2)	○(2)、近〔註779〕	引	正(2)
石榴刷子樂	×	×	×	×	×	×	集

〔註771〕亦在仙呂調，頁 1125。
〔註772〕一名〔荒草地〕，頁 341。
〔註773〕一名〔荒草地〕，頁 370。
〔註774〕亦入道宮，與黃鐘調不同，頁 1131。
〔註775〕本中呂宮，與中呂調近詞通用，頁 1126。
〔註776〕借正宮，頁 1126。
〔註777〕一名〔採蓮詞〕，頁 1322。
〔註778〕沈譜名〔耍鮑老〕，南詞定律名〔團圓同到老〕，頁 169。
〔註779〕本中呂宮，與中呂調近詞通用，頁 1126。

石榴化	○	○（4）	○	○	○（7）、 近 〔註780〕	○	正（3）
石榴掛漁燈	×	×	○	○	×	×	集（3）
石榴燈	×	×	×	×	×	×	集 〔註781〕 （2）
合生	×	×	○	×	○（2）、 近 〔註782〕	×	×
合笙	×	×	×	○	×	×	×
地錦花	×	×	×	×	○（2）	×	×
好子樂	×	×	×	×	×	×	集 〔註783〕 （2）
好事有四美	×	×	×	×	×	×	集
好事近	近	×	○ 〔註784〕	○ 〔註785〕	×	○、引	正 〔註786〕 （4）
好花兒	×	×	×	○	×	×	正
好孩兒	×	×	○（2）	○	○（2）	×	正
好銀燈	×	×	×	×	×	×	集（2）
朱奴兒	×	×	×	×	近 〔註787〕	○	×
尾犯序	○	@	@	@	@（3）	○	正（4）
尾犯芙蓉	×	○	○	○	○	×	×
尾芙蓉	×	×	×	×	×	×	集
尾漁燈	×	×	×	×	×	×	集
尾銀燈	×	×	×	×	×	×	集

〔註780〕本中呂宮，與中呂調近詞通用，頁1126。
〔註781〕舊名〔石榴掛紅燈〕，頁1379。
〔註782〕本中呂宮，與中呂調近詞通用，頁1126。
〔註783〕舊名〔好事近〕，頁1369。
〔註784〕與詩餘不同，頁274。
〔註785〕與詩餘不同，頁310。
〔註786〕一名〔杏壇三操〕，與本宮引不同，頁1245。
〔註787〕借正宮，頁1126。

尾錦纏	×	×	×	×	×	×	集〔註788〕
芍藥掛鴈燈	×	×	×	×	×	×	即紅鴈過
兩休休	@	@	○	○	@〔註789〕(2)、近〔註790〕	○	正(4)
‧兩兒帶芍藥	×	×	×	×	×	×	集〔註791〕
呼喚子	×	×	近		近〔註792〕	×	正〔註793〕
和佛兒	×	×	×	×	×	×	正(3)
念佛子	×	@(3)	@	@	@(3)	×	正(6)
念佛水紅花	×	×	×	×	×	×	集
拗荼䕷	×	×	×	×	○〔註794〕	×	×
杵歌	近	近(2)	近	近	近(2)	×	正
泣刷天燈	×	×	×	×	○	×	×
泣顏回	@	@(2)	○	@	@〔註795〕(2)、近〔註796〕	○	×
花六么	×	×	×	○	×	×	集
花犯撲燈蛾	×	即麥裡蛾(2)	×	×	○〔註797〕(3)	×	×
花尾鴈	×	×	×	×	×	×	集
花堤馬	×	×	×	×	○	×	×
迎仙客	○	近	近	近	近(2)	×	正(2)
金芙蓉	×	×	×	×	×	×	集
金孩兒	×	×	×	×	○	×	集
阿好悶	×	×	近	×	近	×	正

〔註788〕舊名〔尾犯錦〕，頁1388。
〔註789〕與中呂調近詞通用，與南呂不同，頁291。
〔註790〕本中呂宮，與本調通用，頁1126。
〔註791〕舊名〔孩兒帶芍藥〕，頁1417。
〔註792〕與南呂宮不同，頁1133。
〔註793〕與南呂宮正曲不同，頁1344。
〔註794〕一名〔絞荼䕷〕，又名〔荼䕷香〕，頁498。
〔註795〕一名〔杏壇三操〕，亦曰〔好事近〕，與中呂調近詞通用，頁437。
〔註796〕本中呂宮，與本調通用，頁1126。
〔註797〕一名〔海棠枝上撲燈蛾〕，一名〔鮑老撲燈蛾〕，又名〔麥裡蛾〕，頁403。

孩兒燈	×	×	×	○	×	○	集
怨東君	×	×	×	×	○	×	×
恤刑兒	×	×	×	×	×	×	正
柳梢青	×	×	×	×	近〔註798〕	×	×
紅芍藥	×	×	○〔註799〕	○〔註800〕	○〔註801〕、近〔註802〕	○	正〔註803〕(2)
紅衫兒	@	×	×	×	近@〔註804〕	×	×
紅獅兒	×	近@(2)	×	×	近@〔註805〕	×	×
紅繡鞋	○、近	○(3)	○(3)	○(3)	○(4)、近〔註806〕	○	正〔註807〕(4)
耍孩兒	×	×	○〔註808〕	○〔註809〕	○〔註810〕、近〔註811〕(2)	○	正〔註812〕(2)
風蟬兒	○	×	○	○	○(2)	×	正(2)
倦尋芳	×	×	×	×	×	×	正
倚馬待風雲	×	×	○	○	×	×	集
剔銀燈	×	○(2)	○	○	○(2)、近〔註813〕	○	正〔註814〕

〔註798〕借仙呂入雙調，頁1127。
〔註799〕與南呂不同，頁291。
〔註800〕與南呂不同，頁330。
〔註801〕與南呂不同，與中呂調近詞通用，頁475。
〔註802〕本中呂宮，與中呂調近詞通用，頁1126。
〔註803〕與南呂宮正曲不同，頁1250。
〔註804〕與南呂宮不同，頁1137。
〔註805〕與南呂宮不同，頁1137。
〔註806〕本中呂宮，與中呂調近詞通用，頁1126。
〔註807〕一名〔朱履曲〕，頁1262。
〔註808〕與北曲〔耍孩兒〕絕不同，頁292。
〔註809〕與北曲〔耍孩兒〕絕不相同，頁331。
〔註810〕與中呂調、般涉調不同，頁475。
〔註811〕與中呂宮、般涉調不同，頁1135。
〔註812〕與高大石調正曲不同，頁1251。
〔註813〕本中呂宮，與中呂調近詞通用，頁1126。

剔銀燈集	×	×	×	×	×	×	集
剔燈花	×	×	×	×	○〔註815〕	×	×
宮娥曲	×	×	×	×	×	×	正（4）
宮娥泣	○	近@	近@	近@	近@（3）	×	×
粉孩兒	×	○	○	○	○（4）、近〔註816〕	×	正（2）
粉蝶兒近	×	×	×	×	近〈缺〉	×	×
馬蹄花	○	×	○	○	○	×	即駐馬鎗
馬蹄聽鶯兒	×	×	×	×	×	×	集
剪梨花	×	×	×	×	近〈缺〉	×	×
得勝令（序）	×	近@（2）	×	×	近@（2）	×	正（2）
添字紅繡鞋	×	×	○	○	○（2）	×	正（2）
祭天神	×	×	×	×	×	×	正
荼蘼香傍拍	○	×	○	○	近	×	×
麻婆子	○	○（3）	○	○	○（4）、近〔註817〕	○	正〔註818〕（4）
麻婆好繡鞋	×	×	×	○	×	×	集（2）
喜漁燈	×	×	○	○〔註819〕	×	○	正（3）
喜漁燈集	×	×	×	×	×	×	集
喜銀燈	×	×	×	×	×	×	集
喬合笙	○	×	×	×	×	○	正〔註820〕（4）
普天樂	×	×	×	×	近〔註821〕（4）	○	×

〔註814〕與本宮引不同，頁 1292
〔註815〕又名〔梅花燈〕，頁 458。
〔註816〕本中呂宮，與中呂調近詞通用，頁 1126。
〔註817〕本中呂宮，與中呂調近詞通用，頁 1126。
〔註818〕一名〔羅敷令〕，頁 1294。
〔註819〕與〔雁漁錦〕第四曲不同，頁 349。
〔註820〕與越調正曲不同，頁 1286。
〔註821〕與九宮正宮不同，頁 1142。

朝天子	×	×	×	×	近	○、引	×
番馬舞秋風	×	○	○	○	○	×	即駐馬聽 江風
番鼓兒	×	近	×	×	近 〔註822〕	×	×
越恁好	×	○（3）	○ 〔註823〕 （3）	○ 〔註824〕 （3）	○（5）	○	正 〔註825〕 （5）
會河序	○	近（2）	×	×	近（2）	×	×
會河陽	×	○（2）	○	○	○ 〔註826〕 （3）	○	正（2）
梁州序	×	×	×	×	近 〔註827〕	×	×
馱環著	×	×	○	○ 〔註828〕	×	×	正（4）
鼓板賺	×	近@	×	近	近@	×	正
榴子鸎聲	×	×	×	×	×	×	集
榴花三和	犯	×	×	×	×	×	集
榴花泣	×	×	○	○（2）	○（2）	○、引	集（4）
榴花近	×	×	×	○	×	×	×
榴花馬	犯@	×	×	×	×	×	集
滾繡毬	×	○（2）	×	×	○ 〔註829〕 （2）、近 〔註830〕	×	×
滿庭芳	×	×	×	×	@	×	×
漁家傲	○	×	○（3）	○（2）	○（2）、 近 〔註831〕	○	正 〔註832〕

〔註822〕與仙呂宮、中呂宮、般涉調不同，頁1135。
〔註823〕一名〔鮑老兒〕，頁308。又一體名〔走山畫眉〕，頁295。
〔註824〕又一體名〔走山畫眉〕，頁333。
〔註825〕一名〔走山畫眉〕，一名〔滾繡毬〕，頁1256。
〔註826〕與中呂調不同，頁476。
〔註827〕借南呂宮，亦在正宮、南呂、道宮三調，頁1126。
〔註828〕馱作（大），非也，頁360。
〔註829〕與中呂調近詞通用，俗爲〔越恁好〕。又名〔走山畫眉〕，誤，頁445。
〔註830〕本中呂宮，與本調通用，頁1126。
〔註831〕本中呂宮，與中呂調近詞通用，頁1126。
〔註832〕與本宮引不同，頁1291。

漁家傲犯	×	×	×	○（2）	×	×	×
漁家醉芙蓉	×	×	×	○	×		集
漁家鴈	×	×	×	×	○〔註833〕	×	×
漁家燈	○	○（2）	○（3）	○〔註834〕	○（3）	○	即兩紅燈（2）
漁銀燈	×	×	×	×	×	×	集
漁燈花	集	×	×	×	○（3）	×	集
漁燈鴈	犯	×	×	○	×	×	集〔註835〕
福馬郎	×	×	×	×	近〔註836〕	×	正〔註837〕
綠襴踢	×	×	×	×	近〔註838〕	×	×
舞霓裳	○	×	○（2）	○（2）	○（3）、近〔註839〕	×	正（3）
舞霓戲千秋	×	×	×	○	×	×	集〔註840〕
銀燈花	×	×	×	○	×	×	集〔註841〕
銀燈紅	×	×	×	×	×	×	集
銀燈照芙蓉	×	×	×	×	×	×	集
鳳凰閣	×	×	×	×	×	×	正〔註842〕（2）
鳳凰閣序	正	×	×	×	×	×	止
德勝序	近	×	近	×	×	×	×
撲燈紅	×	×	×	○	×	×	即撲紅燈

〔註833〕一名〔魚鴈傳書〕，頁448。
〔註834〕一名〔兩紅燈〕，頁350。
〔註835〕舊名〔兩漁聽鴈〕，頁1389。
〔註836〕借正宮，頁1126。
〔註837〕與正宮正曲同，頁1328。
〔註838〕借正宮，頁1126。
〔註839〕與中呂宮不同，頁1126。
〔註840〕舊名〔霓裳戲舞千秋歲〕，頁1414。
〔註841〕舊名〔銀燈照錦花〕，頁1400。
〔註842〕一名〔數花風〕，與商調引不同，頁1339。

撲燈蛾	○	○ (8)	○	○	○ (11)、近〔註843〕	○	正〔註844〕(6)
撲燈蛾過	○	×	×	×	×	×	×
醉吟商	×	×	×	×	×	×	正
駐馬兒	×	×	×	×	×	×	正 (2)
駐馬泣	×	×	○	○	×	×	即駐馬近
駐馬摘金桃	×	×	○	○	○	×	集 (2)
駐馬輪臺	×	×	×	○	×	×	集
駐馬聽	○	×	○ (2)	○ (3)	○ (3)	○	正〔註845〕(3)
駐雲飛	○	×	○ (2)	○ (2)	○ (3)		正 (3)
駐雲聽	×	×	×	○	×	×	集
鬧花深處	×	×	×	×	○ (2)	×	×
鴈過燈	×	×	@	@	×	×	×
憑欄人	×	×	×	×	近〈缺〉	×	×
燈影搖紅	×	×	×	○	×	×	集
錦漁燈	×	○	×	×	○	×	×
錦纏道	×	×	×	×	近〔註846〕	○	×
鮑老催	×	×	×	×	近〔註847〕	○	×
縷金丹鳳尾	×	×	×	○	×	×	即雙金圓
縷縷金	×	×	○	○	○ (4)、近〔註848〕	×	正 (3)
繡鞋令	×	×	×	○	×	×	×
雙灘鷸	×	近	×	×	近〔註849〕	×	×
雙瓦合漁燈	×	×	×	○	×	×	集

〔註843〕本中呂宮，與中呂調近詞通用，頁1126。
〔註844〕一名〔打火蟲〕，頁1271。
〔註845〕與本宮引不同，頁1234。
〔註846〕借正宮，頁1126。
〔註847〕借黃鐘宮，頁1126。
〔註848〕本中呂宮，與中呂調近詞通用，頁1125。
〔註849〕與正宮不同，頁1134。

鶯兒舞	×	×	×	×	近	×	×
鷓打兔	正	○（3）	○	○	○（3）、近〔註850〕	×	正（2）
攤破地錦花	×	×	○（2）	○（2）	×	○	正（2）
總計	42	35	56	73	91	32	115

說明：

1、現存南戲資料所用曲牌：《百一錄》著錄四十二調，《拾遺》著錄三十五調，重十六，得六十一調。《百一錄》獨錄之八個曲牌，除〔太平令〕見於《全明散曲》外，餘皆不傳。《拾遺》獨錄之〔繡帶兒〕、〔大輪臺〕亦不傳。

2、明代中晚期新出曲牌：《全譜》著錄五十六調，《新譜》著錄七十三調，《正始》著錄九十一調，三書獨錄之曲，《大成》多未錄。三書重四十三調，得一百二十二調，較現存南戲資料所用曲牌，新增六十七調，少錄八調。《新譜》獨錄之〔四犯泣顏回〕、〔合笙〕、〔榴花近〕、〔繡鞋令〕；《正始》獨錄之〔三字令〕（近）、〔三花兒〕、〔二漁看花燈〕、〔大夫娘〕（近）、〔山漁掛榴燈〕、〔天下樂〕（近、缺）、〔四邊靜〕、〔地錦花〕、〔拗荼蘼〕、〔泣刷天燈〕、〔花堤馬〕、〔怨東君〕、〔柳梢青〕（近）、〔剔燈花〕、〔粉蝶兒近〕（缺）、〔剪梨花〕（近）、〔梁州序〕、〔綠襴踢〕、〔鬧花深處〕、〔憑欄人〕（缺），不見錄於南戲曲譜，《大成》亦不錄。

3、《全明散曲》中呂宮過曲所用曲牌

1.一撮棹＊	2.朱奴兒	3.下小樓＊	4.下山虎＊	5.上小樓＊
6.上小樓犯▲＊	7.千秋歲	8.大迓鼓＊	9.大影戲	10.小桃紅＊
11.山花子	12.不是路（賺）＊	13.天仙子＊	14.太平令	15.古輪臺
16.本序＊	17.玉芙蓉＊	18.瓦漁燈▲＊	19.石榴花	20.好事近〔註851〕▲
21.尾犯序＊	22.皂羅袍	23.兩休休	24.兩紅燈▲	25.雙乘鳳▲＊
26.金錢花＊	27.短拍＊	28.長拍＊	29.孩兒燈▲	30.思亞聖＊
31.急板令〔註852〕＊	32.紅芍藥	33.紅繡鞋	34.普賢願＊	35.耍孩兒
36.風入松＊	37.剔銀燈	38.笑賢歌＊	39.清江引＊	40.麻婆子

〔註850〕本中呂宮，與中呂調近詞通用，頁1126。
〔註851〕即〔泣顏回〕，又名〔杏壇三操〕。疑〔好事近〕爲集曲。據《全明散曲》四，頁4195，注明〔好事近〕集〔泣顏回〕、〔刷子序〕、〔普天樂〕而成。若又名〔泣顏回〕，實屬矛盾。
〔註852〕一名〔催拍〕。

41.喜漁燈▲	42.喜漁燈犯▲＊	43.晋大樂	44.朝天子	45.疊字（錦）犯▲＊
46.越恁好	47.黃龍滾犯▲＊	48.傾杯樂▲＊	49.料峭東風＊	50.會河陽
51.節節高＊	52.解三酲＊	53.榴花泣▲	54.漁家傲	55.漁家燈▲
56.駐雲飛	57.撲燈蛾	58.撲燈蛾犯▲＊	59.醉公子＊	60.駐馬聽
61.攤破地錦花▲	62.鴈過聲＊	63.錦庭樂▲＊	64.錦纏道	65.鮑老催
66.掉角兒＊	67.美娘兒＊			

以上六十七調，可分爲：

（1）出於南戲之曲牌：編號 7、9、11、14、15、19、20、21、23、33、37、40、46、50、54、55、56、57、60，計十九調。

（2）見於明代曲譜之曲牌：編號 2、24、29、32、35、41、43、44、53、61、64、65，計十二調。

（3）《全明散曲》新增之曲牌：編號 1、3、4、5、6、8、10、12、13、16、17、18、22、25、26、27、28、30、31、34、36、38、39、42、45、47、48、49、51、52、58、59、62、63、66、67，計三十六調，其中九調爲集曲。

（六）般涉調近詞

曲譜 曲牌	南戲百一錄	南戲拾遺	南曲全譜	南詞新譜	九宮正始	全明散曲	九宮大成
女冠子	×	×	×	×	近〔註853〕〈缺〉	×	×
太平賺犯	×	近	×	×	近	×	×
尙如縷煞	×	×	×	×	○	×	×
要孩兒	×	×	×	近〔註854〕	近〔註855〕〈缺〉	×	×
煞賺	×	×	×	近〔註856〕	×	×	×
總計	0	1	0	2	4	0	0

〔註853〕又名〔孤鴈飛〕，與南呂宮〔女冠子〕、〔孤鴈飛〕不同，頁1297。
〔註854〕與中呂不同，頁379。
〔註855〕與中呂宮、中呂調不同，頁1297。
〔註856〕即大石調〔太平賺〕，頁379。

《全明散曲》無般涉調，略。

（七）道宮調近詞

曲牌 \ 曲譜	南戲百一錄	南戲拾遺	南曲全譜	南詞新譜	九宮正始	全明散曲	九宮大成
八聲甘州	×	×	×	×	近〔註857〕	×	×
大聖樂	×	×	×	×	近〔註858〕	×	×
小蓮歌	近	×	×	×	×	×	×
太平令	×	×	×	×	近〔註859〕	×	×
玉山槐	×	×	×	×	近〈缺〉	×	×
赤馬兒	×	×	×	近	×	×	×
拗芝麻	×	近（3）	×	近	近（4）	×	×
芳草渡序	×	×	×	×	近	×	×
針線箱	×	×	×	×	近〔註860〕	×	×
梁州序	×	×	×	×	近〔註861〕	×	×
魚兒耍	×	×	×	×	近〈缺〉	×	×
魚兒賺	×	×	×	近	近@（2）	×	×
畫眉兒	×	近（2）	×	近	近（2）	×	×
黃梅雨近	×	×	×	×	近〈缺〉	×	×
解三醒	×	×	×	×	近〔註862〕	×	×
解紅序	×	近（3）	×	近（2）	近（3）	×	×
應時明近	×	×	×	近	近〔註863〕（4）	×	×

〔註857〕借仙呂宮，頁 1272。
〔註858〕借南呂宮，亦在仙呂、南呂二調，頁 1273。
〔註859〕借黃鐘調，與中呂調不同，頁 1273。
〔註860〕借南呂宮，頁 1273。
〔註861〕借南呂宮，一在正宮、中呂、南呂三調，一名〔梁州第七〕、〔梁州小令〕，頁 1273。
〔註862〕借仙呂宮，頁 1272。
〔註863〕此調今皆認為〔鵝鴨滿渡船〕，頁 1272。

曲牌	南戲百一錄	南戲拾遺	南曲全譜	南詞新譜	九宮正始	全明散曲	九宮大成
謝秋風	×	×	×	Y	近（缺）	×	×
雙赤子	×	×	×	近	近（3）	×	×
鵝鴨滿渡船	×	×	×	近	×	×	×
總計	1	3	0	8	17	0	0

《全明散曲》無道宮調，略。

（八）南呂宮過曲

曲牌	南戲百一錄	南戲拾遺	南曲全譜	南詞新譜	九宮正始	全明散曲	九宮大成
一江風	×	×	○	○（2）	○2	○、引	正（6）
七犯玲瓏	×	×	宮調不詳	×	○	×	集
七賢過關	×	×	宮調不詳	×	○	×	集〔註864〕
九重春	×	×	×	×	×	×	集
九疑山	×	×	○	○	○	○、引	集
二仙插芙蓉	×	×	×	×	近	×	×
二犯五更轉	×	×	○	○	×	×	×
二犯獅子序	×	○	×	×	○（2）	×	×
二犯擊梧桐	×	×	×	×	近	×	×
二梧桐	×	×	×	×	近	×	×
二集五更轉	×	×	×	×	×	×	集〔註865〕
人月圓	×	×	×	×	近〔註866〕	×	×
八寶粧	×	×	○	×	○	×	×
十二雕欄	×	×	×	×	×	×	集（2）
十五郎	×	近（3）	×	×	近〔註867〕（3）	×	×

〔註864〕與商調集曲不同，頁4118。
〔註865〕舊名〔香遍五更〕，頁4100。
〔註866〕借九宮大石調，頁1157。
〔註867〕與仙呂宮不同，頁1169。

三十腔	×	×	宮調 不詳	×	○	○、引	集
三仙序	×	×	×	×	×	×	集
三仙橋	×	×	×	×	×	×	正（6）
三犯獅子序	×	×	×	×	○	×	×
三換頭	×	×	○	○	×	○	正（3）
三學士	×	×	○ 〔註868〕	○ 〔註869〕	○	○	正 〔註870〕 （2）
上春花	×	×	×	×	×	×	正
上馬踢	×	×	×	×	近 〔註871〕	×	×
大金錢	×	×	×	×	近〈缺〉	×	×
大迓鼓	×	○（4）	○（2）	○（2）	○（4）	○	正（3）
大看燈	×	×	×	×	×	×	集
大勝（聖）樂	○	○（5）	○（2）	○（2）	○ 〔註872〕 （5）	○	正 〔註873〕 （5）
大勝花	×	×	×	○	×	×	集
大勝棹	×	×	×	○	×	×	集
大寒花	×	×	×	×	○	×	×
大節高	×	×	○	○（2）	×	○	集
大聖樂	×	×	×	×	近 〔註874〕	○	×
女冠子	×	×	○ 〔註875〕	○ 〔註876〕	○ 〔註877〕	×	正 〔註878〕 （4）

〔註868〕或作〔玉堂人〕，頁395。
〔註869〕或作〔玉堂人〕，頁444。
〔註870〕一名〔玉堂人〕，頁3799。
〔註871〕借仙呂宮，頁1157。
〔註872〕本南呂宮，與南呂調近詞通用，亦在道宮調，頁1154。
〔註873〕與本宮引不同，頁3804。
〔註874〕本南呂宮，與南呂調近詞通用，亦在仙呂、道宮，頁1157。
〔註875〕舊譜多一古字，非也，頁376。
〔註876〕舊譜多一古字，非也，頁417。
〔註877〕或作〔古女冠子〕，頁678。
〔註878〕與本宮引、黃鐘宮引不同，頁3917。

中都悄	×	×	×	×	×	×	正（2）
五更香	×	×	○	○〔註879〕	○	×	集
五更馬	×	×	×	×	○	×	集
五更歌	×	×	×	×	×	×	集
五更轉	○	○	○	○	○、近〔註880〕	○	×
五更轉	×	×	×	×	近〔註881〕	○	正（3）
五更轉犯	×	×	○	即五更香	×	×	×
五樣錦	×	×	○	○	×	×	×
六犯清（清）音	×	×	宮調不詳	○	○	○、引	×
六奏新音	×	×	×	×	×	×	集
六律清音	×	×	×	×	×	×	集
太師入瑣窗	×	×	×	○	×	×	集
太師引	○	×	○〔註882〕（2）	○	○（3）、近〔註883〕	○、引	正（6）
太師令	×	×	×	○	×	×	集（2）
太師見學士	×	×	×	×	×	×	集
太師垂繡帶	集	×	○	○（2）	○	×	集（2）
太師接學士	×	×	×	○	×	×	×
太師圍繡帶	×	×	×	○	×	×	集
太師解繡帶	×	×	×	○	×	×	集
太師醉腰圍	×	×	×	○	×	×	集
少不得	×	×	×	×	近〈缺〉	×	×
引劉郎	×	×	×	○	×	×	集
引駕行	×	×	○	○	○	×	正〔註884〕（2）

〔註879〕原名〔五更轉犯〕，頁477。
〔註880〕本南呂宮與南呂調近詞通用，頁1156。
〔註881〕本南呂宮，與本調通用，頁1156。
〔註882〕又一體犯〔刮鼓令〕，頁388。
〔註883〕本南呂宮，與南呂調近詞通用，頁1157。
〔註884〕一名〔長春〕，頁3910。

月兒高	×	×	×	×	近〔註885〕	×	×
水唐歌	正	×	×	×	×	×	正
水潑帽	×	×	×	×	×	×	集
令節賞金蓮	×	×	×	○	×	×	集
古女冠子	○	×	×	×	×	×	×
古針線箱	×	×	○	○	○	×	×
本宮賺	×	@〔註886〕（5）	○	×	@〔註887〕（5）	×	正（2）
生姜芽	×	×	×	×	○〔註888〕（2）	○	×
白練序	×	×	×	×	近〔註889〕	×	×
石竹花（子）	○	×	○	○〔註890〕	○、近〔註891〕	○	正〔註892〕（6）
竹馬兒	×	×	○	○	@	×	×
西江月	×	×	×	×	○〈缺〉	×	×
西河柳	×	×	×	×	近〔註893〕（3）	×	×
吳小四	×	近@	×	×	近@〔註894〕（2）	×	×
巫山十二峰	×	×	×	×	×	○、引	集（3）
阮二郎	×	×	×	○	×	×	集
阮郎歸	○	×	○	○	○	×	正〔註895〕

〔註885〕借仙呂宮，頁1157。
〔註886〕又名〔梁州賺〕，頁167。
〔註887〕又名〔梁州賺〕，頁684。
〔註888〕與〔節節高〕下節不同，頁607。
〔註889〕借正宮，頁1157。
〔註890〕舊譜作〔石竹子〕，非。頁378。
〔註891〕本南呂宮，與本調通用，頁1156。
〔註892〕與本宮引不同，頁3946。
〔註893〕亦入仙呂宮，頁1181。
〔註894〕一名〔吳織錦〕，頁1163。
〔註895〕與本宮引不同，頁3954。

		○〔註896〕(4)	○	○	○（5）	×	止（6）
刮鼓（古）介	正	○〔註896〕(4)	○	○	○（5）	×	止（6）
呼喚子	×	×	○	○（2）	○〔註897〕(2)	×	正〔註898〕(2)
夜過扶風	×	×	×	×	×	×	集
孤鴈飛	×	×	○	○	○〔註899〕	×	即孤飛鴈（2）
宜春引	×	×	×	○	×	○、引	集
宜春令	@	×	○	○	○（5）	○、引	正（5）
宜春序	×	×	×	○	×	×	集
宜春絳	×	×	×	○	×	×	集〔註900〕(2)
宜春瑣窗	×	×	×	×	×	×	集（2）
宜春樂	×	×	○	×	×	○、引	集（2）
宜春懶繡	×	×	×	○	×	×	×
宜畫兒	×	×	×	×	×	×	集
征胡兵	×	×	×	×	×	×	正（2）
征胡遍	×	×	×	○（2）	×	×	集〔註901〕
東甌令	×	○（2）	○	○	○〔註902〕(6)、近	○	正（6）
東甌蓮	×	×	○	○	×	○	集
牧陽（羊）關	○	×	×	×	近	×	×
芙蓉花	×	近（2）	×	×	近（2）	×	×
花落五更寒	×	×	×	○	×	×	×
金字經	×	×	×	×	×	×	正〔註903〕(4)

〔註896〕入〔南呂調〕，頁118。
〔註897〕與中呂調不同，頁539。
〔註898〕與中呂宮正曲不同，頁3915。
〔註899〕與仙呂調不同，頁679。
〔註900〕舊名〔春太平〕，頁4040。
〔註901〕舊名〔胡香滿〕，頁4120。
〔註902〕唐譜名〔金甌令〕，頁586。
〔註903〕一名〔閏金經〕，頁3956。

金絡索	×	×	×	×	○〔註904〕（3）	○	×
金蓮子	×	@（5）	○	○	@（5）、近〔註905〕	○	正〔註906〕（7）
金蓮花	×	近	×	×	近	×	×
金蓮帶東甌	×	×	○	○	×	×	集（1）
金錢花	×	×	○	○	○（4）	○	正（3）
青衲襖	×	○（3）	○	○	○（3）、近〔註907〕	×	正（2）
迓鼓娘	×	×	×	○	×	×	集
怨別離	×	×	×	×	○	×	×
恨情郎	×	×	×	×	×	×	正
恨蕭郎	×	×	近	近	近（3）	×	正〔註908〕（3）
春太平	×	×	○	○	×	×	×
春色滿皇州	近@	×	近	近	×	×	正（7）
春溪劉月蓮	×	×	×	○	×	作春溪潑秋蓮	×
春瑣窗	×	×	○	○	×	×	×
春甌帶金蓮	×	×	×	○	×	×	集
春錦一端織柳蓮	×	×	×	×	×	×	集
洞仙歌	×	×	×	×	近〔註909〕	×	×
秋月照東甌	×	×	×	○（2）	×	×	集（1）
秋夜月	×	×	○	○	○（2）、近〔註910〕	○	正〔註911〕（4）
秋夜令	×	×	×	○	×	○	×

〔註904〕又名〔金索掛梧桐〕，頁600。
〔註905〕本南呂宮，與南呂調近詞通用，頁1156。
〔註906〕與本宮引不同，頁3815。
〔註907〕本南呂宮，與南呂調近詞通用，頁1156。
〔註908〕一名〔排遍第五〕，頁3943。
〔註909〕借正宮，頁1157。
〔註910〕本南呂宮，與南呂調近詞通用，頁1156。
〔註911〕一名〔賞秋月〕，頁3812。

秋夜花	×	×	×	×	×	×	集
秋夜金風	×	×	×	○	×	×	集
秋蓮子	×	×	×	×	×	×	集
紅白醉	×	×	×	○	×	×	集
紅芍藥	○	@（4）	○	@〔註912〕（2）	@〔註913〕（4）、近〔註914〕	×	正〔註915〕（6）
紅衫（繫）白練	×	×	×	○	×	×	集
紅衫兒	正	@（10）	○（2）	@（2）	@〔註916〕（2）、近〔註917〕	○	正（11）
紅衲襖	×	○（6）	○（2）	○（2）	○（6）、近〔註918〕	○、引	正（6）
紅獅兒	×	×	×	×	○〔註919〕	×	×
茅山逢故人	×	×	×	×	×	×	正
風馬兒	×	×	×	○	×	×	正〔註920〕
風撲蛾	×	×	×	○	×	×	集〔註921〕
風撿（簡）才	×	×	×	×	×	×	正（3）
風檢才	○	×	○〔註922〕	×	×	×	×
香五更	×	×	×	×	○	×	×
香五娘	×	×	×	×	○〔註923〕	×	×

〔註912〕與中呂不同，頁483。
〔註913〕與中呂調不同，頁680。
〔註914〕本南呂宮，與南呂調近詞通用，頁1157。
〔註915〕與中呂宮正曲不同，頁3936。
〔註916〕與中呂不同，頁668。
〔註917〕本南呂宮，與南呂調近詞通用，頁1157。
〔註918〕本南呂宮，與南呂調近詞通用，頁1156。
〔註919〕與中呂調〔紅獅兒〕異，頁506。
〔註920〕與越調引不同，頁3912。
〔註921〕舊名〔金燈蛾〕，頁4116。
〔註922〕與中呂〔風蟬兒〕相同，或其名偶異耳，頁379。
〔註923〕亦名〔二香轉〕，頁575。

香姐姐	×	×	×	○	×	×	集
香南枝	×	×	×	×	×	×	集
香柳娘	○、正	○（3）	○	○	○（5）、近〔註924〕	○	正（8）
香（春）風俏臉兒	×	×	即二犯香羅帶	即二犯香羅帶	○	×	即二集香羅帶
香雲轉月	×	×	×	×	○	×	×
香遍滿	×	×	○	○	○〔註925〕（5）	○	正（5）
香滿繡窗	×	×	×	○	×	×	集
香嬌枝	×	×	×	×	×	×	集
香轉更雲	×	×	×	×	×	×	集
香轉雲	×	×	×	×	×	×	×
香羅帶	×	○（8）	○（2）	○（2）	○（8）、近〔註926〕	○、引	正（5）
奈子大	×	×	×	○	×	×	×
奈子五更寒	×	×	×	×	×	×	集
奈子宜春	犯〔註927〕	○	○	○	○	×	集
奈子花	×	○（3）	○	○〔註928〕	○（4）、近〔註929〕	○	正〔註930〕（4）
奈子落瑣窗	×	×	○	○	×	×	×
奈子瑣窗	×	×	×	×	×	×	集
奈子樂	×	×	×	○	×	○	集
浪淘沙	×	×	×	×	近〔註931〕	×	×
祝九如	×	×	×	×	×	×	正

〔註924〕本南呂宮，與南呂調近詞通用，亦在十三調雙調，頁1156。
〔註925〕本南呂宮，與南呂調近詞通用，頁1156。
〔註926〕本南呂宮，與南呂調近詞通用，頁1156。
〔註927〕入〔南呂犯調〕，見《宋元南戲百一錄》，頁97。
〔註928〕一名〔玉梅花〕，頁409。
〔註929〕本南呂宮，與南呂調近詞通用，頁1157。
〔註930〕一名〔玉梅花〕，頁3801。
〔註931〕借九宮越調，頁1157。

針（鍼）線箱	○	○（5）	○	○	○（5）、近〔註932〕	○	×
針線窗	×	×	×	○	×	○	×
鬥百索	×	@	×	×	@	×	×
恁麻郎	×	×	×	×	×	×	正（2）
浣沙（紗）溪	×	×	○	○	○（2）、近〔註933〕	○	正〔註934〕（5）
浣沙（紗）劉月蓮	×	×	○	○	○	×	×
浣沙三脫帽	×	×	×	○	×	×	×
浣沙天樂	×	×	×	○	×	×	×
浣溪天樂	×	×	×	×	×	×	集
浣溪令	×	×	×	×	×	×	集
浣溪帽	×	×	×	○	×	作浣溌帽	集
浣溪劉紅蓮	×	×	×	×	×	×	集
浣溪樂	×	×	○	○	×	×	集
浣溪箱	×	×	×	×	×	×	集
浣溪蓮	×	×	×	○	×	○	集
婆羅門賺（賺）	×	近@（5）	近	近	近@（5）	×	×
寄生子	×	×	×	×	○〔註935〕、近〈缺〉	×	×
帶醉行春	×	×	×	○	×	×	集（2）
採茶歌	×	×	×	×	近	×	×
望江南	×	×	×	×	近〈缺〉	×	×
望梅花	×	×	×	×	近〔註936〕	×	×
梁州四集	×	×	×	×	×	×	集
梁州序	○	@（14）	@〔註937〕	○〔註938〕	@（6）、近〔註939〕	○	正〔註940〕（7）

〔註932〕本南呂宮，與南呂調近詞通用，亦在仙呂、道宮，頁156。
〔註933〕本南呂宮，與南呂調近詞通用，頁1156。
〔註934〕一名〔浣溪沙〕，與本宮引不同，頁3808。
〔註935〕一名〔細腰兒〕，頁602。
〔註936〕亦入仙呂宮，頁1167。
〔註937〕一名〔梁州第七〕，頁362。
〔註938〕一名〔梁州第七〕，頁400。
〔註939〕本南呂宮，與南呂調近詞通用，亦在正宮、中呂、道宮，頁1157。

梁州新郎	×	○	○〔註941〕	○〔註942〕	@	○	集（3）
梁州錦序	×	×	×	×	○	×	集
梁溪劉大香	×	×	○	×	×	×	×
梁溪劉大娘	×	×	×	○	○	×	×
梧桐樹	×	×	×	×	近	○、引	×
梅花郎	×	×	×	○〔註943〕	×	×	×
梅花塘	×	×	○	○	○	×	正（2）
覓花郎	×	×	×	×	×	×	集
貨郎兒	×	×	×	×	×	×	正（2）
勝寒花	×	×	×	○	○	×	集
單調風雲會	×	×	○	○	○	×	集
寒窗秋月	×	×	×	×	×	×	集
寒窗解醒	×	×	×	×	×	×	集
朝天子	×	×	×	×	×	×	正（4）
朝天懶	×	×	×	○（2）	×	×	集〔註944〕
畫眉溪月瑣寒郎	×	×	×	○	×	×	×
畫眉醉羅袍	×	×	×	×	×	×	集
番竹馬	×	×	○	○	○	×	×
賀新郎	○	×	○	○	○（3）、近〔註945〕	○	正〔註946〕（4）
賀新郎袞	○	×	○	○	○〔註947〕（3）	×	正（3）
感皇恩	×	×	×	×	近〈缺〉	×	×

〔註940〕一名〔古梁州〕，頁3774。
〔註941〕舊譜作〔梁州小序〕，非也，頁364。
〔註942〕舊作〔梁州小序〕，非，頁401。
〔註943〕可入仙呂，頁461。
〔註944〕舊名〔朝天畫眉〕，頁4108。
〔註945〕本南呂宮，與南呂調近詞通用，頁1156。
〔註946〕一名〔金縷詞〕，與本宮引不同。
〔註947〕即〔麻郎兒〕，又名〔貨郎兒〕，頁534。

			近[註948]（2）				正[註949]（5）
搗白練	近	近（7）	近[註948]（2）	近（2）	近@（7）	×	正[註949]（5）
新秋月	×	○（2）	×	×	×	×	×
楚江情	×	×	×	×	○[註950]	○、引	集[註951]
溪沙四集	×	×	×	×	×	×	集
溪沙花月畫郎寒	×	×	×	×	×	×	集[註952]
獅子序	@	近（3）	×	×	近@（4）	×	×
節節令	×	×	×	○	×	×	集
節節金蓮	×	×	×	×	×	×	集
節節高	○	×	○[註953]	○[註954]	○[註955]（3）、近[註956]	○	正[註957]（3）
虞美人	×	×	×	×	×	×	×
解連環	×	×	○	○	○[註958]（2）	×	×
遍滿五更香	犯	×	×	×	×	×	集
滿園春	×	×	○	×	○[註959]（3）	○	正[註960]（3）
滿園梧桐	×	×	×	×	○[註961]	×	×

〔註948〕舊譜註云即〔搗練子〕，雜，頁447。
〔註949〕一名〔搗鍊子〕，頁3951。
〔註950〕（楚江清）誤名，頁680。
〔註951〕舊名〔羅江怨〕，頁4092。
〔註952〕舊名〔畫眉溪月瑣窗郎〕，頁4108。
〔註953〕即〔生薑芽〕舊譜又收〔生薑芽〕，非也，頁367。
〔註954〕即〔生薑芽〕，頁405。
〔註955〕俗作〔瑣寒香〕，誤。頁647。
〔註956〕本南呂宮，與本調通用，頁1156。
〔註957〕一名〔凌霄竹〕，頁3796。
〔註958〕與仙呂宮不同，頁540。
〔註959〕與商調不同，頁592。
〔註960〕一名〔雪獅子〕，一名〔鵲踏枝〕，與本宮引、商調正曲不同，頁3766。
〔註961〕與九宮調之〔桐花滿園〕不同，頁594。

瑣窗花	×	×	×	○	×	×	集（2）
瑣窗秋月	×	×	×	○（2）	×	×	×
瑣窗郎	×	×	○	○	○	×	集（2）
瑣窗針線	×	×	×	○	×	×	×
瑣窗寒	○	○	○（2）	○（2）	○〔註962〕（2）	○、引	正〔註963〕（4）
瑣窗帽	×	×	×	○	×	×	集
瑣窗樂	×	×	×	×	○	×	×
瑣窗繡	×	×	○	○	×	○	集（2）
醉江月	×	×	×	×	○	×	×
劉袞	○	○（4）	○	○	○（4）	×	正（2）
劉潑帽	×	○（2）	○	○	○（5）、近〔註964〕	○	正（4）
樂瑣窗	犯〔註965〕	×	×	×	×	×	集
潑帽入金甌	×	×	×	○	×	×	×
潑帽金甌	×	×	×	×	×	×	集
潑帽落東甌	×	×	○	○（2）	×	×	集
醉三醒	×	×	×	×	近〔註966〕	×	×
醉太平	×	×	×	×	近〔註967〕	○	×
醉太師	×	×	○	○	○	×	×
醉宜春	×	×	○	○（2）	×	○	×
銷金帳	×	×	×	×	近〔註968〕	○	×
駐馬擊梧桐	×	近	×	×	近	×	×

〔註962〕本南呂宮與南呂調近詞通用，頁1157。

〔註963〕一名〔瑣寒窗〕，頁3841。

〔註964〕本南呂宮與南呂調近詞通用，頁1156。

〔註965〕入〔南呂犯調〕，見《宋元南戲百一錄》，頁76。

〔註966〕亦在仙呂、道宮二調，頁1157。

〔註967〕借正宮，頁1157。

〔註968〕借仙呂入雙調，頁1157。

學士解溪沙	×	×	×	○	×	×	集
學士解酲	×	×	○	○（2）	×	○	集（2）
學士醉江風	×	×	×	○	×	×	集
燒夜香	×	×	×	×	×	×	正（2）
擊梧桐	×	×	×	×	近〔註969〕	×	×
簇仗	×	近（2）	×	×	近（2）	×	×
薄媚袞	×	×	○	○	×	×	×
駿甲馬	×	×	×	×	×	×	正（2）
繡太平	×	×	○	○	○	○	集
繡衣郎	×	×	○	○	○	×	正（3）
繡針線	×	×	×	○	×	×	集
繡帶引	×	×	○	○	×	○、引	集
繡帶兒	×	@（4）	○〔註970〕	○	@（4）、近〔註971〕	○、引	正（6）
繡帶宜春	×	×	○	○	×	×	集（2）
鎖窗寒	×	×	×	×	近〔註972〕	×	×
懶扶歸	×	×	×	○	×	×	集〔註973〕
懶扶羅	×	×	×	○	×	×	×
懶針（鍼）酲	×	×	×	○	×	×	集
懶針（鍼）線	×	×	○	○	×	○	集
懶畫眉	○	×	○	○（2）	○近〔註974〕	○、引	正（3）
懶鶯兒	×	×	×	○	×	×	集
癡冤家	○	×	○	○	○	×	正
羅江月	×	×	×	×	×	×	集

〔註969〕與九宮商調〔金梧桐〕同一調，頁1172。
〔註970〕舊譜云即〔癡冤家〕，非。頁383。
〔註971〕本南呂宮，與南呂調近詞通用，頁1157。
〔註972〕本南呂宮，與本調通用，頁1157。
〔註973〕舊名〔畫眉扶〕，頁4105。
〔註974〕本南呂宮，與南呂調近詞通用，頁1156。

羅江怨	集	×	○〔註975〕(2)	○〔註976〕(2)	○ (2)	○	集〔註977〕(2)
羅帶兒	×	×	○	○	○	×	集
羅鼓（古）令	×	×	○	○ (2)	×	×	集 (2)
纏枝花	○	×	○ (2)	○ (2)	○ (5)	×	正 (8)
纏花賺	×	×	×	×	×	×	正 (2)
攬群羊	×	×	×	×	近	×	×
鑾江令	×	×	×	×	近〔註978〕	×	×
總計	32	34	88	139	123	59	168

說明：

1、現存南戲資料所用曲牌：《百一錄》著錄三十二調，《拾遺》著錄三十四調，重十三調，得五十三調。《百一錄》獨錄之〔古女冠子〕；《拾遺》獨錄之〔新秋月〕，皆不傳。

2、明代中晚期新出曲牌：《全譜》著錄八十八調，《新譜》著錄一百三十九調，《正始》著錄一百二十三調。三書重六十調，得二百零二調，較現存南戲資料所用曲牌，新增一百五十四調，亦少錄五調。《全譜》獨錄之〔梁溪劉大香〕；《新譜》獨錄之〔太師接學士〕、〔宜春懶繡〕、〔花落五更寒〕、〔香轉雲〕、〔奈子大〕、〔浣沙三脫帽〕、〔浣沙天樂〕、〔梅花郎〕、〔畫眉溪月瑣寒郎〕、〔瑣窗針線〕、〔潑帽入新甌〕；《正始》獨錄之〔二仙插芙蓉〕、〔二犯擊梧桐〕、〔二梧桐〕、〔人月圓〕、〔三犯獅子序〕、〔上馬踢〕、〔大金錢〕（近、缺）、〔大寒花〕、〔少不得〕（缺）、〔月兒高〕、〔白練序〕、〔西江月〕（缺）、〔西河柳〕（近）、〔怨別離〕、〔洞仙歌〕（近）、〔紅獅兒〕、〔香五更〕、〔香五娘〕、〔香雲轉月〕、〔浪淘沙〕（近）、〔寄生子〕（近、缺）、〔採茶歌〕（近）、〔望江南〕（近、缺）、〔望梅花〕（近）、〔感皇恩〕（近、缺）、〔虞美人〕、〔滿園梧桐〕、〔瑣窗樂〕、〔酎江月〕、〔解三酲〕、〔擊梧桐〕、〔鎖窗寒〕、〔攬群羊〕、〔鑾江令〕，不見錄於南戲曲譜，《大成》亦未錄。《新譜》獨錄之〔春溪劉月蓮〕、〔奈子樂〕、〔浣溪蓮〕、〔針線窗〕；《正始》獨錄之〔六犯清音〕、〔生姜芽〕則見存於《全明散曲》。

〔註975〕一名〔羅帶風〕，又一體又名〔楚江情〕，頁 404、406。
〔註976〕一名〔羅帶風〕，又一體又名〔楚江情〕，頁 454、455。
〔註977〕舊名〔羅帶風〕，頁 4090。
〔註978〕借仙呂宮，頁 1157。

3、《全明散曲》南呂宮過曲所用曲牌

1.不是路＊	2.掉角兒（序）＊	3.撲燈蛾＊	4.東甌令	5.浣溪沙
6.醉扶歸＊	7.香柳娘	8.大勝樂〔註979〕	9.奈子花＊	10.針線箱＊
11.梁州序	12.節節高	13.解三醒＊	14.石竹花	15.漁家傲＊
16.懶畫眉	17.瑣窗寒	18.劉潑帽	19.生薑芽	20.風入松＊
21.江兒水＊	22.銷金帳	23.鎖南枝＊	24.五更轉	25.大迓鼓
26.賀新郎	27.賞宮花＊	28.降黃龍＊	29.步步嬌＊	30.山坡羊＊
31.玉交枝＊	32.園林好＊	33.僥僥令＊	34.三段子＊	35.香羅帶
36.金蓮子	37.紅衲襖	38.大影戲＊	39.繡太平▲	40.宜春樂▲＊
41.太師引▲	42.梧桐樹	43.秋夜月	44.四團花＊	45.宜春令
46.醉太平	47.滴溜子＊	48.鮑老催＊	49.琥珀貓兒墜＊	50.三換頭▲
51.越恁好＊	52.尹令＊	53.品令＊	54.荳葉黃＊	55.三月上海棠▲＊
56.川撥棹＊	57.忒忒令＊	58.月上海棠＊	59.畫眉序＊	60.雙聲子＊
61.香遍滿	62.楚江情〔註980〕	63.皂羅袍＊	64.兩頭蠻＊	65.六犯清音▲
66.一江風	67.採桑子＊	68.木蘭花慢▲＊	69.得聖樂▲＊	70.惜芳春＊
71.鏵秋兒＊	72.簇御林＊	73.繡帶兒	74.尾犯序＊	75.三學士▲
76.梁州賀新郎▲	77.梧葉兒＊	78.漁家傲犯▲＊	79.奈子花犯▲＊	80.太師帶▲＊
81.學士解醒▲	82.潑帽令▲＊	83.針線窗▲	84.奈子樂▲＊	85.秋夜令▲
86.浣溪蓮▲	87.懶針線▲	88.醉宜春▲	89.瑣窗繡▲	90.大節高▲
91.東甌蓮▲	92.紅衫兒	93.浣溪沙東甌令▲＊	94.大迓鼓犯▲＊	95.浣潑帽▲
96.二犯梧桐樹▲＊	97.玉抱肚＊	98.貓兒墜玉枝▲＊	99.金索掛梧桐▲	100.劉潑帽犯▲＊
101.金錢花	102.梧桐樹犯▲＊	103.漁燈兒＊	104.錦漁燈＊	105.錦上花＊
106.錦中拍＊	107.錦後拍＊	108.罵玉郎＊		

以上一百零八調，可分為：

（1）出於南戲之曲牌：編號 4、7、8、11、12、14、16、17、18、24、
　　　25、26、35、36、37、41、45、46、62、73、76、92，計二十二調。

（2）見於明代曲譜之曲牌：編號 5、19、22、39、40、42、43、50、61、

〔註979〕即〔滿園春〕。
〔註980〕即〔羅江怨〕。

65、66、75、81、83、85、86、87、88、89、90、91、95、99、101，
計二十四調。

（3）《全明散曲》新增曲牌：編號1、2、3、6、9、10、13、15、20、21、
23、27、28、29、30、31、32、33、34、38、44、47、48、49、51、
52、53、54、55、56、57、58、59、60、63、64、67、68、69、70、
71、72、74、77、78、79、80、82、84、93、94、96、97、98、100、
102、103、104、105、106、107、108，計六十二調，其中十四調爲
集曲。

（九）黃鐘宮過曲

曲譜 曲牌	南戲 百一錄	南戲 拾遺	南曲 全譜	南詞 新譜	九宮 正始	全明 散曲	九宮 大成
一枝春	×	×	×	×	×		正
入賺	×	×	×	×	○ 〔註981〕	×	×
三老節節高	×	×	×	×	×	×	集
三春柳	×	×	○	○	○（3）	○	×
三段子	○	×	○	○	○（4）、 近 〔註982〕	○	正（5）
三段催	×	×	○	○	×	×	集
三段滴溜	×	×	×	○	×	×	集 〔註983〕
三啄雞	×	×	×	○	×	×	×
下小樓	×	×	○	○	○、近 〔註984〕	○	正（2）
上小樓	○	×	×	×	×	×	×
大和佛	×	×	×	○	×	×	×
小引	×	×	×	×	×	×	正（2）
天下同	×	×	×	×	近〈缺〉	×	×

〔註981〕疑是諸宮各調之總名，如今之俗名〔不是路〕，頁122。
〔註982〕本黃鐘宮，與黃鐘調近詞通用，頁1052。
〔註983〕舊名〔三啄雞〕，頁6151。
〔註984〕本黃鐘宮，與黃鐘調近詞通用，頁1052。

天仙子	×	×	○	×	○	×	正〔註985〕
太平令	×	×	×	×	近〔註986〕	×	×
太平花	×	×	×	○	×	×	集
太平歌	×	×	○	○	○	○、引	正（3）
月裡嫦娥	×	×	○	○	○（2）	○	正（3）
水仙子	正	×	○	○	@〔註987〕	×	正〔註988〕（4）
水叨令	×	×	×	×	×	×	正（2）
仙燈照畫眉	×	×	×	○	×	○	集〔註989〕
出隊子	○	×	○	○	○（5）、近〔註990〕	○	正（3）
出隊神仗	×	×	×	○	×	×	集
出隊滴溜	×	×	×	×	×	×	集
出隊滴溜子	×	×	○	○	×	×	×
出隊貓兒	×	×	×	×	×	×	集
古水仙子	×	×	×	×	近〈缺〉	×	×
永團圓	×	×	×	○	近〔註991〕	×	×
玉絳畫眉序	×	×	○	×	×	×	即漏遲柳畫眉序
玉漏遲	×	○（2）	×	×	○（3）、近〔註992〕	×	×
玉漏遲序	×	×	○	○	×	×	正（6）
玉翼蟬	×	近	×	×	近	×	正（3）
早梅芳（近）	×	×	×	×	×	×	正

〔註985〕與本宮引同，頁6044。
〔註986〕與中呂調〔太平令〕不同，亦在道宮，頁1057。
〔註987〕與雙調不同，頁104。
〔註988〕與大石調引不同，頁6010。
〔註989〕舊名〔仙燈引京兆〕，頁6161。
〔註990〕本黃鐘宮宮，與黃鐘調近詞通用，頁1052。
〔註991〕借中呂宮，頁1052。
〔註992〕本黃鐘宮宮，與黃鐘調近詞通用，頁1052。

羽衣二疊	×	×	×	×	×	×	集
西地錦	×	×	×	×	×	×	正〔註993〕
侍香金童	×	×	○〔註994〕	○〔註995〕	○	引	正（2）
刮地風	×	×	○	○	○（2）、近〔註996〕	×	正（2）
宜春令	×	×	×	×	近〔註997〕	×	×
花月圍京兆	×	×	×	×	×	×	集
花眉月	×	×	×	×	×	集（2）	
恨更長	×	×	○	○	○（2）	引	正（2）
恨蕭郎	×	○（6）	○〔註998〕	×	○	×	×
春雲怨	×	×	×	○	○（2）	引	×
玲瓏玉	×	×	×	×	×		正
秋夜雨	×	×	×	×	近	×	×
耍鮑老	○	×	○〔註999〕	○	○、近〔註1000〕	○	正（6）
胡女怨	×	×	×	×	近〔註1001〕	×	×
降黃龍	×	@（6）	@	@	@（5）、近〔註1002〕	○	正（10）
飛雪滿群（堆）山	×	×	×	×	×	×	正〔註1003〕
倒接鮑老催	×	×	×	○	○（2）	×	×

〔註993〕與本宮引不同，頁6880。
〔註994〕又入仙呂，頁587。
〔註995〕又入仙呂，頁567。
〔註996〕本黃鐘宮，與黃鐘調近詞通用，頁1051。
〔註997〕借南呂宮，頁1052。
〔註998〕與南呂不同，頁484。
〔註999〕當名曰〔永團圓犯〕，説見中呂，頁458。
〔註1000〕本黃鐘宮，與黃鐘調近詞通用，頁1052。
〔註1001〕借仙呂宮，頁1052。
〔註1002〕本黃鐘宮，與黃鐘調近詞通用，頁1052。
〔註1003〕一名〔扁舟尋舊約〕，頁6084。

神伙兒	∪	∪(2)	○̇	○	○(4)、近〔註1004〕	○	正(6)
神仗滴溜	×	×	×	×	×	×	集
神仗雙聲	×	×	×	×	×	×	集
鬥雙雞	×	○(4)	×	近	○(4)、近〔註1005〕	○	正(7)
啄木二仙歌	×	×	×	×	×	×	集(2)
啄木三歌（鸝）	×	×	×	×	×	×	集(2)
啄木叫畫眉	×	×	○	○	×	○	集(2)
啄木江水	×	×	×	×	×	×	集
啄木江兒水	×	×	×	×	○	×	×
啄木兒	○	○(4)	○	○	○(5)、近〔註1006〕	○、引	正(7)
啄木梁州	×	×	×	×	×	×	集
啄木賓	×	×	×	×	×	×	集(2)
啄木鸝	×	×	○〔註1007〕	○〔註1008〕(2)	○(2)	○	集
排遍第五	×	×	×	×	近〈缺〉	×	×
梁州賺	×	×	×	×	×	×	正(2)
疏影	×	×	×	@	@	×	正〔註1009〕(2)
荼蘼插金風（鳳）	○	@	×	×	@	×	正(2)
連枝賺	×	近@(2)	×	×	近(2)	×	正
連理枝	×	×	×	×	近〈缺〉	×	×
麥秀兩岐	×	×	×	×	×	×	正
喜看燈	×	×	×	○	○	×	×
喜看燈	×	×	×	×	×	×	正(2)

〔註1004〕本黃鐘宮，與黃鐘調近詞通用，頁1051。
〔註1005〕本黃鐘宮，與黃鐘調近詞通用，頁1052。
〔註1006〕本黃鐘宮，與黃鐘調近詞通用，頁1052。
〔註1007〕可入商調，頁469。
〔註1008〕可入商調，頁546。
〔註1009〕一名〔解佩環〕，與本宮引不同，頁5956。

喜梧桐	○	×	×	×	×	×	×
喜遷鶯	×	×	×	×	×	×	正〔註1010〕
畫角序	×	×	×	×	○	×	×
畫眉上海棠	×	×	○	○	×	×	集
畫眉序	○	×	○（2）	○（2）	○（5）、近〔註1011〕	○、引	正〔註1012〕（4）
畫眉序海棠	×	×	○	×	×	×	×
畫眉姐姐	×	×	○	○	×	×	集
畫眉穿花	×	×	×	×	×	×	集
畫眉啄木	×	×	×	×	○	×	×
畫眉帶一封	×	×	×	×	×	×	集
畫眉畫錦	×	×	×	○	×	○、引	集
畫眉臨鏡	×	×	×	×	×	×	集
絳玉序	×	×	×	×	○	×	×
絳都春	○	×	@	×	×	×	×
絳都春犯	×	×	×	×	@	×	×
絳都春序	×	○	○	○	@（3）近〔註1013〕	引	正（10）
絳都春換頭	×	×	○	○〔註1014〕	×	×	×
黃河清慢	×	×	×	×	×	×	正
黃宮花	×	×	×	×	○〔註1015〕	×	×
黃頭獅子	×	×	×	×	×	×	集
黃龍捧燈月	×	×	○	○	×	×	即龍銜春燈朝天（2）

〔註1010〕與正宮引不同，頁 6083。
〔註1011〕本黃鐘宮，與黃鐘調近詞通用，頁 1052。
〔註1012〕一名〔京兆序〕，頁 5953。
〔註1013〕本黃鐘宮，與黃鐘調近詞通用，頁 1052。
〔註1014〕改作〔絳都春〕，非，頁 528。
〔註1015〕本黃鐘宮，與黃鐘調通用，頁 1051。

黃龍袞（滾）	×	○（8）	○〔註1016〕（2）	○〔註1017〕（2）	○（8）、近〔註1018〕	×	正〔註1019〕（10）
黃龍醉太平	×	×	○	○（2）	×	×	集（2）
黃鐘樂	×	×	×	×	×	×	正
傳言玉女	×	×	○	○〔註1020〕	○（2）	○	正〔註1021〕（2）
暗香疏影	×	×	×	×	×	×	正
獅子序	×	×	○（2）	○（2）	○	○	正（13）
解紅序	×	×	×	×	×	×	正（4）
團圓到老	×	×	×	○	×	×	×
團圓旋	×	×	×	×	近（2）	×	正
滴金樓	×	×	×	○	×	×	集
滴溜子	○	○（5）	○〔註1022〕（3）	○（3）	○（8）、近〔註1023〕	○	正（8）
滴溜出隊	×	×	×	○	×	×	集
滴溜皂鶯歌	×	×	×	×	×	×	集〔註1024〕
滴溜神仗	×	×	○（2）	即滴溜兒（2）	×	×	集〔註1025〕（2）
滴滴金	○	○（6）	○	○	○（6）、近〔註1026〕	○	正〔註1027〕（4）
滴鶯兒	×	×	×	×	×	×	集

〔註1016〕今人只作〔袞遍〕，頁478。
〔註1017〕今人只作〔袞遍〕，頁558。
〔註1018〕本黃鐘宮，與黃鐘調近詞通用，頁1052。
〔註1019〕一名〔滾遍〕，頁6024。
〔註1020〕與引子不同，頁567。
〔註1021〕與本宮引不同，頁6066。
〔註1022〕又名〔雙聲疊韻〕，又名〔鬥雙雞〕，頁462、538。
〔註1023〕本黃鐘宮，與黃鐘調近詞通用，頁1051。
〔註1024〕舊名〔滴羅鶯歌〕，頁6131。
〔註1025〕舊名〔滴溜兒〕，頁6128。
〔註1026〕本黃鐘宮，與黃鐘調近詞通用，頁1052。
〔註1027〕與本宮引不同，頁5991。

漏春眉	×	×	×	○	×	×	×
撲蝴蝶	×	×	×	×	○	×	即撲蝴蝶慢（2）
賞宮花	○	×	○	○	○〔註1028〕、近〔註1029〕	○、引	正（3）
賞宮花序	@	×	×	×	近@〔註1030〕	×	正（4）
鬧樊樓	○	○（4）	○	○	○（4）、近〔註1031〕	○	正（3）
翫仙燈	×	×	×	○	○	×	正〔註1032〕
燈月交輝	○	○（2）	○（2）	○	○（2）、近〔註1033〕	×	正（2）
燈月照畫眉	×	×	×	×	×	×	集
霓裳六序	×	×	×	×	×	×	集
鮑老催	○	@	○〔註1034〕	○	○	○	正〔註1035〕（6）
鮑老催（全）	×	@	×	×	○〔註1036〕（2）	×	×
鮑老催（後）	×	×	×	×	○	×	×
鮑老節	×	×	×	×	×	×	集
歸朝出隊	×	×	×	○	×	×	即歸樓神仗
歸朝神仗	×	×	×	○	×	×	×

〔註1028〕與黃鐘調近詞通用，與童鐘宮〔賞宮花〕別，頁30。
〔註1029〕本黃鐘宮，與本調近詞通用，頁1051。
〔註1030〕與黃鐘宮〔賞宮花〕不同，頁1058。
〔註1031〕本黃鐘宮，與本調近詞通用，頁1052。
〔註1032〕與本宮引不同，頁6097。
〔註1033〕本黃鐘宮，與本調近詞通用，頁1051。
〔註1034〕又有一體在中呂調，頁466。
〔註1035〕與越調正曲同，頁5973。
〔註1036〕本黃鐘宮，與黃鐘調近詞通用，頁1052。

歸朝歡	✕	○	○	○	○（2）、近〔註1037〕	○	正〔註1038〕（3）
雙聲子	×	○（2）	○	○	○（4）、近〔註1039〕	○	正〔註1040〕（2）
雙聲催老	×	×	×	○	×	×	即雙聲催
雙聲滴	×	×	○	○	×	×	集
雙聲滴	×	×	×	×	×	×	集
雙聲臺	×	×	×	×	×	×	集
雙聲疊韻	○	×	×	○、近	近〔註1041〕	○	正（3）
鑼鼓令	×	×	×	×	×	×	正（2）
總計	19	19	45	62	61	26	97

說明：

1、現存南戲資料所用曲牌：《百一錄》、《拾遺》皆著錄十九調，重八調，得三十調。除《百一錄》獨錄之〔上小樓〕、〔喜梧桐〕、〔賞宮花序〕不傳，為罕用曲牌外，餘皆為常用曲牌。

2、明代中晚期新出曲牌：《全譜》著錄四十五調，《新譜》著錄六十二調，《正始》著錄六十一調。三書重二十九調，得九十調，較現存南戲資料所用曲牌，新增六十二調，亦少錄二調。《全譜》獨錄之〔畫眉序海棠〕；《新譜》獨錄之〔三啄雞〕、〔大和佛〕、〔啄木江兒水〕、〔團圓到老〕、〔漏春眉〕、〔歸朝神仗〕；《正始》獨錄之〔入賺〕、〔天下同〕（近、缺）、〔太平令〕（近）、〔古水仙子〕（近、缺）、〔宜春令〕（近）、〔秋夜雨〕（近）、〔胡女怨〕（近）、〔排遍第五〕（近、缺）、〔連理枝〕（近、缺）、〔畫角序〕、〔畫眉啄木〕、〔絳玉序〕、〔絳都春犯〕、〔黃宮花〕、〔鮑老催（後）〕，不見錄於南戲曲譜，《大成》亦不錄。

3、《全明散曲》黃鐘宮過曲所用曲牌

1.一封付黃鶯▲＊	2.一封皂袍▲＊	3.一封書犯▲＊	4.一撮棹＊	5.玉抱肚＊
6.三春柳▲	7.三段子	8.三段子犯▲＊	9.三段繡▲＊	10.下小樓

〔註1037〕本黃鐘宮，與黃鐘調近詞通用，頁1051。
〔註1038〕一名〔菖蒲緣〕，頁5968。
〔註1039〕本黃鐘宮，與黃鐘調近詞通用，頁1051。
〔註1040〕與越調正曲同，頁5995。
〔註1041〕本黃鐘宮，與黃鐘調近詞通用，頁1051。

11.下山虎＊	12.大勝樂＊	13.川撥棹＊	14.太平歌	15.月上海棠＊
16.月裡嫦娥	17.水紅花＊	18.仙燈照畫眉▲	19.出隊子	20.四時花＊
21.四換頭▲＊	22.永團圓犯▲＊	23.玉山供▲＊	24.玉交枝＊	25.甘州解醒▲＊
26.甘州歌犯▲＊	27.好姐姐犯▲＊	28.沙上啄木兒▲＊	29.皀羅袍＊	30.鶯啼序犯▲＊
31.皀羅袍犯▲＊	32.皀羅袍帶＊	33.皀羅歌▲＊	34.奈子花＊	35.姐姐醉公▲＊
36.念奴嬌＊	37.耍鮑老	38.降黃龍	39.羅袍帶一封▲＊	40.香柳娘犯▲＊
41.神仗兒	42.鬥雙雞	43.浣溪沙＊	44.浣溪沙犯▲＊	45.啄木叫畫眉▲
46.啄木兒	47.啄木鸝▲	48.畫錦畫眉▲＊	49.畫錦賢賓▲＊	50.梧桐樹＊
51.喬合笙＊	52.琥珀貓兒墜＊	53.畫眉序	54.畫眉畫錦▲	55.羅袍排歌▲＊
56.畫眉籠（罩）錦堂▲＊	57.象牙床＊	58.集賢伴醉公▲＊	59.集賢賓＊	60.蠻牌令＊
61.集賢賓犯▲＊	62.集賢聽畫眉▲＊	63.黃鶯一封▲＊	64.黃鶯叫集賢▲＊	65.黃鶯兒＊
66.黃鶯兒犯▲＊	67.黃鶯喚（學）畫眉▲＊	68.滴溜子犯▲＊	69.傳言玉女	70.會佳賓＊
71.解三醒＊	72.解三醒犯▲＊	73.解醒姐姐▲＊	74.僥僥令＊	75.僥僥令犯▲＊
76.滴溜子	77.雙聲子	78.滴滴金	79.賞宮花	80.賢賓黃鶯▲＊
81.賣花聲＊	82.賣花聲帶歸仙洞＊	83.醉公子＊	84.醉公僥僥▲＊	85.醉看貓兒墜▲＊
86.醉羅歌▲＊	87.鬧樊樓	88.憶多嬌＊	89.貓兒趕畫眉▲＊	90.錦庭樂▲＊
91.錦堂月犯▲＊	92.錦堂罩畫眉▲＊	93.鮑老兒＊	94.鮑老催	95.歸仙洞＊
96.歸朝歡	97.獅子序	98.雙聲疊韻		

以上九十八調，可分爲：

（1）出於南戲之曲牌：編號 7、19、37、38、41、42、46、53、76、77、
　　78、79、87、94、96、98，計十六調。

（2）見於明代曲譜之曲牌：編號 6、10、14、16、18、45、47、54、69、
　　97，計十調。

（3）《全明散曲》新增曲牌：編號 1、2、3、4、5、8、9、11、12、13、
　　15、17、20、21、22、23、24、25、26、27、28、29、30、31、32、
　　33、34、35、36、39、40、43、44、48、49、50、51、52、55、56、
　　57、58、59、60、61、62、63、64、65、66、67、68、70、71、72、

73、74、75、80、81、82、83、84、85、86、88、89、90、91、92、
93、95，計七十二調（含帶過曲一調），其中四十二調爲集曲。

（十）越調過曲

曲牌＼曲譜	南戲百一錄	南戲拾遺	南曲全譜	南詞新譜	九宮正始	全明散曲	九宮大成
一寸金	✕	✕	✕	✕	✕	✕	正（2）
一疋布	✕	✕	○	○	○（2）	✕	正（2）
二犯排歌	✕	✕	犯	○	○	✕	✕
二集排歌	✕	✕	✕	✕	✕	✕	集〔註1042〕
入破	✕	近（2）	近	近	近（2）	✕	正（3）
入賺	✕	✕	近〔註1043〕	近〔註1044〕	✕	✕	✕
下山虎	○	○（5）	○	○	○（5）、近〔註1045〕	○	正
小桃下山	✕	✕	✕	○	✕	✕	✕
小桃紅	○、正	✕	○（3）	○〔註1046〕（3）	○〔註1047〕（5）、近〔註1048〕	引	正〔註1049〕（7）
山下夭桃	✕	✕	✕	○	✕	✕	✕
山下遇多嬌	✕	✕	✕	✕	✕	✕	集
山虎兒	正	✕	✕	✕	✕	✕	正
山虎帶蠻牌	✕	✕	○	○	✕	✕	集
山虎蠻牌	✕	○（2）	✕	○（2）	○（2）	✕	✕
山桃紅	✕	✕	○	○	○	✕	集〔註1050〕（6）

〔註1042〕與羽調集曲不同。
〔註1043〕名〔竹馬兒鐮〕，頁542。
〔註1044〕一名〔竹馬兒賺〕，頁626。
〔註1045〕本九宮越調，與越調近詞通用，頁1203。
〔註1046〕與正宮不同，與越調近詞通用，頁579。
〔註1047〕與正宮不同，頁，579。
〔註1048〕本九宮越調，與越調近詞通用，頁1203。
〔註1049〕與正宮正曲不同，頁2151。
〔註1050〕舊名〔山下夭桃〕，頁2300。

山麻客	×	@	@（2）	@（2）	@〔註1051〕（7）	○	×
山麻稽	@	×	○〔註1052〕（2）	○〔註1053〕（2）、近〔註1054〕	近〔註1055〕	○	正〔註1056〕（6）
中衮五	×	×	×	×	×	×	正（3）
中衮第四	×	近	×	×	近（2）	×	正
五般宜	×	×	○〔註1057〕（2）	○〔註1058〕（2）	○（2）	○	正（2）
五般韻美	×	×	○	×	×	×	集
五綵結同心	×	×	×	×	×	×	正（2）
五韻美	×	○	○〔註1059〕（3）	○〔註1060〕（3）	○（3）、近〔註1061〕	○	正〔註1062〕（2）
引軍旗	○	×	○（2）	○（2）	@（3）	×	正（4）
比目魚	×	×	×	×	○〔註1063〕	×	×
水底魚（兒）	×	×	○	○	○〔註1064〕	×	正〔註1065〕
出破	×	近	近	近	近	×	正（2）
包（鮑、豹）子令	×	×	○〔註1066〕	○	○	○	正（2）

〔註1051〕其第二格爲〔山麻子〕，第三格爲〔山麻郎〕，今人統謂之〔山麻稽〕或作〔山麻楷〕，皆非也，頁763、802。

〔註1052〕又名〔麻郎兒〕，作〔山麻客〕，非也，頁510。

〔註1053〕又名〔麻郎兒〕，作〔山麻客〕，誤也，頁594。

〔註1054〕與九宮越調不同，頁628。

〔註1055〕與九宮越調不同，頁1213。

〔註1056〕一名〔麻郎兒〕，與高大石調山麻客不同，頁2165。

〔註1057〕又一體或作〔賀昇華〕、〔怨東君〕，非，頁504。

〔註1058〕又一體或作〔賀昇華〕、〔怨東君〕，非，頁588。

〔註1059〕其中一體可入雙調，或作〔醉歸遲〕，或作〔恨薄情〕，俱非，頁506、590，。

〔註1060〕其中一體可入雙調，頁591。

〔註1061〕本九宮越調，與越調近詞通用，頁1203。

〔註1062〕與仙呂宮正曲不同，頁2164。

〔註1063〕即〔水底魚〕古格，頁762。

〔註1064〕即〔水中梭〕，頁775。

〔註1065〕一名〔泥裡鰍〕，一名〔水中梭〕，頁2243。

〔註1066〕或作鮑，或作豹，未知孰是，頁516。

四般宜	×	×	×	×	○	○	正（2）
四國朝	×	×	×	×	近@	×	×
本宮賺	×	×	○	○	○	×	×
本調賺	×	×	×	×	×	×	正（3）
犯排歌	×	×	×	×	○	×	×
玉胡〈蝴〉蝶	×	×	×	×	×	×	正〔註1067〕
丞相賢	×	×	○	○	○	×	正（2）
吒精令	×	@	○	○	@〔註1068〕（2）、近〔註1069〕	×	正（2）
多嬌兒	×	×	×	×	○	×	×
多嬌面	×	×	×	×	×	×	正（2）
江神子	×	×	○（2）	○（2）	○	○	正〔註1070〕（2）
江神心	×	×	×	×	×	×	集〔註1071〕
江頭送別	正	×	○	○	○（3）、近〔註1072〕	○	正（2）
竹馬兒賺	×	×	×	×	近〔註1073〕@	×	正（2）
別繫心	×	×	×	○	×	×	×
更時令	×	×	×	×	近（缺）	×	×
沙鴈揀南枝	×	×	×	×	近	×	×
禿廝兒	○	×	○	○	○	×	正
佳人捧玉盤	×	×	×	×	×	×	正
花兒	○	×	○	○	○（2）	×	正（2）
金（銅）人捧露盤	×	×	×	×	×	×	正〔註1074〕

〔註1067〕一名〔玉蝴蝶慢〕，頁2239。

〔註1068〕或無吒字，與越調近詞通用，頁840。

〔註1069〕與九宮越調，與本調通用，頁1203。

〔註1070〕與本調引不同，頁2174。

〔註1071〕舊名〔別繫心〕，頁2316。

〔註1072〕本九宮越調，與越調近詞通用，頁1202。

〔註1073〕本九宮越調，與越調近詞通用，頁1203。

〔註1074〕一名〔西平曲〕，頁2214。

亭前柳	○	×	○	○	○、近〔註1075〕	○、引	正〔註1076〕（2）
亭前送別	×	○	○	○	○	×	集
亭柳帶江頭	×	×	×	○	×	×	×
俊孩兒	×	×	×	×	×	×	正
南樓蟾影	×	×	×	○	×	×	集
英臺惜奴嬌	×	×	×	×	×		集（2）
桃花山	×	×	×	×	○	×	集〔註1077〕（3）
浪淘沙	×	×	×	○	@	×	正〔註1078〕（2）
破第二	×	近	○	○	近	×	正（3）
祝英臺	×	@（2）	○〔註1079〕	@〔註1080〕	@〔註1081〕	○、引	正（4）
渼江神	×	×	×	×	×	×	集〔註1082〕
送別江神	×	×	×	○	×	×	×
鬥蛤蟆	×	×	○	○	@	×	×
鬥黑蟆（麻）	×	×	○〔註1083〕（2）	○〔註1084〕（2）	○（2）	○	正（3）
鬥寶蟾	×	×	○	○	○	○、引	正（3）
帳裡多嬌	×	×	×	○	×	×	集
惜英臺	×	@	×	×	@（2）	×	×
排歌	×	×	×	×	×	×	正〔註1085〕

〔註1075〕本九宮越調，與越調近詞通用，頁1203。
〔註1076〕與本調引不同，頁2175。
〔註1077〕舊名〔小桃下山〕，頁2319。
〔註1078〕與本調引同，頁2264。
〔註1079〕或作〔祝英臺序〕，頁526。
〔註1080〕或作〔祝英臺序〕，頁609。
〔註1081〕古曰〔英臺序〕，頁823。
〔註1082〕舊名〔送別江神〕，頁2315。
〔註1083〕萬譜作〔山麻客〕，非，頁533。
〔註1084〕萬譜作〔山麻客〕，非，頁615
〔註1085〕與羽調正曲不同，頁2212。

呈歌兒	×	×	@ (3)	@ (3)	@ (3)、近〔註1086〕	○	正 (5)
梅花酒	×	×	○	○	@ (3)	○	正 (2)
梨花兒	×	○ (2)	○	○	○ (3)	×	正 (2)
清商怨	×	×	×	×	×	×	正〔註1087〕(2)
袞尾	×	×	×	×	×	×	正
袞第三	×	近	○	○	近	×	正 (3)
雪裡梅	×	×	×	×	×	×	正
章臺前柳	×	×	×	×	×	×	集
章臺柳	×	×	○	○	○近〔註1088〕	×	正 (2)
博(撲)頭錢	○	○	○ (2)	○ (2)	○ (3)	×	正 (3)
喬八分	○	×	○	×	○	×	正〔註1089〕
喬合笙	×	×	×	×	×	×	正〔註1090〕
番山虎	×	×	×	○ (3)	×	○、引	正 (8)
絮英臺	×	○	×	×	○	×	×
絮蝦蟆	×	×	×	×	近〔註1091〕	×	×
越調排歌	×	@	×	×	@ (2)	×	×
黃薔薇	×	×	×	×	×	×	正
黑(鬥)蠻牌	×	×	×	×	○	×	×
黑蠻令	×	×	×	×	@	×	正 (2)
園林杵歌	正	×	○〔註1092〕	○〔註1093〕	○	×	正〔註1094〕(3)
歇拍	×	近	×	×	近	×	正 (3)

〔註1086〕本九宮越調，與越調近詞通用，頁1203。
〔註1087〕一名〔關河令〕，頁2263。
〔註1088〕本九宮越調，與越調近詞通用，頁1203。
〔註1089〕與本調引不同，頁2206。
〔註1090〕與中呂宮正曲不同，頁2168。
〔註1091〕借仙呂入雙調，頁1203。
〔註1092〕或作〔園中好〕，頁537。
〔註1093〕或作〔園中好〕，頁619。
〔註1094〕一名〔園中好〕，頁2187。

歇滿	×	×	×	×	近〔註1095〕〈缺〉	×	×
道和	×	×	○〔註1096〕	○〔註1097〕	@	○	正〔註1098〕
碧玉蕭	×	×	×	×	近〔註1099〕	引	×
綿搭絮	近	×	近	近（2）	綿打絮誤名（3）	○、引	正（6）
趙皮鞋	×	×	○	○	○	×	正（2）
慶元貞	×	×	×	×	×	×	正
醉（似）娘子	×	×	×	×	×	×	正（2）
醉娘子	×	×	○〔註1100〕	○〔註1101〕	○近〔註1102〕	×	×
醉過南樓	×	×	×	○	○、近〔註1103〕	×	集
鴈兒舞	×	×	×	×	近〔註1104〕	×	×
鴈過沙	×	×	×	×	近（2）	×	×
鴈過南樓	×	×	○	○	○近	×	正（2）
憶多嬌	×	○（2）	○（2）	○（2）	○（3）、近〔註1105〕	○、引	正（3）
憶花兒	○	×	○	○	○	×	×
憶虎序	×	×	×	×	○	×	集（3）
憶梨花	×	×	×	×	×	×	集〔註1106〕
憶鶯兒	×	○（2）	○	○	○（2）	×	集（2）

〔註1095〕亦在十三調大石，亦缺，頁1203。

〔註1096〕本名〔合笙〕，舊譜改〔道和〕，頁515。

〔註1097〕本名〔合笙〕，舊譜作〔道和〕，頁598。

〔註1098〕與羽調正曲不同，頁2187。

〔註1099〕又名玉簫令，頁1211。

〔註1100〕一名〔似娘兒〕，與引子不同，頁509、626。

〔註1101〕與仙呂不同，頁593。

〔註1102〕本九宮越調，與越調近詞通用，頁1203。

〔註1103〕本九宮越調，與越調近詞通用，頁1203。

〔註1104〕借仙呂入雙調，頁1203。

〔註1105〕本九宮越調，與越調近詞通用，頁1203。

〔註1106〕舊名〔憶花兒〕，頁2318。

鮑子令	×	×	即句子令	即句子令	○〔註1107〕	×	×
鮑老催	×	×	×	×	×	○	正〔註1108〕
薄媚袞	×	×	×	×	×	×	正（3）
繡停針	正	○（5）	○	○	○（6）、近〔註1109〕	○、引	正（4）
雙聲子	×	×	×	×	×	×	正〔註1110〕
繫人心	×	×	○	○	○近〔註1111〕	×	正（2）
羅帳裡坐	×	×	○	○	○近〔註1112〕	×	正〔註1113〕（2）
鏵鍬兒	○	×	○	○	○〔註1114〕、近〔註1115〕	○	正〔註1116〕（2）
蠻山憶	×	×	×	○	×	×	×
蠻牌令	○	×	○〔註1117〕	○〔註1118〕	○（4）、近	○	正（2）
蠻牌令集	×	×	×	×	×	×	集
蠻牌嵌寶蟾	○	×	○	○	×	×	集
總計	18	21	52	64	75	23	86

說明：

1、現存南戲資料所用曲牌：《百一錄》著錄十八調，《拾遺》著錄二十一調，重一調，得三十八調，皆爲常用曲牌。

2、明代中晚期新出曲牌：《全譜》著錄五十二調，《新譜》著錄六十四調，《正始》著錄七十五調。三書重四十八調，得八十八調，較現存南戲資料所用曲牌，新

〔註1107〕曰〔豹子令〕或〔包子令〕皆非，頁762。
〔註1108〕與黃鐘宮正曲同，頁2252。
〔註1109〕與九宮越調不同，頁1212。
〔註1110〕與黃鐘宮正曲同，頁2253。
〔註1111〕本九宮越調，與越調近詞通用，頁1203。
〔註1112〕本九宮越調，與越調近詞通用，頁1203。
〔註1113〕與雙調正曲同，頁2250。
〔註1114〕與正宮調〔鏵鍬兒〕別，頁839。
〔註1115〕本九宮越調，與本調通用，頁1203。
〔註1116〕與正宮正曲不同，頁2191。
〔註1117〕即〔四般宜〕，頁500。
〔註1118〕即〔四般宜〕，頁582。

增五十一調，亦少錄一調。《新譜》獨錄之〔小桃下山〕、〔山下夭桃〕、〔別繫心〕、〔亭柳帶江頭〕、〔送別江神〕、〔蠻山憶〕；《正始》〔比目魚〕、〔四國朝〕（近）、〔犯排歌〕、〔多嬌兒〕、〔更時令〕（近、缺）、〔沙鴈揀南枝〕、〔絮蝦蟆〕、〔黑蠻牌〕、〔歇滿〕（近、缺）、〔鴈兒舞〕（近）、〔鴈過沙〕（近），不見錄於南戲曲譜，《大成》亦不錄。《正始》獨錄之〔碧玉簫〕在《全明散曲》中用作引子。

3、《全明散曲》越調過曲所用曲牌

1.下山虎	2.蠻牌令	3.綿搭絮	4.番山虎	5.西河柳＊
6.五奧子＊	7.亭前柳	8.忒忒令＊	9.五供養＊	10.好姐姐＊
11.風淘沙＊	12.川撥棹＊	13.山麻稭	14.恨薄情＊	15.四般宜
16.怨東君＊	17.江頭送別	18.五韻美	19.五般宜	20.江神子
21.山麻客	22.憶多嬌	23.祝英台	24.望歌兒	25.鬥寶蟾
26.四時宜＊	27.惜多嬌＊	28.鬥黑麻	29.二犯鬥寶蟾▲＊	30.沉醉海棠紅▲＊
31.川荳葉＊	32.合笙＊	33.道和	34.合笙道和▲＊	35.梅花酒
36.山馬客＊	37.皂羅袍＊	38.豹子令	39.繡停針▲	40.豹子令帶梅花酒＊
41.山馬客帶憶多嬌＊				

以上四十一調，可分為：

（1）出於南戲之曲牌：編號 1、2、3、7、13、17、18、21、22、23、39，計十一調。

（2）見於明代曲譜之曲牌：編號 4、15、19、20、24、25、28、33、38、40，計十調。

（3）《全明散曲》新增曲牌：5、6、8、9、10、11、12、14、16、26、27、29、30、31、32、34、36、37、40、41，計二十調（含帶過曲二調），其中三調為集曲。

（十一）商調過曲

曲牌＼曲譜	南戲百一錄	南戲拾遺	南曲全譜	南詞新譜	九宮正始	全明散曲	九宮大成
七賢過關	×	×	×	×	×	×	集〔註1119〕（4）

〔註1119〕與南呂宮集曲不同，頁1212。

九姑娘	×	×	×	×	×	×	集
二犯二郎神	×	×	○	○	×	×	×
二犯山坡羊	×	×	×	○	×	×	×
二犯集賢賓	×	×	×	×	○	×	×
二郎抱公子	×	×	×	×	×	×	集（2）
二郎神	×	○（2）	@	@	@〔註1120〕（3）	○、引	正（6）
二郎神慢	×	×	×	×	×	×	正〔註1121〕（2）
二郎試畫眉	×	×	×	×	×	○、引	集
二郎賺	×	×	×	近	近（3）	×	正
二啼鶯	×	×	×	×	@	×	×
二集山坡羊	×	×	×	×	×	×	集
二賢賓	×	×	○	○	○	×	集
二鶯兒	×	×	○	○（2）	×	×	集
八寶粧	×	×	×	×	×	×	集
十二紅	×	×	×	×	×	○、引	集〔註1122〕（2）
三犯集賢賓	×	×	×	○	×	×	×
三臺令	○	×	○	×	○	×	正〔註1123〕（2）
山羊嵌五更	×	×	×	×	×	×	集
山羊轉五更	×	×	○（2）	○（4）	即五羊裘	×	集（2）
山坡（裡）羊	○	○（2）	○（2）	○（2）	○（4）、近〔註1124〕	○、引	正（6）
五羊裘	×	○	×	×	○〔註1125〕（2）	×	×
五團花	○、正	×	○	×	×	×	正（2）

〔註1120〕與商調近詞通用。
〔註1121〕與本調引不同。
〔註1122〕舊名〔十二樓〕，與仙呂宮集曲不同，頁4779。
〔註1123〕與本調引不同，頁4669。
〔註1124〕與商調近詞通用，俗名小坡裏羊，頁718。
〔註1125〕又名〔山羊轉五更〕，頁720。

六幺梧桐	○	×	×	×	×	○	×
公子送花袍	×	×	×	×	×	×	集〔註1126〕
公子集賢賓	×	×	×	×	×	×	集〔註1127〕
公子簪花	×	×	×	×	×	×	集〔註1128〕
水紅花	×	○	○	○（2）	○〔註1129〕（4）	○	正〔註1130〕（7）
水紅花犯	×	×	犯	○	×	×	×
四犯黃鶯兒	×	×	○	○	○（2）	○	即黃鶯四序
本調賺	×	×	×	×	×	×	正
玉貓兒	×	×	×	×	○	×	×
字字啼春色	×	×	×	○	×	×	集
字字錦	×	×	○	○	○（3）	○、引	正（8）
西湖月	×	×	×	×	×	×	正
吳小四	○	×	○	○	×	×	正（3）
兩蝴蝶	近	×	×	×	×	×	×
刮地風	近	×	×	×	×	○	×
林間三巧音	×	×	×	×	×	×	集
花鶯皀	×	×	×	×	×	×	集
迎春樂	×	×	×	×	×	×	正
金衣間皀袍	×	×	×	×	×	×	集
金梧桐	×	×	○	○（2）	○〔註1131〕	引	正（3）
金梧落五更	×	×	×	○	×	×	集
金梧落粧臺	×	×	×	○	×	×	集
金梧歌	×	○	×	×	○	×	×
金梧繫山羊	×	×	○	○	×	×	集〔註1132〕（2）

〔註1126〕舊名〔御林賞皀袍〕，頁4739。
〔註1127〕舊名〔黃鶯叫賢賓〕，頁4755。
〔註1128〕舊名〔金衣插宮花〕，頁4753。
〔註1129〕又名〔折紅蓮〕，與仙呂入雙調不同，與商調近詞通用，頁715。
〔註1130〕與小石調正曲不同，頁4633。
〔註1131〕即南呂調〔繫梧桐〕，頁714。
〔註1132〕舊名〔梧坡羊〕，頁4793。

金絡索	○	×	○〔註1133〕	○〔註1134〕	×	引	集〔註1135〕（4）
金甌解酲	×	×	×	×	×	×	集
金甌線解酲	×	×	○	○	×	○	×
金甌鍼線解	×	×	×	×	×	×	集〔註1136〕
秋夜雨	×	×	×	×	×	×	正〔註1137〕
紅葉襯紅花	×	×	×	×	○	×	×
紅羅帶	×	×	×	×	×	×	集〔註1138〕
美容花	○	×	×	×	×	×	×
哭梧桐	×	×	×	×	×	×	正
桐花滿園	×	×	×	×	○〔註1139〕	×	×
桐樹東溪劉大娘	×	×	×	×	×	×	集〔註1140〕
索兒序	正	×	×	○	×	×	正
高山流水	×	×	×	×	×	×	正
高陽臺	×	×	@（2）	@（2）	@（2）、近〔註1141〕	○	正〔註1142〕（4）
寄生子	×	×	×	×	×	×	正（2）
御林木	×	×	×	×	○	×	×
御林出隊	×	×	×	×	×	×	集
御林花木集	×	×	×	×	×	×	集〔註1143〕
御林啄木	×	×	×	×	×	×	集

〔註1133〕或作〔金索掛梧桐〕，非也，頁574。
〔註1134〕或作〔金索掛梧桐〕，非也，頁665。。
〔註1135〕舊名〔金索掛梧桐〕，頁4787。
〔註1136〕舊名〔金甌線解酲〕，頁4797。
〔註1137〕與本調引不同，頁4670。
〔註1138〕舊名〔水紅梧葉〕，頁4823。
〔註1139〕與商呂宮〔滿園梧桐〕不同，頁712。
〔註1140〕舊名〔六宮春〕，頁4809。
〔註1141〕本商調與商調近詞通用，頁1192。
〔註1142〕與本調引不同，頁4604。
〔註1143〕舊名〔玉啄四時賓〕，頁4702。

御林鶯	×	×	×	×	○	○	集〔註1144〕(3)
御黃袍	×	×	×	×	○	×	×
御袍黃	×	○	×	×	○	×	集〔註1145〕(2)
梧桐秋夜寒	×	×	×	×	×	×	集〔註1146〕
梧梧半折芙蓉花	○〔註1147〕	×	○	○	×	×	即梧桐結子芙蓉紅
梧桐枝	×	×	×	○	×	×	集
梧桐花	×	×	○	○	○(2)	○	×
梧桐秋夜打瑣窗	×	×	×	○	×	×	×
梧桐葉	○	×	×	×	×	×	正(3)
梧桐滿山坡	×	×	×	○	×	×	集
梧桐樹	正	×	○	○	×	○、引	正(4)
梧桐樹犯	×	×	○	○	×	×	×
梧桐樹集	×	×	×	×	×	×	集〔註1148〕(2)
梧葉入江水	×	×	×	×	×	×	集
梧葉兒	×	○(5)	○	○	○〔註1149〕(5)	○	正〔註1150〕(8)
梧葉墮羅袍	×	×	×	○	×	×	×
梧葉覆羅袍	×	×	×	×	×	×	集
梧葉襯紅花	×	×	×	○	×	×	集
梧蓼水銷香	×	×	×	×	×	×	集
梧蓼弄金風	×	×	○	○	×	×	×
梧蓼金坡	×	×	×	○	×	×	×

〔註1144〕舊名〔簇林鶯〕，頁4697。
〔註1145〕舊名〔簇袍鶯〕，頁4699。
〔註1146〕舊名〔梧桐秋月上寒窗〕，頁4808。
〔註1147〕〔金井水紅花〕，頁659。
〔註1148〕舊名〔梧桐墜五更〕，頁4806。
〔註1149〕一名〔知秋令〕，與商調近詞通用，頁707。
〔註1150〕一名〔知秋令〕，頁4663。

梧蓼金羅	×	×	○〔註1151〕	○〔註1152〕	×	×	即金井水紅花
梧蓼映金坡	×	×	×	×	×	×	集〔註1153〕
梧蓼照金江	×	×	×	×	×	×	集〔註1154〕
清商七犯	×	×	宮調不詳	×	○	×	×
清商七集	×	×	×	×	×	×	集
清商十二音	×	×	×	○	×	×	集
淘金令	×	×	×	×	近〔註1155〕	×	×
雪簇望鄉臺	×	×	×	○	×	×	集
啼鶯喚啄木	×	×	×	×	×	×	集
喜梧桐	×	×	○(2)	○	○(2)	○	正(5)
琥珀貓兒墜	×	×	○	○	○	○	正(2)
集賢伴公子	×	×	×	×	×	×	×
集賢郎	×	×	×	×	×	×	集
集賢降黃龍	×	×	×	×	×	作集賢看黃龍	集
集賢賓	×	×	○	○	○(4)	○、引	正(5)
集賢醉公子	×	×	×	×	×	×	集
集賢貓	×	×	×	×	×	×	集
集賢雙聽鶯	×	×	×	○	×	×	集
集賢鶯	×	×	×	×	×	×	集
集賢聽畫眉	×	×	○	×	×	×	集
集賢聽黃鶯	×	×	○	○	×	×	×
集鶯花	○	○	○	×	○	×	集(2)
集鶯郎	×	×	×	○	×	×	集
黃老虎	×	×	×	×	×	×	集〔註1156〕

〔註1151〕俗名〔金井水紅花〕，頁571。
〔註1152〕俗名〔金井水紅花〕，頁659。
〔註1153〕舊名〔梧蓼搖金坡〕，頁4817。
〔註1154〕舊名〔梧蓼搖金風〕，頁4816。
〔註1155〕本借仙呂入雙調，與仙呂入雙調近詞通用，頁1192。
〔註1156〕舊名〔黃鶯啄山虎〕。

黃貓兒	×	×	×	×	×	×	即鶯貓兒 (2)
黃貓宿芙蓉坡	×	×	×	×	×	×	集〔註1157〕
黃鶯叫集賢	×	×	×	○	×	×	×
黃鶯玉肚兒	×	×	×	○	×	×	即黃玉鶯兒
黃鶯玉羅袍	×	×	×	×	×	×	集
黃鶯兒〔註1158〕	×	@	○	○	○ (3)	○、引	正〔註1159〕(4)
黃鶯穿皂羅	×	×	○	○ (2)	×	×	即公子穿皂袍
黃鶯帶一封	×	×	○	○	○	×	集
黃鶯逐山羊	×	×	×	○	×	×	集
黃鶯學畫眉	×	×	○	×	○〔註1160〕	○	集 (2)
葉兒紅	×	×	×	×	×	○	×
滴溜子	近	×	×	×	×	○	×
滿園春	×	@	○〔註1161〕	○〔註1162〕	@〔註1163〕(3)	○	止〔註1164〕(5)
漁父第一	近	近 (3)	近	近	近 (2)	○、引	正
聚十八	×	×	×	×	×	×	集〔註1165〕
賢郎聽黃鶯	×	×	×	×	×	×	集
貓兒入御林	×	×	×	○	×	×	即貓兒撲公子
貓兒出隊	犯	○	○	×	○	×	集
貓兒來撥棹	×	×	×	○	×	×	×
貓兒拖尾	×	×	×	○	×	×	集

〔註1157〕舊名〔金衣芙蓉〕。
〔註1158〕一名〔金衣公子〕。
〔註1159〕一名〔金衣公子〕。
〔註1160〕當入商黃調，頁733。
〔註1161〕即〔遍地錦〕，一名〔雪獅子〕，一名〔鵲踏枝〕，頁560。
〔註1162〕即〔遍地錦〕，一名〔雪獅子〕，一名〔鵲踏枝〕，646。
〔註1163〕與南呂宮不同，頁755。
〔註1164〕一名〔雪獅子〕，一名〔鵲踏枝〕，與南呂宮正曲不同。
〔註1165〕舊名〔鬧十八〕。

貓兒逐黃鶯	×	×	×	○	×	○	集（2）
貓兒節節高	×	×	×	×	×	×	集
貓兒趕畫眉	×	×	×	×	×	×	集
貓兒墜玉枝	×	×	○	○	×	×	集
貓兒墜桐花	×	×	○	○	×	○	集
貓兒墜梧枝	×	×	○	○	×	×	集
貓兒撥棹	×	×	×	×	×	×	集
貓兒戲芙蓉	×	×	×	×	×	×	集
貓兒戲獅子	×	×	×	×	×	○	集
簇林鶯	×	×	×	○（2）	×	○	×
簇御林	×	×	○	○	○（3）	○	正（3）
簇御袍	×	×	×	×	×	×	集
簇袍鶯	×	×	○	×	×	×	×
賽紅娘	近	×	×	×	×	×	×
雙文唓	×	×	×	○	×	×	集
雙梧秋夜雨	×	×	×	○	×	×	集〔註1166〕
雙貓出隊	×	×	×	×	×	×	集
繫梧桐	×	×	○〔註1167〕	×	○〔註1168〕	×	正（3）
鵲踏枝	○	×	×	×	×	○	×
囀林鶯	×	×	○	○	○（2）	○	正（4）
囀調泣榴紅	×	×	×	○	×	×	×
囀調近榴紅	×	×	×	×	×	×	集〔註1169〕
囀鶯兒	×	×	×	○	×	×	集（2）
鶯入御林	×	×	×	×	×	×	集（2）
鶯花皂	×	×	○	○	○	×	集
鶯啄花	×	×	×	×	×	×	即鶯啄羅
鶯袍間鳳花	×	×	×	×	×	×	集
鶯啼序	○	×	○	○（2）	○（2）	○、引	正（5）
鶯啼春色	×	×	×	×	×	×	集（2）

〔註1166〕舊名〔梧桐秋雨桂枝香〕。
〔註1167〕疑與〔喜梧桐〕同一調，頁579。
〔註1168〕疑爲〔喜梧桐〕變體，頁714。
〔註1169〕舊名〔林鶯泣榴紅〕。

鶯啼春色中	×	×	○	×	×	×	×
鶯啼御林	×	×	×	×	○	×	集
鶯啼集御林	×	×	×	○	×	×	×
鶯賀簇賢賓	×	×	×	×	×	×	集
鶯集御林	×	×	×	×	×	×	集
鶯集御林春	×	×	○	×	○（2）	×	即鶯集御林囀
鶯集園林二月花	×	×	×	×	×	×	集
鶯貓兒	×	×	×	○（2）	×	×	×
鶯簇一金鑼	×	×	×	○	×	×	集
鶯鶯兒	×	×	○	○	×	×	集〔註1170〕（2）
攤破簇御林	×	×	○	○	×	○	集
總計	20	12	50	76	43	33	129

說明：

1、現存南戲資料所用曲牌：《百一錄》著錄二十調，《拾遺》著錄十二調，重四調，得二十八調。其中，《百一錄》獨錄之〔鵲踏枝〕、〔六么梧桐〕、〔刮地風〕、〔滴溜子〕、，僅見於《全明散曲》。《百一錄》獨錄之〔兩蝴蝶〕、〔美容花〕、〔賽紅娘〕則不傳。

2、明代中晚期新出曲牌：《全譜》著錄五十調，《新譜》著錄七十六調，《正始》獨錄四十三調，較前二書少，異於之前其它宮調。三書重二十二調，得九十九調，較現存南戲資料所用曲牌，增加七十九調，亦少錄八調，新增曲牌以集曲為多。《全譜》獨錄之〔鶯啼春色中〕；《新譜》〔二犯山坡羊〕、〔三犯集賢賓〕、〔紅葉襯紅花〕、〔梧桐秋葉打瑣窗〕、〔梧葉墮羅袍〕、〔梧蓼金坡〕、〔集賢伴公子〕、〔黃鶯叫集賢〕、〔貓兒來撥棹〕、〔囀調泣榴紅〕、〔鶯啼集御林〕、〔鶯貓兒〕；《正始》獨錄之〔二犯集賢賓〕、〔二啼鶯〕、〔玉貓兒〕、〔桐花滿園〕、〔御林木〕、〔御黃袍〕、〔淘金令〕（近）、〔葉兒紅〕，不見錄於南戲曲譜，《大成》亦未錄。

3、《全明散曲》商調過曲所用曲牌

1.琥珀貓兒墜	2.解三酲＊	3.東甌令＊	4.皂羅袍＊	5.浣溪沙＊
6.水紅花	7.梧桐花	8.山坡羊	9.不是路＊	10.鵲踏枝

〔註1170〕舊名〔啼鶯兒〕。

11.滿園春〔註1171〕	12.黃鶯兒	13.簇御林	14.刮地風	15.滴溜了
16.憶多嬌*	17.錦羅袍▲*	18.玉交枝*	19.月上海棠*	20.集賢賓
21.大勝令▲*	22.簇林鶯▲〔註1172〕	23.啄木兒*	24.鶯啼序	25.五更轉*
26.園林好	27.高陽臺	28.玉鶯兒▲*	29.三段子*	30.二郎神
31.囀林鶯▲	32.月兒高▲*	33.玉抱肚*	34.掉角兒（序）*	35.忒忒令*
36.好姐姐*	37.川撥棹*	38.字字錦	39.鬥雙雞*	40.香羅帶*
41.醉扶歸*	42.玉山供▲*	43.香柳娘*	44.劉潑帽*	45.奈子花*
46.金錢花*	47.大迓鼓*	48.節節高*	49.耍鮑老*	50.漁父第一
51.雙聲疊韻*	52.江兒水*	53.僥僥令*	54.玉堂客*	55.風入松*
56.漿水令*	57.傍粧臺*	58.畫眉序*	59.罵玉郎*	60.感皇恩
61.針線箱*	62.採茶歌*	63.烏夜啼*	64.宜春令*	65.降黃龍
66.醉太平*	67.鮑老催*	68.下山虎*	69.雙聲子*	70.鬥黑麻*
71.憶鶯兒▲*	72.東甌令帶皂羅袍*	73.出隊子*	74.喜梧桐	75.一封書▲*
76.梧桐樹	77.黃鶯兒帶梧葉兒*	78.金索掛梧桐▲*	79.貓兒墜桐花▲	80.四犯黃鶯兒▲
81.黃鶯學畫眉▲	82.香歸羅袖▲*	83.啄木鸝▲*	84.西河柳*	85.浣溪樂▲*
86.春太平▲*	87.奈子落瑣窗〔註1173〕▲*	88.浣沙娘*	89.嘉慶子*	90.解三酲犯▲*
91.掉角兒犯▲*	92.集賢看黃龍▲*	93.啼鶯梢啄木▲*	94.貓兒戲獅子▲*	95.御林轉隊子▲*
96.集鶯兒▲*	97.玉鶯兒▲*	98.貓兒逐黃鶯▲	99.念奴嬌*	100.燈月交輝*
101.水紅花犯▲*	102.攤破集賢賓▲*	103.鶯斷鶯啼序▲*	104.歇拍黃鶯兒▲*	105.減字簇御林▲*
106.偷聲貓兒墜▲*	107.二犯傍粧臺▲*	108.小桃紅*	109.五供養*	110.六么梧桐▲
111.雁過燈犯▲*	112.六么憶多嬌▲*	113.太平令*	114.梅花酒*	115.收江南*
116.清江引*	117.金甌線解酲▲	118.攤破簇御林▲	119.三換頭▲*	120.三學士▲*

〔註1171〕即〔大勝樂〕。
〔註1172〕即〔御林鶯〕。
〔註1173〕即〔奈子窗〕。

121.畫錦畫眉▲＊	122.螃蟹令＊	123.一封書犯▲＊	124 馬鞍兒＊	125.梧葉兒
126.長拍＊	127.短拍＊	128.步步嬌＊	129.減字憶多嬌▲＊	130.減字鬥黑麻▲＊
131.減字歸朝歡▲＊				

以上一百三十一調，可分為：

（1）出於南戲之曲牌：編號 6、8、10、11、12、14、15、24、30、50、76、110、125，計十三調。

（2）見於明代曲譜之曲牌：編號 1、7、13、20、22、27、31、38、74、79、80、81、98、117、118，計十五調。

（3）《全明散曲》新增之曲牌：編號 2、3、4、5、9、16、17、18、19、21、23、25、26、28、29、32、33、34、35、36、37、39、40、41、42、43、44、45、46、47、48、49、51、52、53、54、55、56、57、58、59、60、61、62、63、64、65、66、67、68、69、70、71、72、73、75、77、78、82、83、84、85、86、87、88、89、90、91、92、93、94、95、96、97、99、100、101、102、103、104、105、106、107、108、109、111、112、113、114、115、116、119、120、121、122、123、124、126、127、128、129、130、131，計一百零三調（含帶過曲二調），其中三十九調為集曲。

（十二）小石調過曲

曲譜 \ 曲牌	南戲百一錄	南戲拾遺	南曲全譜	南詞新譜	九宮正始	全明散曲	九宮大成
二色蓮	×	×	×	×	×	×	正
三軍令	×	×	×	×	×	×	集
三軍旗	×	×	×	×	宮調不詳	×	正（2）
三姝媚	×	×	×	×	×	×	正
上行杯	×	×	×	×	×	×	正
么篇	近	×	×	×	×	×	×
水紅花	×	×	×	×	×	×	正〔註1174〕（2）

〔註1174〕與商調正曲不同。

牙床繡衾	×	×	×	×	×	×	集
四犯江兒水	×	×	×	×	近〈缺〉	×	×
本序	近	×	×	×	×	×	×
本調賺	×	×	×	×	×	×	正（2）
玉筲子	×	×	×	×	×	×	正（2）
江南春慢	×	×	×	×	×	×	正
羊踏菜園	×	×	×	×	×	×	集〔註1175〕
羊頭靴	×	×	×	×	×	×	正（2）
妙體觀音	×	×	×	×	×	×	集
夜行船	近	×	×	×	×	×	×
夜行船序	×	×	×	×	近〔註1176〕	×	×
孤鸞	×	×	×	×	×	×	正（2）
拂霓裳	×	×	×	×	×	×	正
河（何）滿子	×	×	×	×	×	×	正〔註1177〕
芰荷香	×	×	×	×	×	×	正
城頭月	×	×	×	×	×	×	正
柳下聽蓮歌	×	×	×	×	×	×	集
柳絮飛	×	×	×	×	×	×	正（3）
柳腰輕	×	×	×	×	×	×	正
流水歸仙	×	×	×	×	×	×	集
流拍	×	×	×	×	×	×	正
倒拖船	×	×	×	×	×	×	正（2）
哨（稍）遍	×	×	×	×	×	×	正
夏日燕黌堂	×	×	×	×	×	×	正
破子	○	×	×	×	×	×	正（2）
破絮帶停鍼	×	×	×	×	×	×	集

〔註1175〕舊名〔羊入園林〕。
〔註1176〕借仙呂入雙調，頁1306。
〔註1177〕與本調引不同。

祝英臺	×	×	×	×	近〔註1178〕	×	×
鬥寶蟾	近	×	×	×	×	×	×
惜奴嬌序	×	×	×	×	近〔註1179〕	×	×
惜紅衣	×	×	×	×	×	×	正（2）
惜英臺	×	×	×	×	近〔註1180〕	×	×
望仙門	×	×	×	×	×	×	正
梅花酒	×	×	×	×	近〔註1181〕〈缺〉	×	×
淮妙體	×	×	×	×	×	×	正（2）
荷葉鋪水面	×	×	即驟雨打新荷	即驟雨打新荷	近（3）	×	即驟雨打新荷
握（戛）金釵	×	×	×	×	×	×	正
絮英臺	×	×	×	×	近〔註1182〕	×	×
絮婆婆	×	×	×	×	×	×	正
絮蝦蟆	×	×	×	×	近〔註1183〕	×	×
象牙床	×	×	×	×	×	×	正（5）
遍地花影	×	×	×	×	近〈缺〉	×	×
隔簾聽	×	×	×	×	×	×	正
漁燈月	×	×	×	×	×	×	集
漁燈兒	×	×	×	×	×	○、引	正（3）
辣薑湯	×	×	×	×	×	×	正
漿水令	近	×	×	×	近〔註1184〕	×	×

〔註1178〕借九宮越調，頁1306。
〔註1179〕借仙呂入雙調，頁1306。
〔註1180〕借九宮越調，頁1306。
〔註1181〕與九宮越調不同，頁1306。
〔註1182〕借九宮越調，頁1306。
〔註1183〕借仙呂入雙調，頁1306。
〔註1184〕借仙呂入雙調，頁1306。

罵玉郎	×	×	×	×	×	○、引	正（2）
蓮花賺	×	×	×	近	近〈缺〉	×	正（2）
賞佛蓮	×	×	×	×	近〈缺〉	×	×
燕山亭	×	×	×	×	×	×	正
燕穿花	×	×	×	×	×	×	集
燕穿簾	×	×	×	×	×	×	正（2）
錦上添花	×	×	×	×	×	×	集
錦中拍	×	×	×	×	×	×	正（3）
錦衣香	近	×	×	×	近〔註1185〕	×	×
錦前拍	×	×	×	×	×	×	正
錦孩兒	×	×	×	×	×	×	集
錦後拍	×	×	×	×	×	○	正（2）
錦漁燈	×	×	×	×	×	×	正（4）
歸田樂	×	×	×	×	×	×	正
雙瑞蓮	×	×	×	×	×	×	正
總計	7	0	1	2	14	3	52

說明：

1、現存南戲資料所用曲牌：《百一錄》著錄七調，《拾遺》無小石調。《百一錄》獨錄之〔么篇〕、〔本序〕、〔夜行船〕、〔鬥寶蟾〕、不傳。

2、明代中晚期新出曲牌：《全譜》著錄一調，《新譜》著錄兩調。《正始》著錄十四調，全爲近詞曲牌，有五調僅存目無詞。三書重一，得十四調，較現存南戲資料，新增十二調，亦少錄五調。《正始》獨錄之〔四犯江兒水〕（近、缺）、〔夜行船序〕（近）、〔祝英臺〕（近）、〔惜奴嬌序〕（近）、〔惜英臺〕（近）、〔梅花酒〕（近、缺）、〔絮英臺〕（近）、〔絮蝦蟆〕（近）、〔遍地花影〕（近、缺）、〔賞佛蓮〕（近、缺），不見錄於南戲曲譜，《大成》亦不錄。

3、《全明散曲》小石調過曲所用曲牌：

1.漁燈兒＊	2.傾杯序＊	3.漁家燈＊	4.罵玉郎＊	5.鴈過聲＊
6.錦上花＊	7.錦中拍＊	8.錦後拍＊	9.錦漁燈＊	

　　以上九調全爲新增曲牌。

〔註1185〕借仙呂入雙調，頁1306。

（十三）雙調過曲

曲牌 ＼ 曲譜	南戲百一錄	南戲拾遺	南曲全譜	南詞新譜	九宮正始	全明散曲	九宮大成
一江風	✕	✕	✕	✕	近〔註1186〕	✕	✕
一泓兒水	✕	✕	✕	✕	近〈缺〉	✕	✕
一機錦	✕	✕	✕	✕	近〔註1187〕	✕	✕
二犯孝順歌	✕	✕	○	○	✕	✕	✕
十六娘	✕	✕	✕	✕	近〈缺〉	✕	✕
三月桃	✕	✕	✕	✕	近〈缺〉	✕	✕
三棒鼓	✕	✕	✕	✕	✕	✕	正（4）
么	○	✕	✕	✕	✕	✕	✕
么篇	○	✕	✕	✕	✕	✕	✕
大齋郎	✕	✕	✕	✕	近〔註1188〕	✕	✕
川撥棹	✕	✕	✕	✕	近〔註1189〕	✕	✕
尹令	✕	✕	✕	✕	近〔註1190〕	✕	✕
五供養	✕	✕	✕	✕	近〔註1191〕	○	✕
五馬江兒水	✕	✕	✕	✕	✕	✕	正（3）
五馬搖金	✕	✕	✕	✕	✕	✕	集
五韻美	✕	✕	✕	✕	近〔註1192〕	✕	✕
元卜算	✕	✕	✕	✕	近〔註1193〕	✕	✕
公子醉東風	✕	✕	✕	○	✕	✕	✕

〔註1186〕借九宮越調，頁1229。
〔註1187〕本仙呂入雙調，與雙調近詞通用，頁1228。
〔註1188〕借仙呂宮，頁1229。
〔註1189〕本仙呂入雙調，與雙調近詞通用，頁1228。
〔註1190〕本仙呂入雙調，與雙調近詞通用，頁1228。
〔註1191〕本仙呂入雙調，與雙調近詞通用，頁1228。
〔註1192〕借九宮越調，頁1229。
〔註1193〕本仙呂入雙調，與雙調近詞通用，頁1229。

月上海棠	×	×	×	×	近〔註1194〕	×	×
水仙子	×	近	×	×	近〔註1195〕	×	×
水金令	×	×	×	×	×	×	集〔註1196〕
古歌	×	×	×	×	×	×	正（3）
四國朝序	正	×	×	×	×	×	正（2）
四朝元	×	×	×	×	×	×	正（4）
四塊金	×	×	×	×	×	×	正（3）
打毬場	×	×	×	×	近〔註1197〕	×	×
玉交枝	×	×	×	×	近〔註1198〕	○	×
玉供養	×	×	×	×	近〔註1199〕	×	×
玉蘭花	×	×	×	×	×	×	正（2）
回回曲	正	×	×	×	×	×	正（3）
回回舞	正	×	×	×	×	×	正（3）
字字雙	×	×	×	×	×	×	正（2）
成本令	×	×	×	×	近〔註1200〕	×	×
江包水	×	×	×	×	近〔註1201〕	×	×
江頭金桂	×	×	×	×	×	○	集（2）
羊頭靴	×	×	×	×	近（2）	×	×
孝白歌	×	×	×	○	×	×	×
孝金歌	×	×	×	×	×	×	即孝金經

〔註1194〕本仙呂入雙調，與雙調近詞通用，頁1229。
〔註1195〕與黃鐘宮不同，頁1235。
〔註1196〕舊名〔金水令〕，頁5305。
〔註1197〕本仙呂入雙調，與雙調近詞通用，頁1228。
〔註1198〕本仙呂入雙調，與雙調近詞通用，頁1228。
〔註1199〕本仙呂入雙調，與雙調近詞通用，頁1228。
〔註1200〕本仙呂入雙調，與雙調近詞通用，頁1228。
〔註1201〕本仙呂入雙調，與雙調近詞通用，頁1228。

孝南枝	○	×	×	○〔註1202〕	○〔註1203〕（2）、近〔註1204〕	○	集（2）
孝順兒	×	×	○（2）	○（2）	○	×	即孝南兒（2）
孝順歌	@	○	@	@	@（2）、近〔註1205〕	×	正（4）
步步嬌	×	×	×	×	近〔註1206〕	○	×
步莎堤	×	×	×	×	近〈缺〉	×	×
沉醉東風	×	×	×	×	近〔註1207〕	○	×
豆葉黃	×	×	×	×	近〔註1208〕	×	×
忒忒令	×	×	×	×	近〔註1209〕	○	×
兩胡〈蝴〉蝶	近	×	近〔註1210〕	近	近〔註1211〕	×	×
兩頭蠻	×	×	×	×	近〔註1212〕	×	×
夜雨打梧桐	×	×	×	×	×	×	正（4）
姐姐上錦堂	×	×	×	×	○	×	×
松下樂	×	×	×	×	近	×	×
武陵春（花）	×	×	近	近@	近（4）	×	×
泛蘭州	×	×	×	×	×	×	正〔註1213〕

〔註1202〕即〔孝南歌〕，頁636。
〔註1203〕與雙調近詞通用。即〔孝南歌〕，頁750。
〔註1204〕本九宮雙調，與雙調近詞通用，頁1227。
〔註1205〕本九宮雙調，與雙調近詞通用，頁1227。
〔註1206〕本仙呂入雙調，與雙調近詞通用，頁1228。
〔註1207〕本仙呂入雙調，與雙調近詞通用，頁1228。
〔註1208〕本仙呂入雙調，與雙調近詞通用，頁1228。
〔註1209〕本仙呂入雙調，與雙調近詞通用，頁1228。
〔註1210〕又名〔雙胡蝶〕，頁725。
〔註1211〕又名〔雙蝴蝶〕，頁1241。
〔註1212〕與不知宮調〔兩頭蠻〕不同，頁1226。
〔註1213〕一名〔蘭州近〕，頁5249。

泛蘭舟	×	×	×	×	近〈缺〉	×	×
金三段	×	×	×	×	×	×	集
金水柳	×	×	×	×	×	×	集
金字令	×	×	×	×	×	×	正（3）
金江水	×	×	×	×	×	×	集（2）
金江風	○	×	×	×	×	×	集（2）
金柳嬌鶯	×	×	×	×	×	×	集
金風曲	×	×	×	×	×	×	集
金馬朝元令	×	×	×	×	×	×	集
金雲令	×	×	×	×	×	×	集
金蛾神曲	×	×	×	×	近〔註1214〕	×	×
金鳳釵	×	即錦添花（4）	×	×	×	×	×
金蓼朝元歌	犯	×	×	×	×	×	集
阿家嬌	×	×	×	×	近〈缺〉	×	×
南枝金桂	×	×	×	×	×	×	集（2）
南枝映水清	×	×	×	×	○	×	集〔註1215〕（2）
南枝歌	集	×	×	×	○	×	集
品令	×	×	×	×	近〔註1216〕	×	×
柳梢青	×	×	×	×	近〔註1217〕	×	正〔註1218〕（8）
柳絮飛	×	×	×	×	近〔註1219〕	×	×
柳搖金	×	×	×	×	×	○	正（6）
柳稱香	×	×	×	×	近〔註1220〕	×	×

〔註1214〕本仙呂入雙調，與雙調近詞通用，頁1229。
〔註1215〕舊名〔二犯孝順歌〕，頁5318。
〔註1216〕本仙呂入雙調，與雙調近詞通用，頁1228。
〔註1217〕本仙呂入雙調，與雙調近詞通用，頁1229。
〔註1218〕與小石調正曲同，與中呂宮引子不同，頁5203。
〔註1219〕本仙呂入雙調，與雙調近詞通用，頁1228。
〔註1220〕本仙呂入雙調，與雙調近詞通用，頁1229。

相之令	×	×	×	×	近〔註1221〕	×	×
紅林檎	○	○（3）	@	@	○（3）、近〔註1222〕	×	×
重疊金水令	犯	×	×	×	×	×	即雙金令
風入松	×	×	×	×	近〔註1223〕	○	×
風雲會四朝元	×	×	×	×	×	×	集（2）
香柳娘	×	×	×	×	近〔註1224〕	○	×
哭歧婆	×	×	×	×	近〔註1225〕	×	×
桃紅菊	×	×	×	×	近〔註1226〕	×	×
海上海棠	×	×	×	×	近〔註1227〕	×	×
海棠賺	正	近@（2）	×	近	近@（2）	×	正（4）
海榴花	×	×	×	×	近（4）	×	×
尉遲盆	×	×	×	×	近〈缺〉	×	×
帳兒裡燈	×	×	×	×	近〈缺〉	×	×
畫錦堂	○	@	○	@	@近〔註1228〕	×	×
畫錦畫眉	×	×	×	○	×	×	×
梅花酒	×	×	×	×	近〔註1229〕〈缺〉	×	×
清江引	×	×	×	×	×	○	正〔註1230〕（6）

〔註1221〕本仙呂入雙調，與雙調近詞通用，頁1228。
〔註1222〕本九宮雙調，與雙調近詞通用，頁1227。
〔註1223〕本仙呂入雙調，與雙調近詞通用，亦在小石調，頁1229。
〔註1224〕借九宮越調，頁1229。
〔註1225〕本仙呂入雙調，與雙調近詞通用，頁1228。
〔註1226〕本仙呂入雙調，與雙調近詞通用，頁1228。
〔註1227〕本仙呂入雙調，與雙調近詞通用，頁1229。
〔註1228〕本九宮雙調，與雙調近詞通用，頁1227。
〔註1229〕與九宮越調不同，頁1227。
〔註1230〕同仙呂宮正曲，頁5257。

清南枝	×	×	×	×	×	×	集（2）
淘金令	×	×	×	×	近〔註1231〕	×	集
淮妙體	×	×	×	×	近〔註1232〕	×	×
荷葉鋪水面	×	×	×	×	×	×	正〔註1233〕（5）
喜還京	×	×	×	×	近〔註1234〕	×	×
喫時令	×	×	×	×	近〈缺〉	×	×
普賢歌	×	×	×	×	×	×	正（3）
朝元令	×	×	×	×	近〔註1235〕	×	正（8）
朝天歌	×	×	×	×	×	×	正（4）
朝金羅鼓令	×	×	×	×	×	×	集
華嚴海會	○、正	×	×	×	×	×	正（3）
園林好	×	×	×	×	近〔註1236〕	○	×
蛾郎兒	×	×	×	×	×	×	正（2）
解公子	×	×	×	×	近〔註1237〕	×	×
窣地錦襠	×	×	×	×	近〔註1238〕	×	×
僥僥令	×	○	即彩旗兒	○〔註1239〕	○〔註1240〕（4）、近〔註1241〕	○	×
嘉慶子	×	×	×	○	近〔註1242〕	○	×

〔註1231〕本仙呂入雙調，與雙調近詞通用，頁1228。
〔註1232〕本仙呂入雙調，與雙調近詞通用，頁1229。
〔註1233〕一名〔驟雨打新荷〕，頁5236。
〔註1234〕借仙呂調，非仙呂宮〔喜還京〕，頁1229。
〔註1235〕本仙呂入雙調，與雙調近調通用，頁1228。
〔註1236〕本仙呂入雙調，與雙調近詞通用，頁1228。
〔註1237〕本九宮雙調，與雙調通用，頁1227。
〔註1238〕本仙呂入雙調，與雙調近詞通用，頁1228。
〔註1239〕又名〔彩旗兒〕，但與正宮不同，與雙調近詞通用，頁743。
〔註1240〕又名〔彩旗兒〕，但與正宮不同，與雙調近詞通用，頁895。
〔註1241〕本九宮雙調，與雙調通用，頁1227。
〔註1242〕本仙呂入雙調，與雙調近詞通用，頁1228。

對美人	×	×	×	×	×	×	正（4）
熙熙令	×	×	×	×	近〈缺〉	×	×
碧玉簫	×	×	×	×	近[註1243]	×	×
趙皮鞋	×	×	×	×	近[註1244]	×	×
嬌鶯兒	×	×	×	×	×	×	正
摩地錦福	×	×	×	×	近[註1245]	×	×
撒金錢	×	×	×	×	近〈缺〉	×	×
漿水令	×	×	×	×	近[註1246]	○	×
醉公子	○	@	○	○	@、近[註1247]	○	×
醉僥僥	犯	×	○	○（2）	×	×	×
銷金帳	×	×	×	×	×	○	○（2）
駐馬聽	×	×	×	×	近[註1248]	×	×
駐雲飛	×	×	×	×	近[註1249]	×	×
器歧淺	×	×	×	×	近[註1250]	×	×
撼動山	×	×	×	×	×	×	正
燕穿簾	×	×	×	×	近	×	×
錦衣香	×	×	×	×	近[註1251]	○	○（2）
錦法經	×	×	×	×	×	×	正（2）
錦海棠	×	○（2）	×	×	○（2）	×	×
錦堂月	×	×	@	@	@	○	×
錦棠姐	×	×	×	○	×	×	×

[註1243] 借十三調越調，頁1229。
[註1244] 借九宮越調，頁1229。
[註1245] 本仙呂入雙調，與雙調近詞通用，頁1228。
[註1246] 本仙呂入雙調，與雙調近詞通用，頁1229。
[註1247] 本九宮雙調，與雙調近詞通用，頁1227。
[註1248] 借中呂宮，頁1229。
[註1249] 借中呂宮，頁1229。
[註1250] 本仙呂入雙調，與雙調近詞通用，頁1228。
[註1251] 本仙呂入雙調，與雙調近詞通用，頁1229。

賺	○	×	⋊	⋊	⋊	∪	∪（2）
賽紅娘	近	×	近	×	近（3）	×	×
繡鴛鴦	×	×	×	×	近〈缺〉	×	×
鎖南枝	×	×	@	@（2）	@近〔註1252〕	○	正（6）
鎖順枝	×	×	×	○	×	×	×
鎖順金枝	×	×	×	×	×	×	集〔註1253〕
雙令江兒水	×	×	×	×	×	×	集〔註1254〕（2）
雙韻子	×	×	×	×	近〈缺〉	×	×
羅帳裡坐	×	×	×	×	×	×	正〔註1255〕（3）
臘梅花	×	×	×	×	近〔註1256〕	×	×
鐘南枝	×	×	×	×	近〔註1257〕	×	×
櫻桃花	×	×	×	×	近〔註1258〕	×	正（2）
灞陵橋	×	×	×	×	×	×	正〔註1259〕（5）
總計	20	9	13	20	85	21	60

說明：

1、現存南戲資料所用曲牌：《百一錄》著錄二十調，《拾遺》著錄九調，重五調，得二十四調。僅《百一錄》獨錄之〔么〕、〔么篇〕；《拾遺》獨錄之〔金鳳釵〕不傳。

2、明代中晚期新出曲牌：《全譜》著錄十三調，《新譜》著錄二十調，《正始》著

〔註1252〕本雙調，與雙調近詞通用，頁1227。
〔註1253〕舊名〔瑣順枝〕，頁5316。
〔註1254〕舊名〔二犯江兒水〕，頁5298。
〔註1255〕與越調正曲同，頁5226。
〔註1256〕借仙呂宮，頁1229。
〔註1257〕本九宮雙調，與雙調近詞通用，頁1227。
〔註1258〕本仙呂入雙調，與雙調近詞通用，頁1228。
〔註1259〕與本調引不同，頁5198。

錄八十五調，多爲近詞曲牌，有十四調僅存目無詞。三書重十調，得九十二調，較現存南戲資料所用曲牌，新增七十九調，亦少錄十一調。《新譜》獨錄之〔孝白歌〕、〔畫錦畫眉〕、〔錦堂姐〕、〔鎖順枝〕，不見錄於南戲曲譜，《大成》亦不錄。《正始》獨錄之曲特多，除〔水仙子〕、〔錦海棠〕見於南戲曲譜；〔玉交枝〕、〔步步嬌〕、〔沉醉東風〕、〔忒忒令〕、〔風入松〕、〔香柳娘〕、〔園林好〕、〔漿水令〕、見於《全明散曲》；〔柳梢青〕、〔淘金令〕、〔朝元令〕、〔櫻桃花〕、見於《大成》外，餘皆不傳。

3、《全明散曲》雙調過曲所用曲牌

1.九疑山▲＊	2.鎖南枝	3.玉交枝	4.不是路	5.掉角兒＊
6.朝元歌＊	7.香柳娘	8.五供養	9.醉公子	10.江兒水＊
11.雁兒落＊	12.僥僥令	13.鬥寶蟾＊	14.花心動＊	15.錦衣香
16.漿水令	17.夜行船序＊	18.鬥黑麻＊	19.解三酲＊	20.憶多嬌＊
21.錦堂月▲	22.錦纏道＊	23.好事近▲＊	24.古輪臺＊	25.二犯畫錦堂▲＊
26.集賢賓＊	27.集賢聽黃鶯▲＊	28.黃鶯兒＊	29.黃鶯帶一封▲＊	30.一封書▲＊
31.一封羅▲＊	32 皂羅袍＊	33 羅袍歌▲＊	34 甘州歌▲＊	35 甘州解酲▲＊
36 解酲姐姐▲＊	37.好姐姐＊	38.姐姐帶撥棹▲＊	39.撥棹入僥僥▲＊	40.步步嬌
41.柳搖金＊	42.川撥棹＊	43.風入松	44.丰韻好＊	45.桂枝香＊
46.沉醉東風＊	47.忒忒令	48.嘉慶子	49.荳葉黃	50.園林好
51.孝南歌〔註1260〕＊	52.江頭金桂▲＊	53.攤破金字令▲＊	54.疊字錦▲	55.清江引＊
56.綵旗兒＊	57.銷金帳＊	58.二犯江兒水▲＊	59.疊字錦帶沉醉東風＊	60.本序＊

以上六十調，可分爲：

（1）出於南戲之取牌：編號 4、9、12、54，計四調。

（2）見於明代曲譜之曲牌：編號 2、3、7、8、15、16、21、40、43、47、48、50，計十二調。

（3）《全明散曲》新增曲牌：編號 1、5、6、10、11、13、14、17、18、19、20、22、23、24、25、26、27、28、29、30、31、32、33、34、

〔註1260〕即〔孝南枝〕。

35、36、37、38、39、41、42、44、45、46、49、51、52、53、55、
56、57、58、59、60，計四十四調（含帶過曲一調），其中十六調
爲集曲。

（十四）仙呂入雙調過曲

曲牌 ＼ 曲譜	南戲百一錄	南戲拾遺	南曲全譜	南詞新譜	九宮正始	全明散曲	九宮大成
一機錦	○	×	○	○集	○〔註1261〕(2)	×	×
二犯五供養	×	×	○	○	×	×	×
二犯六么令	×	×	○	○	○〔註1262〕	×	×
二犯江兒水	×	×	○	○	○	○、引	×
八仙過海	×	×	×	○	×	×	×
十二嬌	○	×	×	○	×	×	×
三月上海棠	○	×	×	○	×	×	×
三月姐姐	×	×	×	○	×	×	×
三月海棠	×	○ (2)	○ (2)	○ (2)	○ (2)	×	×
三枝花	×	×	×	○	×	×	×
三換頭	×	×	×	×	○	×	×
三棒鼓	×	×	○	○	○ (2)	×	×
大江兒水	×	×	×	×	○	×	×
山東劉衰	○	×	○	×	○	×	×
川豆葉	○	×	○	×	○	×	×
川撥棹	×	○ (6)	@	@	@ (6)	@	×
尹令	×	×	○	○	×	○	×
五玉枝	×	×	×	○	×	×	×
五供養	×	○ (2)	○	○	○ (8)	○	×
五供養犯	×	×	○	○	×	×	×
五枝供	×	×	×	×	×	○	×
五枝帶六么	×	×	○	×	×	×	×
五馬江兒水	○	○	○	○	○	×	×
五馬渡江南	×	○	×	×	○	×	×

〔註1261〕本雙調，與雙調近詞通用，頁1228。
〔註1262〕亦名〔玉枝歌〕，頁901。

五韻美	×	○（2）	×	×	○〔註1263〕（2）	×	×
元卜算	○	○	○	×	○	×	×
六么令（歌）	×	×	○	○	○（2）	×	×
六么兒	×	×	×	×	○	×	×
六么姐兒	○	×	○	○	×	×	×
六么梧葉	×	×	○	○	×	×	×
月上古江〈兒〉	×	×	×	○	×	×	×
月上海棠	×	○（4）	○	○	@（4）	○	×
水金令	×	×	×	○〔註1264〕（2）	×	×	×
水紅花	×	○	×	×	@〔註1265〕	×	×
玉枝帶六么	×	×	○	○（2）	×	○	×
古江兒水	×	×	○	○	○	×	×
四犯江兒水	×	○	×	×	○	×	×
四朝元	×	○（4）	×	×	○（4）	○、引	×
四塊金	×	×	○〔註1266〕	○〔註1267〕（2）	○	×	×
打毬場	×	×	○	○	○	×	×
犯袞	×	×	×	×	○	×	×
犯朝	×	×	×	×	○	×	×
犯聲	×	○	×	×	○	×	×
犯歡	×	○（2）	×	×	○（2）	×	×
玉么令	×	×	×	○	×	×	×
玉山供	○	×	○	○	○	○	×
玉交枝	○	×	○	×	○（2）	○	×
玉肚交	×	×	○	○	×	×	×
玉供鶯	×	×	×	○	×	×	×
玉兒歌	×	×	×	×	○	×	×

〔註1263〕與越調不同，頁928。
〔註1264〕原名〔金水令〕，頁770。
〔註1265〕與商調〔水紅花〕不同，頁990。
〔註1266〕舊譜誤作〔淘金令〕，頁641。
〔註1267〕舊譜誤作〔淘金令〕，頁758。

玉抱交	×	×	×	×	○（2）	×	×
玉抱肚	○	○	○	○	○	○	×
玉抱金娥	×	×	×	○	×	×	×
玉枝供	×	×	×	○（2）	○	×	×
玉桂枝	×	×	×	○	×	×	×
玉嬌枝	×	×	×	○	×	×	×
玉嬌海棠	×	×	×	○	×	×	×
玉嬌鶯	×	×	×	○	×	×	×
玉鶯兒	×	×	×	○	×	×	×
玉笏子	×	×	○	○	×	×	×
玉鴈（雁）子	×	×	○	○	×	×	×
好不盡	×	×	×	○	×	×	×
好姐姐	×	×	○	○	○（2）	○	×
字字雙	○	×	○	○	○	×	×
江水遶〈繞〉園林	×	×	×	○	×	○	×
江兒水	○	×	○	○	○（5）	○	×
江兒撥棹	×	×	○	○	×	×	×
江頭金桂	×	×	○	○	○	○、引	×
步入園林	×	×	×	○	×	×	×
步月兒	×	×	×	○	×	×	×
步扶歸	×	×	×	○	×	×	×
步步入江水	×	×	×	○（2）	×	引	×
步步嬌	×	×	○	○	○	引	×
步步嬌近	○	×	×	×	×	×	×
沉醉東風	○	○（2）	○	○	○（4）	○、引	×
沉醉海棠	○	×	○（3）	○（3）	○	○	×
忒忒令	○	×	○	○	○（7）	○、引	×
豆（荳）葉黃	×	×	○〔註1268〕（3）	○〔註1269〕	○（2）	○	×
供玉枝	×	×	×	×	○	×	×

〔註1268〕又一體名玉蝴蝶，頁，679。
〔註1269〕又一體名玉蝴蝶，頁，796。

夜行船序	○	×	@ 〔註 1270〕	@ 〔註 1271〕	@	○、引	×
夜雨打梧桐	×	×	○	○	○	○	×
姐姐寄封書	×	×	×	○	×	×	×
姐姐帶五馬	×	×	×	○	×	×	×
姐姐帶六么	×	×	×	○	×	×	×
姐姐帶僥僥	×	×	○	○	×	×	×
姐姐帶撥棹	×	×	×	○	×	×	×
姐姐插海棠	×	×	○	○	×	○	×
姐姐插嬌枝	×	×	×	○（2）	×	○	×
姐姐棹僥僥	×	×	×	○	×	×	×
東風令	×	×	×	×	○	×	×
東風江水	×	×	×	○	×	×	×
東園令	×	×	×	×	○	×	×
松下樂	×	×	○	×	×	×	×
花心動序	×	@	×	○	@	×	×
花心動序換頭	×	×	×	○	×	×	×
金犯令	○	×	○	×	×	×	×
（攤破）金字令	×	×	○	×	×	×	×
金柳嬌鶯	×	×	×	○	×	×	×
金段子	×	×	×	○	×	○	×
金風曲	×	×	○（2）	○（3）	○	×	×
金娥神曲	○	○ 〔註 1272〕	○	○	○	×	×
金馬朝元令	×	×	×	○	×	×	×
金羅紅葉兒	×	×	×	×	○ 〔註 1273〕 （2）	×	×
金蓼朝元歌	×	×	×	○	×	×	×
品令	×	×	○	○	○（2）	○	×
封書寄姐姐	×	×	×	○	×	×	×
急三鎗	×	×	×	○	×	×	×

〔註 1270〕或作〔花心動序〕，非，頁 669。
〔註 1271〕或作〔花心動序〕，非，頁 785。
〔註 1272〕未明屬何種曲牌，見《南戲拾遺》，頁 146。
〔註 1273〕又名〔金井梧桐花皂羅〕，俗作〔金井水紅花〕，頁 978。

柳梢青	○	○ (2)	○	×	○ (4)	×	×
柳絮飛	×	×	○	○		×	×
柳搖金	×	×	○	○ (2)	○ (2)	○、引	×
柳搖金犯	×	×	○	○	○	×	×
流拍	×	×	○	×	×	×	×
重疊金水令	犯	×	×	○	×	×	×
風入三松	×	×	×	○	×	×	×
風入松	○	○ (2)	○	○	○ (2)	×	×
風入松犯	○	×	×	×	×	×	×
風入園林	×	×	×	○	×	×	×
風送嬌音	×	×	○〔註1274〕	○〔註1275〕	○	×	×
風雲會四朝元	×	×	○	○	○	×	×
倒拖船	○	×	○	○	○ (2)	×	×
哭岐婆	×	×	×	×	○	×	×
桂月鎖南枝	×	×	×	○	×	×	×
桂花遍南枝	×	×	○ (2)	○ (3)	×	○、引	×
桃紅菊	○	×	○〔註1276〕(2)	○〔註1277〕(2)	○	○	×
海棠令	×	×	×	×	○	×	×
海棠抱玉枝	×	×	×	×	○	×	×
海棠紅	×	×	×	×	○	×	×
海棠醉	×	×	×	×	○	×	×
海棠醉東風	×	×	○	○	×	×	×
海棠錦	×	×	×	×	○	×	×
破子	×	×	×	×	○	×	×
破金歌	×	×	○	×	○	×	×
惜奴嬌	×	×	@	@	×	○、引	×
惜奴嬌序	×	@ (3)	×	×	@ (3)	×	×
梧葉兒	×	×	×	×	○〔註1278〕	×	×
梧蓼水銷香	×	×	×	○	×	×	×

〔註1274〕或作〔風送蟬聲〕，非，頁693。
〔註1275〕或作〔風送蟬聲〕，非，頁807。
〔註1276〕又名〔鶯踏花〕，頁695。
〔註1277〕又名〔鶯踏花〕，頁814。
〔註1278〕與商調不同，頁926。

淘金令	○	○	○	○〔註1279〕(3)	○〔註1280〕(3)	×	×
淘金令犯	×	×	×	○〔註1281〕	×	×	×
淮妙體	×	○	×	×	○	×	×
普賢歌	×	×	○	○	○(2)	×	×
朝元令（歌）	×	×	○〔註1282〕	○〔註1283〕(3)	@〔註1284〕	引	×
朝天歌	×	×	○〔註1285〕	○	○〔註1286〕	×	×
絮婆婆	○	×	○	○	○	×	×
黑麻（蟆）序	○	×	@〔註1287〕(2)	@〔註1288〕(2)	×	○、引	×
園林好	×	×	○	○	○(2)	○、引	×
園林沉醉	×	×	○	○(3)	×	×	×
園林見姐姐	×	×	×	×	×	○	×
園林帶僥僥	×	×	○	○(2)	×	○	×
園林醉海棠	×	×	○	○	×	×	×
窣地錦（金）襠	×	×	○	○	○	×	×
福青歌	○	×	○	○	○(2)	×	×
僥僥撥棹	×	×	×	×	×	×	×
嘉慶子	×	○	○	○	○(2)	○	×
辣薑湯	×	×	×	○	×	×	×
雌雄畫眉	○	×	○	×	○(3)	×	×
嬌枝連撥棹	×	×	×	○(2)	×	作嬌枝催撥棹	×

〔註1279〕亦作〔金水令〕，頁759。
〔註1280〕與雙調近詞通用，又作〔金水令〕，頁759。
〔註1281〕即〔淘金令〕又一體，頁761。
〔註1282〕或作〔朝元歌〕，非，頁658。
〔註1283〕或作〔朝元歌〕，非也，頁776。
〔註1284〕或作〔朝元歌〕，頁903。
〔註1285〕舊譜作〔朝元令〕，誤，頁657。
〔註1286〕又名〔嬌鶯兒〕，頁995。
〔註1287〕或作〔鬥黑麻〕、〔鬥蛤蟆〕，皆非，頁670。
〔註1288〕或作〔鬥蝦蟆〕，或作〔鬥黑麻〕，皆非也，頁768。

嬌鶯兒	╳	╳	○〔註1289〕	○〔註1290〕	╳	╳	╳
撥棹入江水	╳	╳	○	○	╳	○	╳
撥棹供養	╳	╳	╳	○	╳	╳	╳
撥棹姐姐	╳	╳	╳	○	╳	╳	╳
撥棹帶僥僥	╳	╳	╳	○（2）	╳	╳	╳
槳水令	○	╳	○	○	○（6）	╳	╳
槳江令	╳	○（5）	╳	╳	○（6）	╳	╳
蝦蟆吟	╳	○（3）	╳	╳	@（4）	╳	╳
銷金帳	╳	○（5）	○	○	○（5）	╳	╳
鴈兒舞	╳	╳	○	○	○	╳	╳
鴈過枝	╳	╳	╳	╳	○〔註1291〕	╳	╳
曉行序	╳	○	○	○	○	○、引	╳
錦上花	○	╳	○（2）	○（2）	○（3）	╳	╳
錦上添花	╳	○〔註1292〕	╳	╳	○	╳	╳
錦水棹	╳	╳	╳	○	╳	╳	╳
錦衣香	○	○（7）	○	○	○（9）	○	╳
錦法經	╳	╳	○	○	○	╳	╳
錦香花	╳	╳	╳	○	╳	╳	╳
雙玉供	╳	╳	╳	○	╳	╳	╳
雙勸酒	╳	╳	○	○	○（3）	╳	╳
鵝鴨滿渡船	╳	○	宮調不詳	╳	○（2）	╳	╳
羅鼓令	╳	╳	╳	╳	○（2）	╳	╳
櫻桃花	╳	○	╳	╳	○	╳	╳
疊字錦	○	○（5）	○	╳	○〔註1293〕（6）	╳	╳
灞陵橋	○	╳	○（2）	○	○（3）	╳	╳
總計	35	32	91	133	101	39	0

〔註1289〕與〔朝天歌〕相似，恐是一調二名，頁657。

〔註1290〕疑即〔朝天歌〕，頁775。

〔註1291〕一名〔鴈棲枝〕，頁939。

〔註1292〕未明屬引子或過曲曲牌，列此。見《南戲拾遺》，頁120。

〔註1293〕或認作〔灞陵橋〕，誤，頁917。

說明：

1、現存南戲資料所用曲牌：《百一錄》著錄三十五調，《拾遺》著錄三十二調，重十調，得五十七調。《百一錄》獨錄之〔步步嬌近〕、〔風入松犯〕不傳。

2、明代中晚期新出曲牌：《全譜》著錄九十一調，《新譜》著錄一百三十三調，《正始》著錄一百零一調，三書重五十六調，得一百七十九調，較現存南戲資料所用曲牌，新增一百二十三調，亦少錄一調。《大成》譜無【仙呂入雙調】。《全譜》獨錄之〔五枝帶六么〕、〔流拍〕；《新譜》獨錄之〔八仙過海〕、〔三月姐姐〕、〔三枝花〕、〔五玉枝〕、〔月上古江〕、〔水金令〕、〔玉么令〕、〔玉供鶯〕、〔玉抱金娥〕、〔玉桂枝〕、〔玉嬌枝〕、〔玉嬌海棠〕、〔玉嬌鶯〕、〔玉鶯兒〕、〔好不盡〕、〔步入園林〕、〔步月兒〕、〔步扶歸〕、〔姐姐帶五馬〕、〔姐姐帶六么〕、〔姐姐帶撥棹〕、〔花心動序換頭〕、〔金柳嬌鶯〕、〔金馬朝元令〕、〔金蓼朝元歌〕、〔封書寄姐姐〕、〔急三鎗〕、〔風入三松〕、〔風入園林〕、〔桂月鎖南枝〕、〔梧蓼水銷香〕、〔淘金令犯〕、〔園林見海棠〕、〔僥僥撥棹〕、〔辣薑湯〕、〔撥棹供養〕、〔撥棹姐姐〕、〔撥棹帶僥僥〕、〔錦水棹〕、〔錦香花〕、〔雙玉供〕；《正始》獨錄之〔三換頭〕、〔大江兒水〕、〔六么兒〕、〔犯袞〕、〔犯朝〕、〔玉兒歌〕、〔玉抱交〕、〔供玉枝〕、〔東風令〕、〔金羅紅葉兒〕、〔海棠令〕、〔海棠抱玉枝〕、〔海棠紅〕、〔海棠醉〕、〔海棠錦〕、〔破子〕、〔梧葉兒〕、〔鴈過枝〕、〔鑼鼓令〕，不見錄於南戲曲譜。

3、《全明散曲》仙呂入雙調過曲所用曲牌

1.江兒水	2.川撥棹	3.玉交枝	4.四朝元	5.園林好
6.錦衣香	7.漿水令＊	8.好姐姐	9.黑麻序	10.惜奴嬌
11.醉扶歸＊	12.皂羅袍＊	13.香柳娘＊	14.僥僥令＊	15.五供養
16.沉醉東風	17.玉山供▲	18.山坡羊＊	19.解三酲＊	20.掉角兒＊
21.鎖南枝＊	22.孝順歌＊	23.香羅帶＊	24.人月圓＊	25.滴溜子＊
26.月上海棠	27.夜行船序	28.鬥寶蟾＊	29.三學士▲＊	30.本序＊
31.鬥黑麻＊	32.么篇＊	33.曉行序	34.夜行船＊	35.桂花遍南枝▲
36.江頭金桂▲	37.川撥棹▲＊	38.忒忒令	39.雙蝴蝶＊	40.集賢賓
41.黃鶯兒＊	42.醉公子＊	43.下山虎＊	44.玉抱肚	45.金段子▲
46.五枝供▲	47.品令	48.豆葉黃	49.琥珀貓兒墜＊	50.嘉慶子
51.尹令	52.桃紅菊	53.川撥棹犯▲＊	54.玉芙蓉＊	55.香遍滿＊
56.夜雨打梧桐▲	57.清江引＊	58.朝元歌＊	59.柳搖金	60.二犯江兒水▲

61.孝南枝〔註1294〕＊	62.沾美酒＊	63.北鴈兒落帶得勝令＊	64.沉醉海棠▲	65.五供養犯▲
66.江水繞園林▲	67.園林見姐姐▲	68.姐姐插嬌枝▲	69.嬌枝催撥棹▲	70.姐姐插海棠▲
71.玉枝帶六么▲	72.撥棹入江水▲	73.園林帶僥僥▲	74.憶多嬌＊	

以上七十四調，可分爲：

（1）出於南戲之曲牌：編號 1、2、3、4、6、9、15、16、17、26、27、33、38、44、50、52、64，計十七調。

（2）見於明代曲譜之曲牌：編號 5、8、10、35、36、45、46、47、48、51、56、59、60、65、66、67、68、69、70、71、72、73，計二十二調。

（3）《全明散曲》新增曲牌：編號 7、11、12、13、14、18、19、20、21、22、23、24、25、28、29、30、31、32、34、37、39、40、41、42、43、49、53、54、55、57、58、61、62、63、74，計三十五調（含帶過曲一調），其中三調爲集曲。

（十五）商黃調過曲

曲譜／曲牌	南戲百一錄	南戲拾遺	南曲全譜	南詞新譜	九宮正始	全明散曲	九宮大成
二郎試畫眉	✕	✕	✕	○	✕	✕	✕
金衣插宮花	✕	✕	✕	○	✕	✕	✕
御林叫啄木	✕	✕	✕	○	✕	✕	✕
御林轉出隊	✕	✕	✕	○	✕	✕	✕
啼鶯捎啄木	✕	✕	✕	○	✕	✕	✕
集賢聽畫眉	✕	✕	✕	○	✕	✕	✕
集賢觀黃龍	✕	✕	✕	○	✕	✕	✕
集鶯花	✕	✕	✕	○（2）	✕	✕	✕
黃鶯學畫眉	✕	✕	✕	○（2）	✕	✕	✕
貓兒呼出隊	✕	✕	✕	○（2）	✕	✕	✕
貓兒趕畫眉	✕	✕	✕	○	✕	✕	✕
貓兒戲獅子	✕	✕	✕	○	✕	✕	✕
鶯啼春色中	✕	✕	✕	○	✕	✕	✕
鶯集御林春	✕	✕	✕	○	✕	✕	✕
總計	0	0	0	14	0	0	0

〔註1294〕一名〔孝南歌〕。

　　商黃調僅《新譜》有錄。《新譜》卷二十：「按十三調中有商黃調，乃商調黃鐘二調合成，方諸館樂府中特標之……因參訂其曲之合調者錄入，然必先商而後黃，乃不犯前高後低之痛。」〔註 1295〕《正始》亦云：「商黃調者乃黃鐘與商調合成一曲或一套皆是也，但不宜以黃鐘居商調之前，由無前後高低之例也。」〔註 1296〕《全明散曲》無商黃調，略。

（十六）高平調過曲

曲譜　曲牌	南戲百一錄	南戲拾遺	南曲全譜	南詞新譜	九宮正始	全明散曲	九宮大成
十二紅	×	○	×	×	○	×	×
十樣錦	×	×	×	×	○	×	×
五團花	×	×	×	×	○（3）	×	×
五樣錦	×	×	×	×	○	×	×
巫山十二鋒	×	×	×	×	○	×	×
錦腰兒	×	○	×	×	○〔註 1297〕	×	×
總計	0	2	0	0	6	0	0

　　《全明散曲》無高平調，略。

（十七）高大石調正曲

曲譜　曲牌	南戲百一錄	南戲拾遺	南曲全譜	南詞新譜	九宮正始	全明散曲	九宮大成
三部樂	×	×	×	×	×	×	正
小蓮歌	×	×	×	×	×	×	正（2）
山麻客	×	×	×	×	×	×	正〔註 1298〕（4）
川鮑老	×	×	×	×	×	×	正（2）
打毬場	×	×	×	×	×	×	正（2）
本宮賺	×	×	×	×	×	×	正
玉女迎春慢	×	×	×	×	×	×	正

〔註 1295〕見《新譜》二，頁 709。
〔註 1296〕見《正始》四，頁 1317。
〔註 1297〕即南呂宮〔寄生子〕，頁 1323。
〔註 1298〕與越調正曲〔山麻稽〕不同，頁 3315。

玉濠寨	×	×	×	×	×	×	正（2）
吳織錦	×	×	×	×	×	×	正（2）
更漏子	×	×	×	×	×	×	正（2）
兩頭南	×	×	×	×	×	×	正
兩頭蠻	×	×	×	×	×	×	正（4）
念奴嬌序	×	×	×	×	×	×	正（5）
拗（白）茶蘼	×	×	×	×	×	×	正
武陵（林）花（春）	×	×	×	×	×	×	正（4）
垂楊	×	×	×	×	×	×	正
孩兒賺	×	×	×	×	×	×	正
春草碧	×	×	×	×	×	×	正
秋色橫空	×	×	×	×	×	×	正
秋蘂香引	×	×	×	×	×	×	正
耍孩兒	×	×	×	×	×	×	正〔註1299〕
倒上橋	×	×	×	×	×	×	正（2）
哭岐婆	×	×	×	×	×	×	正（2）
桃花紅	×	×	×	×	×	×	正（2）
素兒	×	×	×	×	×	×	正
御帶花	×	×	×	×	×	×	正
採茶歌	×	×	×	×	×	×	正
望粧臺	×	×	×	×	×	×	正
梁州令近	×	×	×	×	×	×	正（2）
茶蘼香傍拍	×	×	×	×	×	×	正
野薔薇	×	×	×	×	×	×	正（2）
魚兒賺	×	×	×	×	×	×	正（2）
款乃曲	×	×	×	×	×	×	正
渡江雲	×	×	×	×	×	×	正〔註1300〕
湘浦雲	×	×	×	×	×	×	○（4）
畫眉兒	×	×	×	×	×	×	○
雲華怨	×	×	×	×	×	×	正（2）
窣（速）地錦襠	×	×	×	×	×	×	正（2）

〔註1299〕與中呂宮正曲不同，頁3551。
〔註1300〕一名〔三犯渡江雲〕，頁3559。

漢宮春	×	×	×	×	×	×	正〔註1301〕
滿庭芳	×	×	×	×	×	×	正〔註1302〕（2）
滿朝歡	×	×	×	×	×	×	正
賣花聲	×	×	×	×	×	×	正（2）
醋葫蘆	×	×	×	×	×	×	正（2）
閱金令	×	×	×	×	×	×	正（2）
歸仙洞	×	×	×	×	×	×	正（2）
雙勸酒	×	×	×	×	×	×	正（3）
戀繡（香）衾	×	×	×	×	×	×	正〔註1303〕（4）
八音諧	×	×	×	×	×	×	集
山畫眉	×	×	×	×	×	×	集
玉山洞	×	×	×	×	×	×	集
念奴歌	×	×	×	×	×	×	集
武陵四序	×	×	×	×	×	×	集
梁州錦	×	×	×	×	×	×	集
荼蘼花	×	×	×	×	×	×	集
湘州客	×	×	×	×	×	×	集
雲華滿江紅	×	×	×	×	×	×	集
滿庭花	×	×	×	×	×	×	集
閱金蓮	×	×	×	×	×	×	集
雙節高	×	×	×	×	×	×	集
雙鼓兒	×	×	×	×	×	×	集
戀粧臺	×	×	×	×	×	×	集
蠻兒舞雲旗	×	×	×	×	×	×	集（2）
總計	0	0	0	0	0	0	87

〔註1301〕一名〔漢宮春慢〕，頁3557。

〔註1302〕與中呂宮引不同，頁3495。

〔註1303〕一名〔淚珠彈〕，頁3492。

《全明散曲》無高大石調，略。

丙、尾　聲

尾聲乃戲曲、散曲及諸宮調、唱賺的大多數套曲中最末一曲的總稱。是劃定「一篇」結束的標志，變化豐富，在音樂上是最終效果所在。在蔣孝、沈璟、沈自晉的南曲譜中，均籌列有「論尾聲」一項。王冀德《曲律·論尾聲》第三十三云：

> 尾聲以結束一篇之曲，須是愈著精神，末句更得一極俊語收之，方
> 妙。〔註1304〕

在文字形式上，南曲尾聲通式爲三句，故元明文人作家多將不同的煞尾統稱「尾聲」或「餘音」或「餘文」。《琵琶記》中還偶見用「意不盡」爲尾聲標牌，《牡丹亭》也偶用「意不盡」名尾聲，而絕大部份一概稱名「尾聲」。這不是尾聲音樂方式由繁趨簡，只是稱名的簡化。其與北曲套數之尾聲，在性質上有根本區別。北套尾聲可獨立成曲，甚可衍爲長調，北雜劇除第四折（雙調套）可不用尾聲外，各折必須用尾聲，鄭騫《北曲套式彙錄詳解·雙調》第十二云：

> 劇套不用尾聲而代以他曲者甚多，是爲雙調之特色。雙調用於雜劇，
> 大多數在第四折……。雜劇高潮，多在第三折；至第四折，因一人獨
> 唱之故，唱者已感疲乏，聽者亦以倦殆，故此折不過收拾情節，結束
> 全局，其曲文遂多爲短套，且無論長短套甚多不用尾聲。〔註1305〕

尾聲之用，有一定之法，空觀主人於《譚曲雜箚》云：

> 太凡過曲，至末緊板緊腔，調不可舒者，則以尾聲漸舒其調以收之。
> 若過曲有四曲二曲而末處調可舒者，即不可用尾。唯唱時略舒末句，
> 以作尾而已。此自一定之法，今填曲者不知，以爲凡曲必定有尾矣。
> 而唱者，見無尾舊曲，即造一尾以添之，以至琵琶拜月，紛紛多有
> 續貂，良可笑也。〔註1306〕

尾聲稱名，各譜各有異同，惟《大成》不用〔尾聲〕。《大成·凡例》云：「尾聲乃經緯十二律，故定十二板式律中積零者爲閏，故亦有十三板者。而尾聲三句或十九字至二十一字止，多即不合式，如四大夢傳奇之尾聲，有三十多字度曲者，不顧文義，刪落字眼。遵依尾聲格式，其板兩失之矣，今俱不錄。」

〔註1304〕見《中國古典戲曲論著集成》四，頁139。
〔註1305〕見鄭騫著《北曲套式彙錄詳解》，頁154～155。
〔註1306〕見《南音三籟·譚曲雜箚》，頁26～27。

〔註1307〕故不用「尾聲」。

（一）仙呂宮尾聲

曲牌 ＼ 曲譜	南戲百一錄	南戲拾遺	南曲全譜	南詞新譜	九宮正始	全明散曲	九宮大成
情未斷煞	✕	◯	◯	◯	◯	✕	◯
有結果煞	✕	✕	✕	✕	✕	✕	◯
喜無窮煞	✕	✕	✕	✕	✕	✕	◯
尾聲	◯	✕	◯	◯	◯	◯	✕
餘文	✕	✕	✕	✕	✕	◯	✕
尾文	✕	✕	✕	✕	✕	◯	✕
餘音	✕	✕	✕	✕	✕	◯	✕
意不盡	✕	✕	✕	✕	✕	◯	✕
尾	✕	✕	✕	✕	✕	◯	✕
總計	1	1	1	2	2	6	3

（二）羽調尾聲

曲牌 ＼ 曲譜	南戲百一錄	南戲拾遺	南曲全譜	南詞新譜	九宮正始	全明散曲	九宮大成
情未斷煞	✕	✕	◯	◯	◯	✕	✕
凝行雲煞	✕	✕	✕	✕	✕	✕	◯
慶餘〔註1308〕	✕	✕	✕	✕	✕	✕	◯
尾聲	✕	✕	◯	◯	✕	◯	✕
餘音	✕	✕	✕	✕	✕	✕	◯
總計	0	0	2	2	1	1	3

（三）正宮尾聲

曲牌 ＼ 曲譜	南戲百一錄	南戲拾遺	南曲全譜	南詞新譜	九宮正始	全明散曲	九宮大成
尚輕圓煞	✕	✕	◯	◯	✕	◯	✕

〔註1307〕見善本戲曲叢刊《九宮大成南北詞宮譜》一，頁51～52。

〔註1308〕見《九宮大成南北宮詞譜・凡例》：「今譜中之慶餘乃諸調煞尾之別名。」頁
　　　　74～75。

曲牌	南戲百一錄	南戲拾遺	南曲全譜	南詞新譜	九宮正始	全明散曲	九宮大成
不絕令煞	×	◎	×	×	○〔註1309〕	×	×
慶餘	×	×	×	×	×	×	○
尾聲	○	×	○	○	×	○	×
餘文	×	×	×	×	×	×	○
尾文	×	×	×	×	×	×	○
餘音	×	×	×	×	×	×	○
尾	×	×	×	×	×	×	○
總計	1	1	2	2	1	2	5

（四）大石調尾聲

曲牌	南戲百一錄	南戲拾遺	南曲全譜	南詞新譜	九宮正始	全明散曲	九宮大成
尚輕圓煞	×	×	○	○	○〔註1310〕	×	×
慶餘	×	×	×	×	×	×	○
歇滿〔註1311〕	×	×	×	×	○	×	×
尾聲	×	×	○	○	×	○	×
餘文	×	×	○	×	×	○	×
尾文	×	×	×	×	×	○	×
餘音	○	×	○	○〔註1312〕	×	○	×
總計	1	0	3	3	2	4	1

（五）中呂宮尾聲

曲牌	南戲百一錄	南戲拾遺	南曲全譜	南詞新譜	九宮正始	全明散曲	九宮大成
三句兒煞	○	○	×	×	○	×	×
尚如縷煞	×	×	○	○	×	○	○
喜無窮煞	×	×	○	○	×	×	×
慶餘	×	×	×	×	×	×	○
尾聲	○	×	○	○	×	○	×
餘文	×	×	○	○	×	×	×
尾文	×	×	×	×	×	○	×

〔註1309〕歸在過曲，頁232。
〔註1310〕借正宮，頁1091。
〔註1311〕又名〔煞〕，見《九宮正始》三，頁1090。
〔註1312〕歸在過曲，頁291。

餘音	×	×	×	×	×	○	×
尾	×	×	×	×	×	○	×
隨煞	×	×	×	×	×	○	×
十二時	×	×	×	×	×	○	×
鳳毛兒 〔註1313〕	×	×	×	×	×	○	×
總計	2	1	4	4	1	9	2

（六）般涉調尾聲

曲譜 曲牌	南戲 百一錄	南戲 拾遺	南曲 全譜	南詞 新譜	九宮 正始	全明 散曲	九宮 大成
尚如縷煞	×	×	×	○	○	×	×
總計	0	0	0	1	1	0	0

（七）道宮尾聲

曲譜 曲牌	南戲 百一錄	南戲 拾遺	南曲 全譜	南詞 新譜	九宮 正始	全明 散曲	九宮 大成
尚按節拍煞	×	○	○	○	○ 〔註1314〕	×	×
總計	0	1	1	1	1	0	0

（八）南呂宮尾聲

曲譜 曲牌	南戲 百一錄	南戲 拾遺	南曲 全譜	南詞 新譜	九宮 正始	全明 散曲	九宮 大成
不絕令煞	×	×	○	○	×	×	×
尚按節拍煞	×	×	×	×	○ 〔註1315〕	×	○
慶餘	×	×	×	×	×	×	○
尾聲	○	×	○	○	×	×	×
餘文	×	×	×	×	×	○	×
尾文	×	×	×	×	×	○	×
餘音	×	×	×	×	×	○	×

〔註1313〕任中敏於《散曲概論・體段》云「尾聲又名十二時」，並註云：「施紹莘花影集中，又有改稱尾聲爲鳳毛兒者。」頁28。

〔註1314〕借南呂宮，頁1272。

〔註1315〕本南呂宮，頁1155。

尾	✗	✗	✗	✗	✗	○	✗
總計	1	0	2	2	1	5	2

（九）黃鐘宮尾聲

曲譜 曲牌	南戲 百一錄	南戲 拾遺	南曲 全譜	南詞 新譜	九宮 正始	全明 散曲	九宮 大成
三句兒煞	×	×	○	○	×	×	○
慶餘	×	×	×	×	×	×	○
喜無窮煞	×	×	×	×	○	×	×
煞尾	×	×	×	×	○	×	×
尾聲	○	×	○	○	×	○	×
餘文	×	×	×	×	×	○	×
尾文	×	×	×	×	×	○	×
餘音	×	×	×	×	×	○	×
尾	×	×	×	×	×	○	×
十二時	×	×	×	×	×	○	×
總計	1	0	2	2	2	6	2

（十）越調尾聲

曲譜 曲牌	南戲 百一錄	南戲 拾遺	南曲 全譜	南詞 新譜	九宮 正始	全明 散曲	九宮 大成
有餘情煞	×	○	○	○	○ 〔註1316〕	○	○
有餘情煞尾	×	○	×	×	×	×	×
有情餘煞	×	○	×	×	×	×	×
尾聲	○	×	○	○	×	○	×
餘文	×	×	×	×	×	○	×
餘音	×	×	○ 〔註1317〕	○ 〔註1318〕	×	○	○（3）
煞	×	○	×	×	○	×	×
煞尾	×	×	×	×	×	×	○
總計	1	4	3	3	2	4	3

〔註1316〕與十三調越調共，頁764。
〔註1317〕歸在過曲，頁537。
〔註1318〕歸在過曲，頁537。

（十一）商調尾聲

曲牌＼曲譜	南戲百一錄	南戲拾遺	南曲全譜	南詞新譜	九宮正始	全明散曲	九宮大成
尚遶梁煞	×	×	×	○	○	○	○
慶餘	×	×	×	×	×	×	○
尾聲	○	×	○	○	×	○	×
餘文	×	×	×	×	×	×	×
尾文	×	×	×	×	×	○	×
餘音	×	×	×	×	×	○	×
尾	×	×	×	×	×	○	×
十二時	○	×	○〔註1319〕	○〔註1320〕	○（2）	○	○
意不盡	×	×	×	×	×	○	×
意難忘	×	×	×	×	×	×	×
小尾	×	×	×	×	×	○	×
總計	2	0	2	3	2	10	3

（十二）商黃調尾聲

曲牌＼曲譜	南戲百一錄	南戲拾遺	南曲全譜	南詞新譜	九宮正始	全明散曲	九宮大成
尾聲	○	×	○	○	×	×	×
總計	1	0	1	1	0	0	0

（十三）小石調尾聲

曲牌＼曲譜	南戲百一錄	南戲拾遺	南曲全譜	南詞新譜	九宮正始	全明散曲	九宮大成
收好因煞	×	×	○	○	○	×	○
慶餘	×	×	×	×	×	×	○
尾聲	○	×	×	×	×	○	×
雙煞	×	×	×	×	○	×	×
總計	1	0	1	1	2	1	2

〔註1319〕或巧名爲〔尾聲〕，非，頁558。
〔註1320〕或巧名爲〔尾聲〕，非，頁643。

（十四）雙調尾聲

曲譜 曲牌	南戲百一錄	南戲拾遺	南曲全譜	南詞新譜	九宮正始	全明散曲	九宮大成
兩情煞	×	○	×	×	×	×	×
有結果煞	×	×	○	○	○	×	×
慶餘	×	×	×	×	×	×	○
本音隨煞	×	×	×	×	×	×	○
雙煞	×	×	×	×	×	×	○
尾聲	○	×	○	○	×	○	×
餘文	×	×	×	×	×	○	×
尾文	×	×	×	×	×	○	×
餘音	×	×	×	×	×	○	×
尾	×	×	×	×	×	○	×
總計	1	1	2	2	1	5	3

（十五）仙呂入雙調尾聲

曲譜 曲牌	南戲百一錄	南戲拾遺	南曲全譜	南詞新譜	九宮正始	全明散曲	九宮大成
有結果煞	×	×	×	×	○	○	×
尾聲	○	×	○	×	×	○	×
餘文	×	×	×	×	×	○	×
尾文	×	×	×	×	×	○	×
餘音	×	×	×	×	×	○	×
尾	×	×	×	×	×	○	×
十二時	×	×	×	×	×	○	×
意不盡	×	×	×	×	×	○	×
總計	1	0	1	0	1	8	0

（十六）雜調尾聲

曲譜 曲牌	南戲百一錄	南戲拾遺	南曲全譜	南詞新譜	九宮正始	全明散曲	九宮大成
尾聲	×	×	×	×	×	○	×
總計	0	0	0	0	0	1	0

（十七）高大石調尾聲

曲牌＼曲譜	南戲百一錄	南戲拾遺	南曲全譜	南詞新譜	九宮正始	全明散曲	九宮大成
慶餘	✕	✕	✕	✕	✕	✕	○
墜飛塵煞	✕	✕	✕	✕	✕	✕	○
總計	0	0	0	0	0	0	2

（十八）高平調尾聲

曲牌＼曲譜	南戲百一錄	南戲拾遺	南曲全譜	南詞新譜	九宮正始	全明散曲	九宮大成
十二時	✕	✕	✕	✕	○	✕	✕
總計	0	0	0	0	1	0	0

說明：

尾聲異名頗雜，《大成》不用尾聲，《全譜》、《新譜》俱駁「十二時」為尾聲，任中敏以「十二時」為尾聲別名，不知孰是。今將《全明散曲》尾聲與異名歸納羅列如下：

仙呂：尾聲、尾、餘文、尾文、餘音、意不盡。

羽調：尾聲。

正宮：尾聲、餘文、尾、尚輕圓煞、不絕令煞。

大石調：尾聲、餘文、尾文。

中呂：尾聲、餘音、尾文、隨煞、餘文、尾、十二時、鳳毛兒。

南呂：尾聲、尾文、尾、餘音、餘文。

黃鐘：尾聲、尾、餘音、餘文、尾文、十二時。

越調：尾聲、餘文、餘音、有餘情煞。

商調：尾聲、尾文、餘音、尾、餘文、尚遶梁煞、意不盡、意難忘、十二時、小尾。

小石調：尾聲。

雙調：尾聲、餘文、尾文、餘音、尾。

仙入雙：尾聲、尾、餘文、尾文、餘音、意不盡、有結果煞、十二時。

雜調：尾聲。

小 結

「散曲」一詞，最早見於明初朱有燉《誠齋樂府》，該書分「散曲」、「散套」二卷，「散曲」卷專收小令。與之同期的朱權，在《太和正音譜》曲例中，各曲皆標明出處，若出自某套數，必標明某人散套，「散」字意涵，已明確指稱與劇套相對的清唱套曲。明中葉，「散曲」、「散套」應用更爲廣泛，至明代後期，「散曲」指稱既含套數，亦含小令的概念，已完全統一。

明初曲壇，曲作多爲元曲之繼響，迨崑曲盛行，傳奇、南雜劇興起三者交互影響，南曲躍爲曲壇新寵，成爲明代曲學代表。據《全明散曲》統計，明代計有四千六百一十二首南曲小令，九百五十九套南曲散套，一百一十五套南北合套，曾作南曲曲家中有二十八人有雜劇作品，三十六人有傳奇作品。不論散曲、劇曲作家，皆以江南爲盛。若以崑曲流行爲明代散曲前、後期界碑，前期曲家多作北曲，惟自李開先大量作南調，又不失豪放曲風，正標示著「南曲漸興，北人亦遂耽之」，曲作乃呈「外南內北」的趨向。明代後期，南曲迅速風行，在作家群及實際創作中，皆有充分體現。

明代散曲新生曲牌亦急遽成長，在質量上不較元人遜色。比對相關曲譜，明代散曲所用曲牌，多見劇曲，說明劇曲、散曲彼此影響深。《新譜》是在《全譜》的基礎上增廣，大抵《全譜》有錄，《新譜》亦錄，然亦有遺漏者。而體格增多，在《正始》可見。《正始》並列不同體式，正爲其書之嚴謹作一旁証。時代愈後，曲調體式愈增，曲牌混淆情況亦愈嚴重，如〔撼亭秋〕一調，《全譜》、《新譜》俱註「感亭秋」誤名，《正始》卻以爲非是。又如〔鮑子令〕一調，《全譜》、《新譜》註即〔包子令〕，《正始》以爲曰〔豹子令〕、〔包子令〕皆非。《全譜》、《新譜》俱載〔油核桃〕非〔油葫蘆〕，至《大成》已混同一調。《新譜》〔月兒高〕又一體舊題〔攤破月兒高〕，至《大成》，直標〔月兒高〕爲舊名〔攤破月兒高〕。有些曲牌，《南戲》有換頭之例，《大成》已無。而標榜「存漢宮古譜」之《正始》，有些曲牌《大成》未見錄，可見廣採博數之《大成》譜，亦有缺漏，更見曲牌之代有消長。

大抵引子曲牌多與詩餘同，過曲曲牌則非。而同宮調之引子曲牌與慢詞曲牌通用、過曲曲牌與近詞曲牌多通用。有些曲牌名同，然宮調不同，曲亦不同，如商調、越調、正宮同有〔風馬兒〕一調，卻非同調。〔耍孩兒〕一調，並見南、北曲，亦非同調。

《全明散曲》引子新增曲牌，大抵見南戲或明代曲譜之過曲，散套摘自

劇套，此又得一旁証。而《全明散曲》過曲所用曲牌，與南戲或明代三譜書相類者，可斷定必爲摘調，不相類者多於相類者，乃因劇套、散套用調不同所致。在新增曲牌中，集曲亦佔多數。有些曲牌，在劇曲中只用作過曲，然在《全明散曲》中已用作引子，此亦可作散套向劇套學習之証。至於尾聲雖有十五種異稱，仍以用尾聲爲常。